Candice Fox
DEVIL'S KITCHEN

Thriller

Aus dem australischen Englisch von
Andrea O'Brien

Herausgegeben von
Thomas Wörtche

Suhrkamp

Die Originalausgabe erschien 2024 bei Bantam.
Published by Random House Australia Pty Ltd

Erste Auflage 2025
suhrkamp taschenbuch 5490
Deutsche Erstausgabe
© der deutschsprachigen Ausgabe
Suhrkamp Verlag AG, Berlin, 2025
© 2024 by Candice Fox
Alle Rechte vorbehalten.
Wir behalten uns auch eine Nutzung des Werks
für Text und Data Mining im Sinne von § 44b UrhG vor.
Umschlagfotos: Stanley Chen Xi/Getty Images (New York City),
FinePic®, München (Feuerhimmel)
Umschlaggestaltung: zero-media.net, München
Druck und Bindung: CPI books GmbH, Leck
Printed in Germany
ISBN 978-3-518-47490-7

Suhrkamp Verlag AG
Torstraße 44, 10119 Berlin
info@suhrkamp.de
www.suhrkamp.de

DEVIL'S KITCHEN

Für Anna, Loraine, Andy und Tim

PROLOG

ANDY

»Wir wissen, dass du'n Cop bist«, sagte Matt.
Auf diese Worte hatte Andrea nur gewartet. Den ganzen Weg über, als sie vom Freeway runter auf den schmalen Waldweg abgebogen waren. Zwischen Matt und Engos Schultern tanzten die Scheinwerfer über die Bäume und tauchten sie in seltsam goldenes Licht. Festtagsbeleuchtung für die letzte Ruhestätte. Eigentlich hatte Andy schon seit Langem auf diese Ansage gewartet. Seit fast drei Monaten, von morgens bis abends. Die davon ausgehenden Konsequenzen hatten sich in ihre Magenwand geätzt.
Wir wissen Bescheid.
Jetzt kniete sie auf dem nackten Boden eines verfallenen Bauwagens im Wald, das Knirschen der Boote auf dem nahen Hudson mischte sich mit dem Geheul des beißenden Windes. Das Wellblechdach klapperte über ihren Köpfen. Auf der umliegenden Baustelle – eigentlich nur ein riesiges, verlassenes Holzfundament, das vermutlich einem im Ausland lebenden Milliardär gehörte, der sich mal eingebildet hatte, an dieser Stelle ein Haus zu bauen – herrschte unheimliche Stille. Andy wusste, dass sie an diesem Abschnitt des ansonsten strahlend erleuchteten Flussufers in einem Funkloch steckten, Sicherheit so nah und doch so fern. Ben, schweißgebadet in seiner nicht atmungsaktiven Feuerwehrschutzkleidung, keuchte ihr geräuschvoll ins Ohr. Die Streifen auf seinen Ärmeln reflektierten schwach das trübe Licht. Matt, Engo und Jakey waren nur gesichtslose Schemen, die

sich um sie und Ben herum zusammengerottet hatten. Erstaunlich, was man sich so wünscht, wenn das Ende naht. Einen Lichtstreifen sehen. Die stinkende Luft einfach frei einatmen können, wie Ben es noch tat. Ihr hatten sie nämlich den Mund zugeklebt.

Matt stieß Ben so heftig mit der Waffe gegen die Stirn, dass sein Kopf nach hinten klappte.

»Du hast einen verdammten Cop in die Mannschaft geschleust.«

»Sie ist kein Cop! Ich schwör's dir, Mann!«

»Ich habe dich *aufgezogen*«, knurrte Matt. »Hab dich aus dem Loch geholt, und du willst mich hier verarschen?«

»Matt, Matt, hör zu ...«

»Benji, Benji, Benji.« Engo trat vor und legte Ben seine dreifingrige Hand auf die Schulter. »Wir wissen Bescheid. Okay? Es ist vorbei. Jetzt hast du die Wahl, Bruder. Wenn du alles zugibst, können wir vielleicht über deine Zukunft reden.«

»Sie ist kein Cop!«

»Ich bin kein Cop, verdammte Scheiße!«, knurrte Andy hinter dem Klebeband. Genau das würde sie nämlich sagen, wenn sie könnte. Andrea »Andy« Nearland. Ihr Alias. Sie würde nicht kampflos aufgeben, bis zum bitteren Ende würde sie sich wehren.

Engo versuchte erneut, sie mit falscher Freundlichkeit einzulullen, sie zu bezirzen, mit Angeboten zu locken, aber sie ließ sich auf die Hüfte fallen, holte aus und trat ihm so hart gegen die Schienbeine, dass er auf dem Arsch landete. Hinter dem Klebeband stieß sie wüste Verwünschungen aus. Andy hatte Engo immer schon gehasst. Alias Andy. Aber sie selbst auch. Ihr wahres Ich. Jakey ging rasch dazwischen. Der kleine Jakey, der bis jetzt nur in der Ecke dieser Bruchbude herumgestanden, an seiner unangezündeten Zigarette herumgemümmelt und besorgniserregenden Blödsinn vor sich hin gemurmelt hatte.

»Zieh sie wieder hoch, auf die Knie«, knurrte Engo. Jakey half ihr auf. Seine schweißfeuchte Hand berührte ihren Nacken.

Pack mich nicht an, du Schwein!

»Benji«, sagte Big Matt. »Du kannst noch raus aus der Nummer. Ich gebe dir einen Ausweg. Du musst ihn nur nehmen.«

»Ich kann ...«

»Gib zu, dass du uns verraten hast. Mehr musst du nicht tun, Mann.«

»Sie ist kein Cop!«

»Pack endlich aus!«

»Matt, bitte!«

»Pack aus, oder ich muss das hier durchziehen. Obwohl ich es nicht will. Aber wenn's sein muss, mach ich's trotzdem.«

Andy fing Bens panischen Blick auf. Da, in seinen Augen, sah sie, wie ihre letzten Minuten ablaufen würden. Sie würde eine Kugel in den Kopf bekommen, ihr Körper würde schlaff wie eine Schlenkerpuppe auf dem Boden landen. Dann wäre Ben dran. Auch er würde schlappmachen, als hätte jemand den Stecker gezogen. Danach würden Matt, Engo und Jakey ihnen die Feuerschutzhelme aufsetzen, bevor sie die Bruchbude in Brand setzten und zum Löschfahrzeug am Peanut Leap zurückfuhren. Sie würden einen anonymen Notruf absetzen und den Einsatz höchstselbst entgegennehmen, sobald die Leitstelle ihn durchgäbe.

Hey, Leitstelle, sind ganz in der Nähe. Engine 99 hier. Wir haben den Dienstwagen mit Basisausrüstung dabei und fahren schon mal hin, während die zuständigen Typen in die Hufe kommen.

Es würde wie ein Unfall aussehen. Die Mannschaft hatte eine kleine Runde mit dem Dienstwagen gedreht und am Ufer mit Aussicht auf den Fluss geparkt, um dort ein paar Bierchen zu zischen, und da wurde über Funk ein stinknormaler Kleinbrand in einem verlassenen Bauwagen gemeldet. Sie waren hingefahren, hatten den Wagen entdeckt, der der Bauleitung womöglich als Büro gedient hatte und jetzt vor sich hin qualmte. Ben und Andy hatten sich die Notausrüstung aus dem Kofferraum gekrallt und waren sofort losgerannt, noch vor Matt und den anderen, keiner hätte ahnen können, dass irgendein Spinner dort zig Gasflaschen und Benzinkanister lagerte.

Wumms.

Eine Tragödie.

Natürlich würde es eine Untersuchung geben, völlig klar. Man würde Verwarnungen aussprechen, wegen der unbefugten Nutzung des Dienstwagens für den Freizeitgebrauch, der Bierchen, des unkoordinierten Eindringens in ein brennendes Gebäude. Es gäbe Gemunkel. Besonders nach der Sache mit Titus.

Aber dann würden sie alle heulen und es vergessen.

Darin waren sie groß, Matt und seine Mannschaft: Sie sorgten für Gedächtnislücken.

Andy sah, dass Ben überlegte, wo seine Loyalitäten lagen: bei seiner Mannschaft? Oder bei Andy, der Polizistin, die ihm helfen sollte, sie zu zerstören.

»Ich will das nicht tun, Ben«, sagte Matt mit gepresster Stimme. Er hielt die Waffe fester. »Sag uns einfach die Wahrheit.«

Der Wind heulte um den Bauwagen, die Bootsmasten klirrten auf dem Fluss, und Little Jakey begann zu weinen.

DREI MONATE VORHER

BEN

Feuer ist laut. Es ruft die Menschen zu sich, zieht sie magisch an. Das war wahrscheinlich schon immer so, seit Anbeginn der Zeit, vermutete Ben. Wenn es alt genug war, die Zisch-, Prassel-, Kriech- und Loderphase hinter sich gelassen hatte und zu einem eindrucksvollen Ungeheuer herangewachsen war, das so richtig laut brüllen konnte – dann kamen sie gerannt. Standen da. Staunten. Spürten die Hitze auf den Wangen und fühlten sich lebendig, mit dem Universum verbunden oder irgend so ein Hippie-Scheiß.

Als Ben vom Löschzug sprang und mit seinen Stiefeln auf dem nassen Gehweg an der West Thirty-Seventh Street landete, hatten sich die Horden schon in den dunklen Hauseingängen auf der gegenüberliegenden Straßenseite zusammengerottet, und die Gaffer hingen bereits aus den Fenstern ihrer Apartments darüber. Weiße Lichtpunkte, die Handykameras liefen. Das alles nahm er nur aus dem Augenwinkel wahr, denn er hievte und schleppte Zeug aus dem Wagen und ging im Geiste die nächsten achtzehn Schritte durch. Engo, eine Zigarre zwischen den Zähnen und bereits schweißgebadet, rollte den Schlauch aus.

»Das ist ein Fehler«, sagte Ben zu Matt, als der Chief aus dem Führerhaus sprang. Das blinkende Licht tauchte seine rotentzündeten Nackenstoppel in fieses Violett.

»Alles gut, wirst schon sehen.«

»Ein verdammtes Textillager?« Ben riss die Ladeluke an der Seite des Fahrzeugs auf und zog mit geübten Griffen diverse Werkzeuge heraus. Wie ein Plünderer im Großmarkt. »Das ist ein Pulverfass.«

»Das Gebäude liegt direkt auf dem Weg. Das beste Eingangstor.«

Ätzender Qualm stieg über ihnen aus dem Haus, es stank nach verbranntem Nylon. »Wenn das hochgeht, haben Engo und Jakey keine Chance ...«

»Geh mir nicht auf den Sack, Benji!«

Ben schwieg, denn Big Matts Geduldsfaden war kurz. Mittlerweile waren im dritten Stock des Textillagers zwei Fenster explodiert, und die Menge auf der Straße hatte sich verdoppelt. Da oben glühten die Fenster, nicht nur die zertrümmerten. Ben machte das nun schon seit zehn Jahren. Vielleicht länger. Glühende Fenster verrieten ihm, dass das Feuer bereits mächtig war und sich vermutlich bis zu den Grundmauern durchgefressen hatte.

Er füllte seinen Pressluftatmer, setzte den Helm auf, schulterte seine Ausrüstung und ging hinein. Engo war natürlich vorn, den Schlauch wie einen großen schlaffen Schwanz über dem Arm, das Kinn vorgereckt. Wie ein Typ auf dem Weg ins exklusive Kunstmuseum. Engo zog immer gern eine Show ab, wenn er in brennende Gebäude wie dieses marschierte, als wäre das alles reine Routine. Kein großes Ding. *Was ist passiert? Hat Oma das Bügeleisen angelassen?* Ben hatte Engo über Leichen gehen sehen, als wären sie Knicke im Teppich. Sein Pressluftatmer war nicht angeschlossen, denn Rauch störte ihn ungefähr so sehr wie Wasser die Fische.

Ben ließ seinen Schlauch fallen, entfernte sich von Jakey und Engo und ging die Treppen hinunter, während die anderen weiter aufs Feuer zuliefen. Dinge zogen an ihm vorbei, Kuriositäten, die er später beim Einschlafen Revue passieren lassen würde. Wände voller Knöpfe in allen Formen und

Farben. Riesige goldfarbene Scheren. Schneidewerkzeuge, Zollstöcke und Lineale. Lederballen in Regalen, in Farben, die er sich nie hätte ausmalen können. Er war froh, dass sie den Zünder im dritten Stock ausgelegt hatten, um den Brand dort auszulösen. Hier unten lagerten nur Fell und Federn, wenn dieser Bereich des Lagers Feuer fing, wäre alles in Sekunden Schutt und Asche.

Ben legte Helm und Tasche ab. Die war so schwer mit Werkzeugen beladen, dass der Boden bebte und ein Glas mit Stecknadeln vom Schneidetisch fiel. Er zog ein Messer aus dem Gürtel, schnitt ein Stück Teppich aus und riss es vom Boden, um die Dielenbretter freizulegen. Fünfzehn Sekunden später hatte er mit seiner Hebelklaue, dem Halligan-Tool, sechs Bretter gehoben. Er ließ seine Tasche auf die nackte Erde unter dem Gebäude fallen und schlüpfte durchs Loch hinterher, sodass er direkt auf dem Schachtdeckel landete. Einen Heber hatte er zwar nicht dabei, aber das Halligan erledigte die Sache genauso gut, ließ sich wunderbar unter den Metallgriff des fast zwanzig Kilo schweren Deckels schieben. Er rückte seine Maske zurecht, sorgte mit ein paar Bewegungen des Unterkiefers dafür, dass sie sich fest anschmiegte, bevor er den Deckel anhob und in die Dunkelheit hinunterstieg.

Wenn man weiß, dass was Schädliches in der Luft liegt, kriegt man automatisch Schnappatmung. Das war Ben zuerst aufgefallen, als er völlig überarbeiteten Sanitätern beim Verladen der Covid-Toten geholfen hatte und später dann bei den Protesten gegen den gewaltsamen Tod von George Floyd, als er brennende Autos löschen musste, während das NYPD die Straßen mit Pfefferspray einnebelte. Auch als er sich jetzt in der Dunkelheit durch den stillgelegten, gemauerten Schacht unter der West Thirty-Seventh Street vortastete und daran dachte, dass die Luft erfüllt war von Schwefelwasserstoffgas, das sich über Jahrzehnte aus Abwasser und sonstigem Dreck zusammengebraut hatte, sog er die Luft ein wie ein Baby Milch an der Mutterbrust.

Die Taschenlampe ließ er hier unten ausgeschaltet. Engo hatte mit ihm rumdiskutiert, er behauptete, Schwefelwasserstoffgas sei nicht »sehr entflammbar« und LED gebe ohnehin keine Funken ab, aber Ben hatte nicht vor, diesen Teil von New York aus Abneigung gegen die Dunkelheit in ein modernes Pompeji zu verwandeln. Ihm blieben ungefähr elf Minuten, um sein Ziel zu erreichen, den Job zu erledigen und wieder zurückzukehren. Durch die eingeschränkte Sicht war er langsamer, die Zeit also knapper. In seinem Kopfhörerknopf knisterte und rauschte es, das Geplapper seiner Kollegen, die sich über Funk verständigten, machte ihn nervös.

»Engo, bist du in Position?«

»Ja, Boss. Wir haben hier ein nettes Lagerfeuer.«

»Ben?«

»Ich suche den unteren Bereich nach einem potenziellen zweiten Brandherd ab«, log er. Hinter der Maske klang seine Stimme erstickt.

»Wir sollten den Strom fürs ganze Viertel abschalten«, sagte Big Matt. »Keine Ahnung, wer da alles am Verteiler hängt.«

Ben beschleunigte seinen Schritt. Er stellte sich vor, wie Matt auf der Straße stand und die als Verstärkung anrückenden Staffeln von Engine 97 und Ladder 98 anwies, den Strom für den gesamten Garment District abzuschalten. Die Jungs von 97 und 98 würden das sicher für übertrieben halten, Blackout für die betroffene Straße, okay, aber doch nicht für den ganzen Bezirk. Das war egal, denn Matt musste sichergehen, dass nicht nur das Textillager ohne Strom war, sondern auch der Juwelier an der West Thirty-Fifth Street, zu dem Ben gerade unterwegs war.

Links, rechts, links, sagte er sich. Genau wie beim Marschieren. Die letzte Ecke umrundet, noch drei Minuten, die behandschuhten Finger fuhren an der Wand entlang, unbekannte Landschaften unter seinen Stiefeln, die meisten nass und matschig. Schließlich ertastete er die erhoffte Steigleiter – in die Mauer eingelassene, verrostete Eisensprossen –, ließ seine Tasche fallen und kletterte nach oben. Er zitterte am ganzen Leib, als er sich gegen den Kanaldeckel stemmte. Die Nerven.

Der letzte große Job dieser Art lag schon ein Jahr zurück, auch da musste er Gebäudepläne auswendig lernen und sich vorab ein Bild vom Einsatzort machen. Ben mochte diese großen Dinger überhaupt nicht, vor allem nicht, wenn sie unter Druck standen. *Raube nie in der Not.* Ben hatte viel übrig für dieses alte Motto. Geldnot führt zu Schlamperei. Zerstört das Vertrauen. Denn wie konnte Ben sicher sein, dass Matts Hehler der Beste war für diese Beute? Jemand, der das Diebesgut von heute Nacht im Stillen verticken könnte? Oder hatte Chief Matt sich darauf eingelassen, weil er drei Ex-Frauen an der Backe hatte und bei Babymama Nummer vier einen Braten in der Röhre? Wie konnte Ben sicher sein, dass Jakey auch wirklich die Baustellen kontrolliert hatte, um sich zu vergewissern, dass keine Arbeiter während der Spätschicht im Tunnel rumliefen? Wusste Jakey tatsächlich genau, wie viel Zeit sie hatten, bis die Polizei eintraf? Oder hatte er sich wieder auf Pferdewetten verlagert? Verschacherte alte PlayStation-Games, um sich die Kredithaie vom Leib zu halten?

Als Ben seine Tasche aus dem Kanalschacht hievte und in den engen Kriechtunnel unter dem Wohnblock an der Thirty-Fifth Street schob, wurde ihm klar, dass er seiner eigenen Mannschaft nicht mehr vertraute.

Und das war schlecht.

Aber es ging noch schlimmer.

Denn er empfand tiefes Misstrauen. So tief, dass er einen Brief an den Detective geschrieben hatte.

Ben schloss den Deckel, zog sich die Atemschutzmaske vom Gesicht und lag keuchend auf dem harten Erdboden. Im Kriechtunnel war es genauso stockfinster wie im Kanal, aber während seiner vielen Einsätze auf Dachböden, in Kellern, Schächten und eingestürzten Häusern hatte er gelernt, sich im Dunkeln zu bewegen wie ein nachtaktives Tier. Er ertastete die Taschenlampe an seinem Gürtel, knipste sie an und machte sich mit der Umgebung vertraut. Breite, unbehandelte Holzbalken liefen nur ein paar Zentimeter über seinem Kopf ins Unendliche. Die stammten vermutlich noch aus den Zeiten, als das Gebäude *Devil's Arcade* hieß und von Prostituierten und Schwarzhändlern genutzt wurde, nicht von den feinen Herrschaften, die heute hier ihre Diamanten kauften. Ben kroch in westliche Richtung, stieß schon bald auf eine Lücke im Mauerwerk, das ein Gebäude vom nächsten trennte, und kroch weiter. Ein paar hundert Meter nach der Kanalschachtöffnung fand er wie erwartet den unter Putz an einer Strebe montierten Verteilerkasten des Juwelierladens.

Er zog eine Drahtzange, einen Stromprüfer und den Störer aus der Weste unter seiner Schutzjacke und machte sich daran, das Modul anzuschließen. Während ihm der Schweiß in die Augen lief, drifteten seine Gedanken immer wieder von seiner Fummelarbeit zum zwei Straßen entfernt gelegenen Textillager und zu Jakey, erst dreiundzwanzig, der Seite an Seite mit einem achtfingrigen, bierbäuchigen Psychopathen arbeitete, dessen größter Wunsch darin bestand, in einem Flammenmeer zu sterben. Und in diesem Moment hatten die beiden vermutlich tatsächlich bald mit einem Flammenmeer zu kämpfen, denn sie würden das Feuer gerade lange genug brennen lassen, bis es sich durch Baumwolle und Satin und Jersey und sonstige Stoffe gefressen hatte, um Ben ausreichend Zeit zu verschaffen, aber nicht so lange, dass es sich zu einem Ungeheuer ausgewachsen hätte, das auch sie verzehren würde.

Ben hatte das Sicherheitssystem des Juweliers erfolgreich sabotiert und kroch bereits zurück zu Tasche, Pressluftatmer und Kanalschacht, als er eine Frauenstimme hörte.

»Hallo?«

Ben erstarrte. Instinktiv legte er sich wie eine bedrohte Echse flach auf den Boden. Seine Zehen verkrampften sich in seinen Stiefeln, die Augen traten ihm fast aus den Höhlen, so angestrengt versuchte er, seinen Atem unter Kontrolle zu bringen. Irgendwo über ihm knarzten Dielenbretter.

In seinem Ohr knisterte es.

»*Engo und Jakey, alles klar?*«

»*Ja, ja. Alles im Griff.*«

»*Sieht aber nicht danach aus.*«

»*Alles im Griff, hab ich gesagt.*«

»*Ben, wo bleibst du? Die Männer brauchen dich da oben.*«

Ben hielt den Atem an. Wer auch immer über ihm im Juwelierladen herumlief, sie befand sich direkt über seinem Kopf. Er hörte ein gedämpftes Aufschnappen, und dann drang ein Licht durch den Teppich und die Bodenritzen bis zu ihm durch.

»Scheiiiße!«, sagte er tonlos.

»Hallo?«

»*Ben, Statusbericht!*«, forderte Matt.

Er schwieg. In Zeitlupentempo hob er die Hand zum Funkgerät an seiner Schulter und drückte die Sprechtaste zwei Mal, das Notsignal.

Lange herrschte Stille. Ben zählte seine Atemzüge, eins, zwei, *drei, vier*, aus, zwei, drei, vier. Das Zählen erinnerte ihn an die laufende Uhr. Sekunden verstrichen. Da durchfuhr ihn ein so entsetzlicher Gedanke, dass ihm heiß und kalt wurde: der Totmannmelder. Er tastete sich bis zu seinem Gürtel vor und schüttelte das Gerät, damit der schrille Alarm nicht losging, der ausgelöst wurde, wenn er sich eine Zeitlang nicht bewegte. Schweiß troff ihm von den Wimpern.

»*Zwei für Halt, drei für Abbruch*«, sagte Matt schließlich. Die Anspannung in seiner Stimme war deutlich zu hören. Ben drückte den Schalter zweimal.

Drei Minuten geschah nichts, Ben zählte jede Sekunde. Die Frau im Juwelierladen schob Sachen herum, öffnete und schloss einen Schrank.

»*Ladder 98 ist auf dem Weg zu euch, Engo*«, sagte Matt. Er war wütend.

»*Sag diesen Wichsern, wir brauchen sie nicht!*«

»*Beweg deinen Arsch*«, sagte Matt, »*sie sind im Anmarsch!*«

Ben fluchte leise. Für jemanden, der dem Funkverkehr lauschte, klang es vermutlich so, als würde Matt mit Engo sprechen und ihn lediglich anweisen, das Feuer endlich unter Kontrolle zu bringen, bevor die Verstärkung eintrudelte und den Sieg einfuhr. Aber Ben wusste genau, welche Botschaft sich dahinter verbarg, und dass sie sich an ihn richtete. Er sollte sich so schnell wie möglich aus dem Schacht unter dem Juwelierladen verziehen und zum Brand zurückkehren, bevor die Männer von Ladder 98 ihre Ausrüstung anlegten, das Gebäude betraten, in den zweiten Stock hinaufstiegen und fragten, wo zum Teufel der dritte Mann von Engine 99 steckte.

Oder schlimmer, sich auf die Suche nach ihm machten. Womöglich sogar im Keller, wo er das Loch in den Boden gerissen hatte, um in den Tunnel zu steigen.

Oben klickte ein Schalter, das Licht verlosch. Ben vermutete, dass die Frau dachte, sie hätte ein Tier gehört, keinen

Menschen. Er zählte zehn Atemzüge, dann kroch er in Windeseile zurück zum Schacht, setzte die Maske auf, hob den Deckel und warf seine Tasche hinein.

Am Ende hastete er so schnell durch den Schacht, dass er fast die Steigleiter verpasst hätte, die ihn wieder ins Textillager bringen würde. Er ergriff im Rennen die Sprossen und wäre fast auf dem giftigen Schleim ausgeglitten. Oben angekommen, stemmte er mit der Schulter den Deckel auf, kletterte hinaus, schob ihn rasch zurück und zog sich durch das von ihm freigelegte Loch im Boden nach oben. Am liebsten wäre er kurz liegen geblieben, nur ein Weilchen verschnaufen. Drei Viertel seines Vorrats hatte er allein durch seine Schnappatmung verbraucht, in seiner Maske roch es nach Gummi, und die Atemluft fühlte sich irgendwie dicht an. Bald würde sie auf seinem Gesicht zu flattern beginnen, ein Zeichen dafür, dass er auf Reserve zusteuerte. Statt sich auszuruhen, rollte er sich auf die Seite und zerrte einen Fellhaufen an den Rand des Lochs, zündete ihn mit einem Feuerzeug an und hastete die Treppe hinauf.

Er trat ins Foyer, als die Männer von Ladder 98 die Stufen zum zweiten Stock hinaufmarschierten. Ben folgte ihnen, es blieb ihm nichts anderes übrig. Ein Typ, den er nicht erkannte, wirbelte zu ihm herum.

»Hä? Was soll der Scheiß?«

»Im Keller war ein zweiter Brandherd«, log Ben. Die Mannschaft tauschte Blicke, vermutlich fragten sie sich, wie im Keller ein zweiter Brandherd entstehen konnte, wenn der Brandursprung im dritten Stock lag, und was zum Teufel Ben da unten zu suchen hatte, bevor der Rest seiner Mannschaft den eigentlichen Brandherd unter Kontrolle hatte. Doch dann verwarfen sie ihre Fragen. Gingen wahrscheinlich davon aus, dass Engo für die Aufteilung verantwortlich war. Und sie hatten schon ganz andere Sachen erlebt als zwei räumlich völlig getrennte Brandherde. Feuer, die durch Wände krochen und in zwei gegenüberliegenden Wohnungen desselben Blocks aufflammten. Brände, die zwei Wochen nach der Löschung erneut ausbrachen. Feuer hielt sich nicht an Regeln. Es war eines der wenigen ungelösten Welträtsel.

»Geh zu deiner Mannschaft«, sagte sein Kollege von Ladder 98. »Wir kümmern uns um den Keller.«

Ben sah ihnen hinterher. Die Flammen krochen bereits an der Wand neben der Kellertreppe hoch. Genau wie er es vorausgesagt hatte, war da unten nur noch ein Raum voller Asche und Erinnerungen übriggeblieben.

Es war vier Uhr morgens und sie hatten sich im Mannschaftsraum versammelt, bevor jemand darüber reden konnte. Matts Mannschaft hatte einen eigenen Gemeinschaftsraum, größtenteils deswegen, weil niemand von den anderen Lust darauf hatte, dass Matt sich unter ihnen breitmachen, den Fernseher einschalten und sie mit seiner Anwesenheit in Habachtstellung versetzen würde wie ein ausgewachsener Löwe am Rand ihres Sofas. Ben und die Jungs stanken. Nach Asche und Schweiß und Monoammoniumphosphat. Engo hatte sich in seinen Sessel gefläzt und tätschelte liebevoll seinen Bierbauch, der wie ein nasser Basketball unter seinem T-Shirt hervorragte. Matt schepperte in der Teeküche herum. Jakey stand eingeschüchtert neben der Tür, als würde er nur darauf warten, als Nächstes herumgeschleudert zu werden.

»Wer war die Alte, verdammte Scheiße!«, brüllte Matt.

Ben zuckte die Achseln. »Woher soll ich das wissen? Konnte sie wohl kaum erkennen, durch die Bretterritzen.«

»Du solltest vorher checken, wer da ein und aus geht. Das war deine verdammte Verantwortung!« Matt zeigte mit seinem Wurstfinger auf Engo. »Und du hast behauptet, es würde keiner da sein.«

»Na und? Dann hat eben jemand eine Spätschicht eingelegt«, erwiderte Engo. »Was willst du von mir? Ich hab den Laden zwei Monate lang observiert. Da ist nie jemand länger als neun geblieben.«

»Hast du den Laden tatsächlich observiert?«, mischte Ben sich ein. »Oder hast du in deiner Karre Burger gemampft und dir einen runtergeholt?«

Engo schüttelte mit gespielter Traurigkeit den Kopf. »Dieser Typ.«

»Weißt du noch, als du mit der Kleinen von Snapchat rumgemacht hast? Und die Wachleute vom Atrium uns fast erwischt hätten, weil du beschäftigt warst?«

Engo grinste Ben an.

»Was wäre passiert, wenn du das Textillager überwacht hättest? Stell dir vor, da hätte jemand eine Nachtschicht eingelegt, und du hättest es nicht mitgekriegt. Dann hätten wir einen Zivilisten im zweiten Stock gehabt, als das Feuer ausgebrochen ist. Oder im Keller, wo ich das verdammte Loch in den Boden gesägt hab.«

»Du bist richtig sauer, hm?«

Ben hielt sich den Kopf.

»Würde es dir helfen, mir in die Fresse zu hauen, College Boy?« Engo tippte sich ans stoppelige Kinn. »Kannste gern versuchen.«

»Du liebe Güte.«

»Dacht ich mir.«

»Wir können das nicht durchziehen.« Ben klebte das immer noch schweißnasse Haar am Kopf. Er überlegte kurz, ob er nicht aufgeben und einfach ins Bett gehen sollte. Aber er appellierte ein letztes Mal an Matt. »Die von Ladder 98 haben gesehen, dass ich von der Mannschaft getrennt unterwegs war. Die wissen, dass da was nicht gestimmt hat. Also werden sie sich fragen, warum ich nach einem zweiten Brandherd gesucht habe, während der eigentliche Brand außer Kontrolle zu geraten drohte.«

»Der war immer unter Kontrolle«, behauptete Engo.

»Wenn ich nicht rechtzeitig zurückgekommen wäre, hätte das Feuer dich und Jakey zwischen dem dritten und vierten Stock eingekesselt.«

»Deine Fantasie möchte ich haben.«

»Es hatte sich schon bis in die Grundmauern durchgefressen.«

»Nein, hatte es nicht.«

»Vielleicht sollten wir noch mal überlegen«, mischte Jakey sich ein. Mit seinen mittlerweile feuerroten Flecken im Nacken und an den Wangen sah er aus wie ein Rosellasittich. »Weil, da war nämlich ... ähm ... ihr wisst schon. Wo wir gefragt haben, ›Halten oder Abbruch‹? Das ist offiziell und sieht nicht gut aus für uns.«

»Wir ziehen jetzt nicht den Stecker«, sagte Matt. »Dafür stecken wir zu tief drin.«

»Wir haben schon tiefer dringesteckt und den Job trotzdem nicht durchgezogen«, gab Ben zu bedenken.

Die anderen schwiegen.

»Die Frau. Was, wenn sie glaubt, dass das Geräusch unter den Dielen von Ratten kam?«, fragte Ben. »Dann schickt sie womöglich einen Kammerjäger da runter, um sie loszuwerden.«

Matt klammerte sich an der Küchenspüle fest, die Fingerknöchel weiß vor Anspannung, und starrte aus dem Fenster zum Hof. »Ein bekloppter Kammerjäger kriegt doch nicht mit, dass da unten jemand am Stromverteiler rumgefummelt hat. Der sucht nach Ratten, nicht nach Wanzen.«

»Haha, Ratten statt Wanzen, sehr witzig«, meinte Engo.

»Was, wenn sie nicht an Ratten denkt«, sagte Ben. »In drei Wochen machen wir den Juwelier klar, und dann erinnert sie sich an die Geräusche unter den Dielen. Liest in der Zeitung vom Brand im Textillager und stellt fest, dass das Gebäude in derselben Nacht gebrannt hat, als sie die Geräusche gehört hat.«

»Dann warten wir eben einen Monat«, sagte Matt.

»Wir können das nicht durchziehen«, sagte Ben. »Bei so einem großen Ding muss alles perf...«

»*Wir ziehen das durch, hab ich gesagt!*« Matt nahm sich einen Becher und umklammerte ihn wie einen Baseball mit beiden Händen. Wie eine Handgranate. »Hast du ein Problem mit den Ohren, von dem ich nichts weiß, Benji?«

Ben schwieg. Alle anderen auch.

Irgendwann resignierte er achselzuckend, weil er müde war und keine Lust hatte, mit einem Becher abgeschossen zu werden.

Was kümmerte es ihn? Sie würden sowieso alle in den Knast wandern, ob nun einen Monat früher oder später, war letztlich auch egal.

Ben hockte bei Jimmy's und beglotzte die Spiegeleier auf seinem Pappteller, als sie reinkam. Seine Hände zitterten immer noch. Das ging schon den ganzen Morgen so. Er war allerdings nicht sicher, ob es an der haarscharf verpassten Katastrophe unter dem Juwelierladen vom Vorabend lag oder am *Großen Schweigen*, wie er es mittlerweile getauft hatte. Dem deutlichen, lauten Nichts, das gekommen war, nachdem er einem Mordermittler aus der South Bronx einen handgeschriebenen Brief unter den Scheibenwischer geschoben hatte.

Achtzehn Tage. Kein Anruf. Keine Mail. Kein Mucks.

Ben stocherte mit der Plastikgabel im Dotter herum und

ließ sich von den Geräuschen des Diners einlullen, die ständig ein und aus gehenden Gäste und ihre Jammerei über die Hitze. In seinem Kopf drehte sich ein Karussell der unendlichen Möglichkeiten, jedes Pferdchen präsentierte ihm einen neuen Grund dafür, warum er mit seinem Vorstoß offenbar auf taube Ohren gestoßen war. Vielleicht hatte der Detective das alles für einen Scherz gehalten. Oder der Wind hatte den Brief weggeweht. Oder er drehte langsam durch, weil seine Freundin mit ihrem Kind verschwunden war, und hatte sich alles nur eingebildet. In Wahrheit hatte er keinen Brief geschrieben, keinen Detective ausgewählt und auch keinen Umschlag unter seinen Scheibenwischer geschoben. In dem Moment war er tatsächlich so aufgeregt gewesen, dass er sich kaum noch daran erinnern konnte.

Vielleicht war alles noch viel schlimmer.

Engo oder Jakey oder Matt hatten ihn beschattet und ihn bei seiner Aktion beobachtet. Und den Brief an sich genommen. Ihn gelesen.

Vielleicht wussten sie Bescheid.

Er tappte einen Morse-Code auf den Pappteller. Als einer von Jimmys Leuten den Pommeskorb ins Frittieröl knallte, fiel Ben vor Schreck die Gabel aus der Hand. Er musste aufhören, darüber nachzugrübeln. Also betrachtete er die in Jimmys Krakelschrift an die Tafel gemalten Menüvorschläge über der Frittierstation und zwang sich, stattdessen darüber nachzudenken. Salat. Burger. Suppe.

Ben stierte auf die Eier.

Die Frau musste ihn ein paarmal mit Namen ansprechen, bevor Ben reagierte.

»Benjamin Haig?«

Endlich blickte Ben von seinem Pappteller auf. Die Frau saß neben ihm am Tresen, die Hand neben einem dampfenden Kaffeebecher abgestützt. Er hatte keine Ahnung, wie lange sie schon da gesessen hatte, aber vermutlich schon eine ganze Weile. Ihre zum Bob geschnittenen blonden Haare waren säuberlich hinter die Ohren geschoben, sie beäugte ihn durch eine dunkelblau umrandete Lesebrille. Sein aufgewühlter Verstand registrierte drei Dinge: Sie war sehr attraktiv. Sie trug teure Kleidung. Sie war eine Fremde. Mehr war nicht drin.

Als die Frau sicher war, dass sie seine Aufmerksamkeit hatte, hob sie die zusammengefaltete Zeitung, die vor ihr auf dem Tresen gelegen hatte, und widmete sich wieder den Schlagzeilen.

»Ich bin wegen des Briefs hier.«

ANDY

Sie musste gar nicht hinsehen, seine Reaktion war regelrecht spürbar. Ihre Worte durchzuckten ihn wie ein Stromschlag und raubten ihm den Atem. Danach kam erst mal nichts mehr. Sie las weiter Zeitung und gab ihm Zeit, alles zu verarbeiten. Als sie wieder zu ihm rübersah, hatte er sich ein wenig beruhigt. Aber er hielt die Gabel immer noch krampfhaft umklammert, seine Nackenmuskeln waren zum Zerreißen gespannt.

»Hat Detective Johnson Sie geschickt?«, fragte er die Spiegeleier.

»Nein«, sagte Andy. »Er hat Ihren Brief erhalten und ihn an seine Vorgesetzten weitergeleitet. Die haben mich vor fünf Tagen ins Boot geholt.«

»Ach, toll«, sagte Ben. »Also weiß schon das halbe Dezernat über die verdammte Sache Bescheid.«

»Nein, Sie müssen einfach ...«

»Ich bin raus!« Er schob den Teller weg und stand auf. Der Mann war größer, als Andy erwartet hatte. Breitschultrig, muskulös. »So'n Scheiß brauch ich nicht.«

»O doch, genau den brauchen Sie«, sagte Andy und blätterte weiter in ihrer Zeitung. Ben war hinter ihrem Hocker stehen geblieben, sie konnte ihn riechen. Nach dem Brand im Textillager in der vergangenen Nacht hatte er offenbar nicht geduscht, denn er stank nach Chemie, Schweiß und Trauer. »Wenn Sie Luna und Gabriel finden wollen, dann brauchen Sie mich, Ben.«

Er dachte nach. Kehrte zurück zu seinem Hocker und setzte sich wieder hin, ohnmächtig, betäubt. Die Leute im Diner hatten die Anspannung zwischen ihnen bemerkt, kein Wunder, hier flogen förmlich die Funken. Aber das Interesse hielt nicht lange vor, schon bald kümmerten sich die Gäste wieder um ihre Belange. Andy trank einen Schluck Kaffee. Er schmeckte sogar gut.

»Detective Johnson hat sofort verstanden, dass das hier eine Nummer zu groß für ihn ist«, sagte Andy. »Er ist damit direkt zu seinem Vorgesetzten gegangen, der die Sache gleich ans FBI weitergegeben hat. Ein Agent dort, Tony Newler, hat sich die Sache angesehen und beschlossen, eine Spezialistin hinzuzuziehen. Diese Spezialistin bin ich.«

»Wenn die anderen rausfinden, dass ich sie verraten habe, bin ich ein toter Mann«, sagte Ben leise. »Kapieren Sie das? Die bringen mich um. Es wird bei einem Einsatz passieren, ein Unfall. Oder sie lassen mich gleich verschwinden. Verscharren mich, irgendwo im Norden. Meine Leiche wird nie gefunden.«

»Glauben Sie, das haben sie mit Luna und ihrem Kind gemacht?« Andy bemühte sich um einen neutralen Ton. Sie knickte die Zeitung, um die untere Hälfte der Titelseite zu lesen. Es ging um den Brand im Textillager. »Haben Sie den Verdacht, Ihre Mannschaft hat sie irgendwo verscharrt?«

»Ich weiß es nicht, darum geht es ja gerade.«

Eine Weile saßen sie schweigend da, während Jimmys Leute einander Bestellungen zuriefen und die Grillplatten abkratzten. Irgendwann holte Andy ihr Handy hervor und rief das Foto auf, das sie von Bens Brief gemacht hatte.

»*Ich habe Angst, dass meine Freundin rausgefunden hat, was meine Mannschaft und ich so treiben*«, las sie. Ben hielt den Kopf weiterhin gebeugt. »*Entweder was über den letzten Überfall oder irgendeine Sache aus der Vergangenheit. Ich mache mir große Sorgen, dass sie und ihr Sohn umgebracht wurden, um sie mundtot zu machen.*«

»Sie müssen mir den Brief nicht vorlesen«, sagte Ben. »Ich habe ihn geschrieben und weiß genau, was drinsteht.«

»*In den zwei Monaten seitdem Luna und Gabriel verschwunden sind, habe ich nichts herausfinden können. Die Polizei, die mit ihrem Fall betraut ist, schert sich nicht darum. Ich bin …*«

»*Ich bin bereit, der Polizei bei der Aufklärung mehrerer großer Fälle zu helfen, wenn die Polizei wegen des Verschwindens von Luna und Gabriel gegen meine Kollegen ermittelt.*« Bens Kiefermuskeln arbeiteten. »Ja, ich weiß. Das habe ich geschrieben. Und tausendmal gelesen, bevor ich es aus der Hand gegeben habe.«

»Diese Fälle«, sagte Andy. »Das sind Raubüberfälle.«

»Wieso sollte ich darüber mit Ihnen reden?« Ben lehnte sich auf seinem Hocker zurück, er war erschöpft. »Obwohl ich von Ihnen keinerlei Gegenleistung erhalten habe.«

»Wenn ich zwischen den Zeilen lese, komme ich zu dem Schluss, dass Sie Überfälle meinen«, sagte Andy. »Sie schreiben von *Wertgegenständen* und *Jobs*.«

»Ich habe keine Ahnung, warum wir das ausgerechnet hier abziehen.« Er sah sich im Diner um.

»Wir könnten es auch im Vernehmungszimmer machen, wenn Ihnen das lieber wäre«, sagte sie lächelnd und blätterte zum Sport.

Sie spürte seinen Blick.

»Was sind Sie denn jetzt eigentlich? Detective?«

»Spezialistin.«

»Ich wollte Johnson. Hab ihn extra ausgesucht. Er hat keine Verbindung zu irgendwem in Midtown. Und er hat letztes Jahr diesen Mord gelöst, die Kellnerin. Alle haben gedacht, sie wär zurück nach Mexiko. Ich hab's in der Zeitung gelesen.«

»Wie gesagt, Detective Johnson ist für einen solchen Einsatz nicht ausgebildet«, erklärte Andy.

»Welchen Einsatz?« Ben rückte näher. Wieder dieser Gestank. »Was für eine Spezialistin sind Sie? Ich weiß nicht mal, wie Sie heißen.«

»Nennen Sie mich ...«, sie dachte wie immer nur kurz darüber nach, wie immer, »... Andy.«

»Was sind Sie für eine? Vom FBI oder so was?«

»Wenn ich es recht verstehe, Mr Haig«, sagte Andy vorsichtig, »Sie glauben, dass einer oder alle Mitglieder ihrer Mannschaft, Matthew Roderick, Engelmann Fiss und Jacob Valentine, die beiden ermordet haben. Dass Luna Ihnen auf die Schliche gekommen ist und die anderen befürchten mussten, dass sie mit ihrem Wissen zur Polizei geht. Deswegen haben die Männer beschlossen, sie mundtot zu machen. Das Kind war dabei ein Kollateralschaden.«

Sie sah ihn an. Er hatte den Kopf gesenkt und raufte sich mit den dreckverschmierten Fingern die Haare, die Ellbogen über dem Teller mit den Eiern gespreizt. Andy wusste, dass er sein Vorhaben angesichts ihrer klaren Worte hinterfragen könnte, aber genau das wollte sie erreichen. Er sollte sich ernsthaft mit seinem Vorhaben auseinandersetzen.

Denn er musste sich hundertprozentig darauf einlassen, jegliche Halbherzigkeit würde sie in Teufels Küche bringen.

»Matt würde niemals ein Kind umbringen«, murmelte Ben so leise, dass Andy ihn kaum verstand. »Der hat selbst sechs davon. Und noch eins ist unterwegs. Der labert eine Menge Mist, aber das würde er nicht ... Engo, ja, der schon. Wenn Matt es ihm befehlen würde, dann ...«

»Sie glauben also nicht, dass etwas anderes dahintersteckt?«, drängte Andy. »Sie sind überzeugt, dass einer oder alle für ihr Verschwinden verantwortlich sind?«

Ben dachte nach. Lange schwieg er, starrte auf seinen Teller.

Dann nickte er.

»In Ihrem Schreiben haben Sie nicht genauer angegeben, welche Überfälle aufs Konto Ihrer Mannschaft gehen. Ich nehme an, es geht um die schweren Überfälle.« Andy legte ihr Handy weg. »Aber Sie haben nicht genauer angegeben, bei welchen Fällen Sie uns helfen wollen. Sprechen wir hier nur von Einbrüchen? Mir ist aufgefallen, dass Sie Titus Cliffen nicht erwähnt haben, als es um die Verbrechen der Vergangenheit ging. War er nicht Teil ihrer Mannschaft?«

Ben sagte kein Wort.

»Titus wurde bei einem Unfall während der Arbeit getötet«, fuhr Andy fort. »Hat er auch was über die Überfälle herausgefunden? Wurde er umgebracht? Sind Sie deshalb so sicher, dass Matt, Engo und Jake etwas mit dem Verschwinden von Luna und Gabriel zu tun hatten?«

Ben schüttelte den Kopf. Müde, wütend.

Andy trank ihren Kaffee, dachte über ein paar Dinge nach. Ben im Diner zu treffen war der letzte Punkt auf ihrer Liste gewesen. Sie hatte beschlossen, den Auftrag anzunehmen. Aber daraus erwuchs direkt eine neue Liste. Phase zwei: Zugang. Sie schlug die Zeitung auf und faltete sie so, dass die Wohnungsanzeigen zu sehen waren. Der letzte Schluck Kaffee schmeckte nicht so gut wie der erste. Spülmittel am Becherboden. Als sie aufstand, hob Ben abrupt den Kopf.

»Warten Sie!«

»Sie haben ein paar Dinge zu erledigen«, sagte Andy. Alles, was nun kam, war reine Geschäftssache. Nichts Persönliches. Und das sollte er gleich von Anfang an verstehen. »Sie müssen das unter Kontrolle kriegen.«

»Was?«

»Das da.« Sie zeigte auf sein Gesicht, seinen Körper. Das gesamte Paket. Aus Sicht der neugierigen Gaffer im Diner wirkte sie vermutlich wie eine Ex-Frau, die ihrem Verflossenen klarmacht, dass er sein Leben wieder auf die Reihe kriegen muss, dann kriegt er vielleicht eine zweite Chance. »Das Zittern. Der unruhige Blick. Sie müssen sich in den Griff bekommen, Ben. Rasieren Sie sich den Trauerbart, reißen Sie sich zusammen. Wenn ich in Ihr Leben trete, müssen Sie mit dem Liebeskummer durch sein. Ein Typ, der sich damit abgefunden hat, dass seine Freundin mit ihrem Kind abgehauen ist, heim nach Mexiko.«

Ben schüttelte den Kopf. »Versteh ich nicht. Wohin gehen Sie … wann kommen Sie zurück?«

»Besser, wenn Sie nichts wissen. Sonst ist es keine Überraschung mehr.«

Sie legte ein paar Scheine auf den Tresen. Ben sah aus wie ein an der Straßenseite ausgesetzter Hund.

»Und 'ne Dusche würde auch nicht schaden. Herrje!«

EIN JAHR ZUVOR

BEN

Bei dem Einsatz ging es um ein Kind, deswegen rannten alle rum wie aufgescheuchte Hühner. Wie immer. Da kann einer drei Minuten vor Dienstende im Flur zwischen den Mannschaftsräumen mit der Tagesschicht plaudern, in Gedanken bereits zu Hause im Bett, aber wenn ein Notruf reinkommt und es geht um ein Kind, ist er sofort der kompromisslose Retter, geht ab wie am ersten Tag, eine Minute im Job. Ben erinnerte sich, dass sie mitten in der Schicht gewesen waren, als die Leitstelle den Notruf durchgegeben hatte. Sonnenuntergang. Ein Kind hing vor dem 7-Eleven zwischen Eight und Thirty-Ninth Street fest. Jake, hinten im Wagen, war so aufgepeitscht, dass man vorn seine Kiefer mahlen hörte. Sogar Engo sah zur Abwechslung mal wach aus.

Die Luft war allerdings schnell wieder raus. Schon von Weitem war klar, dass das Kind nicht in ernsthafter Gefahr schwebte. Auf dem Gehweg hatte sich keine Menge versammelt, der Verkehr floss ruhig dahin. Matt parkte das Löschfahrzeug und ging, nachdem er die Lage gecheckt hatte, in den Laden, um sich eine Coke zu holen. Ben erhaschte einen Blick auf die Mutter. Pralle Rundungen, hübsch, Latina. Also schob er sich rasch an Engo vorbei, damit der zur Begrüßung keinen blöden Spruch raushaute. Die Frau stand vor ihrem Kind, das Gesicht angespannt vor Stress.

»Feuerwehr«, sagte Ben. »Was ist los?«

»O Jesus!« Sie richtete sich auf, zeigte auf das Kind und klatschte sich auf die in knallenge Jeans gezwängten Oberschenkel. »Dieses Kind! Ich sag's Ihnen, irgendwann krieg ich einen Herzinfarkt. Fünf Sekunden hab ich aufs Handy geschaut – fünf Sekunden! –, und jetzt sehen Sie sich das an. *Himmel* nochmal!«

Ben begutachtete den Schaden. Der Junge, vielleicht drei Jahre alt, kauerte gebeugt und seltsam verrenkt vor dem verrosteten Skelett eines Fahrrads, sein Kopf mit dem kurzgeschorenen schwarzen Haar steckte in einem Bügelschloss fest. In der Stadt waren unzählige solcher Fahrradskelette irgendwo angeschlossen, besonders am Hudson, von Touristen geliehen oder billig gekauft und vor dem Abflug einfach irgendwo stehen gelassen, woraufhin sich die Wohnungslosen darüber hermachten und alles abschraubten, was noch irgendwie nützlich sein oder zu Geld gemacht werden könnte. Am Ende blieb nur der trapezförmige Rahmen mit Schloss zurück, in dem in diesem Fall ein kleiner Mensch festhing. Um ihn freizubekommen, hatte man den Jungen bereits von Kopf bis Fuß mit Speiseöl eingerieben, die halbleere Flasche stand noch neben ihm. Der Junge heulte und knurrte, dicke Schnodderblasen hingen ihm vor der Nase. Wenn nicht alle so aufgelöst wären, hätte man glatt darüber lachen können, ein kleiner Wonneproppen, der am mittelalterlichen Pranger stand.

»Er hat seinen Kopf reingesteckt, als Sie abgelenkt waren?«, fragte Ben.

»Es ist ... ist ... einfach so schnell gegangen.«

»Keine Sorge«, beschwichtigte Ben. »Das ist schnell erledigt.«

»Warum muss das hier rumstehen?« Die Mutter klatschte sich die Hände an den Kopf und schob sich die lockigen Haare aus dem verschwitzten Gesicht. »Wer schließt ein halbes Drecksfahrrad mit einem beschissenen Riesensicherheitsschloss an? Wozu, wenn man es nicht mehr braucht?«

»Ma'am ...«

»Warum holt die Stadt sie nicht ab?«

Engo schnaubte. »Hören Sie auf rumzujammern. Sie haben das verbockt, nicht die Stadt. Sie müssen auf Ihr Kind aufpassen, Lady. Wir sind hier in New York – oder ist Ihnen das noch nicht aufgefallen?«

»Engo!«

»Was?« Engo musterte die Frau von Kopf bis Fuß. »Sache ist die: Heute hängt das Kind mit dem Kopf in einem Bügelschloss fest. Noch mal Glück gehabt, kann ich da nur sagen. Aber wenn du so weitermachst, Mädel, kratzen sie ihn morgen vom Taxi. Oder ziehen seine Leiche aus dem Kanalschacht.«

»Ich hab aufgepasst!«, kreischte die Frau. »Aber ... aber ... dann hat mein Chef angerufen.«

»Also ist dir der Job wichtiger als dein Kind?«

»Engo. Scheiße, lass gut sein, Mann!«

»Was soll ich dazu sagen? So was sehe ich ständig«, er setzte seinen Helm ab und seufzte missbilligend. »Ständig am Handy hängen, so sind die Mütter heutzutage. Traurig, anders kann man es nicht nennen. Eine ganze Generation wächst ohne ...«

»Typ, was laberst du, hast du den Schuss nicht gehört?« Die Frau wäre glatt auf Engo losgegangen, wenn Ben sie nicht zurückgehalten hätte. »Wer bist du überhaupt, dass du hier antanzt und glaubst, du kannst mir erzählen, wie ich mein Kind zu erziehen hab? Für wen hältst du dich, verdammter Idiot?«

»Stopp! Aufhören!« Ben hielt die Mutter so sanft es ging an den Schultern fest. »Jakey, schneid den Jungen da raus. Engo, *verpiss dich*!«

Er schob die Frau etwas weiter, aber so, dass sie ihr Kind noch sehen konnte. Jake hatte den Jungen beruhigt und schien ihm sogar fast ein Lächeln entlockt zu haben. Während er den Hurst-Spreizer aus dem Wagen holte, machte Engo für den

Kleinen den Clown und ruinierte damit Jakes Arbeit. Aber Bens Aufmerksamkeit galt der Frau. Sie hatte ihre riesige Handtasche abgestellt und trat wütend darauf ein.

»Hören Sie mir gut zu«, sagte Ben. »Solche Sachen passieren, okay? Ja? Das hier ist *eine Kleinigkeit*. Der Junge ist gesund und munter. Wollen Sie wissen, was schlechte Mütter machen? Das können Sie sich gar nicht vorstellen ...«

Die Frau brach in Tränen aus.

Dann fiel sie ihm um den Hals.

Als Feuerwehrmann war Ben schon zigmal von Fremden umarmt worden. Er verstand das gut. Wo er auftauchte, kochten Emotionen hoch, und die Uniform – die schwere Jacke, Helm, riesige, hitzefeste Stiefel – erregten in tiefsten Winkeln des Hirns sitzende Gefühle, die eigentlich für Footballmaskottchen oder Superhelden reserviert waren. Aber als Luna Denero Ben an jenem Tag um den Hals gefallen war, hatte sich das Hängeschloss an der alten, rostigen Eisentür zu seinem Herzen geöffnet. An diesem Schloss hatte er sich im Verlauf seines Erwachsenenlebens schon eine Menge Schlüssel abgebrochen, doch die Tür hatte sich nie geöffnet, so sehr er auch daran gerüttelt hatte. Plötzlich war er Feuer und Flamme. Verlegenheit, Freude, Begehren und Scham. Dann tat er etwas, das ihn noch heute überraschte. Statt die Umarmung wie sonst stoisch über sich ergehen zu lassen, nutzte er den günstigen Moment, um Luna in die Arme zu schließen und sie ein wenig zu wiegen. Er fühlte sich wie der glücklichste Mensch auf Erden.

Obwohl das alles nur Sekunden dauerte, hatten seine Kollegen genau mitbekommen, dass er die Schönheit mit den großen braunen Augen im Arm hatte, und bedachten ihn mit derart stechenden Blicken, dass er sie bis in die Eier spürte. Irgendwann löste sie sich, wischte mit dem Daumen die Mascaraspuren weg und verwandelte sich blitzschnell wieder in die knallharte, gefasste Frau, die gerade noch kurz davorgestanden hatte, Engo die Augen auszukratzen.

Während Jake das schreiende Kind mithilfe des Spreizers aus dem Bügelschloss befreite, hielt Engo die Menschenmenge in Schach, die jetzt, angelockt vom Blinklicht und den Uniformen, neugierig glotzten oder mit gezückten Handys filmten. Matt stand an der geöffneten Tür der Fahrerkabine, einen Ellbogen auf den hohen Sitz abgestützt, trank seine Coke und genoss die Vorstellung.

»Wo ist meine Tasche?«, fragte Luna auf einmal.

Ben schaute zu Boden, auf die nur einen Meter entfernte Stelle, wo die Frau sie noch vor ein paar Minuten mit Tritten traktiert hatte.

Sie war verschwunden.

BEN

Ben hatte die Tasche wiedergefunden.

Die ganze Nacht hatte er gesucht, hatte zu Fuß die Stadt danach durchkämmt. Danach war er sich ziemlich schlau vorgekommen, ja, er wäre ein guter Polizist geworden, wenn seine Eltern keine Junkies gewesen wären und ihn nicht von Geburt an gegen die Bullen aufgehetzt hätten. Nach seiner Schicht war er zum 7-Eleven zurückgekehrt und hatte sich das Bild von der Sicherheitskamera ausdrucken lassen, das einen mageren Typen mit Baseballcap dabei zeigte, wie er sich die Tasche gegriffen hatte und damit gemächlich weitergeschlendert war. Ben hatte die Aufnahme genau studiert, der Mann, der sich nach der Tasche bückte, zwölf Leute um ihn rum, die nichts davon mitbekamen.

Daraus schloss Ben, dass der Typ ein Profidieb war. Er

hatte den bekannten Kleinkriminellen das Bild gezeigt und ein paar hundert Dollar für Tipps bezahlt. Die CD-Bootlegger am Central Park konnten ihm nicht helfen, genauso erging es ihm mit den Sprechern der Obdachlosenlager im Financial District. Er sprach die Männer und Frauen in den roten Uniformen an, die am Times Square standen und Tickets für die Touristenbusse verkauften, die Handtaschenverkäufer, die ihre gefälschte Ware auf dem Gehweg ausgebreitet hatten, die Typen vor den Sonnenbrillenständern, die Verkäufer in den Eis- und Dönerwagen. Dann konzentrierte er sich auf die Ladendiebe, die vor den Einkaufszentren an der Fifth Avenue ein Päuschen einlegten, schwitzende Kids in übergroßen Jacken und Baggy Jeans. Für ein stattliches Bestechungsgeld hatten sie ihm TikTok-Clips von der Befreiung des Jungen aus dem Bügelschloss gezeigt, auf denen der Dieb deutlicher zu erkennen war.

Gegen zwei Uhr morgens hatte er einen Namen, um drei eine Adresse. Um vier klopfte er bei dem Arschloch an der Tür und zerrte ihn raus auf den stinkenden Flur seines miesen Wohnblocks in einem noch nicht gentrifizierten Teil von Brooklyn. Ben hatte den Typen so hart gestoßen, dass er glatt durch die Rigipswand neben seiner Tür direkt in sein Wohnzimmer gekracht war. Um halb sechs durchsuchte Ben die Mülltonnen in einer Gasse am Times Square.

Luna versuchte gerade, ihren Jungen aus ihrer Wohnung in Dayton zu bugsieren, um ihn zur Kinderbetreuung zu bringen, als Ben ihr um halb acht auf dem Flur entgegenkam, ihre Tasche in der Hand und ein breites Grinsen im Gesicht.

Jetzt stand er im Bad und rasierte sich den »Trauerbart« ab. Dass es so was tatsächlich gab, hatte er erst verstanden, als er ihn genauer betrachtet hatte. Ungepflegt, dunkel, viel zu weit in den Nacken gewachsen, ein deutliches Anzeichen der körperlichen Vernachlässigung. Bens Vater hatte sich damals ebenfalls einen Trauerbart wachsen lassen, eine wandelnde Wildnis, aus der zwei tote Augen hervorschauten, schon seit Ben sich erinnern konnte. In regelmäßigen Intervallen hatte er ihn rasiert, immer dann, wenn er auf Jobsuche gewesen war, und jedes Mal waren die Nachbarn aufs Neue geschockt gewesen und hatten zu tratschen begonnen, als hätte jemand im verwilderten Garten eines verfallenen Hauses heimlich den Rasen gemäht. Ben wusste noch, wie er sich als Kind gefragt hatte, ob da hinter den Augen seines Vaters ein neuer Mensch eingezogen war, bis er wieder an der Nadel hing, und er verstand, dass da drin die ganze Zeit über derselbe alte Mann gehaust hatte.

Als er jetzt im Waschbecken auf seine Borsten starrte, bemerkte er, dass ein Barthaar auf Gabriels Zahnbürste gefallen war. Er zog es heraus, spülte die Bürste ab und legte sie wieder auf den Waschbeckenrand, wo der Kleine sie abgelegt hatte, statt sie wieder in den Becher beim Spiegel zu stellen, wo sie hingehörte. Da begann er eine Unterhaltung mit ihnen, sprach leise, aber leidenschaftlich in die Stille des Badezimmers, der Wohnung, dieselben Worte, die er immer sagte, wenn ihn düstere Gedanken plagten. Luna und Gabe eng umschlungen in einem dunklen Grab, von Würmern gefressen. Ihre Asche an einem einsamen Flussufer vom Wind verweht.

»Ich werde euch finden«, sagte Ben.

ANDY

Tony Newler fuhr auf den Parkplatz in Greenpoint, schaltete den Motor aus, blieb aber im Auto sitzen und blickte durch die Windschutzscheibe auf Andy, als hätte sie gefälligst herzukommen und sich neben ihn zu setzen. Was sie nicht tat. Während ihrer fünfzehn Jahre als verdeckte Ermittlerin hatte sie gelernt, sich von beengten Räumen fernzuhalten, selbst wenn sie den Menschen darin vollkommen vertraute. Sie hatte Tony vor zehn Jahren das letzte Mal gesehen, doch allein sein Anblick löste bei ihr an den seltsamsten Stellen Juckreiz aus. An den Handflächen. Seitlich am Hals. Eine Tony-Allergie.

Schließlich stieg er aus und setzte sich auf seine Kühlerhaube, sein Wagen stand direkt vor ihrem, Stoßstange an Stoßstange. Er hatte zugenommen, und an den Schläfen war sein Haar weiß geworden. Das passierte wohl, wenn man zu vielen Pressekonferenzen und Abschlussfeiern von der Polizeiakademie beiwohnen musste.

Er schnaubte überrascht. »Blond, hm?«, lautete seine Begrüßung. Sein Versuch, besonders nett und verbindlich zu wirken. Andy rutschte herum, zwang sich, die Hände von den Haaren zu lassen. Ihr kribbelte die Kopfhaut. Nett und verbindlich ging gar nicht. Nicht mit Tony.

»Für diesen Job oder noch vom letzten?«, fragte er.

»Vom letzten«, sagte Andy. Sie spähte rüber zum nächsten Parkplatz. Stacheldraht, grellorange Flutlichter und öltriefende Baufahrzeuge. »Ich bin hier noch nicht etabliert.«

»Was war dein letzter Job noch mal?«

»Pädophiler in einer Kindertagesstätte.« Andy widersetzte sich dem Impuls, sich das T-Shirt vom Bauch zu zupfen. Schweiß lief ihr über die Rippen. »Ich war eine verschuldete Geschiedene, neu in der Stadt.«

»Wo war das?«

»Michigan. Für die Polizei vor Ort.«

»Ha, interessant.«

Sie wartete.

»Komisch. Ich hab mir sagen lassen, dass du überwiegend als Privatperson für verdeckte Ermittlungen engagiert wirst.« Newler zuckte die Achseln. »Ich wusste, dass du nichts fürs FBI machst. Aber mit Polizisten zu arbeiten war doch auch nie dein Ding. Zu viele Platzhirsche.«

Andy schwieg.

»Hast du den Typen gekriegt?«

»Die Typen«, sagte Andy. »Ja, ich hab sie gekriegt. Können wir uns jetzt auf die Sache konzentrieren?«

Newler verschränkte die fleischigen Arme und seufzte lang. Ja, genau, daran erinnerte sie sich noch gut: Der Typ konnte fünf Sekunden lang durchseufzen. »Ich weiß, ich hätte dir was mit Kindern anbieten sollen. So oft hab ich dich angerufen, aber du bist nie rangegangen. Du hattest ja schon immer ein Herz für Kinder.«

Sie schob die Hand in die Jeanstasche und zog ihren Autoschlüssel hervor.

»Okay, gut, gut!« Er hob beschwichtigend die Hände. »Sag mir, was du hast.«

»Luna Denero hat an einer Kunstschule in Soho gearbeitet, so eine Akademie für Schnöselkinder. Dort hat sie Töpferseminare gegeben. Hat mit ihrem Sohn Gabriel in Newark gelebt. Benjamin Haig hat sie bei einem Einsatz kennengelernt.«

Andy wartete, bis ein Streifenwagen mit lauten Sirenen an ihnen vorbeigesaust war. Die roten Lichter in Newlers Augen jagten ihr einen Schauer über den Rücken.

»Als sie zuletzt gesehen wurde, war sie auf dem Weg zur Arbeit«, fuhr Andy schließlich fort. »Abendkurse. Dafür hat sie das Kind immer bei seiner fünf Minuten entfernt wohnenden Großmutter abgesetzt und sich dann in den Feierabendverkehr in Midtown gestürzt.«

»Von wem wurde sie zuletzt gesehen?«

»Von Haig«, sagte Andy. »Da hatten sie schon ein paar Monate zusammengewohnt. Aus seinem Brief an Detective Johnson wissen wir, dass er an dem Abend mit Magen-Darm-Grippe im Bett lag. Luna hat mit Gabriel das Haus verlassen. So weit, so normal. Aber sie ist nie bei ihrer Mutter angekommen, auch nicht im Studio. Ihr Auto ist auch verschwunden.«

»Wer hat Alarm geschlagen?«

»Ben. Gegen Mitternacht ist er aufgewacht, sie war nicht da, er hat sie mit Anrufen bombardiert, sie aber nicht erreicht.«

»Wenn er zu Hause war, warum ist das Kind nicht bei ihm geblieben? Hätte er sich doch drum kümmern können.«

»Hast du dir den Fall noch nicht angesehen?«

»Nicht im Detail«, sagte Newler. »Ehrlich gesagt bin ich weder wegen der Mutter hier noch wegen dem Kind. Es geht mir um die Raubüberfälle. Aber das heißt nicht, dass ich nicht neugierig bin. Rätsel zu lösen hat was, stimmt's?«

Andy stieg nicht darauf ein.

»Also, warum hat er nicht ...?«

»Weil er *richtig* krank war«, sagte Andy. »So krank, dass er seine Schicht bei der Feuerwehr nicht angetreten hat, was sehr untypisch für ihn ist, soweit ich das beurteilen kann. Der Mann hat zeit seines Lebens noch keinen Tag frei genommen.«

Newler dachte nach. Eine streunende Katze schlich über den Parkplatz, folgte dem aus dem aufgeplatzten Asphalt sprießenden Grünzeug und beäugte Andy und Newler, die da dicht voreinanderstanden, bis sie schließlich durch eine Lücke im Zaun verschwand.

»Ich nehme Haig genau unter die Lupe«, sagte Andy. »Aber ich erkenne keinen Grund, warum er sich auf diese Weise ans Messer liefern sollte, wenn er seine Freundin und deren Sohn umgebracht hat.«

»Warum nicht?«

»Im Brief steht, dass er seit zehn Jahren mit seinen Leuten nebenbei Dinger dreht. Mit den Hauptakteuren, Matt Roderick und Engelmann Fiss. Jake ist erst später dazugestoßen«, sagte Andy. »Er lässt durchblicken, dass es sich um große Dinger handelt.«

»Und?«

»Und der Typ ist im Heim aufgewachsen, hat also sicher eine Vorliebe fürs Hamstern. Ganz sicher hat er irgendwo in einem Geheimversteck Kohle für die Flucht zurückgelegt. Haben sie wahrscheinlich alle. Wenn Ben im Affekt seine Freundin Luna und ihren Sohn Gabriel umgebracht hätte, wäre er schon längst auf der Flucht. Der wäre doch nicht hiergeblieben und hätte seine Mannschaft verraten.«

Newler zuckte die Achseln. »Hmm. Könnte auch andersrum sein. Vielleicht ist die Frau mit ihrem Kind vor ihm abgehauen. Du hast selbst gesagt, er hat sie mit Anrufen bombardiert, nur weil sie nicht zur üblichen Zeit nach Hause gekommen ist. Er könnte also so ein mieses Kontroll-Arschloch sein, das seine Mannschaft verpfeift, nur um die beiden zu finden.«

Andy schwieg. Newler schien die Stille zu verstehen und reagierte mit einem Achselzucken.

»War ja nur so eine Vermutung«, murmelte er unbehaglich. »Was ist mit dem Ex-Mann? Dem Vater des Kindes?«

»Tot. Krebs. Der Ex-Mann und seine Familie waren die einzigen Spuren, die der damalige Ermittler verfolgt hatte, nachdem er Haig genauer abgecheckt hatte.«

»Wer hat ermittelt?«

»Typ namens Simmley.«

»Kenn ich nicht.«

»Lunas Schwager hat fürs Kartell Autos ausgeschlachtet. Simmley hat sich drauf eingeschossen, dass da der Hund begraben liegt: Der Bruder vom Ex und das Kartell haben was dagegen, dass Luna ihr Leben in den Griff kriegt, erfolgreich ist im Job und einen Weißen zum Partner hat, der ihr hilft, das Kind großzuziehen. Simmley hat das Verschwinden der beiden ungefähr zwei Wochen untersucht, dann hat er Haig unterbreitet, was seiner Überzeugung nach passiert ist: Das Kartell hat sich Luna geschnappt und ihr klargemacht, dass sie sich über die Grenze zurück in ihre Heimat verpissen soll, wo sie hingehört.«

»Aber Haig hat das nicht geglaubt«, sagte Newler.

»Nein.«

»Und hätte sich eher die Zunge abgebissen, als dem Ermittler einen alternativen Tathergang vorzuschlagen.«

»Er hat's aber tatsächlich versucht«, sagte Andy. »Hat Johnson in seinem Brief vorgeschlagen, seine Mannschaft mal genauer unter die Lupe zu nehmen. Dass sie Räuber sind, hat er ihm natürlich nicht auf die Nase gebunden, meinte nur, ein paar von ihnen seien nicht ganz ohne. Johnson hat nicht angebissen.«

»Glaubst du, Haig liegt richtig? Dass es einer aus seiner Mannschaft ist?«

Andy betrachtete die Skyline. »Möglich. Gibt eine Menge Verdächtiger. Matt Roderick ist ein klassischer Choleriker. Engelmann Fiss war schon mal im Fokus, weil seine Frau in Aruba verschwunden ist. Jake Valentine wirkt harmlos, aber der Mann ist schwach. Der macht, was man ihm sagt.«

»Wie lange brauchst du?«

»Keine Ahnung, schlecht abzuschätzen.«

»Hör zu«, sagte Newler. »Wie gesagt bin ich nicht wegen

der Frau und ihrem Kind hier, sondern wegen den Raubüberfällen. Da gibt es einige große offene Fälle, die hier vielleicht aufgeklärt werden. So kann ich die Kosten für deine Einschleusung und alles andere rechtfertigen. Aber nur, wenn du schnell Informationen zu den Überfällen lieferst.«

Andy schwieg.

»Ein Fall interessiert uns besonders. Einem Typen hat man sein Apartment in Kips Bay ausgeräumt. Wie es aussieht, haben sie mit einem Hurst-Spreizer den Bodensafe ausgehoben. Das ist eine Art Rettungsspreizer. Und nur sechs Monate zuvor hat es im selben Gebäude zwei Etagen tiefer gebrannt«, sagte Newler.

Andy hörte zu.

»Der Geschädigte ist uns egal, geht uns am Arsch vorbei, was sie dem abgenommen haben.« Newler machte eine abwertende Bewegung. »Irgendein Gangster aus Singapur. Also war 'ne Menge Kohle drin. Genug, um richtig Schlagzeilen zu machen, falls wir den Fall lösen. Aber in der Gasse hinter dem Gebäude ist den Einbrechern einer unserer Leute in die Arme gelaufen, der war außer Dienst, hat aber mitgekriegt, wie sie den Safe in ihren Transporter geladen haben. Sie haben ihn erschossen.«

»Verstehe.«

»Wenn ich *den* Fall löse ...« Newler bekam glänzende Augen, er beendete den Satz nicht, die Vorstellung, die Täter dafür zu verknacken, überwältigte ihn offenbar. Andy verstand ihn trotzdem, sie konnte es sich ebenfalls vorstellen. Der Ruhm. Das politische Potenzial. »Ich gebe dir alles, was du brauchst, wenn du mir die Wichser lieferst, die den Cop erschossen haben.«

Andy verschränkte die Arme.

»Ich nehme an, der Erstkontakt ist bereits erfolgt. Hat er gesagt, welche ...?«

»Tony.«

»Natürlich. Klar. Du bist ja noch nicht drin.«

Newler schaute zum Horizont.

»Wenn du zu früh reingrätschst«, warnte Andy, »hast du am Ende nichts. Mit Zeit, Geduld und ein bisschen Geschick liefere ich dir die Mannschaft für die Raubüberfälle und vielleicht die Mutter und das Kind dazu.«

Newler grinste. »Vielleicht ist dann für alle Weihnachten, und du löst obendrein noch den Mordfall in Aruba.«

Andys Miene blieb unbewegt.

»Tja. Das ist eine verzwickte Gemengelage. Verzwickt genug, um dich wieder reinzulocken.« Sein Blick wanderte über ihren Körper. »Ich wünschte nur, ich hätte früher so eine dicke Nummer für dich aufgetan. Zehn Jahre sind eine verdammt lange Zeit.«

»Ach, findest du?« Dass ihre Lippe beim Sprechen gezuckt hatte, ärgerte sie maßlos. Sie riss sich zusammen. »Ich brauche fünfzigtausend vorab.«

»Fünfzigtausend? Heilige Scheiße!«

»Du hast hier gar nichts zu hinterfragen«, zischte sie. »So viel kostet es. Ich brauche Papiere. Eine Wohnung. Klamotten. Kosmetik. Recherche. Ich muss mir einen Experten suchen, der mich auf die Schnelle ausbildet.«

»Zehn kann ich ohne Fragen besorgen.« Newler schüttelte den Kopf. »Aber danach will das FBI wissen, mit wem ich arbeite und was ich mache.«

»Na, dann musst du eben an dein persönliches Sparschwein«, sagte Andy liebenswürdig. »Das ist es doch, persönlich. Oder? Es gibt nur einen Grund, warum du eine Spezialistin wie mich hinzuziehst: Du willst deine eigene Geschichte darüber fingieren, wie dieser Fall gelöst wurde. Du wirst niemandem verraten, dass ich involviert bin, sondern alles, was ich bei diesem Auftrag rausgefunden habe, als deine Arbeit ausgeben. Du und ein paar ausgewählte Kumpel von dir, die dich anhimmeln, dürfen sich als Helden ausgeben. Die Welle der politischen Macht, auf der du dadurch schwimmen darfst, wird dich noch weitertragen, wenn du schon im Grab liegst.«

Newler seufzte. »So was in der Art. Die Leute haben schon Schlimmeres verbrochen.«

»Aha.«

»Für fünfzigtausend verdammte Kröten? Da will ich aber, dass meine beschissenen Enkel auf der Welle weiterschwimmen.« In seinen Augen funkelte Eifer. »Wir dürfen das nicht versauen, okay? Also darfst du nicht ...«

Andy hob die Hand. »Nein. Auf keinen Fall. Kannst dir den Rest gleich sparen. Ich will nicht von dir hören, dass du mir wie ein Babysitter auf Schritt und Tritt hinterherkleckerst.«

»Aber ...«

»Und ich will nicht alle zehn Minuten bei dir betteln müssen, weil ich pleite bin«, sagte sie. »Genauer gesagt melde ich mich erst wieder bei dir, wenn alles vorbei ist.«

Newler schüttelte den Kopf. »Nee, so läuft das nicht. Ich will dich einmal pro Woche sehen. Wie gesagt. Ich bin involviert, auch wenn das alles nicht offiziell ist. Du bist unberechenbar. Und manchmal benimmst du dich wie die Axt im Wald. Wenn du das klug anstellen willst, überlässt du mir die Aufsicht, genau wie wir es damals gemacht haben, in den guten alten Zeiten.«

Sie stand auf. »Dann mal viel Spaß mit dem nächsten Ermittler.«

»Moment! Warte.« Newler legte die Stirn in Falten. »Wow. Du bist echt ...«

Andys Kiefermuskeln arbeiteten, ihr Blick war knallhart. Sie wartete regelrecht darauf, dass er seinen Satz beendete.

Ihr genau sagte, was sie war. Was aus ihr geworden war, seit sie das letzte Mal zusammen gewesen waren. Er hatte offensichtlich so viele Adjektive zur Auswahl, dass er lange überlegen musste. Aber Newler kannte sie gut. Ihr wahres Ich. Und deswegen hielt er die Klappe.

»Sei vorsichtig«, sagte er stattdessen.

Andy stieg ins Auto und fuhr davon, bevor sie etwas tat, von dem sie seit zehn Jahren geträumt hatte.

BEN

An der Veränderung der Farben erkannte er, dass die Dinge nicht gut standen. Der zweite Einsatz. Third und Thirty-Seventh Street. Er wuchtete sich gerade mit seiner vierzig Kilo schweren Ausrüstung am wackeligen Geländer die Treppe hoch, als sich die Farbe der Tapeten verdunkelte. Kaum wahrnehmbar. Eine leichte Bräunung, von Weiß zu Beige. Doch noch während er weiter nach oben rannte, war ihm klar, dass die Tapete mit dem blauen Blümchenmuster von der Hitze des Feuers im ersten Stock wie in einem Ofen geröstet wurde. Sobald der Kleister sich verflüssigte, würde sie sich von der Wand lösen. Dann würde sie Blasen werfen, wie menschliche Haut. Und schließlich in Flammen aufgehen. Das Feuer hatte sich in die Wände gefressen, was für dieses um 1980 vermutlich mit Material von der Betonmafia erbaute Haus bedeutete: Alle, die sich noch in den oberen Stockwerken aufhielten, schwebten in akuter Lebensgefahr.

Im dritten Stock verließ er das Treppenhaus, trat eine Wohnungstür ein und sicherte im Eilverfahren die Zimmer, warf dabei einen Couchtisch um, trampelte direkt durch einen Wäscheberg hindurch, um mit dem Axtgriff das Fenster rauszuschlagen. Er gehörte mit Jake zum Belüftungstrupp, während Engo mit den Kollegen von Ladder 2 unten den Brand bekämpften. Eigentlich hätten alle draußen sein müssen, doch darauf verließ sich Ben nie. Manche Leute ignorierten den Feueralarm, schliefen mit Kopfhörern, bekamen Panik und verschanzten sich in irgendwelchen Ecken.

Wie abgesprochen traf er im Flur auf Jake, als hinter ihnen eine gebrechliche Gestalt in karierten Boxershorts aus den Rauchschwaden ruderte. Der alte Mann hatte einen Topf mit Wasser in der zitternden Hand.

»Feuer!«, stieß er hervor und zeigte mit dem mageren Finger auf seine Wohnung. »Ich glaub, da hinten brennts. Aber ich seh … seh … seh nichts mehr.«

Ben bewegte ruckartig den Kopf. »Jake!« Der nahm dem Alten den Topf weg, stellte ihn am Boden ab, hob den Mann wie ein Kleinkind hoch und trug ihn die Treppe hinunter. So war er, der Junge, immer noch sanft mit den Zivilisten. Höflich und respektvoll, sogar, wenn sie kurz davorstanden, bei lebendigem Leib gegrillt zu werden und es viel schneller gegangen wäre, dem Alten den Topf einfach aus der Hand zu schlagen. Irgendwann würde Jake diese Sanftmütigkeit ablegen, dachte Ben, während er sich weiter vorkämpfte.

Sie würde verschwinden, spätestens dann, wenn er das erste Mal eine Frau bewusstlos schlagen musste, weil sie sich inmitten eines Brands an ihrem Flügel festkrallte, als wäre es ihr Kind, und sich weigerte, das Haus zu verlassen. Wenn er nicht bis vierzig warten wollte, bis Matt seine Probezeit endlich als abgeschlossen erklärte, oder vorher das Handtuch warf, würde Jake lernen müssen, erwachsene Männer niederzuringen, die sich in brennende Autos stürzen wollten, in denen noch ihre Kinder saßen. Alte Frauen von Fensterbrüstungen stoßen. Seine Sanftheit würde sich in eiserne Härte verwandeln.

Im vierten Stock rannte eine Frau mit Kopftuch so plötzlich auf Ben zu, dass sie fast zusammengeprallt wären.

»Kommen Sie! Hier lang, bitte! Wir brauchen Hilfe!«
»O Scheiße!«
Er folgte wütend, informierte auf dem Weg den Angriffstrupp weiter unten.

Matt, im vierten Stock wimmelt es von Zivilisten.
Tja, wir sind abgeschnitten. Der zweite Stock geht hier gleich hoch. Also nix mehr Lüften, evakuiere.

Ben stolperte in die dunkle Wohnung, direkt auf das erste nach Norden gehende Fenster zu. Er sah Jake, der den Alten in die Obhut der Sanitäter übergab. Es war wie eine große Show da unten: Scheinwerfer, Lärm, verdrehte Hälse, aufgesperrte Münder. Die Frau mit dem Kopftuch zerrte ihn am Arm. Im Schlafzimmer traf er auf eine weitere Frau, die mit einem Bündel, einem Baby im Arm in einer Ecke kauerte.

»Er atmet nicht mehr!«
Ben zog sich die Maske vom Gesicht, um besser sehen zu können. Der Teppich dampfte, heiße Luft brannte in seiner Kehle. Er streckte die Hand nach dem Baby aus, aber die Mutter drehte sich weg.

»Er atmet nicht! Er atmet nicht! O Gott!«
Ben griff nach dem Bündel. »Gib ihn her!« So etwas hatte er schon mal erlebt. Menschen, die vor Verzweiflung so außer sich waren, dass sie nicht mehr erkannten, dass es direkt vor ihnen Hilfe gab. »Gib mir das Kind! Himmelherrschaft!«

»Mom, gib ihm das Baby! Er ist von der Feuerwehr!«
»Er atmet nicht! Hilfe! Helfen Sie mir!«

Die Mutter legte das Baby auf den Teppich und hieb auf das Bündel ein, als wollte sie Klamotten in einen übervollen Koffer stopfen. Ben packte sie an den Schultern und stieß sie weg. Die Lippen des Kindes waren blaugrau verfärbt. Wie das Meer.

»Verdammte Scheiße!« Er trug das Kind ans Fenster und öffnete es. Auf beiden Seiten waren ausgefahrene Leitern zu sehen, von denen aus die Einsatzkräfte in die anderen Wohnungen gelangen konnten. Es blieb keine Zeit mehr. Er klickte mit dem Funkgerät, das Baby wie einen Football unter den anderen Arm geklemmt.

»Matt!«

Der Chief sah nach oben, ihre Blicke trafen sich durch Rauch und Nebel, Licht und Chaos. Matt riss sich die Handschuhe herunter. Ben wartete, bis sein Chef zwischen zwei Streifenwagen Position bezogen hatte, die Beine gespreizt, die Augen weit aufgerissen. Die Frauen schrien und flehten und zerrten an Ben herum. Eine von ihnen erwischte ihn unter dem Jackenkragen und zerkratzte ihm den Nacken. Die andere hängte sich an seine Schulter. Ben bemerkte es kaum.

Er hielt den Atem an, trat etwas zurück und warf das Baby aus dem Fenster.

Das Bündel Mensch schien in der Luft zu schweben.

Entsetztes Raunen ging durch die Menge.

Matt fing das Baby auf.

Drückte es sich an die Brust wie ein geübter Quarterback.

Draußen verwandelten die von den Staffeln aus Uptown herbeigeholten Sprungpolster und -tücher den Gehweg in ein Meer von Gelb und Rot. Einige Umstehende fühlten sich offenbar vom Babywurf zum Heldentum inspiriert und eilten den Feuerwehrleuten mutig zur Seite, um die Sprungtücher festzuhalten.

Die beiden Frauen fielen sich in die Arme. Ben packte eine von ihnen an der Schulter.

»Du bist dran«, sagte er.

Sekundenbruchteile. Darauf lief es am Ende hinaus. Während Ben neben Matt auf dem nassen Gehweg kniete und sie versuchten, das Baby zu reanimieren, fragte er sich, ob Jake den Alten mit dem Topf durch sein Zögern gefährlich lange der Rauchinhalation ausgesetzt hatte. Ob genau diese paar Atemzüge bleibende Lungenschäden verursacht oder ein paar wichtige Hirnzellen abgetötet hatten. Würde Jakes unnötig höfliche Geste den Mann am Ende Tage oder Stunden seines Lebens kosten?

Würden die Sekundenbruchteile, die es dauerte, bis Matt den neben ihm knienden Sanitätern die Reanimation überließ, über Leben und Tod des Kindes entscheiden? Wie lange würde die Übergabe dauern? Ein Schlag auf die winzige Brust? Zwei? Wären genau die beiden Schläge entscheidend, um das kleine Herz des Babys zu retten? Ben wusste es nicht. Aber Matt hatte mit der Reanimation begonnen, also musste er sie auch fortsetzen, so lautete die Regel. Ben schob seine Hand unter den kleinen Kopf, um ihn vor dem harten Beton zu schützen, während Matt regelmäßig mit beiden Daumen auf den Miniaturbrustkorb drückte. Ben verdrängte den Gedanken an Gabriels Kopf, wie schwer er sich angefühlt hatte, wenn er den auf dem Sofa eingeschlafenen Jungen abends ins Bett trug.

Erst als Matt aufblickte, fiel ihm auf, dass er seinen Chef die ganze Zeit angesehen hatte.

Etwas blitzte zwischen ihnen auf.

Matt mühte sich weiter ab. Mit seiner Riesenpranke umschloss er den gesamten Oberkörper des Kindes. Fünf Leute bildeten einen engen Kreis um das Baby: zwei Sanitäter, Ben und Matt und ein Beistehender, wahrscheinlich war er Arzt. Sie hatten die Köpfe zusammengesteckt, so eng, dass sie einander immer wieder berührten. Schweiß troff auf den Strampler. In Bens Hirn blitzten Erinnerungsfetzen aus seiner eigenen Kindheit auf. Fünf Jungen untersuchten ein aufgescheuertes Knie. Aus dem warmen, feuchten Gedränge kam angespanntes Knurren und frustriertes Gemurmel.

Wie lange schon?
Wer hat mitgezählt?
Komm schon, Kleiner! Los!
Du schaffst das, Matt!
Sei still, du lenkst ihn ab.
Gut, Chief! Weiter so!
Ich hab mitgezählt. Vier Minuten schon.
Scheiße! Komm schon! Kommmm!
Da! Der entscheidende Herzschlag.

Das Baby kreischte und kotzte Schaum, der kleine Körper wölbte sich, die Lider flatterten. Die Gruppe löste sich auf. Matt übergab den Kleinen an den am nächsten stehenden Sanitäter, der sofort mit ihm zur bereitstehenden Trage sprintete. Er fixierte Ben mit einem Blick, unter dem Tapeten Blasen schlagen würden, dann marschierte er mit hochgezogenen Schultern und geducktem Kopf in Richtung Löschfahrzeug. Ben wusste es besser, als seinem Chef zu folgen.

McSorley's ging nicht. *Plug Uglies* auch nicht. Grundsätzlich kein Laden, der als Treffpunkt der FDNY bekannt war, weil da garantiert wieder Zivilisten aufkreuzten, die ihnen ein paar Drinks ausgaben und bei der Gelegenheit versuchen würden, Einzelheiten zum Wohnblockbrand aus ihnen herauszukitzeln. Diese Leute würden nicht mal vorher fragen, sondern die Drinks einfach kommen lassen, und am Ende würden die hohen Tische vollstehen mit Gläsern voll schalem Bier, während ihnen irgendwelche verklemmten Buchhaltertypen mit erregt heiserer Stimme blöde Fragen stellten und um Selfies baten. *Ist jemand gestorben? Wie ist der Brand entstanden? Wer hat das Baby aus dem Fenster geworfen?* Und zu guter Letzt würden sie dann ihre eigenen Heldengeschichten zum Besten geben, ihr Entsetzen, als die Himalaya-Salzkristall-Tischlampe mal einen Kurzschluss hatte und fast den Terrassentisch ruiniert hätte.

Jetzt saß Matt Ben auf einem kippeligen Holzstuhl gegenüber in einem gemütlichen, aber überfüllten Pub in der Nähe der Hudson Street, weit genug vom Wohnblockbrand entfernt und zu eng für Feuerwehrleute, die meist laut und breitschultrig waren. Matt funkelte so böse in die Gegend, dass klar war, jeder, der es wagte, ihn anzusprechen, riskierte sein Leben. Ben wusste nicht mal, wo sie waren, aber über dem Flaschenregal hing die irische Flagge und der Boden war mit Sägespänen bedeckt. Nur das zählte. Er betrachtete seine Handfläche, wo noch vor Kurzem das Köpfchen des Babys gelegen hatte.

»Du hast dringenden Fickbedarf«, sagte Matt.

Ben sah ihn an. Matts Augen loderten vor Wut. Ben spürte eine instinktive Anspannung.

»Wie bitte?«

»Du musst ficken gehen, das ist wichtig, weil so, wie du mich angeglotzt hast, als ich am Baby gearbeitet hab, nee, das geht gar nicht. Das nächste Mal schlag ich dir die Fresse ein.«

»Ich hab dich nicht angesehen.«

»O doch, das hast du.« Matt umklammerte sein Bier fester. »Als würdest du dich fragen, was für ein Mann ich bin.«

Bens Hirn ratterte auf Hochtouren, Alarmstufe rot, ein Hai drehte unter ihm seine Kreise. Er rutschte auf seinem

Hocker herum, dann sah er seinem Chef direkt in die Augen. Er musste sich berappeln, seine Trägheit abschütteln, in die der Whiskey ihn gelullt hatte.

»Ich hab dich nicht angesehen, Matt.«

Der Chief sagte nichts, funkelte nur weiter vor sich hin.

»Oder vielleicht hab ich dich angesehen, weil ich wissen wollte, ob du sauer bist, weil ich das Baby aus dem Fenster geworfen hab.« Ben rang sich ein Lachen ab. »Meine Fresse. Ich hab ein Baby aus dem verdammten Fenster geworfen, Matt! Sorry, wenn ich mich erst mal wieder einkriegen muss hier. Außerdem muss ich mir überlegen, was ich denen da oben erzähle, wenn die mich deswegen durch den Fleischwolf drehen.«

»Du hast ein Baby aus dem Fenster geschleudert.« Jake kam angeschlendert, hatte nur die letzten Worte aufgeschnappt und schlang Ben von hinten die Arme um den Hals. »Ich fasse es immer noch nicht.«

»Verpiss dich, Jake«, knurrte Ben.

Jake verzog sich.

»So ein Blick war das nicht«, sagte Matt.

»Was für einer dann? Erzähl's mir.«

»Es war so ein Blick, der fragt, ob ich oder jemand aus der Mannschaft was mit Luna und Gabriels Verschwinden zu tun haben.«

»Herrje, muss das jetzt sein?«

»Wenn du das denkst, dann raus mit der Sprache.«

»Denk ich nicht. Hab ich auch nie.«

»Ich hab deine verdammte Freundin und ihren Jungen nicht umgebracht.« Matts Kiefer arbeiteten unter seiner stoppeligen Haut. »Ich habe gerade zehn Minuten damit verbracht, ein Kind aus dem Tunnel zu zerren, bevor es ins Licht schreitet. Glaubst du ernsthaft, ich könnte eins umbringen?«

»Hab ich nie behauptet.«

»Ich hab deine Jammerfaxen dick. Du hockst hier rum wie so 'ne scheiß Lady Macbeth und starrst auf deine verdammten Hände.«

»Wie wer?«

»Keine Ahnung, was mit deiner Tussi passiert ist, aber unsere Mannschaft hat nichts damit zu tun.«

»*Tussi?*«, wiederholte Ben. »Sie heißt Luna.«

»Ich weiß.«

»Sie war bei dir im Haus.«

»Seit sie weg ist, guckst du uns schief von der Seite an«, sagte Matt. »Ich hör's an deinem Ton. Dauernd bringst du Engos Ex aufs Tapet, was ihr vielleicht passiert ist. Dann starrst du mich an, während ich ein Baby reanimiere.«

»Du klingst wie ein Irrer.«

»Alle haben das Kind angesehen, Matt. Nur du nicht.«

»Ich kann anglotzen, was und wen ich will.«

»Luna ist weg, Ben. Abgehauen.« Matt packte Ben so fest am Hemd, dass er ein Büschel von seinen Brusthaaren erwischte. »Sie. Hat. Dich. Sitzen. Lassen.«

»Okay«, sagte Ben. Wenn dein Bein schon im Rachen des Hais steckt, tust du alles, um zu entkommen. »Okay, Matt.«

»Geh ficken. Ist gut für die Hirndurchblutung.«

»Verstanden.«

Die Tür knarzte, eine Horde Zwanzigjähriger schwallte johlend in den Pub. Ben betastete sein glattrasiertes Kinn und dachte an die Frau, die sich Andy genannt hatte. Ihr Treffen lag schon eine Woche zurück. Sie hatte gesagt, er solle sie nicht erwarten, aber jedes Mal, wenn sich eine Tür öffnete oder ein Handy klingelte, zuckte er zusammen. Jake schien die Burschen zu kennen, denn er gesellte sich breit grinsend zu ihnen, begrüßte sie per Handschlag. Jake hatte schon zwei Bier intus, soweit Ben mitgezählt hatte, war also schon auf dem besten Weg, jedermanns liebster Kumpel zu sein.

Engo nahm Ben von hinten in die Zange.

»Schau nicht gleich hin, Collegeboy, aber da drüben gibt's was Süßes!«, säuselte er ihm ins Gesicht, saurer Magengestank inklusive.

Ben folgte Engos Blick. Im hinteren Bereich spielte eine Frau alleine Pool. Er erkannte sie erst, als sie von den dreien im Dreieck angeordneten Bällen aufschaute und seinen Blick auffing.

Andy.

Das Bierglas rutschte ihm aus der Hand, fiel zu Boden und zersprang.

Der ganze Pub johlte. Engo schlug ihm unsanft auf den Rücken. »Geschmeidig, Mann.«

»Keine Sorge.« Jake schlingerte zurück, vom Alkohol ganz zutraulich geworden, betatschte er Ben die Brust. »Du bist einfach aus der Übung. Keine Panik. Alle schön ruhig. Ich helf dir. Warum bestell ich ihr …«

»Verpiss dich, Jakey.«

»… nicht einfach einen Cocktail«, lallte er und zeigte auf die Tafel hinter der Bar, wobei er fast Engo umhaute. »Ich kenn ein paar gute.«

»Nee, du musst sie dazu bringen, dir einen Drink auszugeben.«

»Nein, nein, nein, geht gar nicht …«

»Das wollen die doch so. Die sind doch jetzt alle Feministen.«

»Du hast doch keine Ahnung, wovon du redest.«

Ben stieß sie weg. »Finger weg von mir, alle beide!«, rief er. Sie gluckten um ihn herum wie die Mutterhennen. »Ihr müsst mir nicht den Hintern abwischen.«

Ben ging an die Bar. An den Hohlbratzen und der Musikbox vorbei. Vor Aufregung konnte er kaum gehen. Sie sah völlig anders aus als bei ihrer ersten Begegnung, offenbar hatte sie jede Sekunde genutzt, um zu trainieren, denn ihre Arme waren muskulös, die Oberarme vom Pumpen so geschwollen, dass die Venen sichtbar waren. Ihre Haare waren schwarz und zu einem Pferdeschwanz gebunden, an die Seiten zu einem punkigen Undercut rasiert. Jetzt wirkte sie weniger wie eine, die einen Mann vor dem Scheidungsanwalt ausnahm wie eine Weihnachtsgans, und eher, als würde sie Typen festhalten, bevor sie sie tätowierte.

Auf dem Weg an die Bar fragte Ben sich auf einmal, ob er überhaupt zu ihr rübergehen sollte oder nicht. Aber als sich ihre Blicke trafen, lächelte sie ihm zu und lockte ihn mit einer Kopfbewegung.

»Was ist das hier?«, fragte Ben. »Was machen wir?«

»Wir treffen uns zum ersten Mal.« Andy stützte sich auf den Queue und musterte Ben von Kopf bis Fuß. »Du siehst aus wie beim ersten Treffen mit der Bewährungshelferin. Entspann dich mal.«

Ben legte sich die Hand an die Stirn. »Wir ... die anderen – Engo und Jakey ... die denken, du willst mich abschleppen.«

»Jupp. Ich will dich abschleppen.«

Ben starrte sie belämmert an.

»Also versau's nicht. *Smile!*«

Ben atmete aus, schob die Hände in die Hosentaschen und rang sich ein Lächeln ab. So verkrampft, dass ihm der Kiefer wehtat.

»Großartig. Und jetzt zeigst du mit dem Daumen zur Bar«, sagte Andy. »Als wolltest du mir einen ausgeben. Wirf einen flüchtigen Blick auf meine Möpse.«

»Das ist doch scheiße.«

»*Tu, was ich dir sage*«, zischte sie eiskalt, immer noch lächelnd. »Jetzt!«

Er gehorchte. Die Worte klangen mechanisch, als er stammelte: »Darf ich ... magst du ... wie wäre es ...?« Sie nickte. Er ging an die Bar und kehrte mit zwei Gläsern Whiskey zurück, pur, denn danach schrie sein Verstand, und was sie wollte, hatte er nicht gefragt. Als er zu seinen Leuten rüberschielte, schlug sich Jakey an die Stirn und gestikulierte wie wild zur Cocktailliste. Engo schüttelte enttäuscht den Kopf.

»Das geht nicht.« Ben beugte sich dicht zu Andy vor, starrte ihr brav auf die Brüste, aber ohne sie wahrzunehmen. »Ich kann nicht so tun, als wärst du meine ... meine Freundin, wenn du das vorhast. Das glauben die uns nie.«

»Dann musst du sie eben dazu bringen, Ben«, sagte Andy. »Flüchtiger Blick, hab ich gesagt!«

Sofort sah er zu ihr hoch.

»Wie sonst soll ich diese Typen drankriegen, hm?« Sie stand so dicht vor ihm, dass ihm ganz heiß wurde. »Ich muss in deine Welt eintauchen. In ihre Welt. Wenn wir rausfinden wollen, was mit Gabriel und Luna passiert ist, müssen wir beide im engen Austausch bleiben, *tagtäglich*. Und du kannst den Jungs wohl kaum erzählen, du hättest mich als deinen Personal Trainer engagiert.«

»Ich hätte gedacht, dass du ... den Fall von außen untersuchst.«

»So arbeite ich nicht.«

»Aber man hat mich nicht vorgewarnt.«

»Das ist die beste Methode«, sagte sie. »Und jetzt fass mich an.«

Ben spürte Engos und Jakeys Blicke. Er zwang sich, die Hand zu heben und ihr mit den Fingerknöcheln über den Arm zu streichen.

Andy lächelte. »Nicht schlecht. Und jetzt erzähl mir eine Geschichte. Davon.«

Sie berührte den Kratzer an seinem Hals. Die Mutter des Babys, Fingernägel unter seinem Jackenkragen. Er blickte zur Decke und erzählte ihr von dem Brand. Fischte die Fakten aus seinen wirbelnden Gedanken. Sie trank ihren Whiskey, hing ihm förmlich an den Lippen.

»Gib mir ein bescheidenes Achselzucken«, sagte sie. »Als wär das kein großes Ding.«

Er gehorchte.

»Jetzt bin ich dran. Ich erzähl dir eine Geschichte, du lauschst mir gebannt. Und wär es zu viel verlangt, wenn du ab und zu mal lachst? Wir flirten! Niemand hat vor, dich nach Sing-Sing zu schicken.«

»Wer bist du eigentlich?«, fragte er. Ihre Hand lag ganz dicht neben seiner an der Kante des Pooltisches. Er bemühte sich stillzuhalten, als sie einen Finger unter den Bund seiner Jeans schob und sich weiter nach unten vortastete, an der Mulde seiner Hüfte bis zum Schamhaaransatz direkt neben seinem Schwanz. »Das ist dein Job? Du schneist ins Leben von Fremden und ...«

Sie lachte. Er lachte mit. Es schmerzte noch mehr als das erzwungene Lächeln.

»... spielst ihnen irgendeine Rolle vor? Das ist dein Fachgebiet?«

»Jepp, kommt hin.« Sie zuckte kokett die Achseln. Der Finger war mittlerweile auf seinen Rücken gewandert. »Jetzt legst du mir die Hände an die Hüfte.«

»Geht das nicht ein bisschen zu schnell?«

»Es ist ein One-Night-Stand«, sagte sie. »Dann sehen wir weiter.«

»Was soll das heißen?«

Sie küsste ihn. Seine Wirklichkeit zersprang in zwei Teile. Auf der einen Seite war seine körperliche Reaktion, er wurde hart, zog sie fester an sich, packte ihren Hintern, öffnete die

Lippen und schmeckte sie. Unter die sexuelle Lust mischte sich Erleichterung, ein kurzes Vergessen der Einsamkeit, Angst und Erinnerung an Luna. Auf der anderen Seite aber war er sich panisch der Umgebung bewusst. Engo und Jake, die ihn anfeuerten und sich an der Bar wie die Affen aufführten, Matt, der noch immer wuterfüllt in der Ecke hockte, wo ihm ein paar Loser die Ohren volllaberten. Die Hohlbratzen, die halb besoffen im Pub rumstolperten wie ein Haufen frisch gefangener Wildpferde.

Andy löste sich abrupt aus der Umarmung, Matts Stimme hatte sie offenbar aufgeschreckt. Der Chief baute sich zu seiner vollen Größe auf, während Engo und Jake einen der Hohlbratzen eingekesselt hatten. Wie die Hyänen hatten sie den Jungen von seiner Herde getrennt. Die Jagd hatte begonnen. Andy bohrte Ben ihr Handy in die Rippen, um seine Aufmerksamkeit wieder auf sie zu lenken.

»Gib mir deine Nummer«, sagte sie. »Bevor du gehen musst.«

Er speicherte seine Nummer in ihrem Handy ab und gab es ihr zurück. Matt ragte über der Hohlbratze auf, ein untersetzter Bursche mit kahlrasiertem Schädel, der jetzt die Hände erhoben hatte und zurückruderte, nachdem er gemerkt hatte, dass er umzingelt war. Ben gesellte sich dazu. Hohlbratzes Kumpel standen sprachlos an der Bar, die Biergläser erhoben. Ben konnte sich noch an die Zeiten erinnern, als junge Männer sich, ohne zu zögern, in Prügeleien gestürzt hatten, selbst wenn sie gar nicht wussten, worum es eigentlich ging. Damals, als Jugendlicher, war er selbst ständig betrunken gewesen und hatte einen solchen Groll auf die Welt empfunden, dass er gelegentlich mitgemischt hatte, wenn völlig Fremde einander an die Gurgel gegangen waren, nur um sich vor dem Heimweg die Fäuste wund zu prügeln, bis die Haut abgeplatzt war.

»Was ist los?«

»Hör zu.« Glatzenbratze war zwar betrunken, kapierte aber gut, was ihm bevorstand. »Ich ... ich ... ich wollte ihm nur sagen .... Ich weiß, wer er ist.«

»Ja, und?« Ben zerrte ihn aus der Hyänenbelagerung. »Verpiss dich, Junge.«

»Mein Onkel ist bei der Feuerwehr.«

»Toll.« Ben bugsierte ihn zur Tür. »Interessiert aber keine Sau.«

»Ich wollte Matt nur einen ausgeben. Aus ... aus ... aus ... Respekt.«

»Er hat schon einen Drink.«

»Ich mache nächstes Jahr die Ausbildung. Hab mich schon beworben.«

»Typ.« Ben hatte den Jungen so fest am Oberarm gepackt, dass er sich wie ein Wurm wand, um sich aus dem Griff zu lösen. »Ich sag's nicht noch mal. Halt die Klappe und verpiss dich.«

»Ich wollte niemandem zu nahe treten.«

»Dude! Ich warne dich!«

Engo und Jake und Matt hatten sich hinter ihnen aufgebaut.

»Ich will doch nur dazugehören.« Der Junge stolperte, Ben half ihm wieder auf. »Das ist mein größter Wunsch. Deswegen hab ich mich beworben. Und da hab ich Matt gesehen und gedacht, ich stell mich einfach mal vor, vielleicht erinnert er sich an mich, wenn ich mit der Ausbildung fertig bin, und holt mich in seine Staffel. Ein paar alte Hasen haben mir von ihm erzählt. Ich weiß, dass Matt bei 9/11 dabei war.«

Ben erstarrte.

Die Zahlen. Der Junge hatte die verbotenen Zahlen ausgesprochen.

Jetzt konnte Ben ihm auch nicht mehr helfen. Er trat zur Seite. Matt packte den Jungen am Schlafittchen und schlug ihm so heftig ins Gesicht, dass er wie eine Schlenkerpuppe quer durch den Schankraum flog und mit voller Wucht gegen den Tresen knallte. Er sah aus, als hätte ihn ein Bus gerammt. Zwanzig Leute im Raum, keiner griff ein. Matt zerrte den Jungen auf die Straße und schlug ihn zu Brei. Ben und Jake und Engo folgten ihm, wie sie es immer taten. Das waren die Regeln.

Eine Stunde später standen sie schweigend an der Straßenecke und rauchten, als Bens Handy pingte. Engos Augen leuchteten auf.
»Ist das die Braut?«
Ben zog sein Handy hervor.
»Ja.«
Jake stolperte ein paar Schritte weiter und kotzte auf den Gehweg. Matt stand einfach in der Ecke und glotzte auf seine Hände wie Lady McDonald's oder wie die hieß.
»Was schreibt sie denn so? Hat sie ein Foto geschickt?«
»Es ist nur ein Pin.« Ben steckte das Handy wieder ein. »Da geh ich jetzt hin. Man sieht sich.«
»Fünfzig Prozent der amerikanischen Frauen unter dreißig hatten schon mal Sex mit 'ner Frau«, sagte Engo. Ben sah ihn an. Ihm fehlten die Worte. Ein Taxi kroch die Straße entlang. Ben streckte hoffnungsvoll den Arm aus.
»Ist echt wahr, Mann. Google das mal!«
Ben stieg ins Taxi.

ANDY

Ben marschierte in seine Wohnung, direkt auf den Kühlschrank zu. Die Küche war hell und voller Hängepflanzen. Er stand mit dem kühlen Bier im Türrahmen und starrte vor sich hin. Erst nach einer Weile berappelte er sich und kam auf die Idee, ihr auch eine Flasche zu holen. Mit ungelenken Bewegungen stellte er sie auf den Tisch. Seine Befangenheit war unerträglich.

Er ließ sich ihr gegenüber auf einen Stuhl fallen. »Okay. Du bist also meine Freundin. Und jetzt?«

Andy hatte aufgehört zu zählen, wie oft sie in den letzten Jahren schon in Wohnungen und Häusern von armen Teufeln wie diesem hier gesessen und zugesehen hatte, wie sie blind herumtappten, während sie langsam ihren Plan umsetzte. Ben lief durch einen dunklen Wald voller Tretminen, und nur ihre Führung bewahrte ihn davor, sich und alles andere in die Luft zu jagen. Doch Männer mochten es nicht, wenn eine Frau die Führung übernahm.

»Jetzt erzählst du mir alles, was du über Luna Denero und ihren Sohn Gabriel weißt.« Andy trank einen Schluck Bier.

»Ach, ich bin völlig erschlagen.« Ben rieb sich die Augen. »In meinem Kopf geht alles durcheinander, ich bin wirklich hundemüde.«

»Vergiss es. Deine Leute sollen glauben, dass wir vögeln, bis uns Hören und Sehen vergeht. Morgen früh wankst du zur Arbeit wie ein Zombie, sonst nimmt dir das keiner ab.«

»Okay.« Ben klatschte sich ins Gesicht. »Verstanden.«

Er lief durch die geschmackvoll eingerichtete, wenn auch kleine Wohnung und zog ein schwarzes Notizbuch aus einem Regal voll hübscher Keramikornamente, Topfpflanzen und Taschenbücher. Das klatschte er Andy auf den Tisch. »Das ist alles, was ich habe.«

»Kenn ich schon.«

Ben starrte sie ungläubig an.

»Vor einer Woche bin ich hier eingestiegen, während du Dienst hattest. Dein Notizbuch hatte ich schon ganz am Anfang gefunden.« Sie zeigte auf den schwarzen Einband. »Du hast alles mit deiner Sauklaue aufgeschrieben, was du bei deiner Suche nach Luna und Gabriel herausgefunden hast. Die Aufzeichnungen der Sicherheitskameras. Die Aussagen der Leute, mit denen du gesprochen hast.«

Er starrte sie immer noch an. Also fasste sie sich ein Herz.

»Ist nicht so schlimm.«

»Wer zum Teufel bist du?«

»Wir müssen tiefer graben.«

»Nein, warte! Ganz von vorn.« Ben setzte sich wieder, schob sein Bier beiseite und tippte auf das Notizbuch. »Du hast das hier gelesen? Du bist hier eingebrochen? Du hast meine Sachen durchsucht?«

»Ben«, sagte Andy. »Ich musste sicher sein, dass du nichts damit zu tun hast.«

Seine Miene entspannte sich etwas, aber er sah immer noch fassungslos aus. An seiner Stirn klebte Blut, es stammte von seinem Versuch, Matt Roderick von dem Jungen wegzuziehen. Andy stellte sich vor, wie die Prügelei auf der Straße weitergegangen war. »Ich war das nicht.«

»Klar. Das glaube ich dir jetzt. Aber ich musste es überprüfen.«

»Warum?«

»Weil das, was du dafür opfern willst, um Luna und Gabriel zu finden, mich nicht ganz überzeugt hat.«

»Wie bitte?« Ben schnaubte. »Ich wandere dafür in den Knast. Ich verrate meine Mannschaft. Hast du auch nur die leiseste Ahnung, wie sich das anfühlt?«

»Bei voller Kooperation und gutem Benehmen wirst du

nicht mal zehn Jahre sitzen, Ben«, sagte Andy. »Aber wenn du Luna und Gabriel getötet hast, reden wir von einer ganz anderen Hausnummer. Lebenslänglich ohne Möglichkeit einer vorzeitigen Entlassung. Und wenn man dich als Kindsmörder einbuchtet? Überlebst du keine vierundzwanzig Stunden. Nicht in einem New Yorker Gefängnis.«

Ben schwieg. Sah sie aufmerksam an.

»Ich hab schon erlebt, dass Männer Mitglieder ihrer eigenen Familie ans Messer liefern, nur um diesem Schicksal zu entgehen. Männer, die bei der Suche geholfen haben, alle Straßen abgeklappert, tausende Handzettel verteilt, in der Hoffnung, ihre Frauen und Kinder zu finden, obwohl sie wussten, dass sie in irgendeinem einsamen Ölfeld nur ein paar Meter unter der Erde in ihren Gräbern verwesten.«

Ben zuckte zusammen. »Also bist du hier eingestiegen, um unser gemeinsames Heim zu begaffen. In unseren Sachen rumzuwühlen. Um nachzusehen, ob ich zu so etwas fähig wäre.«

»Ja.«

»Und nach was genau hast du gesucht?«

»Defekte Türknäufe. Löcher in den Wänden. Gruselige Kinderzeichnungen, die irgendwo in Gabriels Zimmer rumliegen. Beweise dafür, dass der Kleine ein Versteck hatte. Zettel mit Adressen von Frauenhäusern, in Lunas Kosmetikbeutel versteckt.«

Ben starrte in sein Bier.

»Stattdessen habe ich Zettel mit Liebesbotschaften gefunden, zwischen ihrer Unterwäsche versteckt. Die meisten von dir an sie. Abschiedsbriefchen, die du ihr hingelegt hast, bevor du zur Nachtschicht aufgebrochen bist. Hinterm Kopfteil deines Bettes habe ich Gabriels Haare gefunden, zu kraus und fein, um von dir oder Luna zu stammen. Wahrscheinlich durfte er nachts zu dir ins Bett kriechen, wenn er Alpträume hatte.«

Ben rutschte auf seinem Stuhl herum, rieb sich die Stirn, um seine Augen zu verbergen.

»Deine eigene Wohnung in West Harlem habe ich auch schon durchsucht, die, die du untervermietest. Obwohl da ein anderer wohnt. Ich bin gründlich.«

»Also bin ich aus dem Schneider?«

»Du hast diese Wohnung erhalten wie eine Zeitkapsel. Als würdest du fest daran glauben, dass sie jederzeit wiederkehren könnten.«

»Ist durchaus möglich«, sagte Ben. Die Worte hingen in der Luft, dünn und wenig überzeugend. Als er weitersprach, klang seine Stimme belegt. »Ich will einfach meine Fam…«

Andy verzog keine Miene.

»Meine Freundin und ihren Sohn«, korrigierte Ben sich.

»Dann hilf mir dabei, meinen Job zu erledigen.«

Ben streckte die Handflächen aus. Groß und schwielig. »Ich bin kein Schauspieler. Unser Techtelmechtel in der Bar? Da war ich halb besoffen und habe improvisiert, so gut es ging. Die Jungs werden uns durchschauen, verstehst du? Sie kennen mich. Und wissen, wenn ich mich komisch benehme.«

»Sie werden es sich mit der neuen Beziehung erklären. Und du sorgst dafür, dass sie es glauben, indem du ihnen ständig erzählst, wie aufgeregt du deswegen bist.«

Andy zog einen Zettel aus der Hosentasche, schob ihn über den Tisch. »Das ist dein Skript für die nächsten Tage. Sind nur für den Anfang, damit wir einen Ton etablieren.«

Er las. Datumsangaben, Zeiten, kurze Nachrichten. Von ihm und von ihr. Die erste würde er im Verlauf des Vormittags an sie schicken. Direkt nach dem Aufwachen. Sie wäre gegangen. Er würde sich erkundigen, ob sie gut heimgekommen sei. Ob er sie wiedersehen könne.

»Halt dich genau ans Skript«, sagte Andy. »Verwende diese Worte. Diese Zeiten. Nur das.«

»Das ist doch Wahnsinn. Woher weißt du so genau, wie man das macht?«

»Erfahrung.«

»Was, wenn ich es versaue?«

»Wirst du nicht.«

»Woher willst du das wissen?«

»Ich führe dich da durch.«

Er lehnte sich zurück. Ließ die Hände in den Schoß fallen.

»So«, sagte Andy. »Jetzt erzähl mir von ihnen. Alles, was du weißt. Bis zu dem Moment, als sie verschwunden sind.«

BEN

Er erzählte ihr alles. Über ihre schwere Kindheit in New Jersey und die Erziehung ihrer strengen, altmodischen mexikanischen Eltern, die Luna Denero genug Misstrauen beigebracht hatten, dass sie nicht auf Bens Ausrede mit der gefundenen Handtasche reingefallen war. Denn ihr Vater hatte ihr jeden Abend erzählt, was den Leuten auf den Straßen von Guanajuanto passieren konnte, und ihre Mutter hatte dann mit ähnlichen Geschichten aus Sonora weitergemacht. Das, was ihre Eltern hier für sie aufgebaut hatten, war größer und wichtiger, als dass sie es sich von einem grinsenden Weißen, so einem Captain America für Arme, kaputtmachen lassen würde. Sie hatten sich durch sämtliche Prozesse des US-Einbürgerungssystems gekämpft wie zwei Menschen, die nackt über eine Wüste aus Glasscherben kriechen mussten. Luna hatte alles: Sicherheit, Bildung,

The American Dream – und ihre Eltern hatten den Preis bezahlt, indem sie viel zu früh gestorben waren.

Also hatte Ben zweitausend Dollar – zweitausend! – für einen Töpferkurs in SoHo auf den Kopf gehauen, denn so viel kostete es, mit einem Haufen Frauen mittleren Alters im rosa-goldenen Studio der Kunstakademie zu sitzen, um unter Lunas Anleitung zu lernen, wie man schiefe Müslischalen töpferte. Es war schon lange her gewesen, dass er sich dermaßen fehl am Platz gefühlt hatte, da auf dem winzigen Hocker, die behaarten Knie fast an den Schultern, die schwieligen Finger im feuchten Matsch. Der Ton hatte ihm Haare und Sneaker vollgespritzt. Die anderen in seiner Gruppe, eine Hollywood-Schauspielerin, eine pensionierte Richterin und die Geschäftsleiterin einer Modelling-Agentur, hielten ihn für den Bodyguard der jeweils anderen.

Luna fand das zum Piepen komisch. Aber er musste trotzdem sechs Wochen und zwölf fiese Keramikteile hinter sich bringen, bevor sie sich endlich von ihm auf einen Kaffee einladen ließ.

Diesen ersten Kaffee mit Luna hatte Ben wie im Traum erlebt, himmelhochjauchzend vor Entzücken hatte er stets genau die richtigen Worte gefunden, sie mit seinen Anekdoten zum Lachen gebracht, gebannt, zu Tränen gerührt, vor Schreck erstarren lassen. Und als er am Tresen bezahlen wollte, hatte sie ihm allen Ernstes auf den Hintern gestarrt. So gut hatte er sich bei einem ersten Date noch nie geschlagen, und das lag einzig und allein daran, dass er sechs Wochen lang bei seinem Kampf mit dem nassem, glitschigen Ton Zeit gehabt hatte, sich die besten Sprüche, Witze, Anekdoten und Fragen zu überlegen, die ihr zeigen würden, wie sehr er sie mochte. Wie aufmerksam er ihr zugehört und sie beobachtet hatte, weil er nämlich wusste, dass ja, manche Frauen hatten vielleicht einen Fetisch für Feuerwehrmänner, aber alle – alle Frauen – fanden es total sexy, wenn man ihnen genau zuhörte.

Seine Hoffnung war nahezu kindlich gewesen, so wie man sich etwas wünscht, wenn man eine Sternschnuppe sieht oder eine Wimper wegpustet: dass dieses Date ein Anfang sein möge.

Und der Wunsch wurde ihm erfüllt.

Nach dem Kaffee lud er sie zum Abendessen in Chinatown ein. Sie kam, und neben ihr, die großen leuchtenden Augen auf die roten Laternen gerichtet, lief ihr Sohn Gabriel.

Ben hatte ein Date mit Luna und Gabriel. Anders konnte man es nicht nennen. Die ganze Mühe, sie zu beeindrucken, erwies sich als vergebens, als Gabriel müde wurde und sich gegen ihn wandte, ihn Fiesling nannte, sich hinter Luna vor ihm versteckte und gelegentlich nach ihm schlug. Luna hatte sich nie mit Ben gegen das Kind verbündet, kein einziges Mal, und genau das hatte er an ihr so geliebt, dass allein der Gedanke daran schmerzte. Es bereitete ihm Kummer, wenn er sah, was ihm selbst als kleiner Junge versagt geblieben war, dessen Mutter nach dem Tod seines Vaters einen Loser nach dem anderen ins Haus geschleppt hatte, Typen, die ihn schlugen, demütigten oder einfach mal neue »Hausregeln« einführten, die seine Mom nicht hinterfragte. Die Kerle, die ihn mit Liegestützen bestraften, so lange, bis seine Arme nachgaben, oder ihn zwangen, im glutheißen Hof herumzurennen, bis er umkippte. Oder diejenigen, die nicht so erfinderisch waren, sondern einfach den Gürtel aus dem Hosenbund zogen und ihn vermöbelten.

Ben ließ sich nur zu gern von Gabriel als Boxsack benutzen, biss die Zähne zusammen und wehrte sich nicht, aber nach einer Weile wurde aus dem Boxsack-Schlagen ein Rumtoben im Garten. Dann Vorlesen im Sessel. Gute-Nacht-Geschichten zur Bettzeit. Rituale. Gabriel konnte nicht einschlafen, wenn Ben ihm nicht Gute Nacht sagte – entweder persönlich oder zumindest am Telefon. Er betrat den Aufzug im Treppenhaus nur, wenn Ben vorher alle Geister vertrieben hatte.

Für den kleinen Jungen wurde Ben zur Informationsquelle, sein wandelndes Lexikon des Weltwissens. Täglich beantwortete Ben dem Kleinen so viele Fragen, dass er am Abend keine Stimme mehr hatte und sein Verstand auf Halbmast hing.

Und dann, sechs Monate nach ihrem Kennenlernen, schlief Ben auf dem Bauch, neben Luna, in ihrem großen, hellen Schlafzimmer. Er war praktisch bei ihr eingezogen, hatte sich so an das morgendliche Geräusch des Kleinen gewöhnt, wenn er aus dem Bett hopste und über den Flur zu Luna ins Bett rannte, dass Ben schon instinktiv die Bauchmuskeln anspannte, weil er wusste, dass der Junge gleich auf seinen Rücken springen würde. Das Kind wühlte und stupste und nudelte herum, plapperte und spielte zwischen Luna und Ben Verstecken, die sich aufgesetzt hatten und versuchten, ihren Morgenkaffee zu trinken, ohne ihn zu verschütten.

Das waren gute Tage gewesen. Tage voller Licht.

Natürlich hatte es Probleme gegeben.

Luna war im achten Monat mit Gabriel schwanger gewesen, als ihr Ex-Mann Tomas gestorben war, und so hatte sie den Menschen, den sie auf der Welt am meisten liebte, zur gleichen Zeit willkommen geheißen, als sie sich von einem anderen, nicht mehr geliebten Menschen verabschieden musste. Mit Tomas' Tod waren auch alle negativen Seiten von ihm gestorben, wie es oft passierte, also musste Ben gegen das Andenken eines Mannes antreten, der scheinbar nie wütend geworden oder betrunken heimgekehrt war oder die Küche in ein Schlachtfeld verwandelt hatte. Luna hatte

Angst vor einer ernsthaften Beziehung, vor einem erneuten Verlust, vor Konflikten mit Tomas' Familie, die ihr nach Tomas' Tod wenig Trost gespendet hatten. Diese Familie war tatsächlich nur an Gabriel interessiert, wenn es darum ging, mit wem Luna Tomas ersetzen würde. Da hatten sie ihre eigenen Vorstellungen, die sie unverhohlen äußerten. Die Trennung war schon schlimm genug gewesen. Und jetzt das. Luna hätte sich nicht gewundert, wenn seine Familie sie insgeheim für Tomas' Krebserkrankung verantwortlich gemacht hätte. Als hätte sie die Macht, ihm mit ihrer Selbstsucht die Speiseröhre zu verätzen.

Und Ben war auch nicht gerade unkompliziert. Seine Eltern waren Junkies gewesen, und er hatte sich fast ruiniert mit seinem verzweifelten Kampf, den kleinen Bruder aus dem Heim zu retten, von dem er bis zum Tod seiner Eltern nichts gewusst hatte. Ben war darauf geeicht, Menschen zu retten, weil er sich auf diese Weise einbilden konnte, dass auch ihn jemand aus dem gewalttätigen Crackhaus gerettet hätte, in dem er aufwachsen musste. Aber Luna wollte nicht gerettet werden. Und sie brauchte keinen verstörten Typen, dessen Sehnsucht nach der perfekten Familie womöglich stärker war als seine Liebe zu ihr.

»Sie hatte Probleme mit meinem Halbbruder Kenny«, sagte Ben. Mittlerweile standen zwei leere Flaschen und ein halbleeres Bier auf dem Tisch. Andy hielt sich noch immer an ihrem ersten fest. »Sie kamen nicht miteinander klar.«

»Warum nicht?«

Ben machte eine abwertende Handbewegung. »Lange Geschichte.«

»Und der Bruder von ihrem Ex?«, bohrte Andy weiter. »Edgar? Mit dem kam sie auch nicht klar, oder?«

Ben nickte, betrachtete die funkelnde Skyline.

»Der hat Verbindungen zum Kartell, richtig?«

Ben schien sie nicht zu hören, er rieb sich die Augen.

»Vielleicht bin ich verrückt«, sagte er stattdessen. »Aber weißt du, ich bin jetzt schon seit zehn Jahren bei der Feuerwehr. Ich weiß, dass du für jeden Fliegenschiss ein Formular ausfüllen und von einem Anwalt gegenzeichnen lassen musst. Wie du hier einfach beschließt, dass wir dieses Spiel spielen und ich kein Mitspracherecht habe, das will mir nicht in den Schädel.«

»Welchen Teil davon verstehst du nicht?«, fragte Andy.

»Hätte es nicht irgendeinen Vertrag geben müssen, den ich unterschreibe? Wo ist … wer hat die Aufsicht über dich und deine Strategie?«

Sie lachte. »Wer mich beaufsichtigt?«

»Bist du vom FBI oder vom NYPD?«

»Weder noch. Ich bin freiberuflich.«

Sie starrten einander an.

»Ein hochrangiger Agent vom FBI hat mich offiziell hinzugezogen«, sagte Andy. »Wir haben bereits in der Vergangenheit miteinander gearbeitet. Auch er war einst Freiberufler, aber jetzt ist er angestellt. Es gab Zeiten, als er die ›Aufsicht‹ hatte, nennen wir es mal so. Er hat alles im Blick gehabt und auf mich aufgepasst. Aber das hier ist anders. Als man mich engagiert hat, habe ich darauf bestanden, dass mich niemand beaufsichtigt. Er hat den Papierkram im Hintergrund erledigt und finanziert die Sache, aber mehr auch nicht.«

»Also kannst du machen, was du willst?«

»Darum geht es nicht.«

»Aber wo bist du ausgebildet worden? In Quantico?«

»Nein.«

»Wo dann?«

»Nirgends. Ich bin keine offizielle Agentin. In den Unterlagen komme ich nicht vor.«

»Das ...« Er wich zurück, als würde sie stinken. »Das nehme ich dir nicht ab.«

»Das ist nicht verhandelbar«, sagte Andy. »Sondern einfach Tatsache. Was? Glaubst du, jeder große Fall in diesem Land wurde streng nach den Regeln gelöst? Nach Protokoll?« Sie lachte. »Träum weiter.«

Ben schwieg.

»Okay. Stell dir Folgendes vor: Du hast einen Typen in ... keine Ahnung, Chicago«, sagte Andy. »Ein Chefermittler. Der kriegt einen Fall auf den Tisch, vermisstes Kind. Die Kleine fehlt seit einer, vielleicht zwei Stunden, man hat sie zuletzt gesehen, wie sie zu einem Fremden ins Auto gestiegen ist, der große Ähnlichkeit mit einem stadtbekannten Kinderschänder hat. Der Ermittler nimmt sich den Typen zur Brust, sieht seine zerkratzten Arme und die Blätter in seinen Haaren. Nimmt ihn also fest, ganz offiziell. Verhör, Anwalt. Hausdurchsuchung. Das ganze zeitintensive und oft sinnlose Zeug. Und er findet nichts. Dieser Ermittler hat das Gefühl, das Kind wird noch irgendwo gefangen gehalten. Ist vielleicht noch am Leben. Die Uhr läuft. Er lässt den Typen frei. Observiert ihn. Aber der macht nichts. Hockt zu Hause vor der Glotze und stopft sich mit Pop-Tarts voll.«

Ben rieb sich über die Bartstoppeln, vergrub den Kopf zwischen den Händen. »Ich weiß nicht, ob ich das hören will.«

»Der Ermittler hat zwei Möglichkeiten«, fuhr Andy fort. »Er kann den Typen auf die Wache zitieren. Und die ganze offizielle Show von vorn durchziehen. Er könnte einen offiziellen verdeckten Ermittler einschalten. Was Zeit kostet, Geld, Freigaben, Formulare, Anwälte. Jemand, der mit dem Kerl in der Zelle plaudert und versucht, ihm was zu entlocken. Oder der Ermittler entscheidet sich für die zweite Möglichkeit. Er macht die Sache inoffiziell. Er hat da jemanden, eine Spezialistin. Vielleicht jemand, die er schon kennt oder die ihm empfohlen wurde. Die Spezialistin steigt in die Wohnung des Kinderschänders ein und prügelt ihn zu Brei. Verschleppt ihn in eine alte Lagerhalle und foltert ihn, bis er singt. Normalerweise würde so ein Vorgehen den Fall komplett kaputtmachen. Keine Chance vor Gericht. Aber das Kind, das könnte man so vielleicht retten. Und wenn keiner weiß, wie das alles gelaufen ist, könnte der Ermittler im Nachhinein an ein paar Schräubchen drehen, das Kind ›zufällig‹ finden und sich dafür abfeiern lassen. Er könnte behaupten, dass die Folterbehauptungen des Kinderschänders komplett erfunden sind.«

Ben sah aufrichtig entsetzt aus.

»Bei längerfristigen Ermittlungen, sagen wir mal, in einem Mordfall, bei dem der Täter eigentlich feststeht, nur keine Beweise vorliegen, kann eine inoffizielle Spezialistin alle möglichen Methoden anwenden.« Andy zuckte die Achseln. »Keine Grenzen, keine Regeln.«

»Was denn zum Beispiel?«

»Drogen zum Beispiel.« Andy nahm einen Schluck Bier. »Nimmst du bei einem offiziellen verdeckten Einsatz als Polizist Drogen, sind deine Ermittlungen für den Arsch. Sofort. Der Verteidiger braucht nur zu behaupten, dass du high warst, als du angeblich gehört hast, dass der Mörder seine Tat gestanden hat oder verraten hat, wo die Leiche ist oder sonst was.«

»Was sonst?«

Andy hob die Hände. »Egal. Alles. Bei Verbrechen mitmachen. Leute vermöbeln. Verbrecher entführen und irgendwo festhalten. Ihnen dabei zusehen, wie sie die Verbrechen begehen, mit denen du sie dann drankriegst. Wenn man mich für solche Jobs engagiert, schau ich mir vorher alles ganz genau an. Entwickle einen Plan. Und wenn mir was nicht gefällt, dann lehne ich ab. Manchmal, wenn mich eine Privatperson engagiert, will diese Person nicht, dass ich den Verbrecher ins Gefängnis bringe. Sie wollen andere Formen der Gerechtigkeit.«

Ben wurde es eiskalt. Er saß stocksteif da. Andy zuckte nur die Achseln.

»Ich kann auch mit dem Verdächtigen ficken, wenn ich Bock drauf hab. Oder mit seinen Freunden. Offizielle dürfen das nicht. Großes Tabu!«

Ben hätte fast sein Bier ausgespuckt. »Du ... du hast mit Verdächtigen gefickt, um Verbrechen aufzuklären?«

Andy zog eine Grimasse. »Ich ficke, mit wem ich will, wann ich will. Den Rosenkranz kannst du später beten, Ben.«

»Und wenn du alles hast, was du brauchst, drehst du dann an den Schräubchen, damit es aussieht, als hätte die Polizei den Fall gelöst? Also das Kind gefunden oder die Leiche ...«

»Glaubst du allen Ernstes, dass in diesem Land ständig Leichen von Leuten gefunden werden, die mit ihren Hunden Gassi gehen?«, fragte Andy zurück.

»Ärgert dich das nicht?«, wollte Ben wissen. »Diese Bullen, die dich engagieren, sonnen sich im Ruhm deiner Arbeit. Du bist wie ein Geist. Niemand weiß, dass es dich gibt.«

»Ich mach das nicht wegen Ruhm«, sagte Andy. »Meist ist das der Grund, warum sie mich dazuholen. Weil jemand Zeit und Geld sparen und sich dann im Ruhm sonnen will.«

»Warum machst du es dann?«

»Um Vermisste zu finden. Um Verbrecher zu fangen.«

Ben schüttelte den Kopf. »Das klingt ...«

Andy streckte die Hände aus. »Ben, Ben, Ben. Es tut mir echt leid, du musst jetzt ganz stark sein. Die Polizei, das FBI, die Regierung ... die machen so was. Manchmal engagieren die Leute, um bestimmte *Sachen* zu erledigen.«

Er sah sie ungläubig an.

»Je nachdem, wie korrupt eine Organisation ist«, sagte Andy, »ist das die einzige Methode, wie sie agieren. Denk mal an New York in den Fünfzigerjahren. Washington, D. C., in den Sechzigern. Baltimore in den Neunzigern. Eine inoffizielle verdeckte Ermittlung ist ziemlich harmlos im Vergleich zu den Kloppern, die so im modernen Amerika ablaufen.«

»Aber was, wenn was schiefläuft? Bei unserem Fall. Wenn es gut geht, erfährt niemand davon. Und dasselbe, wenn nicht, oder?«

»Darüber brauchst du dir keinen Kopf zu machen.«

»Oh, okay, wenn du das sagst!« Ben verdrehte die Augen. »Super Plan!«

»Ben …«

»Es ist drei Uhr früh. Können wir jetzt aufhören, uns die Seele aus dem Leib zu vögeln?«

Sie antwortete nicht, denn er hatte seine Bierflasche schon auf die Theke geknallt und war auf dem Weg in die Dusche.

Zehn Minuten stand er unter dem dampfenden Strahl, die Hände vors Gesicht gepresst, während ihm das heiße Wasser über den Rücken lief. Ben ließ sich alles durch den Kopf gehen, die Konfrontation mit Kenny, das letzte Telefonat mit Lunas Schwager Edgar und Lunas Gesicht, gezeichnet und blass, nach jedem dieser Vorfälle. Diese Dinge, offen ausgesprochen und vor Andy ausgebreitet, hatten Ben gezwungen, sich mit der komplexen Gemengelage auseinanderzusetzen, die seine Beziehung zu Luna mit sich brachte. Alle Facetten. Weil ihm bis zu diesem Moment noch nie so klar gewesen war, dass eine der Figuren in dieser Geschichte, die er da gerade erzählt hatte, Luna und den Jungen entführt hatte. Aber wer? Er war gelähmt vor Erschöpfung, und gleichzeitig konnte er es kaum erwarten, weiterzumachen. Würde das, was er ihr als Nächstes erzählte, dazu führen, dass die »Spezialistin« seine Familie wiederfand? Oder vielleicht das danach? Wann würde er den entscheidenden Hinweis liefern?

Er drehte das Wasser ab, trat aus der Dusche und wäre fast mit ihr zusammengeprallt. Sie stand nackt vor dem Spiegel in dem beengten Bad und band sich die Haare zu einem Pferdeschwanz zusammen.

»Du liebe Zeit!« Er bedeckte seine Genitalien. »Was machst du da?«

»Ich leg mich hier ein paar Stunden aufs Ohr.« Sie beugte sich vor und nahm eine noch eingepackte Zahnbürste aus der Schrankschublade, von der sie offensichtlich schon vorher gewusst hatte. »Ich bin auch müde. Und wenn das hier echt wäre, würde ich vermutlich bis Sonnenaufgang warten, um mir ein Taxi zu rufen.«

Er zog sein Handtuch von der Stange und schlang es sich um die Hüfte.

»Ich meinte, warum zum Teufel bist du nackt?«

Andy wandte sich zu ihm um.

»Ben.« Sie wiegte sich in der Hüfte. »Glaubst du ernsthaft, wir überstehen die nächsten Monate, ohne uns nackt zu sehen?«

Er starrte an die Decke. »So weit hab ich nicht vorgedacht. Aber ... können wir nicht ...« Ihm fehlten die Worte.

»Schau mich an«, sagte Andy.

»Nein. Geh raus.«

»Schau mich an, verdammt!«

»Warum?«

»Weil du das hier sehen musst.« Sie zeigte auf ihren Arm. Er spähte flüchtig hin, erkannte aber die Narbe. Unübersehbar, entsetzlich, ein ganzer Teil ihres linken Oberarms fehlte. »Du musst detailliert darüber sprechen können, genau wie über meine Möpse. Meinen Hintern. Meine Muschi. Das könnte in Gesprächen aufkommen. Und wenn du einen Fehler machst – auch nur den winzigsten Fehler, Ben –, dann könnte uns das unser Leben kosten.«

Er starrte gebannt zu Boden, dann schüttelte er den Kopf und begann zu lachen.

»Ich schlafe heute Nacht mit dir in einem Bett.«

»Das ergibt doch keinen Sinn!«

»Aber sicher tut es das. Wir müssen alles so echt erleben, als wäre es die Wahrheit. Immer. So ziehen wir das Ding erfolgreich durch, Ben. Indem wir unsere Rollen spielen. Du hast doch keine Ahnung, ob Engo nicht einfach hier auftaucht, in zehn Minuten an die Tür klopft. Oder kannst du das sicher ausschließen? Kann doch sein, dass auch er eine Frau aufgegabelt und bei ihr übernachtet hat, hier in der Gegend, und bei dir auftaucht, weil er sich eine Mitfahrgelegenheit zur Arbeit verspricht.«

Ben schwieg. Sie hatte recht. Genau so war es schon mal passiert. Engo war so notgeil, dass er für Sex meilenweit gefahren war. Zu den absurdesten Zeiten hatte er bei Ben vor der Tür gestanden, aus den wildesten Gründen, Geschäftsideen, religiöse Erweckungsfantasien. Der Mann hatte einen kompletten Dachschaden.

»Was willst du ihm erzählen?«, fragte Andy. »Wenn er hier reinschneit, und ich schlafe auf dem Sofa statt neben dir im Bett?«

Ben schüttelte den Kopf.

»Ben«, sagte sie. »Benimm dich endlich wie ein erwachsener Mann.«

Das wirkte. Er sah sie an. Musterte sie kurz, schätzte sie ab. Sie war durchtrainiert und schlank und hatte noch mehr

Narben am Körper. Er fragte sich, ob sie von ihren Einsätzen stammten, Schussverletzungen oder Messerstiche oder Autounfälle. Beim Blick auf ihre Bauchmuskeln fragte er sich, warum sie sich das angetan hatte, wozu sie sich seit ihrem letzten Treffen mehrere Kilo abtrainiert und ihren Körper so getrimmt hatte, dass sie aussah wie eine Statue. Es schien ihm, dass er jetzt, da sie nackt und ungeschützt vor ihm stand, weniger über sie wusste als bei ihrem ersten Treffen. Als würde sie ihm die paar Informationsfetzen entreißen, die er über sie erfahren zu haben glaubte.

Er gab auf. Hängte das Handtuch wieder zurück.

Sie wandte sich erneut dem Spiegel zu und begann, sich die Zähne zu putzen.

»Nicht schlecht«, nuschelte sie durch den Schaum.

Verstört wankte Ben ins Bett und kroch unter die Decke. Überlegte, ob er die Lampe für sie anlassen sollte, entschied sich aber dagegen. Als sie neben ihn glitt, lag er eine Weile stocksteif da, bis er sich schließlich von ihr wegdrehte und sah, wie in den Wohnungen gegenüber die ersten Lichter aufflackerten. Er lauschte ihrem Atem, bis er langsamer und regelmäßiger wurde, dann, der Morgen über der Stadt leuchtete bereits, drehte er sich zu ihr um und sah ihr beim Schlafen zu.

2008

BEN

Er zog sein Hemd aus, warf es auf die Holzbank und starrte wie betäubt vor sich hin. Ben war seit einunddreißig Stunden ununterbrochen im Dienst gewesen. Das Hemd war so durchtränkt von den Spuren seiner Arbeit, dass man es auch in die Ecke stellen könnte. Da war das Öl und Fett von der Inspektion der Löschfahrzeuge und Pisse und Scheiße und Desinfektionsmittel vom Schrubben der Klos auf der Wache. Im Hemd vermischten sich Asche mit Essensresten und Löschmittel vom Restaurantbrand, verbranntes Gummi und Metallspäne von der Explosion einer Lagerhalle, Staub und Spinnweben von einem Dachboden, über den er gekrochen war, um einen alten Mann mit Demenz zu bergen, der sich da oben vor »dem Vietcong« verschanzt hatte und Ben beim Versuch, ihn rauszuholen, wie ein Irrer die Arme zerkratzt hatte. Jetzt zupfte er Splitt aus unerklärlicher Quelle zwischen seinen Brusthaaren hervor und suchte in seinem Spind nach einem frischen Hemd für den Heimweg im B Train, aber da war keins mehr. Es war sein vierter Tag im Dauerdienst.

Als ein Alarm ertönte, fuhr Ben zusammen und versuchte, seine letzten Kraftreserven anzuzapfen, aber er hatte nur noch Adrenalin, Kortisol und Magensäure im Tank. Denn als Feuerwehrmann in der Probezeit musste er, sofern er sich auf der Wache befand, auf jeden eingehenden Alarm reagieren, egal, wie lange er schon im Einsatz war. Als Ben sich umsah, stellte er zu seiner Erleichterung fest, dass das Signal vom Handy eines Kollegen stammte. Der bullige Feuerwehrmann hatte auf der Bank ein Schläfchen gehalten, war bei dem Signal hochgeschreckt und hatte das Handy schnell stummgeschaltet.

Dieser Adrenalinstoß hatte Bens letzte Energiereserven verbraucht. Er sank auf die Bank, lehnte den Kopf an den Spind und schloss die Augen. Ein Fehler, das wusste er ganz genau. Das Metall war kühl und gab nach, sodass seine Stirn in einer Mulde ruhte. Er entspannte die Schultern. Sein Körper fuhr komplett runter. Ben konnte sich gerade noch fragen, ob er das alles überleben würde. Es war so viel schlimmer als alles, was er als Neuling auf dem Bau in Queens durchgestanden hatte, bevor er von seinem kleinen Bruder erfuhr und über Nacht so eine Art Vater wurde. Dass er nicht sicher war, ob er die Probezeit bei der Feuerwehr überstehen würde, setzte ihn nur noch mehr unter Druck, denn er musste sie überstehen, für seinen Bruder. Trotz alldem näherte er sich gerade seinem absoluten Erschöpfungszustand. Er brauchte nur ein paar Minuten, um Kraft zu sammeln, sonst würde ihn seine verdammten Beine nicht mehr aus dem Gebäude tragen. Und er hatte erst drei Monate hinter sich.

»Hey!«, ranzte ihn jemand an.

Ben war schon aufgesprungen, wie ein Roboter, die Bewegung ganz automatisch ausgeführt, keine Ahnung, woher die Kraft kam. Er fragte sich, ob er tatsächlich eingeschlafen war, mit dem Kopf am Spind. Der Kerl, der vor ihm stand, war ein echtes Ungetüm, und seine wutrote Gesichtsfarbe unterstrich diese Wirkung.

»Warum bist du so im Arsch?«

Ben hatte den Mann noch nie gesehen. So einen vergisst man nicht. Bei der lauten Stimme platzte einem fast das Trommelfell.

»Ich hab dich was gefragt!«

»Einfach weil ...« Ben zeigte auf seinen Spind. Betrachtete sein verschmutztes Hemd am Boden. »Keine Ahnung.«

»Keine *Ahnung*?«

Ben zuckte die Achseln. »Bin noch in der Probezeit.«

»Was du bist, interessiert mich nicht.« Der Riese kam näher. Geschwollene Adern pochten in seinem massiven Hals. Ben musste an Schlangen denken, in blutroter Milch. »Ich hab dich gefragt, warum du verdammt noch mal so im Arsch bist? Machst du Überstunden?«

»Was?« Ben lachte. Allen Ernstes. Doch das Lachen blieb ihm glatt im Hals stecken, als der Typ den Kopf neigte und ihn anglotzte wie der fiese Killer-Clown aus dem Horrorfilm. »Bin gerade mit der Schicht durch, glaub ich.«

»*Glaubst* du?«

»Tut mir leid.«

»Es tut dir *leid*?«

Ben wurde schwindelig.

»Wie lange bist du schon im Einsatz?«

Irgendwer lief weiter hinten durch den Umkleideraum. Misstrauisch, schnell wieder verschwunden. Ben hatte keine Zeit, ihm zu signalisieren, dass er Hilfe brauchte.

»Bist du taub? Wie. Lange. Bist. Du. Schon ...«

»Ich habe eine Doppelschicht gehabt ...«, Ben fragte sich, ob er sein Hemd wieder anziehen sollte, »... und dann äh ... äh ... ein Typ von der Nachtschicht hat sich krankgemeldet.«

»Also bist du jetzt bei Schicht Nummer drei?«

Bens Bauch war bretthart und schmerzte.

»Antworte mir!«

Konnte er nicht.

Der Typ zog ab. Schnell, zielstrebig, marschierte er direkt auf Chief Warrens' Büro zu. Ben rannte hinter ihm her, packte ihn am muskulösen Oberarm. Wurde zum Dank gegen die Wand geschleudert. Fühlte sich an wie beim Rodeo.

»Pack mich nicht an, Frischling.«

»Hören Sie, bitte!« Ben stellte sich vor ihn. »Sir.« Er hatte den Stier gerade noch gestoppt, bevor er die Tür zum Gang aus den Angeln heben konnte. »Bitte. Sagen Sie nichts. Bitte. Ich brauche diesen Job. Okay? Ich habe ein Kind. Mein Bruder. Er ... er ist vierzehn. Ich hab das Sorgerecht. Aber ich bin erst seit drei ... drei Monaten hier auf der Wache, hab nicht mal die erste Phase abgeschlossen.«

»Aus dem Weg«, knurrte der Riese.

»Ich ... ich ... ich ...«

»Du was?«

»Ich brauche ...«

»Du bist so durch, dass du nicht mal einen beschissenen Satz zusammenkriegst.«

Damit hatte er recht. Die Worte purzelten Ben einfach aus dem Mund. Erschöpfung und nackte Panik. Der Mann schulterte ihn beiseite. Plötzlich standen sie in Chief Warrens' Büro, und der schlanke Mann erhob sich von seinem Schreibtisch.

»Was zum Teufel geht hier ab?«

»Ist das dein Frischling?«

Ben war sicher, dass er träumte. Er stand mitten im Büro seines Vorgesetzten, ohne Hemd, mit irrem Blick. Der Riese war offensichtlich auch ein Chief, denn wer sonst würde es wagen, einfach in Warrens' Büro zu marschieren und mit dem Finger auf ihn zu zeigen.

»Matt, was zum Teufel hast du hier zu suchen?«

»Das tut hier nichts zur Sache. Ich hab diesen Frischling hier gerade im Halbkoma in der Umkleide gefunden!« Aus Matts fies verzogenem Mund flogen Speichelspritzer. »Brummst du deinen neuen Rekruten schon wieder zu viele Arbeitsstunden auf?«

Warrens baute sich vor seinem Kollegen auf. Sein Blick wanderte von Ben zu Matt.

»Was ich mit meinen Rekruten anstelle, geht dich einen Sch...«

»Halt mal die Luft an. Erzähl mir bloß nicht, dass es mich einen Scheißdreck angeht.« Matt beugte sich vor wie ein Schwergewichtsboxer vor einem Jab, mit dem er seinem Gegner glatt das Auge ausschlagen würde. »Wag es ja nicht, Wade. Weil dieser Frischling mir erzählt hat, dass er gerade seine dritte Schicht abreißt, und ich glaube ihm. Der Junge ist so durch, dass er kaum noch sprechen kann.«

»Matt!«, rief Warrens warnend.

»Für mich sieht das aus, als würdest du denselben gefährlichen Scheiß abziehen, der schon zu meiner Zeit hier gelaufen ist«, sagte Matt. »Frischlinge durch die Mangel drehen, bis sie kotzen oder umkippen, weil du glaubst, das wär die alte Schule. Das ist keine alte Schule, du dummer Winzschwanzwichser. Mit deiner scheiß Einstellung setzt du Menschenleben aufs Spiel.«

Ben sah den beiden zu, sein Verstand tänzelte auf dem Seil zwischen Alptraum und Realität und ließ vor seinem geistigen Auge Bilder aus einem halb vergessenen Comic aufsteigen, in dem King Kong sich einen Faustkampf mit T-Rex geliefert hatte. Er versuchte, sich auf die Realität zu konzentrieren, fragte sich aber ernsthaft, ob er tatsächlich gerade gehört hatte, wie jemand Wade Warrens als »Winzschwanzwichser« bezeichnet hatte.

»Hast du diesen Frischling gerade in den Lagerhallenbrand an der Eighth Street geschickt?«

»Ich bin dir keine Auskunft schuldig, Matt.«

»Also ja. Unfuckingfassbar! Du hast ein erfahrenes Mitglied deiner Staffel durch einen halbgaren Frischling ersetzt.«

»Matt, verschwinde aus meinem Büro.«

»Diesmal hol ich mir deine Marke, Wade«, sagte Matt. »Das schwöre ich dir.«

Mit diesen Worten wandte er sich ab und ging hinaus. Ben blieb stehen, halbnackt, dreckig, ausgehöhlt, das Opfer eines

Flugzeugabsturzes an einem ausgestorbenen Strand. Nur Matts Ruf aus dem Gang rüttelte ihn aus seiner Erstarrung.

»Auf geht's, Frischling!«

Ben folgte Matt zurück in die Umkleide und zog sich in der schockgefrosteten, postapokalyptischen Stille ein altes, stinkendes Hemd über, weil er nur raten konnte, was er als Nächstes tun sollte, und es sowieso egal war. Andere in der Wache hatten die Auseinandersetzung mitbekommen. Wahrscheinlich jeder Einzelne. Unverhohlen beobachteten sie die Szene, als Ben seine Siebensachen packte und der Riese ihn aus der Wache führte, die Treppe hinunter. Sie gingen über die Straße zu einem Toyota Minivan, der in einer Halteverbotszone halb auf der Bordsteinkante parkte und aus unerfindlichen Gründen keinen Strafzettel bekommen hatte. Ohne darüber nachzudenken, stieg Ben vorn neben Matt ein und setzte die Füße vorsichtig zwischen die auf dem Boden verstreuten Spielsachen und Imbissverpackungen. Matt murmelte wütend vor sich hin, kramte in seiner Tasche nach dem Handy, verschickte ein halbes Dutzend Nachrichten, suchte in der vollgestopften Mittelkonsole nach Zigaretten und Feuerzeug und schaffte es trotzdem, den Wagen dabei von der Bordsteinkante zu bewegen und mit quietschenden Reifen in den fließenden Verkehr zu fädeln.

»... alte Schule am Arsch. Nur ein Haufen verkackte ... Schrumpelschwänze ... die meinen, sie wären echte Kerle, wenn sie ein paar Frischlinge rumschubsen. Frischlinge! Ich mein, so ein Frischling pisst sich doch schon ins Hemd, wenn man ihn einmal schief anguckt ...«

Während Ben sich auf der rasanten Fahrt am Türgriff festhielt, fragte er sich, wie er Kennys Schulbücher bezahlen sollte. Irgendwann war Matt verstummt. Er musste sich übers Steuer beugen, weil er für den Wagen zu groß war. Die Temperatur im Wagen sank abrupt ab, als hätte jemand die Heizung ausgeschaltet. Ben nahm an, dass Matt schon längst vergessen hatte, dass er neben ihm im Wagen saß.

Hatte er aber nicht.

Er parkte den Minivan in der Auffahrt der Wache der Mannschaft von Engine 99, beugte sich zu Ben rüber und wühlte ein bisschen im Handschuhfach herum, wobei sich eine Lawine von Kassenzetteln und anderem Papiermüll über Bens Knie ergoss. Schließlich zog er einen Zettel mit einer Nummer hervor und klatschte ihn Ben auf die Brust.

»Morgen früh rufst du da an«, sagte er. »Engo bereitet inzwischen die Papiere vor.«

BEN

»Familienkonferenz«, sagte Matt.

Als Ben sein Handy auf dem Oberschenkel umdrehte, wurde es gleich dunkler im Wagen. Hinter ihm rutschte Jake auf seinem Sitz herum, und Engo stieß einen zynischen Seufzer aus. Sie hatten schon eine Viertelstunde auf dem nur wenige Meter vom Juweliergeschäft entfernten Parkplatz gewartet, als Matt das Wort aussprach, das allerdings niemanden überraschte oder verwunderte. Manchmal kam er mitten in der Schicht damit, und eigentlich meinte er nichts anderes, als dass sie still sein und zuhören sollten, weil er sich was überlegt hatte, es sei wichtig und er werde es nicht wiederholen.

»Wir müssen Titus ersetzen«, verkündete er jetzt.

Engo stöhnte genervt auf.

»Fresse, Engo«, sagte Matt.

»Das war doch zu erwarten«, meinte Ben.

Er hatte schon länger darüber nachgedacht. Darüber, dass Matt durch seine Körpergröße, seine Neigung zu Gewalt und das, was ihm am elften September passiert war, eine Sonderstellung hatte. Matts Mannschaft wurde nie verwarnt, wenn ihre Uniformen nicht blitzsauber oder sie nicht tipptopp rasiert waren oder nach einem Großbrand in der Nacht noch am Morgen danach eine Fahne hatten. Niemand schien sich daran zu stoßen, dass Jake schon erheblich länger als die üblichen neun Monate in der Probezeit war und Matt seinen Lohn gering und ihn an der kurzen Leine hielt wie einen Hund, nur um herauszufinden, wie lange der Junge das noch durchhielt. Die anderen auf der Wache hielten sich von Matts Männern fern, aßen gemeinsam das fast schon heilige Abendmahl am langen Tisch in der Messe und überließen Matts Mannschaft ansonsten sich selbst.

Seit dem Unfall, der Titus das Leben gekostet hatte, war die Mannschaft ständig unter Mindestbesatzung im Einsatz, zunächst nur, damit sie ungestört trauern konnten, und später, nachdem schon einige Wochen ins Land gegangen waren, weil niemand Matt unter Druck setzen wollte, einen Ersatz für Titus zu finden. Das bedeutete, dass sie unterbesetzt Verstärkungseinsätze durchführten und Katzen von Bäumen retteten, wie es eigentlich bei allen Mannschaften mal vorkam. Aber eben auch zu Einsätzen wie dem Großbrand im Textillager ausrückten, bei denen eine Unterbesetzung gefährlich und schlichtweg illegal war. Alle warteten darauf, dass einer von der Kommandozentrale in Matts Büro marschierte, um ihm klarzumachen, dass er seine Mannschaft wieder komplett machen musste. Das war allerdings noch nicht geschehen. Denn derjenige, der diese Aufgabe ausführen musste, war sich sicher klar darüber, dass er sich genauso gut vor einen fahrenden Zug werfen konnte.

»Viel zu spät«, sagte Engo. »Wir haben uns doch schon an die neue Konstellation gewöhnt. Früher, ja, da haben sie dir schon am nächsten Tag einen Neuen vor die Nase gesetzt, nichts von wegen Trauerzeit und so'n Mist. Und wenn du mich fragst, hätten sie das nie ändern sollen. Macht den Leuten klar, dass sie ersetzbar sind.«

Im Wagen herrschte schlagartig Stille. Alle warteten auf die alte Leier, die Engo schon zigmal zum Besten gegeben hatte.

»Früher hatten wir einen Fetzen Malerkrepp am Spind«, sagte Engo wie auf Knopfdruck.

»Mit euren Namen drauf«, ergänzte Ben.

»Genau.«

»Weil, dann konntet ihr ihn abreißen, wenn einer gestorben war«, fuhr Ben fort. »Wozu Namensschilder anbringen, reine Zeitverschwendung. Der Malerkrepp mit dem Namen hat wie eine Mahnung funktioniert: Jeder kann beim Job draufgehen, von einem Tag auf den anderen. Niemand lebt ewig. Hab ich das richtig in Erinnerung?«

»Korrekt«, sagte Engo.

»Schon klar, Engo, schon klar.«

»Wir haben uns gut eingerichtet als Viererteam«, jammerte Engo weiter. »Und jetzt sollen wir plötzlich wieder zu fünft arbeiten? Viele Köche verderben den Brei. Das ist gefährlich, sag ich euch.«

Jake wagte sich aus der Deckung. »Wahrscheinlich läuft es eine Weile nicht so rund.«

Alle brüllten Jake gleichzeitig an, er solle die Fresse halten. Ben dachte an Hunde, die hinter Zäunen bellten.

»Und noch was«, sagte Matt. »Es ist gerade ein neuer Job reingekommen.«

»Was für ein neuer Job?«, fragte Ben mit einem Seitenblick auf Matt, der so heftig auf seinem Kaugummi herumkaute, dass seine Kiefer knackten. Ben konnte das Nikotin förmlich riechen.

»Sag ich euch am Samstag beim Grillen. Nicht hier, zwischen Tür und Angel«, sagte Matt. »Momentan geht es darum, dass wir einen Neuen kriegen. Das heißt, wir müssen uns bedeckt halten, bis wir wissen, ob man ihm vertrauen kann oder nicht. Musste ja so kommen, keine Mannschaft kann dauerhaft unterbesetzt bleiben.«

»Wieso nicht? Die Kommandozentrale kann uns mal. Die werden dir doch nicht sagen ...«

»Nein, werden sie nicht«, entgegnete Matt eiskalt. »Aber sie haben uns einen guten Ersatz geliefert. Am besten nehmen wir den, bevor ihn uns jemand anders wegschnappt.«

»Und wer ist der Neue?«, fragte Jake.

Matt zuckte die Achseln. »Irgendein Typ.«

»Woher kommt er?«

»Seh ich aus, als würde mich das einen Scheiß interessieren, Frischling?« Matt lehnte sich zurück und funkelte Jake im Rückspiegel an. »Meinst du, ich hab danebengesessen und mitgehört, damit ich weiß, was er gern trinkt, und schon mal den Kühlschrank damit vollstellen kann? Meine Fresse!«

»Ahhh, unser Jakeylein will wissen, ob der Neue gern die Eier gekrault kriegt, wenn man ihm einen bläst.« Der Wagen schaukelte, als Engo sich zu Jake rüberlehnte. »Willst gleich einen guten Eindruck bei ihm machen, stimmt's, Jakey?«

Ben drehte sein Handy wieder um, während Engo schlüpfrige Geräusche machte und Jake ihn abwehrte. Er wartete auf die nächste Nachricht von Andy. Tat aber so, als wäre es ihm egal. Ihre erste Korrespondenz leuchtete auf dem Display, jedes Wort, wie sie es vorgegeben hatte.

Gerade aufgewacht. Wo bist du? Gut heimgekommen?
Hab zu tun, Baby. War nett mit dir.
Nett? Supergeil war das.
Nächstes Mal treffen wir uns bei mir in der Nähe.
Nächstes Mal, hm?

Wie im Skript vorgesehen, blieb diese letzte Nachricht lange unbeantwortet. Ben nahm an, es sollte aussehen, als würde er fieberhaft auf Antwort warten, sein Jagdtrieb angestachelt. Er fragte sich, ob das Skript aus ihrer Feder stammte oder andere dahintersteckten. *Das halbe Dezernat*, hatte er damals bei ihrem ersten Treffen im Diner gesagt. Stimmte das vielleicht sogar? Bei der Vorstellung, dass noch andere von seiner Aktion wussten, verdeckte Ermittler, Detectives, *Spezialisten*, krampfte sich sein Magen zusammen. Da draußen in der stockfinsteren Nacht schien sich auf einmal jeder Schatten zu bewegen. Ihre nächste Nachricht kam genau zum vereinbarten Zeitpunkt. Wieder krampfte sich sein Magen zusammen, anders diesmal, weil er sich an seine erste Nachricht an Luna erinnerte.

Hast du Donnerstag Zeit?

Er hatte eine Minute, um Andy zu antworten. Die Daumen schon am Display, hielt er inne. Ein Bild stieg vor ihm auf wie ein dünner Faden, der sich aus dem Gespinst seiner Grübeleien gelöst hatte. Was hatte Andy für ihn geplant, am Donnerstag? Er sah sie nackt neben sich im Bett liegen, das Gesicht abgewandt, im Schatten, der schlanke Hals hell im Licht.

Ben rieb sich das Gesicht und schüttelte das Bild ab. Er hatte schon dreißig Sekunden verschwendet.

Matt zog seine Sturmhaube runter und stieg aus.

»Handys aus!«

»Warte!« Ben tippte hektisch. »Moment noch.«

»Wo wir gerade vom Blasen reden.« Engo ließ seine Tür aufploppen. Nachdem Ben seine Nachricht an Andy verschickt hatte, schaltete er das Handy aus und versteckte es unter dem Sitz. Dann zog auch er seine Sturmhaube runter und suchte in der Jackentasche nach seiner Stirnlampe, bevor er sich den anderen anschloss.

»War sie das?« Engo schien in der Dunkelheit zu grinsen, aber durch die Wolle war es nicht genau zu erkennen. »Die Braut von gestern Abend?«

»Fresse. Los geht's!«, sagte Matt. »Das hier ist ein Job und kein Kaffeekränzchen.«

ANDY

Andy kniete auf der Gummimatte im Dunkeln, stützte die Kamera auf der Fensterbank vor ihr ab, das riesige Objektiv auf die vergitterte Tür des Juwelierladens gerichtet. Ben und seine Bande sollten ihr in den nächsten Sekunden vor die Linse laufen. Als sie eine Viertelstunde zuvor im Schatten des mondbeschienenen Parkplatzes vor einer ehemaligen Apotheke geparkt hatten, war Andy bereits mit der Kamera an der Straße in Stellung gegangen. Ein paar gute Bilder von Matt am Steuer hatte sie schon im Kasten, sein massiger Arm, der aus dem Autofenster gehangen hatte. Ben auf dem Beifahrersitz neben ihm, das Gesicht vom Handy erleuchtet. Sie hatte warten müssen, bis Engo und Jake ausgestiegen waren, um ihre Gesichter ebenfalls einzufangen. Jake hatte sie gerade noch erwischt, bevor er seine Sturmhaube runtergezogen und den platinblonden Pferdeschwanz in seinen Jackenkragen gestopft hatte.

Sie war schnell dahintergekommen, was Ben und die anderen geplant hatten – ein flüchtiger Rundgang durch die Wohnung noch vor ihrem ersten Treffen mit dem Mann hatte ihr verraten, dass Ben ein Dieb war. Die vielen Werkzeuge hatten ihn verraten, die meisten davon konnte sie nicht sofort einordnen, Isolierzangen, mehrere Mikro-Schraubendreher, Endoskopkameras, magnetische Kamera-Standfüße.

Da war ein Lockpicking-Set – nicht so eines, das einem die Freundin als Scherz schenkt, sondern ein richtig teures mit sichtlich abgenutzten Hooks und Harken. Und Engo hatte sie nur einen Tag beschatten müssen, um herauszufinden, welchen Juwelier sie überfallen würden. Der Typ war ungefähr so subtil wie ein Ziegelstein in die Fresse, der hatte sich beim »heimlichen« Auskundschaften förmlich aus dem Wagenfenster gehängt, als er auf dem Weg zur Wache an dem Laden vorbeigefahren war.

An diesem Abend war Andy Engo erneut gefolgt, obwohl sie sein Ziel bereits kannte und wusste, wen er dort treffen würde. Sobald sie die Männer im Auto fotografiert hatte, war Andy durch die Lieferzufahrt und über die Feuertreppe zur

Hintertür des Fitnessstudios gelangt, das sich direkt gegenüber vom Juweliergeschäft befand. Der Einbruch war kinderleicht gewesen und hatte keine ausgefeilte Planung verlangt wie der Überfall auf den Juwelier, den Ben und seine Bande jetzt abzogen. Ein bisschen am Riegelschloss der Hintertür herummanipuliert, und schon war sie drin gewesen. Zwei Tage zuvor hatte sie das Fitnessstudio ausgekundschaftet, indem sie sich als interessierte Besucherin ausgegeben hatte, und dabei geplant, wie sie sich an den überwiegend um die Geräte herum positionierten Überwachungskameras vorbei durchs Gebäude bewegen könnte. Beim Rausgehen würde sie die Hintertür einfach wieder zuziehen. Niemand würde je erfahren, dass sie hier eingedrungen war.

Als die Bande auftauchte, nur zwanzig Sekunden nachdem sie alles aufgebaut hatte, schoss Andy die nächsten Bilder. Ihre Kamera klickte und surrte in der Dunkelheit. Matt knackte das große Schloss vor dem Türgitter mit einem Bolzenschneider. Engo und Ben schoben das Metallgitter zur Seite. Matt harkte kurz das Schloss der Eingangstür und hatte es in Sekunden geknackt. Andy nahm an, dass Jake irgendwo Schmiere stand, vermutlich auf dem Dach ihres Nachbargebäudes.

Nachdem die Männer die Tür aufgeschoben hatten, verharrten sie kurz auf der Schwelle. Dies war der kritische Moment, an dem ihr Plan scheitern konnte. Andy ging davon aus, dass Ben, der Techniker der Bande, das Überwachungssystem irgendwie deaktiviert hatte, vermutlich unter dem Deckmantel des Großbrands im Textillager, die Männer waren dort im Einsatz gewesen, das wusste sie. Was auch immer Ben also in jener Nacht getan hatte – vermutlich ein falsches Modul eingeschleust, das das Überwachungssystem kontrollierte und die telefonische Alarmierung der Polizei umleitete –, wenn dieses Modul aktiv wäre, dürfte ihr Eindringen geräuschlos vonstattengehen. Unbemerkt. Keine blinkenden Lichter. Keine schrillenden Sirenen. Die Männer warteten. Dann bewegten sie sich plötzlich, alle auf einmal. Andy musste lächeln, hier waren echte Profis am Werk. Niemand außer ihr würde vor dem Eintreffen des Personals am nächsten Morgen mitbekommen, dass der Laden ausgeraubt wurde.

Andy beobachtete die Männer durch ihre Linse. Sie hatten das Gitter wieder zurückgeschoben und die Glastür hinter sich geschlossen. Ein verdeckter Ermittler mit weniger Erfahrung hätte an dieser Stelle die Waffen gestreckt. Aber Andy machte keine Kompromisse, und ihr Objektiv war so leistungsstark, dass sie damit vom Balkon einer Wohnung im vierzehnten Stock aus die einzelnen Federn einer unten auf der Straße herumpickenden Taube erkennen konnte. Sie drehte die Kamera leicht, um ihren Fokus zu verändern, und hatte die Männer auf diese Weise durch Gitter und Tür hindurch im Visier, und zwar just in dem Moment, als sie die Vitrinen leerräumten. Sie fotografierte Bens angespannte Schultern, als der das Stemmeisen an den Deckel des Schaukastens ansetzte, und Engo, der mit seiner dreifingrigen Klaue im Latexhandschuh Halsketten in eine schwarze Baumwolltasche schaufelte. Die Kamera war mit Nachtsichtfunktion ausgestattet, doch die brauchte sie nicht, denn im sanften Licht der Stirnleuchten, die alle drei über den Hauben trugen, war alles gut zu erkennen. Andy sah allerdings, dass sie die Lampen zugeklebt hatten, damit nur ein winziger Lichtstrahl herausdrang, genug für ihre Arbeit, aber nicht stark genug, um zufällig vorbeikommende Passanten zu alarmieren.

Sie hatten wirklich an alles gedacht.

Andy schoss zig Bilder.

Sie setzte sich zurück auf die Fersen. Im dunklen, kühlen

Fitnessstudio musste sie sich eingestehen, dass sie beeindruckt war von den akribischen Vorsichtsmaßnahmen, die die Bande ergriffen hatte, die Notfallpläne und Sicherheitsmaßnahmen waren so zahlreich, dass man es schon fast als neurotisch bezeichnen könnte. Bis auf einen Spalt zugeklebte Stirnlampen, Sturmhauben, das Auto ohne Kennzeichen, das sie sich extra ausgeliehen oder gestohlen hatten, um es an einen vorher ausspionierten Platz ganze zwei Straßen vom Juweliergeschäft entfernt zu parken. Irgendwie fühlte Andy sich der Bande verbunden. Das störte sie allerdings wenig, im Gegenteil, sie genoss das Gefühl, einen ebenbürtigen Gegner vor sich zu haben, sie trafen sich sozusagen auf Augenhöhe. Auch Andys Maßnahmen waren völlig überzogen. Leicht neurotisch. Auf alles vorbereitet.

BEN

Aus dem Augenwinkel sah Ben eine riesige Gestalt, die auf der Straße stehen blieb. Als er sich ruckartig umwandte, teilte sich die Gestalt allerdings in zwei Personen auf, eine Frau und einen Mann. Er kramte in seiner Tasche herum. Sie blickte zu Boden. Ben hatte einen Leinenbeutel in der einen Hand, ein samtbezogenes Vorlagetablett voller Verlobungsringe in der anderen.
»Was soll der Scheiß denn jetzt?«, zischte er.
Wie auf Zuruf quäkte ihm Jake durch den Kopfhörer ins Ohr. »*Alles okay, kein Alarm!*«
»Was zum beschissenen Teufel soll daran bitte okay sein?« Matt war von hinten in den Laden gekommen und stand neben Ben, um die Gefahr einzuschätzen. Engo stand

hinter den U-förmigen Schaukästen, Uhren baumelten ihm von allen acht Fingern. »Wer ist das, verdammte Scheiße?«

»Die gehen mit dem Hund Gassi«, sagte Ben. Er hatte den Mann im Mondlicht besser erkannt, birnenförmige Statue, groß. Wie ein Zauberer zog er einen Hundekotbeutel aus der Tasche und öffnete ihn wie ein magisches Taschentuch mit einer lässigen Handbewegung. Hinter dem geparkten Auto war allerdings kein Hund zu sehen, was seine Worte Lügen strafte. Er glaubte sie ja auch selbst nicht, wiederholte sie aber trotzdem. »Alles okay, die gehen nur Gassi.«

»Ich hab sie kommen sehen«, sagte Jake jetzt. »Wollte aber noch warten, bis ich sie besser ...«

»Abbruch«, sagte Matt. Er schnappte sich das Tablett aus Bens Hand und stellte es auf den Tresen. »Sofort!«

Ben gehorchte und verzog sich nach hinten, wo Engo schon stand und mit der flachen Hand die Hintertür verbarrikadierte.

»Wartet, Moment«, murmelte er durch die Haube. »Wir flippen hier wegen 'nem Fliegenschiss aus. Wir sind doch drin! *Mittendrin!* Lasst uns den Laden leerräumen.«

»Hast du in den letzten vier Monaten hier einen einzigen Hundebesitzer Gassi gehen sehen?« Matt war wie eine riesige schwarze Wolke, die alles erstickte. »Nein. Hast du nicht. Das weiß ich ganz genau. Weil ich alle deine Protokolle gelesen habe. Wir kennen jeden Wichser, der hier über die Straße läuft, am Tag und in der Nacht.«

»Es ist zwei Uhr morgens«, gab auch Ben zu bedenken. »Wer führt seinen Hund um diese Uhrzeit aus?«

»Leute, die Nachtdienst haben.«

»Arschlecken. Wir sind raus.«

»Jakey?« Engo berührte seinen Ohrstöpsel. »Siehst du sonst noch jemanden?«

»Und wenn da draußen ein Straßenzug vorbeikäme – Abbruch, hab ich gesagt.« Matt kochte vor Wut. Er forderte sie zwar zum Abbruch auf, machte aber selbst keine Anstalten zu gehen. Warum, verstand Ben ganz genau. Während er und Engo vorn beschäftigt gewesen waren, hatte Matt den Tresor klargemacht. Nicht mal aufgebrochen hatte er ihn, sondern ihn einfach geöffnet. Die Kombination kannten sie nämlich, weil das eingeschleuste Modul auch dafür gesorgt hatte, dass die Aufnahmen der Überwachungskameras an die Bande geschickt wurden. Und darauf war eine Menge zu sehen gewesen, unter anderem die Aufnahmen der Kamera vor dem Tresor, den der Geschäftsführer täglich öffnete und schloss.

Die Tresortür stand offen. Sechs Fächer mit schwarzen Samtschatullen, sechs Fächer mit Urkunden, ein einzelner verchromter Revolver.

»*Es ist niemand sonst hier draußen*«, sagte Jake. »*Nur das Paar. Sie gehen weiter. Langsam.*«

Ben, Engo und Matt tauschten Blicke, saugten dieselbe trockene Luft ein, während der Tresor offen stand, voller Rohjuwelen. Ben spürte förmlich, wie dringend diese Männer das Geld brauchten, dasselbe Gefühl, das ihn damals beschlichen hatte, als er in jener Nacht unter den Dielen entlanggekrochen war. Matt musste Unterhalt für seine Kinder zahlen. Jake hatte Spielschulden. Keine Ahnung, wofür Engo das Geld brauchte, aber Ben wusste, dass er diesen Männern nicht mehr traute, jetzt nicht und schon seit Langem nicht mehr. Und das hier war der schlechteste Moment, um aus Geldnot heraus Entscheidungen zu treffen.

»Okay, gut«, sagte Matt. »Dann lasst uns alles einsacken und abhauen.«

ANDY

Sie zückte ihr Handy und wählte, den Blick durch den Sucher der Kamera auf den dunklen Gang zur Hintertür gerichtet, durch die Haig, Roderick und Fiss verschwunden waren. Als Newler ranging, wusste sie schon, was er sagen würde. Er hatte zu schnell reagiert. Sie fragte trotzdem.

»Bist du an Haig und seiner Bande dran?«

Schweigen. Andy biss die Zähne zusammen.

»Nur zur Sicherheit«, sagte Newler schließlich.

»Verdammte *Scheiße*!«

Andy war so wütend, dass sie kurz nichts sah. Roter Nebel vor den Augen. Sie trat zurück und machte sich daran, die Kamera abzubauen, das Handy zwischen Ohr und Schulter geklemmt.

»Ich bin nicht blöd. Ich habe vorausschauend gearbeitet«, sagte Newler. »Und alle Möglichkeiten durchgespielt. Hab mir gedacht: Was, wenn Haig die Frau und das Kind nicht umgebracht hat? Und seine Bande auch nicht? Was, wenn die nichts mit den Schüssen auf Officer Ivan Petsky zu tun haben? Was, wenn du monatelang verdeckt bei denen rumstocherst und am Ende kommt nichts dabei raus? Irgendwann hast du keinen Bock mehr drauf, brichst über Nacht die Zelte ab und scheuchst die Bande auf. Und ich hab fünfzigtausend versenkt und steh bei meinen Vorgesetzten da wie der letzte Idiot, weil ich außer einem unbezahlten Strafzettel nichts gegen die Typen vorweisen kann.«

»*Ich* scheuche die Bande auf?« Andy musste sich schwer zusammenreißen, nicht zu schreien. Sie schulterte ihren Rucksack und atmete tief durch, um die Wutwolke zu vertreiben. »Du hast gerade zwei Späher losgeschickt, die als Deckung ihren *Hund Gassi führen*! Sind wir hier im Kindergarten?«

»Du kannst mich wegen meiner Taktik beleidigen, wie du willst, aber mein Team, das dir die ganze Woche gefolgt ist, hast du nicht bemerkt.«

Als Andy aus dem Fitnessstudio kam, schaute sie nach oben, wo sie niemanden ausmachen konnte, aber das hieß nicht, dass dort keiner war.

»So war das nicht ausgemacht!«, zischte sie. »Ich hab mich auf diese Zusammenarbeit mit dir eingelassen, Tony, aber unter einer Bedingung! Ich arbeite allein. Ohne Aufsicht.«

»Aber das gefällt mir gar nicht.«

»Alles klar. Ich bin raus.« Andy schüttelte den Kopf. »War nett mit dir.«

»Also bitte. Du wirfst doch nicht hin, wenn es um ein Kind geht.«

»Fick dich, Tony!«

»Jaja.«

»Was willst du tun, wenn Jake Valentine deine Leute sieht?«

Newler lachte. »Dein Problem.«

Andy war so in ihrer Wut gefangen, dass sie auf dem Weg nach unten mit dem Ellbogen gegen das Geländer der Feuertreppe stieß. Das Geräusch schepperte laut durch die Nacht, Andy ignorierte den Schmerz, drückte das Handy fester ans Ohr.

»Es gibt noch eine Möglichkeit«, sagte Newler. »Du verliebst dich in Haig oder einen der Bande und lässt sie ungeschoren davonkommen. Deswegen brauche ich handfeste Beweise.«

Andy umklammerte das Handy so fest, dass es gefährlich knirschte.

»Ist nicht ausgeschlossen, das wissen wir beide«, sagte Newler.

Da schleuderte Andy das Handy gegen die Mauer. Es zersprang in tausend Teile.

BEN

Steht unser Termin heute Abend noch?
Nachdem Ben die Nachricht getippt und abgeschickt hatte, schaute er noch kurz aufs Display, falls sie direkt antwortete, obwohl er genau wusste, dass das nicht passieren würde. Aber es war eine gute Show für Engo, der, wie Ben genau spürte, über seine Schulter hinweg mitlas. Am Abend zuvor hatte Ben mit den anderen in Matts Keller gesessen und Edelsteine aus Fassungen geklaubt und dabei immer wieder demonstrativ aufs Handy geschaut, obwohl er wusste, dass keine Nachrichten von Andy eingehen würden. Sein Verhalten würde den anderen zeigen, dass er von seiner Affäre abgelenkt war und dauernd an seine neue Liebe dachte. Vielleicht wäre er doch nicht so schlecht bei diesem Undercover-Ding.

Wenn er ehrlich war, hatte er tatsächlich die ganze Zeit an sie gedacht. War ja nicht schlecht, so wirkte er wenigstens authentisch. Ganz nach Plan. Keine Sekunde war sie ihm aus dem Kopf gegangen, nicht seit er an jenem Morgen aufgewacht war und sie nicht mehr wie in der Nacht zuvor nackt neben ihm im Bett gelegen hatte, sondern einfach verschwunden war, als hätte er sich das alles nur eingebildet.

Dabei war er schon neben zig Frauen aufgewacht, ohne irgendwas über sie zu wissen, nicht mal ihre Namen.

Aber es hatte sich nie gefährlich angefühlt.

»Immer noch keine Nacktbilder?«, fragte Engo jetzt. Er stand hinter Ben im Pausenraum.

Ben wandte sich um und funkelte ihn an. Engo schob sich seufzend das fettige Haar hinter die Ohren.

»Dauert wohl noch ein paar Tage.«

Jake, am anderen Ende des Sofas, hing über seinem Handy und kaute wie besessen an seinen Fingernägeln, was bedeutete, dass sich jetzt, da bei ihm was zu holen war, die Kredithaie tummelten oder dass er schon wieder um Nachschub bettelte, um endlich weiterzocken zu können. Matt kam aus der Kantine, einen Teller mit Pancakes in der einen Hand und einen großen Becher Kaffee in der anderen, und marschierte zu seinem Büro. Matt kam immer durch die Hintertür in die Wache, damit er nicht an der Gedenktafel und der Reihe der im Einsatz verunglückten Kollegen vorbeimusste. Die Bilder, die Uniformen, Titus am Ende der Reihe, sein selbstzufriedenes Grinsen.

Jake war mittlerweile aufgestanden, die Schwingtür zur Fahrzeughalle bewegte sich noch. Ben erinnerte sich noch gut an die Anfangszeiten, wenn man bei den herannahenden Schritten seines Chefs, diesem speziellen Gang, der ihn von allen anderen Kollegen unterschied, sofort zusammenzuckte. Ja, Matt hatte ihn damals in seinen Frischlingstagen vor Wade Warrens gerettet. Er hatte nie Bens Gehalt einbehalten, ihn nie geschlagen, ihn nicht schuften lassen wie ein Tier. Aber er war trotzdem ein Arschloch gewesen, auf andere Art, denn so war das eben, hier galt das Gesetz des Dschungels. Damals hatte er ihn mit Dingen beworfen, ihn im Kanalisationstunnel in den Dreck geschubst, ihn wegen Nichtigkeiten vor den Kollegen fertiggemacht. Ein nicht zugebundener Schnürsenkel, eine schief sitzende Marke. Und immer, wenn sie ausrückten, weil man einen Nachbarn seit Wochen nicht mehr außerhalb seiner Wohnung gesehen hatte und seine Fenster schwarz vor Schmeißfliegen gewesen waren, hatte Matt ausnahmslos Ben vorgeschickt.

Ein Auto unter einer Brücke, die Fenster beschlagen, ein Abschiedsbrief unter dem Scheibenwischer? Matt schickte Ben.

Ein Zelt hatte Feuer gefangen, und die Irren gingen sich an die Kehle, weil einer von ihnen Schuld daran hatte?

Matt schickte Ben.

So lauteten die Regeln, so wollte es die Tradition.

Selbst jetzt noch, fünfzehn Jahre später, lösten Matts Schritte bei Ben sofort Unbehagen aus.

Als die Tür, durch die Matt soeben mit seinem Frühstück verschwunden war, wieder aufflog, wurde aus diesem Unbehagen nackter Terror. Dass Matt dann auch noch direkt auf ihn zeigte, machte die Sache nicht besser.

»Du! Los! Mitkommen!«

Ben folgte. Engo heftete sich an seine Fersen, ganz der Katastrophentourist.

Als Ben in den Gang vor dem Pausenraum trat, stand da im weißlichen Morgenlicht, einen Rucksack über der Schulter und einen Bügel mit einer Uniform am Finger, die Frau, die Ben als Andy kannte.

Matt zeigte auf Andy, seine kleinen schwarzen Raubtieraugen funkelten Ben an.

»Was soll der Scheiß?«

Andy war die Farbe aus dem Gesicht gewichen. Sie sackte in sich zusammen, sodass ihr der Rucksack von der Schulter bis zum Handgelenk rutschte und die Uniform den Boden berührte. Ben glotzte sie ungläubig an, suchte nach Worten, fand aber nur die Wahrheit. »Ich hab nicht den leisesten Schimmer.«

»Du bist Andy Nearland?«, fragte Matt und hob das Klemmbrett, damit auch sie und Ben den Zettel darauf lesen konnten. »Du willst *der Neue* sein? Scheiße auch.«

Engo brach hinter Ben in lautes Gelächter aus. Andy machte große Augen, die Verwirrung stand ihr im Gesicht.

»Was machst du hier?«, fragte sie Ben.

»Ich? Ich arbeite hier! Was machst *du* hier?«

»Andy Nearland.« Matt tippte aufs Klemmbrett, immer noch ungläubig. »Hier steht's, schwarz auf weiß. Der Neue heißt Andy Nearland. Das bist du nicht. Kann nicht sein.«

Andy seufzte angespannt. »Doch, das bin ich. Ich bin Andy. Andrea Nearland.«

Matt fuhr zu Ben herum. »Wusstest du das?«

»Was? Nein!«

»Ich glaub, ich hab Halluzinationen, denn die hier sieht verdammt aus wie die Braut, die du letzte Woche in der Bar abgeschleppt hast.«

»Ja. Das ist sie.« Alle schwiegen, nur Engos Lunge pfiff, als er für die nächste Lachsalve Luft holte.

»Das ist so großartig!«, stieß er zwischen Hustenattacken hervor. »Wo zum Teufel steckt Jakey? Das muss er sehen!«

»In mein Büro! Alle beide!«

Matt stürmte über den Gang. Andy nahm ihre Sachen und lief neben Ben her, zwei Kinder auf dem Weg zum Schulrektor, die Lippen zusammengekniffen, die Gedanken rasend. Plötzlich ergab alles einen Sinn. Warum Andy so durchtrainiert aussah. Wo sie letzte Woche gewesen war. Er wandte sich um, weil er sich vergewissern wollte, dass Engo ihnen nicht folgte, bevor er Andy am Arm packte.

»Das kannst du nicht bringen«, sagte er.

Sie zog ihren Arm weg.

»Fass mich nicht an«, zischte sie. Sie wirkte richtig aufgebracht, als wäre dieses Treffen echt und ihre Überraschung nicht gespielt. »Das hier hat nichts mit dir zu tun.«

»Ich mein's ernst! Du kannst hier nicht arbeiten. Du bist nicht dazu ausgebildet. Niemand wird dir das glauben.«

»Beeilung!«, brüllte Matt aus seinem Büro. Sie kamen an ein paar Kollegen von Ladder 98 vorbei, die Andy interessiert beäugten.

In Matts Büro schlug ihnen erst mal eine Mischung aus Aftershave und Nikotinkaugummi entgegen. Der hünenhafte Chef hockte hinter seinem Stahlschreibtisch wie ein zorniger Regent, der entscheiden musste, welcher Kopf zuerst rollen würde. Ben ließ sich auf einen Stuhl fallen. Schweiß lief ihm über die Schläfen. Andy sah blutleer aus. Auf dem Tisch stand der Teller mit Pancakes und der Kaffee, beides wurde gerade kalt.

»Ich hab euer kleines Spiel durchschaut«, sagte Matt. Bei diesen Worten wurde Ben ganz flau im Magen. Matts Tödlicher Finger zeigte wie der Lauf einer Waffe auf die Stelle zwischen seinen Augen. »Du hast sie am Wochenende aufgegabelt. Ihr habt euch unterhalten. Sie hat dir erzählt, dass sie einen Job braucht. Du hast einen Kontakt in der Kommandozentrale angerufen.«

»Das stimmt nicht, Matt.« Bens Mund war auf einmal knochentrocken. »Ich hab nicht mal gewusst, welchen Beruf sie hat.«

»Lüg mich nicht an!«

»Glaubst du, ich habe einen Kontakt in der Zentrale?«

»Dann du.« Matt zeigte nun auf Andy, mit dem Tödlichen Finger. »Du hast das eingefädelt.«

Andy schüttelte den Kopf. »Ich hatte keine Ahnung, dass er hier arbeitet. Nicht mal, dass er Feuerwehrmann ist. Über so was haben wir nicht gesprochen. Eigentlich haben wir gar nicht gesprochen.«

Eine leichte Röte überzog ihr Gesicht, war aber rasch wieder verschwunden.

»Meine Güte«, stieß sie schließlich hervor. »Das kann ich gerade noch gebrauchen.«

»Und ich erst«, sagte Ben. Er versuchte zu erkennen, ob er Matt überzeugte. Er zog die Nummer tatsächlich durch, führte hier ein kleines Theaterstück auf. Es ging alles so schnell, aber er war am Ball. Das war zwar aus heiterem Himmel gekommen, aber jetzt war er froh, dass Andy ihn damit überrascht hatte, denn der Schrecken und die Verwirrung, die er gespürt hatte, waren völlig echt gewesen. »Matt, wir haben nichts eingefädelt. Das ist ein absurder Zufall.«

»Ist auch egal.« Matt schob das Klemmbrett zur Seite. »In meine Mannschaft kommen mir keine Pärchen. Hab ich noch nie gemacht, mach ich auch jetzt nicht. Wenn die Kacke am Dampfen ist und du irgendwo feststeckst? Dann verlässt der seinen Posten und rennt los, um dich rauszuholen. Hab ich alles schon gesehen. Das ist gefährlich. Dieses Risiko gehe ich nicht ein.«

Andy saß stocksteif da. Ben hatte Schmerzen in der Brust. Beide schwiegen.

»Also, tut mir leid, *Andy*. Ist ein echt bescheuerter Name für'n Mädel, damit du Bescheid weißt.« Matt schüttelte den Kopf. »Aber hier arbeitest du nicht. Ich rufe in der Zentrale an, die sollen dich woanders einsetzen. Ist gerade nicht viel frei, aber die finden schon was für dich. Du kannst gehen.«

Niemand bewegte sich. Andy starrte auf einen Punkt unter Matts Schreibtisch. Ben hatte keine Ahnung, wie der Plan lautete. Wie immer. Er klammerte sich am Stuhl fest wie ein Kind in der Achterbahn.

»Ben«, sagte Andy. »Geh raus.«

Ben sah Matt an. In diesen absurden Sekunden des Schweigens tauschten die Männer Blicke, um herauszufinden, wieso diese Frau glaubte, Ben aus dem Zimmer beordern zu dürfen. Dann hob Andy den Kopf und fixierte Ben mit einem Blick, der Marmor zum Schmelzen bringen könnte.

»Raus!«, sagte sie.

ANDY

Sie wartete, bis die Tür hinter Ben ins Schloss gefallen war, bevor sie weitersprach.

»Ich brauche diesen Job«, sagte sie.

Matts Züge wurden weicher. Andy hatte keine Ahnung, ob diese Worte genau denen entsprachen, die Ben Haig damals zu Matt gesagt hatte, als dieser ihn gerettet hatte. Aber es stand zu vermuten. Andy hatte Bens Personalakte durchgesehen, zwischen den Zeilen gelesen, kannte die Geschichte. Sie wusste, dass Matt Ben aus der Hölle unter Wade Warrens gerettet hatte, und wollte ihn daran erinnern, dass er rein zufällig auf Ben gestoßen war, und zu was für einem tollen Kollegen er sich gemausert hatte. Andy wollte, dass Matt sich an die Verzweiflung erinnerte. Die Erschöpfung. Die Wut. Die Genugtuung, die er empfunden hatte, als sich Haig unter seiner Führung zu einem unverzichtbaren Mitglied seiner Mannschaft entwickelt hatte, nicht nur als Feuerwehrmann, sondern auch als Komplize. Sie rieb sich unsanft übers Gesicht.

»Bitte, hören Sie mir zu.«

Matt hob abwehrend die Hand. »Nein. Schätzchen, ich verstehe dich. Aber ich sage dir: Du willst hier nicht arbeiten. Niemand wird dich respektieren. Die Typen hier? Die meisten denken nur daran, wie sie den Frauen im Team am besten an die Wäsche gehen könnten. Unser Engo, wenn der ein Mädel auch nur riecht, macht er ihm das Leben zur Hölle. Spitz wie Nachbars Lumpi, rammelt jedes Tischbein. Und wenn die Kerle dich endlich rumgekriegt haben, geht ihre Achtung für dich in den Keller. Auf dieser Wache hast du schon verloren, bevor du deinen ersten Arbeitstag antrittst.«

»Verstanden«, sagte Andy. »Aber ...«

»Nee, ich bin noch nicht fertig«, sagte Matt. »Ich bin schon eine Weile im Job, okay? Also kann ich mir meine Leute aussuchen, egal, wen sie mir schicken. Daumen hoch oder runter. Dieses Privileg hab ich mir verdient.« Er tippte sich auf die breite Brust. »Und mein Team besteht aus Männern. Vielleicht macht mich das zum miesen Chauvinisten, aber Mädels anführen ist nicht meine Stärke. In der Bronx gibt's eine Wache, da sind ...«

»Noch eine Versetzung mach ich nicht mit«, sagte Andy. Sie atmete zittrig ein und hob das Kinn, bockig, aber am Rand des Zusammenbruchs. »Wenn die mich noch mal versetzen, kann ich auch gleich hinschmeißen.«

Eigentlich wollte Matt ihr ein Post-it mit der Telefonnummer in die Hand drücken, doch jetzt hielt er inne.

»Das hier ist meine dritte Wache in einem Jahr. Ich bin nicht aus New York, man hat mich von San Diego hierher versetzt. Hoffentlich ist das alles, was in meiner Akte steht. Die von HR haben mir versichert, dass sie die Sache weitgehend rauslassen können.«

»Welche Sache?«

»Es hat ... ein Problem gegeben. In San Diego«, sagte Andy, den Blick auf Matt gerichtet. »Mit dem Chief.«

Schweigen.

»Und?«, sagte Matt. »Spuck's aus!«

»Unsere Zusammenarbeit hat nicht funktioniert. Es war ... richtig übel.«

Matt wartete.

»Sexuell übel.«

Matt runzelte die Stirn.

»Nachbars Lumpi wäre eine Untertreibung, aber ich war das Tischbein«, sagte Andy. »Anfangs hat sich der Chief höchst professionell gegeben. Warmherzig. Freundlich. Alle mochten ihn. Ich und die anderen beiden Frischlinge wurden dort sehr gut behandelt. Ich war in einer großen Wache mitten in der Stadt, mit gutem Ruf.« Sie tat, als würde sie ihren Erinnerungen nachhängen. »Jedenfalls, in der Nacht, als es passiert ist, war ich schon drei Jahre bei dem Mann im Team. Für mich kam das aus heiterem Himmel, genau wie für diejenigen, denen ich unterstellt war.«

»Was kam aus heiterem Himmel? Was ist passiert?«

»Weihnachtsparty.« Andy biss die Zähne zusammen. »Ich glaube, er hat mir was ins Glas geschüttet. Als ich wieder aufgewacht bin, war er auf mir drauf, und ich hab mich gewehrt. Hab ihm die Nase gebrochen. Vor dem Untersuchungsausschuss hat er behauptet, ich wäre betrunken gewesen und auf ihn losgegangen, weil er mich nicht befördert hätte.«

Matt kniff sich ins Nasenbein. Dachte lange nach.

»Hm«, sagte er schließlich. »Das tut mir leid.«

Andy nickte.

»Wie heißt dieser Typ?«

»Das werde ich nicht verraten.«

»Der tut dir so was an, und du hältst trotzdem dicht?« Matts Augen funkelten vor Wut. »Du bist verrückt. Sag mir, wie er heißt. Das ist ein Befehl.«

Andy schwieg. Matts Miene veränderte sich erneut, jetzt brach sich seine Neugier Bahn. Er griff nach seinem Kaffee.

»Ist auch egal. Ich kann dir sowieso nicht helfen.«

»Können Sie wohl.«

»Kann ich nicht.«

»Chief, dieser Mann hat mich durch ganz San Diego verfolgt. Die Untersuchung kam zu dem Urteil ›uneindeutige Faktenlage‹ und hat ihn nicht von allen Vorwürfen freigesprochen, das hat ihn auf die Palme gebracht. Man hat mich schon ein paarmal versetzt. Kaum hatte ich mich irgendwo eingelebt, hat er sich zu einem Vier-Augen-Gespräch mit meinem neuen Chief eingefunden. Im Grunde genommen hat er mich aus der Stadt gejagt. Ich bin ans andere Ende des verdammten Landes gezogen, um die Sache endlich hinter mir zu lassen, aber wenn ich keinen Job finde, kann ich mir das in die Haare schmieren.«

Matt trank seinen Kaffee. Andy hatte ihn zum Nachdenken gebracht. Schließlich schüttelte er den Kopf, aber in seinem Gesicht stand Bedauern.

»Das, was ich über Paare in meinem Team gesagt habe, war ernst gemeint. Das ist ein No-Go. In jeder Wache. So kommen Leute ums Leben.«

»Hören Sie, zwischen mir und Ben ist nichts.« Andy hatte jetzt einen verzweifelten Ton angeschlagen, sie tat, als hätte sie Hoffnung geschöpft. »Das müssen Sie mir glauben. Es war ein Fehler. Ich bin doch erst seit Dienstag hier. Die beschissene Butze, die ich gemietet hab, hätte eigentlich möbliert sein sollen, aber sie ist leer, und ich streite mich deswegen noch mit dem Vermieter rum. Die ersten drei Nächte habe ich auf einer scheiß Yogamatte am Boden geschlafen. Am Freitag bin ich rausgegangen, weil mir sonst die Decke auf den Kopf gefallen wär. Da hab ich Ben gesehen und, okay, die Vorstellung, bei jemandem in einem echten Bett zu schlafen, war einfach zu verlockend.« Sie klatschte sich kleinmütig auf die Oberschenkel. »Das war nur als One-Night-Stand gedacht.«

Matt verschränkte die Arme.

»Ich hab vorher extra den Typen hinter der Theke gefragt, ob in der Bar Feuerwehrleute trinken, und er hat nein gesagt.« Andy schnaubte. »Sogar gegoogelt hatte ich den Laden vorher. Ich hatte null Bock auf so was hier.«

»Wieso hat Ben dir nicht gleich erzählt, was er beruflich macht?«

»Vermutlich, weil er weiß, dass das die wirksamste Pussybremse ist, die man sich vorstellen kann.«

Matt sah sie mit großen Augen an. »Ach, echt? Das ist mir aber neu.«

»Ehrlich. Ihr Körper ist so ungefähr das Einzige, was an Feuerwehrmännern attraktiv ist.« Andy lehnte sich zurück. »Ihr stinkt, sauft und verbringt die meiste Zeit in Gesellschaft von anderen toxischen Männern, wenn ihr nicht den Helden spielt. Ihr seid Schichtarbeiter. Ich mein', come on!«

Matt schüttelte den Kopf.

»Bitte schicken Sie mich nicht zurück in die Personalabteilung«, bettelte Andy. »Ich will denen nicht sagen müssen, dass ich die erste Stelle, die sie für mich gefunden haben, nicht antreten kann, weil ich mit einem Mannschaftskollegen im Bett gelandet bin.«

Matt schnaubte ungläubig.

»Das wird sowieso die Runde machen. Bis morgen hat die halbe Wache davon erfahren und nächste Woche ganz Midtown.«

»Das ist mir egal«, sagte Andy. »Bis dahin hab ich Geld auf dem Konto. Meinen Ruf kann ich mit harter Arbeit wiederherstellen.«

Matt legte den Kopf schief und musterte sie. »Dir eilt auf jeden Fall ein schlechter Ruf voraus, Schätzchen.«

»Ich brauch einfach ein bisschen Hilfe. *Ihre* Hilfe, Chief.«

Matt schwieg. Dann ging der Alarm los, dreimal kurz, aber so schrill, dass es einem durch Mark und Bein ging. Geschrei auf dem Gang. Anweisungen über Lautsprecher. Matt und Andy tauschten Blicke.

»Ach, scheiß drauf!«, sagte Matt schließlich. »Unser Wagen steht auf Platz fünf.«

BEN

Er beobachtete sie die ganze Fahrt über, vorn neben Matt, den Blick im Rückspiegel. Offensichtlich hatte sie eine Art Ausbildung durchlaufen. Sie hatte ihre Schutzkleidung und Ausrüstung schneller angezogen und umgeschnallt, als er es je gesehen hatte, und sie hielt sich automatisch an der richtigen Haltestange fest, um sich elegant auf den Sitzplatz hinter ihm zu schwingen, als hätte sie das schon zigmal getan. Sie saß neben Engo und tat, als würde sie ihm gebannt lauschen. Bens Blick im Rückspiegel ignorierte sie komplett. Wegen der Sirene konnte Ben zwar nicht verstehen, was Engo ihr reindrückte, aber er ging davon aus, dass es dieselbe Predigt war, die er als der Ältere in der Mannschaft zuvor auch Titus und Ben und Jake gehalten hatte. Die bestand aus zwei Anweisungen. Erstens: Engo war das Alphamännchen im Team, neue Kollegen hatten sich in allen Dingen ihm unterzuordnen. Zweitens: Unter keinen Umständen durfte man in Gegenwart von Matt über den Anschlag vom elften September sprechen.

Niemals.

Unter keinen Umständen.

Die Leitstelle hatte nur vage Angaben zum Einsatz gemacht. Männlich, um die fünfzig, auf dem Dachboden eingeklemmt. Als Ben den Aufgang zum vierstöckigen Brownstone mit säuberlich zurechtgeschnittenen Buchsbäumen in Töpfen vor dem gepflegten Eingangsbereich hochhastete, zählte er ganze fünf Sicherheitskameras. Durch doppelte Schwingtüren gelangte er ins Foyer mit einer meterhohen Decke, die üppig mit Mistelzweigen dekoriert war. Ein riesiger Weihnachtsbaum in einem übergroßen Topf erfüllte das ganze Haus mit Tannenduft.

»Was ist das bitte für ein Blödsinn hier?«, begrüßte Matt

die zarte Frau, die sie ins Haus gelassen hatte. Um die sechzig, in blutrotem Rock und Perlenkette. Ihre Nägel waren perfekt manikürt. Sie funkelte Matt böse an. »Lady, wir haben August!«

»Nicht in diesem Haus!« Die Frau straffte die Schultern. »Dieses Jahr feiern wir Weihnachten vor, mit den Enkeln. Aber ich fürchte, dass die Dinge trotz meiner größten Vorsicht etwas aus dem Ruder gelaufen sind.«

Als Ben sich umwandte, entdeckte er in einem vom Foyer abgehenden Zimmer zwei Kinder auf einer Chaiselongue. Man hatte sie offenbar angewiesen, dort sitzen zu bleiben, aber für die beiden hieß das lediglich, dass ihr Hinterteil auf dem Möbel sein musste, nicht mehr, nicht weniger. Das Mädchen und auch der Junge, beide blond und noch sehr jung, schienen mit jeder Faser ihrer Körper in Richtung Tür zu streben, wo die Action war, Feuerwehr inklusive. Besonders das Mädchen hatte sich so weit vorgelehnt, dass sie fast über die Lehne kippte.

»Mein Sohn hat letzte Woche verkündet, dass er die Weihnachtsfeiertage dieses Jahr *allein* mit seiner Familie auf den *Malediven* verbringen wird«, sagte die Frau mit angewidertem Blick auf Engos Bierwampe. »Das haben wir natürlich nur unserer Schwiegertochter zu verdanken.«

Andy hob die behandschuhten Finger. »Entschuldigen Sie, dass ich unterbreche, aber haben wir hier einen Notfall oder nicht?«

»Darauf komme ich noch.«

»Dann kommen Sie mal, aber zackig!«, sagte Matt zu der zierlichen Dame.

»Es handelt sich um den Herren, den ich als Weihnachtsmann engagiert hatte.« Die Frau zuckte indigniert mit dem Kopf und zeigte mit zittrigem Finger zur Decke. »Er hat mir versichert, dass unser Kamin breit genug sein würde.«

Ben und Andy stiegen schweigend die Feuertreppe zum Dach hinauf. Von dort hatte man einen schönen Blick. Nach Süden war ein Stück Downtown zu erkennen, nach Osten ein Streifen vom Fluss, sturmgrau wogte er zwischen zwei ebenfalls von Brownstones gesäumten Straßenzügen. Ben ließ seine Ausrüstung fallen und trat an den gemauerten Schornstein in der Ecke. Dort lehnte ein schwarzes Eisengitter. Im Schacht herrschte Finsternis. Andy trat neben ihn und beugte sich vor.

»Hey, Weihnachtsmann, bist du da unten?«, rief sie.

Es kam ein kleinlautes, gedämpftes »Ja«.

»Kriegst du noch Luft?«

»Ja.«

Sie richtete sich wieder auf. »Ich würde ihm ja raten, stillzuhalten, aber ich glaube, das weiß er selbst«, sagte sie, während sie ihre Tasche fallen ließ und den Reißverschluss aufzog.

»Bist du für so was ausgebildet?«, fragte Ben. Sie antwortete nicht, sondern rollte ihre Ausrüstung auseinander. »Hey, ich rede mit dir!«

»Lass es. Wir haben einen Job zu erledigen.«

»Am Arsch lasse ich es!« Er packte sie am Arm, zerrte sie hoch und hielt sie so fest, dass sie ihn ansehen musste. »Du sitzt hier nicht als verdeckte Ermittlerin an der verdammten Walmart-Kasse, Andy. Hier geht es um Leben und Tod. Das kannst du nicht bringen.«

»Sprich leiser, verdammt! Da unten sitzt der Weihnachtsmann, und Jake und Engo sind direkt unter uns am Werk.«

»Du kannst ...«

»Und ob ich kann, warte nur ab, Ben.« Sie stieß ihn weg. »Meine Fresse, warum, glaubst du, habe ich eine Woche gebraucht, bevor ich an Bord gekommen bin? Hä? Ich war in der Ausbildung, darum. Ich habe recherchiert und eine Ausbildung durchlaufen, und ich hatte eine bessere Vorbereitung auf meine Rolle hier als du an der Akademie, darauf kannst du dich verlassen.«

»Wer hat dich ausgebildet?«

»Ein Typ in Delaware. Willst du seine Nummer? Kannst ihn anrufen, vielleicht willst du ihn ja fragen, ob er mit mir die AUTO-Regel durchgegangen ist?«

»Hast du so was schon mal gemacht?«

»Vor ungefähr fünf Jahren hab ich verdeckt bei den Marines ermittelt. Dafür habe ich eine vollwertige Ausbildung auf der Akademie durchlaufen, danach sechs Monate gedient. Sie wollten einen Commander überführen, der an Bord eine Rekrutin vergewaltigt hat.«

Ben sah sie ungläubig an.

»Deswegen bin ich bestens für diesen Einsatz gerüstet. Ich bin ausgebildet, habe eine Menge Erfahrung mit Feuerwehr- und Rettungseinsätzen und weiß, wie man Körperfett verliert.«

Ben schüttelte den Kopf. »Das ist fünf Jahre her. Es ist mir scheißegal, wie viel Erfahrung du hast. Mittlerweile hat sich einiges geändert, und du hast nie auf einer Wache gearbeitet. Auf einem Schiff Feuer löschen ist was völlig anderes, als Brände in Warenlagern oder Wohnblocks zu bekämpfen.«

Sie zog die Taschenlampe aus ihrer Weste, schaltete sie ein und leuchtete damit in den Schacht. Ben stand in der warmen Brise und versuchte, sein Unbehagen unter Kontrolle zu bringen.

»Wer *bist* du?«

»Das fragst du mich andauernd.« Andy schaltete die Lampe aus. Sie rollte Seil und Geschirr aus. »Keine Ahnung, was für eine Antwort du noch von mir hören willst, du kennst sie doch bereits. Ich bin eine Spezialagentin für verdeckte Ermittlungen. Die Leute engagieren mich, damit ich unter einer angenommenen Identität an verschiedenen Einsatzorten ermittle und so einen tiefen Einblick in das Leben anderer Menschen erhalte. Ich grabe. Ich finde Sachen heraus. Es ist wirklich nicht so kompliziert, Ben.«

»Für wen arbeitest du?«

»Momentan fürs FBI.«

»Aber manchmal auch für andere?«

»Ja. Darüber haben wir schon gesprochen.«

»Vor ein paar Tagen, warst du da im Einsatz?«, fragte Ben. Als Andy nicht antwortete, trat er näher. »Der Juwelierladen. Das Pärchen mit dem Hund.«

»Ich war nicht da, Ben.«

»Erzähl mir doch keinen Scheiß«, sagte Ben. »Du hast es doch selbst gesagt: Wir müssen eng zusammenarbeiten. Ich will wissen, warum du das machst. Und deinen echten Namen.«

»Ben!« Jetzt packte sie ihn an den Schultern. »Wach auf, verdammt! Da unten steckt ein Typ im Weihnachtskostüm im Kamin fest. Könnten wir das bitte später ausdiskutieren?«

Ben kam nicht dazu, ihr zu antworten, denn sie hatte sich schon wieder über den Schacht gebeugt und drückte den Knopf auf ihrem Funkgerät.

»Chief, Andy auf dem Dach«, sagte sie. »Ich hab Sicht. Steckt richtig fest. Nur Bart und Perücke zu erkennen. Ich versuche, ihm einen Gurt umzulegen und ihn hochzuziehen.«

»*B Team ist einsatzbereit, falls wir den Kerl raushauen müssen*«, kam Engos Stimme über Funk. »*Sieht aus, als wär der Schacht nur gemauert, nicht verputzt. Wir könnten von der Seite reinschlagen und ihn über den Dachboden rausholen.*«

»*Mach keinen Aufwand mit dem Rausziehen, Andy*«, sagte Matt. »*Ich denke, diese reiche Zicke kann ruhig einen neuen*

Kamin bezahlen. Ich kenn einen Handwerker, der gibt uns Provision.«

»Aye, aye, Matt«, sagte Andy.

»Wir sind bereit für den größtmöglichen Schaden«, sagte Engo.

»Wir mir scheint, hast du dich geschmeidig an die Fünferkonstellation angepasst, Engo«, sagte Matt. Seine Stimme klang abgehackt.

»Na, eigentlich sind's ja nur viereinhalb, oder?«

Andy verdrehte die Augen, warf Ben das Seilende zu. »Los geht's«, sagte sie.

Den Rest der Schicht ging Ben ihr aus dem Weg, was nicht schwierig war. Vermutlich tat sie dasselbe, um Matt zu zeigen, dass »Andy« ihr Ding mit Ben nicht weiterverfolgte, weil ihr der Job wichtiger war. Ben verschanzte sich im Lager und kümmerte sich um die Inventur, die schon vor drei Monaten hätte durchgeführt werden sollen. Matt hatte ihm schon gedroht, wenn sie nicht bald fertig wäre, würde er ihm die Rübe abschlagen. Hin und wieder sah er Andy vorbeilaufen, mit Schweiß und Maschinenöl verschmiert, Engo folgte ihr wie ein läufiger Hund.

Am späteren Nachmittag kam Jake ins Lager und schloss die Tür hinter sich.

»Wenn du mir fürs nächste Rennen in Belmont Park einen heißen Tipp geben willst, kannst du gleich wieder gehen«, sagte Ben.

»Nee, mach ich nicht.« Jake setzte sich auf eine Kiste mit Atemschutzfiltern. »Ich will wissen, was mit der Neuen läuft.«

»Ich hab sie zuletzt in der Fahrzeughalle auf Platz zwei beim Ölwechsel gesehen.«

»Nee, ich mein, zwischen ihr und dir.« In Jakes blauen

Augen stand echtes Mitgefühl. »Wie wollt ihr das hinkriegen, ohne dass Matt es rausfindet?«

Ben seufzte. »Jake. Wir vergessen einfach alle, was am Freitag passiert ist, Andy und ich am allerschnellsten. Okay? Ehrlich gesagt, hab ich es tatsächlich schon vergessen. War'n Ausrutscher. Ich war betrunken.«

»Also wollt ihr nicht ... weißt schon?« Er wedelte mit der Hand. Ben fühlte sich zunehmend erleichtert.

»Nein, Jake.«

»Hättest du weitergemacht mit ihr? Wenn sie nicht hier gelandet wäre?«

»Keine Ahnung. Möglich.«

»Ihr habt euch doch Nachrichten geschickt.«

»Ja.«

»Aber das ist jetzt vorbei?«

»Jake, willst du meine Erlaubnis, es bei ihr zu versuchen?«

»Nein, nein ...«

»Ich glaub, das musst du dann mit Engo ausfechten.«

»Sie ist nicht mein Typ.«

Ben markierte einen Karton mit Schutzhandschuhen, die er gerade abgezählt hatte. »Dann verstehe ich nicht, warum du dich auf einmal so brennend für mein Liebesleben interessierst. Bist du scharf auf mich, Jake?«

»Ich find's einfach ... traurig.« Er starrte zu Boden. »Vielleicht wär ja was draus geworden.«

»Ich komm schon drüber weg.«

Ben erinnerte sich an eine ähnliche Unterhaltung vor ungefähr zwei Wochen, damals war Jake bei ihm zu Hause aufgetaucht, um ihm die zuvor für die Handyaufladung geliehenen fünfzig Dollar zurückzuzahlen. Er hatte nichts gesagt, aber tieftraurig die Wohnung betrachtet, in der alles noch aussah, als hätte Ben eine Familie.

»Ich hab ihr nichts davon erzählt«, sagte Ben. »Hat sich nicht ergeben. Vielleicht hat sie gedacht, ich hätte Frau und Kind, aber die beiden wären in der Nacht woanders gewesen.«

»Was willst du ihr sagen?«

Ben unterbrach seine Arbeit, starrte aufs Klemmbrett, die Zahlenkolumnen, seine »Sauklaue«.

»Die Wahrheit«, sagte er. Er betrachtete den jungen Frischling mit seinem barbieblonden Pferdeschwanz, sein eifriges, pseudobesorgtes Gesicht. »Sie haben mich sitzenlassen.«

ANDY

Sie saß an Bens kleinem Tisch, tippte etwas auf ihrem Laptop und entspannte sich langsam. Die Küche wurde nur vom trüben Schein der Straßenlaternen und dem weißen Licht des Computers beleuchtet. Andy hatte gewusst, dass ihr der erste Tag im Einsatz einiges an körperlicher Anstrengung abverlangen würde, aber dass es sie emotional so mitnehmen würde, überraschte sie dann doch. Sie war komplett in ihrer Legende aufgegangen, der dringend benötigte Job, die Ungerechtigkeit, die sie bis nach New York getrieben hatte, ihr dringender Wunsch, noch mal ganz von vorne anzufangen. Sie hatte sich den Arsch abgeschuftet und die ganze Zeit darauf gelauert, dass sie zu einem echten Brandeinsatz gerufen wurden, damit sie Matt beweisen konnte, dass sie nicht nur beim Rausziehen von Festgeklemmten gut war, sondern auch im Ernstfall ihre Frau stehen konnte. Mit der Zeit würde sie sich schon noch bewähren. Jetzt, da sie nicht mehr »auf der Bühne« stand und wieder sie selbst war, ging sie gedanklich noch mal jede ihrer Äußerungen und Handlungen durch, um potenzielle Ausrutscher zu identifizieren. Fallgruben. Minen. Sie musste sich richtig zusammenreißen, um sich wieder auf ihre wahre Mission zu konzentrieren.

Auf dem Laptop lief eine gespeicherte Aufnahme, eine Vernehmung, die sie schon zigmal angehört hatte.

HAIG: Ich sage Ihnen, die Lage ist ernst. Ich bin nicht hysterisch, ich lebe mit dieser Frau zusammen, okay? Wir sind ein Paar, ich kenne sie, ich kenne ihren Alltag, ihr Leben. Wenn sie einfach verschwunden ist, dann ... muss sie in Gefahr schweben. Anders ist das nicht zu erklären. Sie müssen ...

SIMMLEY: Sehen Sie, genau das bereitet mir Kopfzerbrechen, Mr Haig.

HAIG: Was?

SIMMLEY: Das ganze Ding mit der Gefahr.

HAIG: Wieso?

SIMMLEY: Weil es dafür keinerlei Beweise gibt.

HAIG: Sie wollen mir erzählen, dass sie einfach so abgehauen ist, mitten aus dem Leben? Was ist mit ihrem Konto? Ihrem Pass? Gabriels Medizin?

SIMMLEY: Kommt vor. Häufiger, als Sie denken. Sie finden ihr altes Leben langweilig, werfen alles hin und gehen, wohin der Wind sie treibt.

HAIG: Aber nicht Luna.

SIMMLEY: Hören Sie gut zu. Ihre Version? Ist nicht realistisch. So was passiert einfach nicht. Sie wollen uns weismachen, jemand hätte die Frau und ihr Kind zusammen entführt, und sie sind vielleicht tot oder werden irgendwo festgehalten ... so was gibt es nicht. Ja, Menschen werden umgebracht, keine Frage. Mütter. Kinder. Aber dass irgendein Fremder alle beide entführt? So was ist dermaßen selten, das passiert alle Jubeljahre mal.

HAIG: Aber ...

SIMMLEY: Mir ist dabei nur aufgefallen, dass Sie völlig überzogen reagieren und darauf bestehen, dass wir von der Mordermittlung uns damit beschäftigen. Ich will ehrlich sein: Dieses Privileg hat man Ihnen überhaupt nur gewährt, weil Sie zu den Einsatzkräften gehören. Jeden anderen hätten wir damit in die Wüste geschickt.

Und nachdem wir uns jetzt darüber unterhalten haben, würde ich Ihren Fall gern wieder an die Vermisstenstelle zurückgeben, bis wir Beweise finden, dass hier ein Verbrechen vorliegt.

HAIG: Was, wenn es kein Fremder war, sondern jemand, den sie kannte?

SIMMLEY: Wie bitte?

HAIG: Sie haben gesagt, dass Mütter mit Kindern so gut wie nie von Fremden entführt werden. Ich glaube auch nicht, dass das in diesem Fall so gelaufen ist.

SIMMLEY: Das sind wir doch auch schon durchgegangen, Mr Haig. Sie meinten, ihre Familie hätte Verbindungen zum Kartell. Ich verrate Ihnen jetzt mal was: Halb Mexiko hat diese Verbindungen.

HAIG: Die Familie von ihrem Ex hat auch nichts damit zu tun. Sie haben sie nicht umgebracht oder zurückgeschickt nach Mexiko.

SIMMLEY: Warum sind Sie da so sicher?

HAIG: Weil das niemals still und heimlich abgelaufen wäre. Wenn die ein Problem damit gehabt hätten, dass Luna mit einem Gringo vögelt oder ihren Sohn mit ihm großzieht, hätten sie ein Riesendrama drum gemacht. Sie hät-

ten mich vermöbelt und dafür gesorgt, dass ich nie wieder in ihre Nähe komme.
SIMMLEY: Sie haben ziemlich viel Ahnung davon, wie Verbrecher so ticken.
HAIG: Ich hab schon ein paar in meinem Umfeld gehabt. Tu ich immer noch. Und Luna auch. Das sollten Sie sich mal genauer ansehen.

Die Wohnungstür ging auf. Ben schob sich durch den Spalt, eine Einkaufstüte gegen die Brust gedrückt. Als ihr Weinglas beim Abstellen auf der Tischplatte klirrte, entfuhr ihm ein überraschtes Japsen.

»Du liebe Schei...!« Er hielt sich die Brust. »Du bist wie ein verdammter Dämon, weißt du das?«

»Hoffentlich hast du an Milch gedacht, wir haben keine mehr.«

»Was machst du hier?« Ben zupfte sich einen AirPod aus dem Ohr. »Hockst im Dunkeln rum wie ein beschissener Serienkiller. Du hast Matt doch gehört. Wenn wir so weitermachen, knüpft er uns an der nächsten Laterne auf.«

»Oho, aber genau das werden wir tun. So weitermachen«, sagte Andy. Sie hob ihr Glas und schwenkte den Wein darin herum. »Unser Begehren lässt sich nicht so einfach ersticken, egal ob wir unsere Jobs verlieren oder Matt uns mit dem Tod bedroht.«

Ben seufzte, schob mit dem Fuß die Kühlschranktür auf und begann, die Einkäufe zu verstauen. »Ich muss das erst mal verarbeiten. Weil momentan klingt es, als wären wir Leute, die nichts miteinander haben, aber so tun als ob, indem sie so tun, als hätten sie nichts miteinander.«

»Klingt nachvollziehbar.«

»Du hättest dich nicht in meine Mannschaft einschmuggeln brauchen. Es hätte gereicht, dass wir was miteinander haben, damit wärst du nah genug an die Jungs rangekommen.«

»Aber nicht sofort«, sagte Andy. »Nicht heute. Spiel das doch mal durch. Wir gehen einmal miteinander ins Bett, und schon am nächsten Nachmittag hol ich dich von der Arbeit ab? Nee. Ich musste in dein Privatleben und in dein Berufsleben eindringen, ohne Verzug. Luna und Gabriel sind verschwunden, Ben. Das hier erfordert einen Schnellkochtopf, nicht den lauwarmen Backofen. Die einzige ...«

»Du kannst nicht einfach ...«

»... die einzige Möglichkeit.« Ein warnender Ton lag in ihrer Stimme. »Anders ging's nicht. Und damit habe ich schon viel erreicht. Ich habe unter vier Augen mit Matt geredet, in seinem Büro. Bei diesem Gespräch habe ich ihm ein paar Sachen anvertraut. Ich habe mich verletzlich gezeigt. In Not. So was gefällt ihm.«

Ben schnaubte. »Das *gefällt* ihm? Du hast doch keine Ahnung von diesem Typen.«

»Aber sicher habe ich das. Ich habe mich intensiv mit ihm auseinandergesetzt. Mit euch allen. Ich wusste genau, dass er seine Pärchen-Regel missachtet, wenn ich mich unterwürfig benehme und ihm meine verletzliche Seite zeige. Dass er aus Sympathie für mich Regeln bricht. Das wird später noch nützlich sein.«

»Wann? Wozu?«

»Besser, wenn du das nicht weißt.«

»Ich glaube, du bist eine Irre.« Ben riss die Schranktür auf und schob Kartons in die Regale. »Du bist ein Adrenalinjunkie. Das Risiko der verdeckten Ermittlung ist ein großer Spaß für dich, deswegen hast du die Schraube noch ein bisschen angezogen und damit das Leben anderer Menschen gefährdet. Wenn du als Undercover-Hirnchirurgin arbeiten müsstest, würdest du das auch machen? Würdest du dich in

Delaware ausbilden lassen und kurz danach Patienten aufschneiden?«

Andy lächelte nur und trank ihren Wein.

»Was war so wichtig, dass du heute unbedingt auf der Wache auftauchen musstest?«

»Ich hab eure Spinde durchsucht«, sagte Andy.

Ben hielt inne, die Hand an einer Schachtel Cheerios.

»Ich habe Matts Büro durchsucht. Ich habe seinen Terminkalender fotografiert. Den Inhalt seines Dienstcomputers runtergeladen.«

Ben stellte die Schachtel ins Regal und schloss die Schranktür.

»Wann?«

»Als ich rumgelaufen bin und so getan habe, als hätte ich mordsviel zu tun.«

Ben musterte sie.

»Das mit Matts Computer habe ich auch schon versucht.« Er tippte sich auf die Brust. »Der ist passwortgeschützt, nach drei Versuchen wird man ausgesperrt. Da hättest du mindestens einen Tag lang Software drüberlaufen lassen müssen, um das Passwort zu knacken. Und das heimlich.«

»Du kennst dich vielleicht mit Computern aus, Ben, aber dumm wie Brot bist du trotzdem.« Andy seufzte. »Matts Passwort steht auf einem Post-it, das auf einem Bilderrahmen rechts am Schreibtisch klebt.«

»Boah ... Scheiße auch.«

»Weder auf dem Computer noch in den Spinden habe ich irgendwas Nützliches gefunden«, sagte Andy. »Ja, Jake hat ein bisschen Ecstasy rumliegen, in Tütchen, zum Weiterverkauf. Aber ich nehme an, dass er das nur als kleinen Nebenjob macht, um sich die Kredithaie vom Hals zu halten.«

Ben schwieg.

»Ich bin keine Irre, Ben«, fuhr Andy fort. »Ich bin Spezialistin. Das ist mein Job. Und mein Leben.«

Ben lehnte sich an die Arbeitsplatte und massierte sich die Stirn. »Ich glaube, mir platzt gleich der Schädel.«

»Leg'n bisschen Eis drauf, und wenn du schon dabei bist, kannst du dir auch gleich deine Wanderschuhe anziehen.«

Sie stand auf und klappte ihren Laptop zu. »Wir gehen raus.«

Sie nahmen ein Taxi nach East Orange. Ben stellte keine Fragen. Er hockte wie ein Häufchen Elend neben der Tür auf der Rückbank, das Kinn in die Hand gestützt. Diese Pose hatte Andy schon zigmal gesehen, sie war ein klares Zeichen von Realitätsverdrängung. Dieser Teil der Ermittlung war ihr am meisten verhasst. Ging ihre Bezugsperson auf Abstand, musste sie sie mit einem Lockmittel wieder reinholen. Wenn Ben beschloss, dass sie der Feind war, würde er auf seine Instinkte zurückfallen, das Vertraute suchen. Seine Räuberbande war zwar nicht zuverlässig, aber zumindest berechenbar. Und herzlicher. Und witziger. Andy seufzte erneut und richtete den Blick auf die mit Handabdrücken vollgeschmierte Plexiglasscheibe vor ihrer Nase, die so schmutzig war, dass sie den auf Hindi in die Freisprechanlage murmelnden Fahrer kaum erkennen konnte.

»Letztes Jahr war ich um diese Zeit in Utah«, sagte sie.

Ben schaute sie an. Sie gab ihm etwas Zeit, um aus seinen Gedanken wieder in die Realität zurückzukehren.

»In einem Nest namens Caineville«, fuhr sie schließlich fort. »Am Arsch der Welt. Felder. Berge. Mormonen.«

»Was hast du ermittelt?«

»Da gab's eine reiche Familie. Altes Geld. Bourbon-Destillerie, seit sechs Generationen.« Andy sah, wie eine Horde Jungen an der Straßenecke vor dem Park das Taxi in Augenschein nahm. »Mutter, Vater, zwei schlanke, große Töchter. Wenn die beiden Mädchen durch die Stadt liefen, sind die Kerle übereinander gestolpert, um näher ranzukommen. Sie sahen aus wie französische Models. Aber auch wenn sie hässlich wie die Nacht gewesen wären, der glückliche Schwiegersohn hatte Aussicht auf eine Menge Kohle. Das Rennen lief.«

Ben lauschte ihr gebannt.

»Der Vater war als Arschloch bekannt. Bei jeder plötzlichen Bewegung ist seine Frau zusammengezuckt. Er hatte die Gesetzeshüter des Ortes in der Tasche. Die Sheriffs, Richter, alle. Eines Tages ist seine Frau verschwunden. Man ging davon aus, dass er im Suff einen Wutanfall bekommen und sie aus Versehen getötet hatte. Die Frau hatte die Töchter in die Stadt gefahren, entgegen seiner ausdrücklichen Anweisung, dass die Mädchen abends nicht ausgehen durften, wegen der Aufmerksamkeit, die sie unter der männlichen Bevölkerung erregten. Die Mutter wurde zuletzt gesehen, als sie die beiden absetzte und sich auf den Heimweg machte.«

Ben saß stocksteif neben ihr.

»Man hat mich gerufen ...«

»Wer hat dich gerufen?«

»Die Schwester der Vermissten«, sagte Andy. »Sie hatte kein Geld, aber sie wollte wissen, was geschehen war. Also habe ich mich als Haushälterin beim Witwer beworben. Ohne die Frau herrschte das totale Chaos, ein echter Schweinestall. Ich habe Klos geschrubbt, und diese Leute haben mir eine Menge Geld gezahlt, damit ich ihnen einen Sack Knochen bringe.«

»Wie sind die auf dich gekommen?«

Andy zuckte die Achseln. »Auf Empfehlung. Wenn man bei der Polizei keinen Erfolg hat und frustriert ist mit der

Ermittlung, sucht man nach Alternativen. Vielleicht bei anderen Polizisten, wie du. Oder man zieht einen Anwalt hinzu, einen Privatdetektiv. Irgendwann findet man jemanden, der jemanden kennt, der mich empfiehlt.«

»Warum hast du meinen Fall angenommen?«

»Das FBI will wissen, von welchen Raubüberfällen in deinem Brief konkret die Rede war.« Andy sah ihn genau an.

»Ich habe nie von Raubüberfällen gesprochen.«

»Komm schon, Ben.«

Er zuckte die Achseln.

»Besonders einer macht sie richtig scharf. Sie sind ganz heiß darauf, zu erfahren, welche Bande letztes Jahr das Haus in Kips Bay ausgeraubt hat.«

Bens Gesicht zeigte keine Regung.

»Ein Polizist außer Dienst wurde erschossen«, sagte Andy. »Wer diesen Fall löst, wird sein Leben lang Ruhm ernten. Das wird politische Türen öffnen, in der Stadt eine Menge Wege ebnen. Der Fall liegt schon ein Jahr zurück. Der ist nicht nur kalt, sondern tiefgefroren. Wenn mein Auftraggeber ihn durch mich lösen kann, kann er seine politischen Ambitionen ungebremst und ohne Gegenwind ausleben und wird Erfolg haben.«

»Worauf ist er denn aus? Bürgermeister von New York?«

»Wenn der Typ sich richtig verkauft, kann er als verdammter Präsident kandidieren.«

Eine Weile herrschte Schweigen. Die Stadt zog vorbei.

»Ich hab dich nicht gefragt, warum das FBI meinen Fall übernommen hat«, sagte Ben schließlich. »Sondern, warum du eingestiegen bist.«

Andy lehnte sich zurück. Verschiedene Antworten lagen ihr auf der Zunge. Wie viel durfte sie ihm verraten? Ab wann war das Risiko zu hoch? Sie musste Ben dazu bringen, bei der Ermittlung mitzuhelfen, aber sie musste sich auch schützen. Sie wusste genau Bescheid über Ben Haig und sein Leben, da wäre es ein Leichtes, sich in Menschlichkeit zu ergehen. Ein Abgrund, in den sie ohne Weiteres stürzen könnte, das wusste sie genau.

Doch sie konnte die Worte nicht zurückhalten.

»Man hätte dich nicht dazu treiben sollen, deine Leute zu verraten«, sagte sie vorsichtig. Der Motor brummte, irgendwo heulte eine Sirene. Andy empfand das Schweigen als unerträglich, aufgeladen mit gefährlichen Möglichkeiten. »Die Polizei hätte deine Vermisstenmeldung ernst nehmen müssen. Sie hätten eine gründliche Suche nach Luna und Gabriel starten sollen.«

Ben antwortete nicht.

»Jetzt wirst du im Gefängnis landen«, fuhr Andy fort. »Die ganze Mannschaft wandert in den Knast, ob ich die beiden finde oder nicht.«

Ben rang sich ein Lächeln ab, in dem Andy trotz des trüben Lichts der Straßenbeleuchtung nur Traurigkeit entdeckte.

»Aber Luna und Gabriel haben es nicht verdient, sich auf den mangelnden Ermittlungseifer eines denkfaulen Polizisten verlassen zu müssen.«

Andy spürte es. Ben würde die richtigen Schlüsse ziehen und gefährlich nah an die Wahrheit kommen, eine Wahrheit, die ihr Herz in Stücke riss.

»Ist dir das passiert?«, fragte er. »Bist du deswegen …«

»Um mich geht's hier nicht.«

Er nickte, ließ das Thema fallen, sehr zu ihrer Erleichterung.

»Wie viel Zeit haben wir?«, fragte er stattdessen.

»Wofür?«

»Um sie zu finden. Bevor dein Boss keine Lust mehr hat und mich einfach festnehmen lässt. Du hast es selbst zugegeben: Sie sind nicht an Luna und Gabriel interessiert, sondern daran, die Einbrecher hochzunehmen, die den Cop umgebracht haben. Sie können mich jederzeit in ein Verhörzimmer zerren und mich vermöbeln, bis ich gestehe. Oder mich auf frischer Tat ertappen und mich dazu bringen, die anderen zu verraten. Ich weiß, dass du den Einbruch in den Juwelierladen observiert hast.«

»Ach, tatsächlich?«

»Ja, Andy. Als ich das Pärchen mit dem Hund erwähnt habe, hast du überhaupt nicht reagiert, hast nicht gefragt, wen ich meine, wie es jeder andere getan hätte.«

»Das war ich nicht«, sagte Andy. Zu schnell. Einfach rausgehauen, weil sie so wütend war auf Newler, mit dem sie eine gemeinsame Vergangenheit verband. Und er war komplett unverändert daraus hervorgegangen, was ihren Groll nur noch steigerte. Andy musste sich zwingen, eine neutrale Miene aufzusetzen und den angewiderten Zug um ihre Mundwinkel zu entspannen. »Das geht aufs Konto des FBI-Agenten, der mich engagiert hat. Er will was gegen dich in der Hand haben, falls du ihm abhaust. Das passiert nicht mehr, versprochen.«

»Ich haue nicht ab«, sagte Ben. »Ich will sie finden, Andy. Dafür habe ich Himmel und Hölle in Bewegung gesetzt. Den verdammten Cop angefleht hab ich. Gebettelt! Und jetzt bin ich so weit gekommen, kann rausfinden, was mit ihnen passiert ist und dafür einen Preis bezahlen. Ich muss mich ausliefern und meine Mannschaft dazu. Diesen Preis bin ich bereit zu zahlen, weil ich fest daran glaube, dass sie noch leben und ich sie retten kann.«

Andys Miene hatte ihm wohl verraten, wie wenig Hoffnung sie auf diesen Ausgang hatte, denn er sah sie herausfordernd an, bevor er sich abwandte.

»Ich muss das wissen. Die beiden sind meine Familie. Ich

muss wissen, wo sie sind. Und wenn ich und alle anderen dafür ins Gefängnis müssen, ist es das wert.«

»Ist es das auch noch wert, wenn ich dir nur einen Sack Knochen bringe?«

»Ja.«

»Was, wenn Matt und seine Leute nichts damit zu tun hatten? Willst du sie trotzdem opfern, auf dem Altar deiner Suche nach der Wahrheit?«

Ben dachte kurz nach. Schließlich nickte er.

Andy schaute aus dem Fenster. Sie glaubte ihm kein Wort.

BEN

Die Bar war eng und dunkel, das einzige Licht stammte von der bunten, über der Theke und den Regalen dahinter drapierten Lichterkette. Ben war durchaus neugierig, wollte wissen, warum Andy ihn ausgerechnet hierher gebracht hatte, aber er hatte noch so viele andere Fragen, dass er kaum klar denken konnte. Sie parkte ihn in einer schmalen Nische mit Bänken aus klebrigem rotem Vinyl, bevor sie an der Theke ihre Drinks bestellte. Beim Anblick ihres Rückens versuchte Ben sich vorzustellen, wie sie ausgesehen haben mochte, als sie auf Knien das Klo eines beschissenen Bourbon-Millionärs geschrubbt hatte, den sie des Mordes überführen wollte. Er fragte sich, ob sie Angst gehabt hatte, ganz allein auf seinem großen Anwesen, in der finsteren Nacht voller zirpender Grillen, umgeben von Lagerhallen voller Fässer und Destillierapparate, dem Mörder und seinen Gehilfen in feinem Zwirn. Ein Fuchs, der unter Bluthunden schlief. Jetzt verstand er endlich, wie sie so ruhig neben ihm in seiner Wohnung hatte schlafen können, denn sie war es vermutlich gewohnt, beim Aufwachen in den Lauf einer Schrotflinte zu starren, und ein besoffener Südstaatenmillionär hatte den Finger am Abzug. Oder ein Drogenbaron. Oder ein Terrorist. Nachdem sie alle Winkel seines Lebens ausgeleuchtet hatte, war Andy vermutlich sicher gewesen, dass Ben berechenbar war. Kein großes Ding, sich wie jetzt in der engen Nische an ihn zu kuscheln. Er hingegen kannte nicht mal ihren echten Namen.

»Was ist mit Engo und seiner Frau in Aruba passiert?«, fragte sie, nahm seinen Arm und drapierte ihn sich wie einen Schal über die Schulter. Die Frage erwischte ihn wie eine Ohrfeige, ein so krasser Widerspruch zu der von ihr soeben hergestellten körperlichen Zuwendung, dass sie ihn völlig aus dem Konzept brachte.

»Müssen wir unbedingt …?« Er rutschte von ihr weg.

»Ja, müssen wir.« Sie verharrte mit dem Arm über seiner Schulter. »Weil wir in der Öffentlichkeit sind. Wir spielen unsere Rollen so authentisch wie möglich, das habe ich dir doch schon erklärt.« Als sie sich vorbeugte und ihn küsste, erwachte etwas in seinem Inneren aus dem Tiefschlaf. »Also, Aruba.«

Ben umklammerte sein Whiskeyglas. Die Fliege darin war kurz vor dem Ertrinken.

»Niemand weiß Genaueres. Engo hat sich nicht konkret dazu geäußert.«

»Aber was weißt du darüber?«

»Ich weiß, dass er zur selben Zeit wie seine Ex-Frau dort Urlaub gemacht hat.« Ben fischte die Fliege aus seinem Drink und trank ein paar Schlucke, um sein Unbehagen zu vertreiben. »Zwei Tage nach seinem Eintreffen ist sie verschwunden. Das ist dir doch nicht neu. Ich meine, das stand in den Akten.«

»Ich will wissen, was Engo darüber gesagt hat.«

»Hör zu, Engo ist ein Idiot. Er hat so getan, als hätte er sie umgebracht, aber nur, damit er als echter Kerl dasteht. Er will, dass die Leute ihn für einen gefährlichen Wichser halten. Genau dasselbe wie mit den fehlenden Fingern. Er verbreitet eine Menge Geschichten darüber, wie er sie verloren hat. Aber der Mann war im früheren Leben mal Bauarbeiter, wahrscheinlich hat er sie sich mit der Kreissäge abgesäbelt.«

»Habt ihr untereinander darüber geredet? Über die Frau, meine ich.«

Ben zuckte die Achseln. »Klar. Hin und wieder, mit besoffenem Kopf. Vor allem, wenn das Lied gelaufen ist. Weißt schon ...« Er versuchte, sich an die Melodie zu erinnern. In der Bar lief irgendein Heavy-Metal-Scheiß. »*Aruba, Jamaica ...*«

Andy nickte.

»Er fängt an zu tanzen, glasiger Blick, und einer von uns sagt, ›Los, erzähl's uns!‹, und er kommt mit Andeutungen, wie er sie gestalkt hat. Marlene, so hieß sie. Telefonterror, Tag und Nacht. Hunderte Nachrichten verschickt. Ihr kleine Andenken vor der Tür hinterlassen. Er hat mir erzählt, dass er einmal bei ihr auf der Arbeit bei Macy's aufgetaucht ist und Ärger gemacht hat, bis ihr Chef ihn vertrieben hat. Daraufhin ist er bei dem Mann zu Hause aufgeschlagen und hat was gemacht, um ihm einen Schrecken einzujagen.«

»Was genau?«

»Der Mann hatte kleine Kinder. Engo hat dafür gesorgt, dass der Typ von der Arbeit heimgekommen ist und ihn mit den Kindern plaudernd in seiner Einfahrt gesehen hat. Danach hat er Marlene gefeuert.«

Andy musterte Ben genauer. Seine Hand war mittlerweile runtergewandert zu ihrem Hintern und steckte zwischen ihrer Jeans und dem roten Vinyl fest. Sie stützte sich mit dem Ellbogen auf dem Tisch ab. Sie sahen aus wie ein ganz normales, ins Gespräch vertieftes Pärchen, vielleicht ging es um ihre Beziehung oder um ihre gemeinsame Zukunft. Jedenfalls nicht um einen mordlüsternen Mistkerl, so einen Jeffrey Dahmer für Arme. Auf einmal hatte Ben einen bitteren Geschmack im Mund, den auch der Whiskey nicht vertreiben konnte.

»Also kratzt sie ihr Erspartes zusammen und fliegt mit ein paar Freundinnen nach Aruba. Er folgt ihr«, fuhr Ben fort.

»Bucht ein Zimmer in derselben Hotelanlage. Sie geht immer morgens schwimmen, direkt nach Sonnenaufgang. Eines Tages kehrt sie nicht mehr zurück.«

»Du hast ihn doch sicher damit konfrontiert. Am Anfang, als Luna verschwunden ist. Selbst wenn Engo nie offen zugegeben hat, dass er seine Ex-Frau umgebracht hat, klar war doch auf jeden Fall, dass er sie gestalkt hat.«

Ben nickte. »Ich hab ihn abgefüllt, bis er nicht mehr geradeaus sehen konnte, ein paarmal sogar. Aber er ist bei seiner Geschichte geblieben. Hat nie was Auffälliges gesagt. Und ich würde gerne glauben, dass das bedeutet, er hat nichts gemacht. Er hat nie zugegeben, dass er seine Ex auf dem Gewissen hat. Und deswegen habe ich ihn auch ausgefragt. Der Mann war sturzbesoffen und hätte dir alles gestanden. Aber das nicht.«

»Hast du dir Jake mal vorgenommen?«

»Selbst wenn Jake involviert gewesen ist, mir würde er es nie erzählen. Nicht mal besoffen.«

»Warum nicht?«

»Weil er weiß, dass ich ihn umbringen würde.«

»Was ist mit Matt?«

»Ich bin nicht blöd. Frag Matt nach der Uhrzeit, und er kriegt einen solchen Tobsuchtsanfall, dass er dir mit seinem Feueratem die Haut vom Schädel brennt.«

Ben schloss die Augen und atmete tief ein. Die Musik ging jetzt so richtig ab. Wenn er sich anstrengte, konnte er sich vorstellen, er wäre hier mit Luna. Samstagabend, Gabe wäre bei seiner Abuela und sie beide in einem netten, sauberen Restaurant an der Küste von Jersey und nicht in dieser Absteige am Arsch von East Orange.

»Warum sind wir hier?«, fragte er endlich.

Kaum hatte er die Frage gestellt, schon plumpste die Antwort auf die Bank gegenüber und knallte ein verschmiertes Glas auf den Tisch, aus dem der unverwechselbare Geruch von Bourbon stieg. Ben schaute direkt in die fiesen Äuglein von Edgar Denero. Als er sich an Andy wandte, erhaschte er sekundenschnell einen Blick auf ihr wahres Ich. Bevor sie die Maske wieder aufsetzte. Bevor sie überrascht tat. Sie sah Ben fast entschuldigend an, weil sie wusste – garantiert wusste sie es –, dass hier gleich etwas richtig Schlimmes passieren würde. Aber sie hatte alles so eingefädelt. Mit einer Hand tätschelte sie ihm die Wange, mit der anderen verfütterte sie ihn an einen wilden Hund, nur um zu sehen, ob sein Biss tödlich war.

Ben konnte nicht anders. Er musste lächeln.

Edgar stützte sich mit den Ellbogen auf der Tischplatte ab und begutachtete Ben mit einem so schiefen Grinsen, dass ihm fast das Herz brach. Das war Gabriels Grinsen. Ben hatte Lunas Ex nie getroffen, kannte ihn nur von Fotos, doch selbst im schlimmsten Krebsstadium hatte er noch so verschlagen gegrinst. Ben ging davon aus, dass alle Denero-Männer so grinsten.

»Na, wen haben wir denn da?« Edgar schlug Ben mit voller Wucht auf die Schulter. »Wie geht's, wie steht's, Benny-Boy?«

Andy war völlig in ihre Rolle eingetaucht, die verwirrte und nervöse neue Freundin. Sie wich etwas von Ben ab und machte große Augen. »Hey. Wer ist das?«

»Ja, Bennylein, erklär mal. Wer bin ich?« Edgar zeigte sich auf die Brust. »Bin gespannt, wie du deiner Neuen das erklären willst.«

»Sie ist nicht meine Neue«, sagte Ben. Was Besseres fiel ihm nicht ein. Weil er sich erst wieder sammeln musste, sich was Plausibles einfallen lassen, um den wütenden Schwager seiner mit dem Kind verschwundenen Freundin zu besänftigen. Er stand plötzlich mitten im Rampenlicht, und Andy hatte ihn reingestoßen, was ihn so zornig machte, dass es ihm kurz die Sprache verschlagen hatte. »Das ist nur eine Freundin.«

»Ah! Na dann! Sah auch ganz nach Freundschaft aus, das Gefummel, was ich von da hinten aus beobachtet habe.« Edgar zeigte in den rückwärtigen Teil der Bar, wo neben einem riesigen Latino im Karohemd ein leerer Hocker zu erkennen war. Der Riese musterte Ben und Andy und Edgar mit wachsendem Interesse. »Schau nur, so schnell hat unser Benny was Neues gefunden, kaum dass Luna und Gabriel von der Bildfläche verschwunden sind. Du lässt nichts anbrennen.«

»Verschwunden?« Andy rutschte noch weiter von Ben weg. Musterte ihn mit fragendem Blick aus großen Augen. »Ben, wovon redet der?«

Ben spähte zum Ausgang. Da stand, mit verschränkten Armen an den Türstock gelehnt, ein weiterer Kumpel von Edgar, unschwer als solcher zu erkennen. Ben stellten sich die Nackenhaare auf. Zwei Typen könnte er in Schach halten, aber drei waren zu viele. Und es waren sicher noch mehr. Plötzlich war die Bar knallvoll, lauter Neuankömmlinge besetzten die noch freien Nischen. Er hatte das Gefühl, dass ihn alle beobachteten. Sein schauspielerisches Talent auf den Prüfstand stellten.

»Luna und Gabe sind nicht verreist«, sagte er zu Andy. »Sie werden vermisst.«

Andy riss die Augen noch weiter auf.

»Hat er dir erzählt, sie sind verreist? Und das hast du geglaubt?« Edgar exte seinen Drink und ließ den Blick über Andys Körper wandern. »Hast dir ja ein echtes Prachtstück geangelt, Ben. Ihr habt einander verdient.«

»Pass bloß auf!«, warnte Ben. Er umklammerte die Bankkante. Furcht und Zorn kämpften in seiner Brust, Adrenalin schoss ihm in die Adern. Andy machte weiterhin auf verschrecktes Mädchen, aber er sah dennoch fragend zu ihr rüber, er wollte wissen, ob sie einen Ausweg für ihn geplant hatte. Er musste sich wirklich überwinden, ihr die Finger zu drücken, um so seine Verzweiflung zu kommunizieren. Sie zog ihre Hand weg.

»Was willst du tun, weißer Junge?«

»Nichts. Wir klären das ein anderes Mal, Ed«, sagte Ben. »Wir gehen einfach.«

»Ich erzähl dir mal was über deinen Kerl hier«, sagte Edgar zu Andy. »Eine Woche nachdem Luna und mein Neffe verschwunden sind, kommt dieser Typ reingeschneit und meint, er könnte meinen Laden mal eben auf den Kopf stellen. Meine Leute verhören. Will nachschauen, was meine Sicherheitskameras gefilmt haben. Ich soll mit der Polizei reden. Und heute sitz ich an der Bar und muss mir das hier ansehen?« Er zeigte auf Andy und Ben. »Ernsthaft, Bro?«

»Ernsthaft.«

»Erstaunlich. Echt erstaunlich. Hey, versteh mich nicht falsch, ich kapier das. Hab deinen Arsch gesehen, als du reingekommen bist, Herzchen.« Edgar sah Andy an. »So'n Arsch würde ich auch quer durchs Haus vögeln. Hat er dich schon im Bett meines Neffen gebumst?«

Ben versuchte aufzustehen, aber Andy hielt ihn zurück. Die Gläser klirrten auf dem Tisch, die Gäste starrten zu ihnen rüber.

»Langsam. Ganz langsam. Reiß dich zusammen.« Andys Stimme klang schrill, sie sah aus, als hätte sie Angst. »Lass uns einfach abhauen.«

»Wo sind sie, Ben?«, knurrte Edgar. »Hast du sie irgendwo vergraben?«

»Nein. Du? Du bist derjenige, der immer mit seinen Connections zum Kartell geprahlt hat. Hast du endlich deine Mutprobe bestanden? Oder hast du wieder den Schwanz eingezogen?«

»Was zum Teufel redet ihr hier?« Andy hatte Ben am Arm gepackt und grub ihm die spitzen Fingernägel in die Haut.

»Jetzt erzähl ich dir mal was über diesen Kerl«, sagte Ben. »Ed hat immer davon geträumt, fürs Kartell zu arbeiten. Wollte ein Gangster sein. Aber für so einen Schlappschwanz von einem Automechaniker aus Queens haben diese Leute keine Verwendung.

Eines Tages schraubt er an einem Auto rum und findet einen menschlichen Zahn unter der Motorhaube. Liest in der Zeitung von einem Unfall mit Fahrerflucht. Kommt bei den Dreckskerlen in der Nachbarschaft angekrochen, um ihnen zu verraten, bei wem sie eine Menge Geld erpressen können. Du musstest betteln, damit sie dich mitspielen lassen, stimmt's, Ed? Hättest jeden Schwanz gelutscht, damit du reinkommst.«

Der Typ an der Bar und der an der Tür hatten den kampfgeilen Blick auf Ben gerichtet. Scheiß drauf, dachte Ben. *Famous last words.*

»Das Kartell hat ihn eingeladen«, sagte er lächelnd. »Aber als er einem Typen die Kniescheiben zerschießen sollte, hat er sich ins Hemd gepisst. Konnte nicht abdrücken.«

»Wir gehen!« Andy zerrte an ihm herum. »Los.«

»Das munkelt man zumindest. Hast du dir echt ins Hemd gepisst, Ed?«

»Ich sorg dafür, dass du dir ins Hemd pisst, du kleiner Wichser.« Ed war stocksteif vor Wut. »Weil ich hab nämlich noch mal nachgedacht über dich.

Das ganze Getue, mit dem du bei mir im Laden aufgeschlagen bist? Das hat mir das Hirn so vernebelt, dass ich zuerst gar nicht darauf gekommen bin, dass du sie auf dem Gewissen haben könntest. Aber dann ist es mir wieder eingefallen. Zwei Wochen vor ihrem Verschwinden hat Luna mich nämlich angerufen. Ich sollte ihr eine Waffe organisieren. Für eine Freundin, hat sie gesagt.«

Ben spürte, wie sich Andy neben ihm versteifte. Auf einmal herrschte Stille, alle Geräusche aus der Bar verstummten.

»Vielleicht war die Waffe tatsächlich für eine Freundin«, sagte Ed. »Aber vielleicht war sie auch für Luna selbst.«

Da stand plötzlich der Typ vom Ausgang neben ihnen, packte Ben über Andys Kopf hinweg am Hemdkragen.

Ben ließ es geschehen, genau wie Andy es zuließ, dass sie jemand umstieß. Und dann wurden die beiden aus der Tür katapultiert. Ende der Vorstellung.

ANDY

Dieser Mann hatte in seinem Leben schon ein paar Faustkämpfe ausgefochten, das wusste Andy schon lange vor ihrem ersten Treffen mit Ben Haig, als er noch eine vage Beschreibung gewesen war, Gegenstand einer Akte. Aus den Unterlagen des Jugendamts ging hervor, dass Ben aus der elterlichen Obhut entfernt wurde und danach in wechselnden Pflegefamilien und Wohngruppen für Jungen aufgewachsen war. Nirgends war er lange geblieben. Es gab ständig Auseinandersetzungen, Ben legte sich mit allen an. Die Sozialarbeiter und vermutlich ein paar wohlmeinende Anwälte hatten dafür gesorgt, dass Ben vor dem einundzwanzigsten Lebensjahr keine Vorstrafen kassierte. Dann folgten mehrere Anzeigen wegen Körperverletzung, die allerdings nie zu Haftstrafen geführt hatten. Die Schlägereien fanden nahezu ausschließlich in Bars statt. Der Alkohol löste die Ketten, die Bens inneres Tier ansonsten unter Kontrolle hielten. Doch eine Woche bevor er das Sorgerecht für seinen jüngeren Bruder Kenny beantragte, beendete Ben abrupt seine Schlägerkarriere.

Andy vollführte den Tanz der hysterisch kreischenden, heulenden Freundin, wand sich in den Armen des Türstehers, wehrte sich, so gut sie konnte. Doch in Wahrheit galt ihre Aufmerksamkeit Ben Haig, der in einer dreckigen Gasse hinter der Bar in East Orange mit dem Geschick eines erfahrenen Straßenschlägers um sein Leben kämpfte. Ben ließ sich scheinbar willenlos in die Dunkelheit hinter den Müllcontainern führen, die Hände gehoben, die Handflächen präsentiert, einen Oberarm von Ed umklammert, den anderen im Eisengriff des Riesen. Er tat, als glaubte er ernsthaft, er könnte sich irgendwie rausreden, und so gelang es ihm, den ersten Schlag zu platzieren. Er hieb dem Riesen mit dem Ellbogen gegen die Nase und stieß ihn gegen die Mauer, wirbelte herum und trat Ed Denero in die Magenkuhle, worauf der sich unter Schmerzen krümmte. Kaum hatte Ed sich allerdings erholt, nahm er Ben in den Schwitzkasten. Auch der Riese war viel zu schnell wieder auf den Beinen und reagierte sich an Bens Rippen ab. Als sie mit ihm fertig waren, warfen sie ihn wie einen Müllsack auf den nassen Betonboden. Ben rollte sich zum Schutz vor weiteren Tritten zusammen, wartete auf seine Gelegenheit, trat im richtigen Moment zu und sorgte dafür, dass sich das Knie des Riesen auf widernatürliche Art zur Seite verdrehte. Blitzschnell hatte er sich auf die Seite gerollt und war wieder auf den Beinen, trippelte leichtfüßig auf Ed zu, die Fäuste erhoben. Ed schlug blind zu, und Ben brach ihm prompt die Nase. Aber beim Versuch, Ed in die Rippen zu boxen, war er zu nah herangekommen. Das war ein Fehler, denn Ed revanchierte sich umgehend, eine aufgelesene, zerbrochene Flasche in der Hand.

Fehlschläge und Triumphe. Stöhnen und Schreien. Ben lieferte sich einen schmutzigen Kampf, zog alle Register, stach dem Gegner in die Augen, nutzte Glas, Mauer, Beton, die Kante des Müllcontainers als Waffen. Irgendwann gab Ed auf, und der Typ, der Andy festgehalten hatte, übernahm seinen Part, allerdings nicht mehr ganz so selbstbewusst, nachdem er Ben in Aktion gesehen hatte. Er landete ein paar halbherzige Schläge, wirkte aber fast erleichtert darüber, dass Andy wild kreischend damit drohte, die Polizei zu rufen, denn so konnte er sich davonmachen, ohne sein Gesicht zu verlieren.

Als der Spuk vorüber war, saß Ben schlaff und schwer atmend an der Mauer. Er blutete aus einer tiefen Stirnwunde. Andy sah gerade noch, wie Ed und der Türsteher den halb ohnmächtigen Riesen in ein parkendes Auto schleiften. Sie war nicht auf die eiskalte Wut gefasst gewesen, mit der Ben sie ansah. Er ignorierte ihre ausgestreckte Hand und spuckte einen Blutbatzen aus.

»Ach, komm schon.« Sie setzte sich neben ihn auf den mit Schlamm, Blut und Glas besudelten Boden. »Was hätte ich tun sollen? Edgar in seiner Werkstatt besuchen? ›Hi, ich bin Bens neue Freundin und hab ein paar Fragen an dich.‹«

»Verpiss dich einfach, Andy«, stieß Ben hervor.

»Du hast seine Reaktion selbst erlebt. Edgar Denero hätte uns beide gut und gern ignorieren können. Wenn er und seine Kartellkumpel irgendwas mit Lunas Verschwinden zu tun gehabt hätten, wären sie sehr erleichtert gewesen zu sehen, dass du schon Nachschub hast.«

»Also hast du mich einfach mal als Lockvogel missbraucht?«

»Luna und Gabe sind verschwunden, Ben«, sagte Andy. »Ich muss meine Ermittlungen effizient durchführen, die Uhr läuft. Das war die schnellste Möglichkeit, herauszufinden, ob Ed Denero und seine Bandenbrüder was damit zu tun haben. Ich wusste, dass er an den Umsätzen beteiligt ist.« Sie zeigte auf die Bar. »Und dass er heute Abend hier sein würde. Also hab ich ein kleines Experiment durchgeführt.«

Ben schwieg. Er hielt sich die Rippen, von denen vermutlich einige gebrochen waren. Andy wollte ihm schon die Hand auf den Arm legen, hielt aber im letzten Moment inne. Sie waren allein. Kein Theater nötig. Umso verstörender fand sie es, dass sie trotzdem die Hand nach ihm ausgestreckt hatte. Ihm war das allerdings gar nicht aufgefallen, viel zu sehr war er damit beschäftigt gewesen, wieder auf die Beine zu kommen. Blut rann ihm über die Kehle ins T-Shirt.

»Luna hat sich eine Waffe besorgt, nur zwei Wochen vor ihrem Verschwinden«, sagte Andy. Sie folgte Ben zur Straße. »Komm, lass uns heimgehen. Wir müssen die Wohnung nochmal durchsuchen, dann sehen wir, ob sie erfolgreich gewesen ist. Ob die Waffe noch da ist.«

Ben fuhr herum, das Blut in seinem Gesicht vom erleuchteten Schild der Bar in absurdes Violett getaucht.

»Andy«, sagte er. »Verpiss. Dich.«

Sie beschloss, einen kleinen Spaziergang zu machen, bevor sie in ein Taxi steigen würde. Die Straße, die von der Bar wegführte, war brutal in ihrer Hässlichkeit, Tankstellen und Imbisse erfüllten die Nacht mit widerlichem Fettgestank und neongrellem Licht. Andy hatte keine Angst, nachts allein unterwegs zu sein, aber sie wollte ihren Gedanken nachhängen und sich nicht ständig umsehen müssen, daher hatte sie die große, erleuchtete Hauptstraße gewählt und nicht den direkten Weg nach Hause. Sie überlegte, was Luna Denero dazu bewegt haben mochte, sich eine Waffe zu besorgen. Sie hatte einen kleinen, neugierigen Sohn und einen großen, offenbar schlagkräftigen Feuerwehrmann im Haus, der sie ohne Weiteres beschützen würde, trotzdem hatte Luna es anscheinend für nötig befunden, sich zur Verteidigung gegen eine Bedrohung von außen eine Waffe zuzulegen. Hatte Edgar Denero vielleicht recht gehabt und die Bedrohung kam von innen, also von Haig?

Andy lief durch den Seifennebel einer Waschanlage auf Branch Brook Park zu. Sie beschloss, sich am Rand des Parks ein Taxi zu nehmen und zu der Straße zurückzukehren, wo Luna verschwunden war.

Haig hatte die Aufnahmen der Sicherheitskameras gründlich ausgewertet, man sah, wie Luna durch Dayton fuhr, sie war auf dem Weg zum Haus der Mutter ihres Ex-Partners, um Gabriel dort abzugeben. Haig war die Route abgegangen, von Tür zu Tür, hatte die Namen und Aussagen aller Ladenbesitzer, Taxifahrer, Obdachlosen und sonstigen Personen notiert, mit denen er hatte sprechen können. Niemand hatte etwas Nützliches beigetragen. Man hatte weder den Wagen, die Frau noch das Kind gesehen, geschweige denn irgendwas Auffälliges beobachtet. Um zwölf Minuten nach neunzehn Uhr war Luna kurz von der Kamera eines Getränkemarkts erfasst worden. Danach war sie vermutlich an einer Reihe Cafés und Boutiquen vorbeigekommen, dann an einem Best Western Hotel und einem Wohnblock. Kurz vor der Kreuzung hätte man sie noch einmal sehen müssen, denn die dort an einem Möbelgeschäft positionierte und die gesamte Kreuzung erfassende Kamera hätte sie filmen müssen. Das hatte sie aber nicht getan. Lunas Wagen war irgendwo zwischen der letzten Kameraerfassung am Getränkemarkt und der Kreuzung verschwunden.

Nach dem Speicherplatz zu urteilen, den Haig dieser Straße und seinen Unterhaltungen mit Anwohnern und Passanten auf seinem Notebook gewidmet hatte, ging er wohl davon aus, dass Luna und Gabriel genau an dieser Stelle aus seinem Leben verschwunden waren. Das erschien auch Andy logisch. Luna war in diese Straße eingebogen und hatte sie nie wieder verlassen. So hatte sie es Ben auch gesagt, aber Andy wusste, dass die Dinge nie so einfach liefen, wie es manchmal den Anschein hatte. Es gab zig Möglichkeiten. Sicherheitskameras waren keine magischen Fenster zur unfehlbaren Wahrheit. Sie wurden von Menschen bedient, und Menschen machten Fehler. Falsche Verkabelung, falsche Ausrichtung, falsche Einstellungsparameter eingegeben, die Zeit- und Datumsangaben unbrauchbar machten – die Möglichkeiten waren endlos. Und ja, klar, es sah aus wie Lunas Wagen, der da an jenem Abend zur angegebenen Zeit langsam an den parkenden Autos der Einbahnstraße vorbeifuhr. Es war nur logisch und folgerichtig, dass sie sich auf dieser Straße befunden hatte. Dennoch konnte es sein, dass es sich dabei nicht um ihren Wagen gehandelt hatte, sondern um ein identisches Modell eines anderen Besitzers. Auf der Aufnahme war das Kennzeichen nicht zu erkennen, solche Zufälle kamen vor.

Andy würde sich trotzdem selbst vor Ort ein Bild machen.

Da klingelte ihr Handy in der Tasche.

»Hast du den Bericht gelesen?«, fragte Newler statt einer Begrüßung.

Andy unterdrückte ihr Bedürfnis, ihn mit einer Reihe Verwünschungen zu belegen. Es dauerte eine ganze Weile, bis sie normal antworten konnte. »Wie bist du an diese Nummer gekommen?«

»Der Besitzer des Juwelierladens hat neunhunderttausend Dollar Verlust gemeldet. Im Tresor waren ungeschliffene Diamanten, die ungefähr die Hälfte davon ausmachen«, sagte Newler. »Diese Jungs sind schlau, weißt du. Sie haben eine Menge Zeug mitgehen lassen, das sie nie verticken werden. Die Uhren und gravierten Schmuckstücke, die sind alle zu heiß. So sieht es aus, als hätten ein paar Amateure zufällig den Jackpot geknackt, weil jemand den Tresor nicht richtig abgeschlossen hatte oder so was.«

»Newler«, sagte Andy, »ich hab dich was gefragt.«

»Und ich hab keine Zeit für deine blöden Fragen, *Andy*, oder wie auch immer du dich gerade nennst.« Er kicherte. »Glaubst du ernsthaft, ich komme nicht an deine Nummer?«

»Hast du dir mal überlegt, was passiert, wenn dieses Handy in die falschen Finger gerät?« Andy hatte Zahnschmerzen vom Beißen. »Du gefährdest meine Sicherheit.«

»Du hast es wohl immer noch nicht kapiert«, sagte Newler. »Ich muss immer an dir dranbleiben. Weil ich weiß, wie das bei dir läuft. Du eierst mit der Mannschaft rum und suchst nach den Leichen von dieser Frau und ihrem Kind, obwohl es hier ... um eine richtig große Nummer geht.«

»Eine richtig *große Nummer*?«

»Ich hab mir die ganze Sache mal genauer angesehen und bin überzeugt, dass ich Matthew Rodericks Bande mit einigen der größten Raubüberfälle in Verbindung bringen kann, die in New York City in den letzten zehn Jahren begangen wurden.« Sie hörte seine Erregung. »Ich habe meine Rechercheexperten schon drangesetzt, und die haben schon fünf, ja fünf, richtig große Dinger im Visier. In und um die betroffenen Gebäude herum fanden Monate vor den jeweiligen Überfällen Brände oder Notfall-Evakuierungen statt. Bei einigen waren Matt und sein Trupp im Einsatz, bei den übrigen waren sie zwar nicht offiziell dabei, könnten aber locker zur Unterstützung dazugekommen sein. »Zweithelfer nennen sie das. Und das alles ist ein paar Nummern größer als der Mord an diesem Polizisten, Andy.«

»*Diesem* Polizisten?«

»Presley.«

»Der Mann hieß Petsky, du verdammter Psychopath!« Andy versuchte, ihre Schnappatmung wieder unter Kontrolle zu bekommen und die Wut zu unterdrücken. »Du klingst wie ein Kind, das seine Wunschliste für den Weihnachtsmann aufstellt. So aufgeregt bist du wegen all der tollen Sachen, die dir dieser Fall bescheren kann, dass du darüber vergisst, dass die Opfer echte Menschen sind, und ich auch.«

»Jetzt komm mir ja nicht mit der Heulnummer«, sagte Newler. »Ich kenne dich. Dein wahres Ich.«

Andy schwieg.

»Diese Typen haben mächtige Leute bestohlen, okay? Leute mit Verbindungen in die Politik. Du stehst doch auf solche Fälle, wo so richtig was auf dem Spiel steht.«

Andy hatte mittlerweile den Park betreten. Es war dunkel, die Straßenlaternen warfen nur wenig Licht auf die Wege, denn sie waren von dichtem Laub überwachsen. Grünlich und golden schimmerte das Wasser, das geräuschlos unter der Betonbrücke entlangglitt.

»Du denkst doch auch darüber nach. Die Macht. Die Möglichkeiten.«

»Nein«, erwiderte Andy.

»Willst du mir weismachen, du hast diesen Fall wegen der Opfer übernommen, aus reiner Menschenliebe? Ich hab dich schon immer durchschaut. Als du mir deinen Undercover-Namen verraten hast, war mir alles klar. Botschaft vernommen, laut und deutlich.«

»Wovon redest du?«

»Nearland«, sagte er. »Andy Nearland. Near. Land. Du willst nach Hause, ›an Land gehen‹. Lange genug bist du auf dem dunklen, kalten Ozean herumgetrieben, und jetzt, da endlich Land in Sicht ist, willst du heimkehren. Es ist okay, das darfst du mir ruhig sagen. Ich werde nichts von dem gefährden, was wir gemeinsam durchgemacht haben. Du darfst heimkehren.«

Sie lachte laut los. »Jesses, Tony! Hast du dir mal zugehört?«

»Hab ich recht oder hab ich recht?«

Sie hob das Gesicht in den nächtlichen Himmel und stieß ein wütendes Lachen aus. »Im Moment muss ich mir verdammt gut zureden, den Fall nicht abzustoßen«, sagte sie. »Weil ich Luna und ihren Sohn finden will. Aber ich scheiß auf dich, deine politischen Ambitionen und deinen Traum von meiner Heimkehr, Tony. Am liebsten würde ich dich im Regen stehen lassen, mit nichts als deinen verschrumpelten Eiern, die du deinen mächtigen Freunden zum Dinner servieren kannst.«

Die Stille in der Leitung sprach für sich. Andy hielt den Atem an, wartete auf seinen Tobsuchtsanfall.

»Du hättest alles haben können«, sagte er nur. »Ich habe es dir angeboten, aber du hast es abgelehnt, weil du dich lieber an den miesesten Schurken abarbeitest, die du finden konntest. Ich kapier das nicht, weißt du. Echt nicht. Was reitet dich, verdammte Scheiße?«

Er brüllte so laut, dass es in der Leitung knisterte. Sie hielt das Handy vom Ohr weg und konzentrierte sich wieder auf die Nacht. Ein Obdachloser auf einem dünnen, verrosteten Rennrad kam an ihr vorbei und rollte weiter die Brücke hinab. Er hatte es mit vergrauten Wäschesäcken behängt, in denen er offenbar sein Hab und Gut verstaut hatte. Am Lenker hing ein vollgestopfter Korb, an dem ein Pappschild prangte, *Gott segne dich!* stand darauf. Im Vorbeifahren hörte Andy Musik aus seinem Radio, das ebenfalls im Korb lag. *Blow* von Kesha.

»Ich werde dich retten«, sagte Newler, als sie das Handy wieder ans Ohr hielt. Er hatte sich offenbar wieder im Griff, gerade so. »Ich werde dafür sorgen, dass du dich nicht weiter bestrafst, und dich heimbringen, und wenn es all meine Kraft kostet, Da ...«

»*Schweig!*« Andy blieb stehen. Sie zitterte plötzlich am ganzen Körper und konnte sich nicht mehr beruhigen. »Du hast kein Recht, mich so zu nennen.«

Im Hintergrund lief immer noch *Blow*.

Als sie sich umdrehte, war der Obdachlose verschwunden. Kleine Inseln aus goldenem Licht in der Dunkelheit. Nichts rührte sich.

BEN

Andy traf anderthalb Minuten nach ihm ein. Wahrscheinlich hatte sie auf ihn gewartet, damit es perfekt passte. Ben nahm an, dass sie es so genau getimed hatte, damit Matt und die anderen vermuten mussten, dass Ben sie im Auto mitgenommen und an der Ecke vor dem Haus abgesetzt hatte, damit sie so tun könnte, als wäre sie von der Oyster Station hergelaufen. Donna machte immer noch Gedöns um sein Gesicht, versuchte, seinen Kopf zu fixieren, um die vernähten Wunden genauer in Augenschein zu nehmen. Matts Frauen waren immer klein und zierlich gewesen, vermutlich weil er sich erhoffte, dass sein Nachwuchs so eine normale Größe haben würde. Donna, ebenfalls winzig, musste Bens Kopf also ziemlich tief zu ihrem vorstehenden Bauch hinunterziehen. Ben wehrte sich nach Leibeskräften. Matt wuselte in der Nähe herum, sein Hawaiihemd platzte aus allen Nähten. Er war der Einzige, der in diesem riesigen Raum mit den hohen Decken und dem absurd großen Kühlschrank einigermaßen normal wirkte.

»Keine Sorge«, sagte Donna und zeigte auf Engo und Matt. »Die Jungs werden die schon kriegen. Diese miesen Schweine, meinen armen Benji so zu vermöbeln. Matt wird die beiden heute Nachmittag mitnehmen und sie ausfindig machen.«

»Machst du Witze? Vergiss es. Heute Nachmittag werde ich ein Nickerchen halten.« Matt zeigte auf die Ledercouch von der Größe einer Limousine. »Auf diesem Sofa. Vorm Baseballspiel. Wenn du dich zusammenschlagen lässt, mein lieber Ben, ist das dein Problem. Ich werde mir deswegen nicht den freien Tag versauen.«

»Er kriegt die schon, Benji, keine Sorge.«

»Ich sag dir doch, da gibt es nichts zu kriegen.« Ben entfernte Donnas Hand von seinem Kopf, den sie gerade noch getätschelt hatte. »Ich hab das schon erledigt.«

»Aber sicher hast du das«, säuselte Engo, der ihm jetzt ebenfalls übers Haar strich. »Pssst, ganz ruhig.«

»Fass mich nicht an, du Wichser!«

Dann ging die Tür auf und Andy kam herein. Sie trug ein schwarzes, schulterfreies Leinenkleid und Sandalen. Ihr rabenschwarzes Haar hatte sie hochgebunden, sodass es wie ein Haufen glänzender Schnüre aussah und den Undercut zur Schau stellte. Matt und Engo tauschten Blicke, vermutlich wegen des Timings.

»Ist das ›der Neue‹?«, fragte Donna und watschelte mit dem Arm unter ihrem schwangeren Bauch zu Andy rüber, als würde das Baby rausfallen, wenn sie es nicht festhielt. Den anderen Arm streckte sie aus, um Andy gebührlich zu begrüßen. »Du liebe Güte! Hi! Ich bin Donna! Matts Frau!«, rief sie überschwänglich.

»Hi.« Andy umarmte sie umständlich und mit Abstand, wie es die Leute aus unerfindlichen Gründen bei schwangeren Frauen taten. »Hi«, sagte sie zu den Männern, die im Halbkreis herumstanden. »Wo ist Jake?«

»Der mäht Rasen«, sagte Matt.

»Was? Du hast Jakey dazu verdonnert, unseren Rasen zu mähen?«, fragte Donna mit Blick auf die Terrassentür, durch die Andy hereingekommen war.

»Ich hab ihm gesagt, er soll erst bei den Nachbarn mähen.«

»Matt!«

»Er ist mein Frischling, Donna. So läuft das eben. Er will mit meiner Familie in meinem Haus trinken? Muss er sich verdienen, isso.« Matt hatte den Blick immer noch auf Andy geheftet. »Was ist eigentlich bei *dir* los? Das würde ich gern wissen.«

Nach dieser Frage herrschte eisiges Schweigen. Matt bohrte einen Finger in Bens Bizeps, die Bierflasche in der anderen Hand war auf Andys Gesicht gerichtet.

Andy sah von Matt zu Ben.

»Was soll los sein?«, fragte Andy.

»Den hier hat jemand zu Brei geschlagen.« Matt bohrte den Finger tiefer in Bens Arm. »Das hast du gleich gesehen, als du zur Tür rein bist. Aber null Überraschung bei dir. Du kommst rein und verlierst kein Wort darüber. Und schaust ihn mit dem Arsch nicht an.«

»Tu ich doch gerade. Ihn anschauen.«

»Nee, tust du nicht.«

»Matt! Hör auf. Du machst mir Angst«, rief Donna.

»Also, ich hab einfach ...« Andy machte auf hilflos. Als würde sie nach Worten ringen. »Keine Ahnung. Ich ... ähm ... also eigentlich wollte ich gerade fragen, was passiert ist, ehrlich. Aber hey, man fällt doch nicht gleich mit der Tür ins Haus.«

»Ach. Aber wo Jake ist, das musstest du sofort wissen, wie?«

»Ähm ... ja?«

»Dich hat es brennender interessiert, wo Jake ist, als zu erfahren, was ...«

»Na und? Wieso ...«

»Du bist dabei gewesen«, sagte Matt. »Stimmt's?«

»Wo bin ich gewesen?«

»Bei der Schlägerei. Mit Ben. Deswegen warst du nicht überrascht.«

»Nein, nein. So war das nicht.«

»Also willst du mir allen Ernstes weismachen, es ist normal, dass du hier reinkommst, und obwohl du siehst, dass man unseren Ben offensichtlich einmal durch den Fleischwolf gedreht hat, fragst du nicht: ›Hey, was ist denn hier passiert?‹, sondern erst mal: ›Wo ist Jake?‹« Matts Hals und Brust hatten die Farbe von rohem Steak angenommen. Er wandte sich Ben zu. »Sie war dabei. Ihr habt euch gestern Abend getroffen.«

»Nein, das stimmt ...«, setzte Ben an.

Andy hob kapitulierend die Hände. »Wir haben uns nur auf einen Drink getroffen. Einen Drink! Ich mein, wir ... wir mussten doch darüber sprechen. Verständlich, oder? Wir mussten uns austauschen, wie wir weitermachen wollen. Wie wir Kollegen sein können ohne ... weißt schon. Zusammen zu sein.«

»Es ist ganz einfach!«, brüllte Matt. »*Ihr fangt einfach damit an, nicht zusammen zu sein!*«

»Matt! Herrschaftszeiten!« Donna schlug Matt die Hand von Bens Bizeps. »Beruhig dich wieder! Alle wollen ein bisschen Spaß haben! Du stresst mich hier.«

Engo hatte sich mittlerweile neben Andy eingefunden und strich ihr über den Rücken, was sie sichtlich schaudern ließ.

»Hast du deswegen diese blauen Flecken?«, fragte er. »Haben sie dich festgehalten?«

»Nein. Ich hab nicht gesehen, wie sie über ihn hergefallen sind.« Andy wich ein Stückchen von Engo weg. »Er ist hinten raus, um eine zu rauchen. Ich war an der Bar. Können wir jetzt von was anderem reden?«

»Aber sicher können wir das«, sagte Donna und warf Matt einen Blick zu, mit dem man ein Pferd töten könnte. »Was möchtest du trinken, Andy? Wein? Whiskey?«

Ben bemühte sich redlich, ihr aus dem Weg zu gehen. Sie taten das, was sie immer taten, wenn sie samstags bei Matt waren: Engo und Matt stritten sich über dem Grill, Matts Töchter im Teenageralter schossen Selfies am Pool. Ben gesellte sich zu ihnen und versuchte, mit ihnen Konversation zu machen, ein sehr einseitiges Unterfangen, aber es gehörte sich einfach so, außerdem würden die beiden ihn bald ignorieren, dann könnte er sich wieder verziehen, seine Pflicht erledigt. Irgendwo hinter den Gartenzäunen des absurd sonnigen Wunderlands von Long Island war das Geräusch eines Kantenschneiders zu hören, woraus Ben schloss, dass Jake fast mit seiner Arbeit fertig war und sich bald sein erstes Bier verdient hätte.

Er hatte es sich gerade auf einem Gartensessel bequem gemacht, als er Andy mit Matt durch die Glasschiebetür aus der Küche kommen hörte. Sie hatte sich aus Donnas Fängen befreit und war vermutlich auf dem Weg zu ihm, aber er schaute betont auf sein Handy und stellte die Lauscher auf.

»Matt, hör zu.«

»Was?«

Andy seufzte gestresst.' »Zwischen Ben und mir läuft wirklich nichts.«

»Ach, das ist ja wunderbar! Gut. Jetzt kann ich endlich wieder ruhig schlafen.«

»Ich weiß, es widerspricht deinen Regeln, mich an Bord zu holen, und ich weiß, das ist nicht selbstverständlich.«

»Darauf kannst du einen lassen, dass es nicht scheiß selbstverständlich ist.« Matts Ton war weicher geworden, auch wenn seine Worte hart blieben. Wahrscheinlich hatte Donna ihm einen bösen Blick zugeworfen. »Nichts daran ist selbstverständlich. Kein bisschen. Wenn ich irgendwie mitkrieg, dass du was aushecks, was meine Mannschaft in Gefahr bringt, werde ich dich so schnell feuern, dass dir der Arsch brennt. Du bist die Neue. Verstanden? Damit bist du einen Hauch besser als mein Frischling.«

»Ja, verstanden.«

»Und jetzt hau bloß ab, bevor ich dich dazu verdonner, mir den Wagen zu waschen.«

Sie setzte sich neben Ben in den zweiten Gartensessel und wandte sich ihm zu, ließ Donna und Matt aber nicht aus den Augen.

»Und? Haste Spaß?«, fragte Ben.

»Beweg dich nicht. Ich geb dir gleich was rüber«, murmelte Andy. »Steck es in deine Tasche.«

»Was denn?«

Andy stellte ihre Tasche neben sich ab, kramte darin herum und zog schließlich eine übergroße Sonnenbrille hervor. Während sie sich aufrichtete, schob sie Ben zwei winzige Gegenstände unter die Hand, mit der er die Sessellehne umklammert hatte.

»Eine Knopfkamera und einen GPS-Tracker«, sagte Andy leise. Dann machte sie es sich im Sessel bequem, ein Arm hinter dem Kopf, und beobachtete die Mädchen am Pool. »Die Knopfkamera befestigst du an deinem Hemd, wenn Matt dich reinholt, um die Beute aus dem Juwelierraub aufzuteilen. Ich nehme an, dass das heute passieren wird.«

Ben versuchte, nicht höhnisch zu schnauben. »Scheiße, ich lass mich nicht verkabeln.«

»Niemand verkabelt hier irgendwen.«

»Wenn die so was an mir entdecken, bringen die mich um«, sagte Ben. Die kleinen Geräte in seiner Hand wurden langsam warm und schwammen mittlerweile in seinem Schweiß, aber er wagte es nicht, sie einzustecken. »Und dann töten sie dich. Weil ich dich sofort verraten werde, genau wie du es gestern Abend mit mir gemacht hast.«

»Boah, klingt fies.« Andy grinste und beugte sich vor, um mit ihm anzustoßen. »Dann lassen wir uns wohl besser nicht erwischen.«

»Wozu der Tracker?«

»Keine Ahnung«, sagte Andy. »Vielleicht ergibt sich noch eine Einsatzoption. Matts und Donnas Autos habe ich gerade damit ausgestattet. Engos schon letzte Woche. Bei Jakes Motorrad ist es ein bisschen schwieriger. Er wäscht es mit der Hand. Sehr gründlich. Ich werde ihn wohl unter die Schaumfüllung seines Helms schmuggeln.«

Eine Weile schwiegen sie. Irgendwo wurde ein Laubsauger heruntergefahren.

»Wenn einer von ihnen Luna und Gabriel umgebracht hat«, sagte Andy vorsichtig, »kann es sein, dass sie zu den Leichen fahren. Oder wenn sie irgendwo festgehalten werden...«

Ben schob sich die Geräte in die Tasche und hob eine Hand. Sie sahen rüber zu Engo, der über dem Poolzaun hing und mit Matts Töchtern plauderte. Die beiden saßen auf ihren Handtüchern, die Beine verschränkt, die Münder verkniffen.

»Hattest du jemals das Gefühl, dass Luna wusste, was in deiner Crew vor sich ging?«, fragte Andy. »Hat sie irgendwann nervös gewirkt, verängstigt? Vielleicht hat sie zu viel gewusst und hatte Angst, dass deine Leute ihr was antun, was erklären würde, warum sie Edgar um eine Waffe gebeten hat.«

Ben zuckte die Achseln.

»Wie hat sie auf den Tod von Titus Cliffen reagiert?«

»Wie meinst du das?«

Andy lächelte ihn an. Ben spiegelte sich in ihren Brillengläsern. Seine Trauerstoppel waren schon wieder nachgewachsen. Er rieb sich übers Gesicht.

»Du denkst, Titus hat rausgekriegt, was wir machen.« Ben nickte und bemühte sich um eine neutrale Miene, während in seinem Kopf dunkle Wolken aufzogen. »Und deswegen haben wir ihn eliminiert?«

»Er war nur vier Monate in eurer Mannschaft«, sagte Andy. »Dann kracht er durch die Tür eines brennenden Fahrradlagers und ist sofort tot. Eine Untersuchung wird gestartet und ist schon nach zwei Tagen abgeschlossen. Keiner von euch nimmt aus persönlichen Gründen frei. Niemand geht auf seine Beerdigung. Ich habe die Akte gelesen, Ben. Matt hat beschlossen, dir in dieser Nacht eine kleine spontane Trainingseinheit in Sachen Einsatzleitung angedeihen zu lassen. Er und Engo und Jake sind mit Titus ins Gebäude gegangen. Hat Matt dich absichtlich da rausgehalten, weil er dich für ein Weichei hält? Oder warst du einverstanden, solange du nicht die Drecksarbeit machen musstest?«

»Matt übergibt mir die Leitung, wenn ihm langweilig ist und er selbst mitmischen will. Das machte er schon seit einem Jahr so, okay? Irgendwann geht er in den Ruhestand, und Engo ist zu unberechenbar, um den Trupp zu leiten. Das wüsstest du auch, wenn du die Akte gründlich gelesen hättest und nicht nur die Dinge rausgepickt, die uns aussehen lassen wie eine Horde kaltblütiger Killer«, sagte Ben, doch seine Kehle fühlte sich an, als hätte er Glas verschluckt. »Was mit Titus passiert ist, war ein Unfall. Sie haben ihn nicht umgebracht.«

»Weswegen wart ihr dann nicht auf der Beerdigung?«

»Weil er im Kreis seiner Angehörigen beerdigt werden sollte. Nur die engste Familie. Und ja, niemand hat sich freigenommen, weil Titus ein Wichser war.«

Er schaute Andy direkt in die Sonnenbrille.

»Ein Schnösel vom College, der uns permanent mit seinen politischen Aufklärungsreden auf den Sack gegangen ist. Er ist nur zur Feuerwehr gegangen, um seinen reichen Daddy zu ärgern«, sagte Ben. »Insgeheim hatte er Angst vor Feuer, aber immer eine große Fresse. Damit meine ich von Anfang an. Kommt schon am ersten Tag rein und grapscht sich einen Kaffeebecher – fragt nicht mal, wem der gehört, nimmt ihn einfach in Besitz – und schlägt den Henkel an der Arbeitsplatte ab. Meint, wir sollten es alle so machen.«

»Was? Wieso das denn?«

»Er hätte keinen Bock, mit Männern in ein brennendes Haus zu rennen, die zu weich sind, um einen heißen Becher in der Hand zu halten.«

Andy seufzte.

»Das war nicht mal neu. Dieselben Faxen haben Kerle schon damals in Engos Einheit abgezogen. Titus hat auf traditionell gemacht, aber wenn du mit ihm in einem Haus warst und die Wände angefangen haben zu singen, als würde es gleich über dir zusammenbrechen, war er der Erste, der aus der Tür rannte.«

»Verstehe.«

»Niemand hatte was für den Typen übrig, nicht mal Jakey. Titus hat bei Matt fast den Bogen überspannt mit seinem politischen Gelaber, aber es war alles große Schnauze und nichts dahinter. In ein paar Monaten hätten wir ihn sowieso rausgeworfen. Matt zufolge hätte Titus gar nicht allein auf der Etage unterwegs sein dürfen, aber er hat sich Matts Anweisungen widersetzt.«

»Trotzdem kannst du verstehen, wie das auf mich wirkt«, sagte Andy.

»Klar, aber was ich nicht verstehe, ist, wie konnte Luna rausfinden, was wir tun, ohne dass ich etwas merke. Ohne dass ich es ihr ansehe. Sie hatte ohne mich nie Kontakt zur Mannschaft.«

»War sie mit bei diesen Grillfesten?«

»Ja, sie und Gabriel«, sagte Ben. »Gabe war ganz verrückt auf den Pool. Konnte nicht schwimmen, hats aber immer wieder versucht.«

»Das hier ist ein großes Haus. Und es steht in Oyster Bay. Außerdem zahlt Matt Unterhalt für drei Ex-Frauen.«

»Ja, und?«

»Hat Luna dich nie gefragt, wie zum Teufel er sich das leisten kann?«

»Nein«, sagte Ben. »Sie hat sich vermutlich gedacht, dass er nach dem elften September Geld bekommen hat. Geld für Therapiestunden. Ausgleichszahlungen und so. Keine Ahnung.«

»Und? Stimmt das?«

»Nein. Er hat nie irgendwelche Gelder beantragt. Hat keine Auszeit genommen. Das weiß ich aber auch nur, weil ich mal bei einem Streit mitbekommen habe, wie ihm ein anderer Chief deswegen einen Vorwurf machen wollte, er meinte, eine Auszeit wäre wohl besser gewesen und so. Danach hat Matt ihn die Treppe runtergestoßen.«

Plötzlich stand Jake an der Terrassentür, verschwitzt und voller Grashalme. Seine Knie waren grün. Er setzte sich neben Ben auf die Lehne, seufzte erschöpft und stieß mit ihm an.

»Du glitzerst dermaßen, und dann noch dieser Pferdeschwanz, ich kann mich gar nicht entscheiden, ob du eher aussiehst wie Edward Cullen oder wie Lestat, Jakey«, sagte Andy.

»Pah, Lestat? Willst du mich verarschen?« Ben sah Jake verwirrt an. »Vampirgeschichten«, erklärte er. »Sie steht auch drauf, genau wie ich.«

Ben fragte sich, ob dies die erste echte Information über Andy war, die er hier erhascht hatte. Er boxte Jake direkt ins Schultergelenk, ein Signal, das sie schon nach ihrem ersten Treffen vereinbart hatten, damit bedeutete Ben seinem jüngeren Kollegen, dass er seine Sache gut gemacht hatte. »Hast du auch den Poolfilter saubergemacht, du alte Leseratte?«

»Noch nicht. Ich hoffe inständig, dass Matt das vergessen hat.«

»Nee, Poolfilter muss sein.«

»Armer Jakey«, säuselte Andy und tätschelte ihm den Arm. »Irgendwann geht das alles vorbei.«

Jake zuckte die Achseln. »Ist schon gut. Der hat mir schon ganz andere Sachen zugemutet. Musstest du ihm auch den Rasen mähen, als du Matts Frischling warst?«

Ben lächelte. »Nee. Damals zu meiner Probezeit war er mit Christine verheiratet. Sie hatten eine Wohnung in Tribeca. Ich musste immer vor der Arbeit anrücken und Kaylee und Sharon mit dem Kinderwagen spazieren fahren, damit die beiden ein paar Stunden für sich hatten.« Ben zeigte auf die Teenager.«Ich bin schuld, dass sie ein drittes Kind haben.«

»Ich gehe lieber mit Kindern spazieren, als den Rasen zu mähen«, sagte Jake.

»Ja, für einen Frischling war das ziemlich harmlos. Die Mädels rennen dir hinterher. Junger Kerl mit zwei Babys im Park und kein Ehering? Oh là là!« Wieder lächelte er. »Aber dann scheißt dir eins davon in die Windeln und das andere kotzt dir in den Schoß, und aus ist es mit der Romantik.«

Sie lachten gemeinsam, zwei Verbrecher und die Frau, die sie ins Gefängnis bringen wollte. Ben tat alles weh und ihm war schlecht, es kam ihm alles so unwirklich vor, er hatte Angst, die Mini-Kamera und der Tracker könnten ihm aus der Tasche fallen. Dann wäre sein Leben zu Ende. Ihn juckten die Fäden in der Stirnwunde, wahrscheinlich hatte der Arzt sie zu fest vernäht. Früher hätte er so was gleich selbst erledigt, aber er war aus der Übung.

»Familienkonferenz«, sagte Matt.

Ben rannte aufs Klo, während sich Engo und Jake nach unten in den Keller begaben. Unter der grellen Spiegelbeleuchtung kramte er leise nach einer Schere, um den Knopf an seiner Hemdtasche abzutrennen. Seine Hände zitterten. Was, wenn Matt, Engo oder Jake ihn aus irgendwelchen Gründen umarmen wollten und die Halterung in seiner Hemdtasche ertasteten? Wahrscheinlich würde Matt ihm auf der Stelle die Gurgel umdrehen. Zu gefährlich, ihn gehen zu lassen und zu riskieren, dass er seine Notreserven holte und sich davonmachte. Vermutlich würden sie seelenruhig wieder nach oben kommen und Donna weismachen, er wäre einfach umgekippt, sie sollte draußen auf den Krankenwagen warten. Dann würden sie Andy ins Zimmer locken und auch ihr das Licht auspusten.

Er schnitt den Knopf ab und steckte ihn in die Tasche,

stattdessen hielt er die Knopfkamera an die leere Stelle und befestigte sie in der winzigen Halterung. Das Ding war nicht größer als sein Daumennagel, aber es fühlte sich bleischwer an, schien die ganze Hemdtasche herunterzuziehen.

Ben klammerte sich ans Waschbecken und unterdrückte seinen Würgereiz.

ANDY

»Also, ich hab das Lenkrad in der Hand«, sagte Donna, die Finger der einen Hand um ein unsichtbares Steuer gekrallt, in der anderen ein Glas alkoholfreien Sekt. »Und heule. Wie ein Schlosshund. So hilflos kam ich mir vor. Ich bin einfach gelähmt vor Schreck, kannst du dir das vorstellen? Und die ganze Zeit über quillt der Rauch unter der Motorhaube hervor, wallt über die Windschutzscheibe.«

Sie fuchtelte mit der Hand herum, um den Rauch nachzuahmen. Andy stand da, die Ellbogen auf die eiskalte Marmorplatte der Kochinsel gestützt, und grinste.

»Und dann taucht auf einmal dieser Kerl auf, schlägt an meine Scheibe. »Hey!«, ruft er. »Ihr Auto brennt! Sind Sie verrückt? Machen Sie die Tür auf!««

»Wie süüß! Was für eine romantische Kennenlerngeschichte!«, säuselte Andy.

»Zehn Minuten später sitz ich auf seiner Motorhaube, er hat den Wagen ein paar Meter weiter auf dem Highway geparkt und schreibt mir die Nummer von seinem Kumpel auf, der mir einen guten Preis für ein neues Auto macht«, erzählte Donna. »Ich weiß das noch, als wäre es erst gestern gewesen. Matt hatte ein schwarzes Hemd an und Chinos. Und hinter ihm Flammen und Rauch. Meine Güte, mir wird ganz heiß, wenn ich nur daran denke. Das Auto ist natürlich hochgegangen, genau wie er es vorhergesagt hatte. Scherben und Metall überall. Und weißt du was? Er hat nicht mal mit der Wimper gezuckt. Ich denke so, entweder ist der Bursche stocktaub oder der härteste Kerl, den ich je getroffen habe.«

Andy stützte das Kinn in die Hand und musterte Matts Frau. Sie konnte Geschichten erzählen, das musste man ihr lassen, beherrschte ihr Mienenspiel wie bei einem Bühnenauftritt. Aus ihr wäre sicher eine gute Schauspielerin geworden. Hübsch, wenn auch ein bisschen von einer ärmlichen Kindheit in Jersey gezeichnet und ihrer Ehe mit dem härtesten Kerl, den ein Mädel wie sie je getroffen hat.

»Ist er wirklich so ein harter Kerl?«, fragte Andy neugierig, während sie mit dem Stiel ihres Weinglases spielte. »Oder hat der elfte September ihn traumatisiert?«

Donna fuhr herum und sah sich hektisch nach Matt um. »Scheiße, Babe! In diesem Haus reden wir nicht darüber!«

»Ich weiß.«

»Als meine Mutter erfahren hat, dass er dabei gewesen ist, hat sie versucht, mich vor ihm zu warnen.« Donnas Stimme war fast ein Flüstern. »Meine Mom erinnert sich noch genau an diesen Tag. Ich war damals zu jung. Sie so: ›Ein Mann, der das erlebt hat? Der wird für den Rest seines Lebens einen Haufen Probleme mit sich rumschleppen.‹ Und sie hatte recht. Matt steckt tatsächlich voller Probleme. Alpträume. Wut. Verfolgungswahn. Auch seine Ex-Frauen haben mich gewarnt, aber ich wollte ja nicht hören.«

»Verfolgungswahn?«, fragte Andy. »Was hat es damit auf sich?«

»Er ist sicher, dass er deswegen Krebs kriegt.« Donna schüttelte den Kopf. »Ich muss ihm ständig den Hals abtasten. ›Kannst du da was fühlen, einen Knoten?‹« Sie drückte zu Demonstrationszwecken an ihrer Halsschlagader herum. »Er glaubt, er hätte es verdient, Krebs zu kriegen. Weil alle, die damals in den Türmen im Einsatz waren, einen Preis dafür zahlen mussten. Einige sind nicht mehr rausgekommen. Andere sind danach krepiert. Wann bin ich an der Reihe? So denkt Matt.«

Andy sagte nichts. Donna strich sich über den Bauch.

»Besonders er hätte das verdient. Er sollte den größten Preis bezahlen, sagt er.«

»Wieso das denn?«

»Weil er alle verloren hat. Seine gesamte Mannschaft. Eine Menge Leute waren damals dabei, aber keiner von ihnen hat seine *gesamte* Mannschaft verloren. Deswegen hat Matt auch immer einen kleinen Vertrauensvorschuss. Er ist der einzige Überlebende seiner Wache.«

»Du liebe Güte! Wie ist das passiert?«

Donna kam näher. Andy konnte ihren Atem riechen, den gepanschten Sekt und die Doritos. »Das weiß kaum jemand, okay? Ich musste ihn komplett abfüllen, damit er's mir erzählt.«

»Okay.«

»Matt war im WTC 1 im Einsatz, dem Nordturm. Man hatte sie gewarnt, dass er kurz vor dem Einsturz stand. Nach dem Kollaps des Südturms brach das Chaos aus. Notrufe, Warnungen, ›Lasst alles liegen und raus!‹, so in der Art. Seine gesamte Mannschaft war da drin, sie haben versucht, Eingeklemmte oder Verletzte zu retten, Menschen, die nicht mehr gehen konnten. Niemand wollte einfach abhauen. Da waren sich alle einig: Wir bleiben bei den Opfern. Allerdings wussten sie nicht, dass der andere Turm schon in Trümmern lag, vor lauter Rauch konnte man nichts sehen. Niemand von ihnen hätte sich das vorstellen können, sie glaubten wirklich, dass ein Einsturz unmöglich war. Die Warnungen über Funk haben sie zwar gehört, aber sie wollten die Rettungsaktion nicht abbrechen, unter keinen Umständen.«

»Matt ist trotzdem nicht geblieben?«

»Nein. Matt hat eine arme Frau vom Boden aufgelesen und ist mit ihr losgerannt«, sagte Donna. »Eine Stunde hatte er bis rauf in den einundvierzigsten Stock gebraucht. Zehn Minuten, um wieder runterzukommen. Er hat sie alle verloren. Sogar den Frischling. Das macht ihn fertig, jeder einzelne Aspekt. Dass dieser Typ geblieben ist und nicht er. Dass der verdammte Frischling geblieben ist. Er kann sich sogar damit fertigmachen, dass er diese eine Frau gerettet hat, aber die andere nicht. Weil da zwei gelegen haben, am Boden neben der Feuertreppe. Er hat sich nur die eine geschnappt, nicht die andere. Hinterher hat sich herausgestellt, dass die, die er nicht gerettet hat, drei Kinder hatte.«

»Krass.«

»Und jetzt heißt es ständig und überall: *Niemals vergessen! Niemals vergessen!* Aber genau das wünscht Matt sich: diesen einen Tag zu vergessen. Er sagt immer, das sei der Moment gewesen, als er wusste, dass er zu den Bösen gehört.«

BEN

Matt stapelte dicke Geldbündel auf das grüne Vlies des Pooltisches. Die Scheine, gemischt und gebraucht, hatten unterschiedliche Größen und waren nicht glatt. Er schob Ben, Engo und Jake jeweils vier Bündel hin. Tageslicht strömte durch die Fenster. Nur ein paar Meter entfernt sonnten sich Matts Töchter am Pool.

»Hunderttausend für jeden, die Gebühren sind schon abgezogen.«

Keiner widersprach. Jake brauchte alles, was er kriegen konnte, die Kredithaie schnürten ihm die Luft ab. Engo war zufrieden, denn mit hunderttausend hätte er bis zum nächsten Ding genug für Huren und Suff. Und Ben? Ben trug eine beschissene *Knopfkamera* am Hemd. In der Tasche lagen noch ein bisschen mehr als hunderttausend für Matt. Ben nahm an, dass der Hehler schon seinen Anteil kassiert hatte. Dann war da noch der Geldwäscher und das Bestechungsgeld für denjenigen, den Matt dafür bezahlte, bei den Prüfberichten nicht so genau zu hinterfragen, wieso und wo genau die Feuer im Textillager ausgebrochen waren.

»Wir haben die Chiffonvorräte unseres Landes erheblich dezimiert, damit ihr hier mit Kohle rumwerfen könnt, also überlegt euch gut, wofür ihr es ausgebt, meine Herren.« Matt zog den Reißverschluss der Tasche zu. »Jake, sieh zu, dass es wenigstens bis zum Wochenende reicht.«

»Was soll das sein, *Chiffon*?« Engo sah Matt dümmlich an.

»Eine Stoffart, du Hirnkrüppel!«

»Und woher weißt du das?«

»Eine Tochter hat den Abschlussball schon hinter sich, zwei haben ihn noch vor sich.« Matt wies mit dem Daumen in Richtung Pool. »Was glaubst du wohl?«

»Weiß doch jedes Kind, was Chiffon ist.« Jake zuckte die Achseln.

»Hä? Woher weißt du es?«

»*Project Runway*.«

Ben hob die Hand.

»Was? Wollt ihr mich verarschen?« Engo wirkte fassungslos. »Du auch, Ben?«

»Ich hab mal ein Mädel mit 'nem Kleid überrascht«, gestand Ben. »Hab's ihr aufs Bett gelegt, bevor wir ausgegangen sind. Mit einem kleinen Brief dazu. Wie im Film.«

Engo seufzte. »Du liebe Güte, ich bin von verdammten Schwuchteln umzingelt.«

»Hat das funktioniert?«, fragte Jake. »Das mit dem Kleid?«

»Aber wie.«

»Genug davon«, sagte Matt. »Wir haben noch was zu besprechen.«

»Neuer Job?« Jakes hoffnungsvoller Ton war unüberhörbar, obwohl er noch dabei war, seine Beute zu zählen.

»Nein. Das Wichtigste zuerst.« Als Matt auf Bens Brust zeigte, und zwar direkt auf die Kamera, zogen sich seine Eier zu harten kleinen Nüssen zusammen. »Wir wissen alle, dass deine Story von den Wichsern, die dich aus heiterem Himmel in East Orange vermöbelt haben, kompletter Mist ist. Du bist kein Idiot. Eine Horde Schläger hättest du doch schon von Weitem erkannt.«

Ben schwieg.

»Lunas Schwager macht auf gesetzestreu. Der Typ hat sich in eine Bar eingekauft, und zwar in East Orange.« Matt fixierte Ben, als wartete er nur darauf, dass man ihm widersprach. Engo hatte die Daumen unter die Hosenträger geschoben und musterte Ben abschätzig.

»Ich hatte keine Ahnung von der Bar«, sagte Ben. »Und sie auch nicht. Wir hatten einfach Pech, dass Edgar da war. Ein superdummer Zufall.«

»In eurer Beziehung wimmelt es nur so vor superdummen Zufällen, findest du nicht?«, bemerkte Engo. »Man könnte fast meinen, du versuchst, mit Jake zu konkurrieren, unserem Wettgenie.«

»Die Frau zieht das Pech einfach an«, mischte Jake sich ein. »Die ist wie eine schwarze Rauchwolke.«

Er zählte immer noch seine Beute. »Im Gegensatz zu mir. Ich habe letzte Woche zehntausend beim Greyhound-Rennen gewonnen.«

»Also haben Edgar und seine Leute euch in der Bar gesehen und dich in der Gasse zusammengeschlagen?«

»Er war stinkig, weil ich so schnell mit einer anderen zusammen war. Wenn das so schnell geht, hat er gedacht, dann muss ich an Lunas und Gabriels Verschwinden Schuld haben.« Ben ließ die Schultern hängen und setzte eine hilflose Miene auf. »Entweder hat er nichts mit der Sache zu tun oder hat eine filmreife Vorstellung abgeliefert.«

»Aber wieso hat er angenommen, dass du was mit Andy hast?«, fragte Engo. »Ihr hättet ja auch einfach Kollegen sein können, ein Bierchen nach Feierabend, nicht mehr, nicht weniger.« Er ließ Ben keine Zeit zu antworten. »Weil ihr an der Bar rumgeknutscht habt. Ich wusste es. Der lügt wie gedruckt, Matt.«

»Stimmt das?«, fragte Matt. »Läuft da immer noch was zwischen euch? Weil sie mich gerade noch da oben ...«

»Es läuft nichts zwischen uns.« Ben funkelte Engo an. Er wusste, dass der Mann ihn nur aufzog, aber Matt war eine andere Nummer, der brodelte förmlich vor Zorn. Ben musste was unternehmen. Trotzdem bekam er seine Miene einfach nicht unter Kontrolle, sie wollte nicht zu seinen Worten passen. Ihm zitterten die Hände. Er hoffte, die anderen würden es als nervöse Reaktion auf ihre Fragen interpretieren.

So nah an der Wahrheit wie möglich.

»Ben?«

»Ich mag sie, okay?« Ben konzentrierte sich auf Matt. »Sie ist hart. Zäh. Hat eine Menge Mist erlebt. Das war mir von Anfang an klar, schon bei unserem ersten Treffen, und da haben wir eigentlich nicht geredet. Aber gestern in der

Bar, bevor Edgar uns entdeckt hat, da hat sie mir ein paar Sachen anvertraut. Was in San Diego passiert ist.«

»Was ist denn passiert, in San Diego?«, fragte Jake.

»Halt die Fresse«, herrschte Matt ihn an.

»Ich finde Andy richtig cool.« Ben zuckte die Achseln. »Und sie hat ein bisschen Ruhe und Frieden verdient. Also haben wir darüber geredet und überlegt, dass sie nach einer Weile ... keine Ahnung, sich zu einer anderen Wache versetzen lassen könnte oder so was. Ohne viel Tamtam, damit es nicht aussieht, als hätte man sie gefeuert. Und danach könnten wir vielleicht ...«

»Zusammen sein?«

»Keine Ahnung. Vielleicht.«

»Wie romantisch!« Engo hielt Jake die Ohren zu. »Hör auf, Benji, der kleine Jake fängt gleich an zu weinen.«

»Ich weiß nicht, wie's weitergehen wird. Aber im Moment legen wir die Sache auf Eis, wie versprochen. Das ist die Wahrheit. Keine Ahnung, was Edgar gesehen haben will. Aber wir sind vorerst nicht zusammen.«

»Was glaubt sie denn, was passiert ist?«, fragte Matt. »Ich meine mit Luna und Gabe?«

»Dasselbe wie ich. Nichts. Keinen verdammten Schimmer.«

Engos Augen wurden schmal. »Willst du mir echt erzählen, dass die ganze Situation sie nicht massiv abtörnt? Jake hat mir erzählt, dass Lunas und Gabes Zeug noch in der Wohnung rumsteht.«

»Ich hab ihr erzählt, dass Luna mich einfach verlassen hat.«

»Wie meinst du das, ›erzählt‹?« Matt tänzelte wie ein Boxer auf Ben zu, genau der richtige Abstand, um ihm eine reinzuzimmern. Ben schnürte es die Kehle zu. »Das ist doch wohl die Wahrheit. Genauso ist es gelaufen.«

Ben schwieg.

»Na, ich hätte da ein paar andere Theorien«, sagte Engo. Er ließ die Hosenträger zurückschnappen. »Vielleicht ist sie im Zeugenschutzprogramm, weil sie von unserer Nebentätigkeit erfahren hat. Hockt irgendwo in einem geheimen Unterschlupf. Und die Cops warten nur darauf, uns hochgehen zu lassen.«

»Glaubst du in echt?« Jake war plötzlich ganz blass geworden.

»Jetzt mal langsam.« Matt versuchte, ruhig zu bleiben, aber seine Miene verriet ihn. »Es funktioniert nicht, wenn du uns nicht vertraust, Benji, und wir dir auch nicht.«

»Weiß ich doch.«

»Es kann nicht sein, dass du uns anlügst«, fuhr Matt fort. »Keine Lügen. Nicht mal, wenn es darum geht, in welcher Muschi du steckst.«

Matt bohrte Ben den Finger in die Brust. Der Tödliche Finger war nur Millimeter von der Kamera entfernt. Ben musste sich richtig zusammenreißen, nicht zusammenzuklappen. Er konnte an nichts anderes denken. Als Matt den Finger endlich wegzog, fühlte es sich an, als hätte ihm jemand einen Stiefel vom Brustbein genommen.

»Na gut. Zu Punkt zwei auf der Tagesordnung«, sagte Matt. »Das nächste Ding. Helm ab zum Gebet, meine Herren. Das wird eine richtig große Nummer.«

Andy stellte sich zu Ben an den Beckenrand, gerade so außer Hörweite der anderen, die sich vor dem Grill zusammengerottet hatten. Matt und Engo stritten sich mal wieder darüber, wann man die Steaks am besten wenden sollte. Der Schein der Flammen tanzte golden auf ihren rot glänzenden Gesichtern, fröhliche Teufel, die blutiges Fleisch rösteten. Die Sonne stand tief am Himmel. Ben umklammerte seinen

Drink wie einen Rettungsanker und konzentrierte sich aufs Atmen. Immer wieder gingen ihm die Bilder durch den Kopf, wie er nach der Versammlung im Keller rumgetrödelt hatte, um den GPS-Tracker in die Seitentasche von Matts schwarzem Beutel zu schieben. Denn jetzt gab es kein Zurück mehr. Er hatte seinen ersten Auftrag erledigt, der Pakt mit dem Teufel war geschlossen. Wenn Matt den Tracker vor, während oder nach dem Transport der Tasche entdeckte, würde er wissen, dass einer in seiner Mannschaft ein Spitzel war. Ben wurde schlecht beim Gedanken daran, wie geschickt Andy das eingefädelt hatte, wie viel Erfahrung sie haben musste, dass sie genau gewusst hatte, wann sie ihm den Tracker zustecken musste, nämlich direkt vor der »Familienkonferenz« im Keller. Matt würde die Tasche mitnehmen, wenn er sich mit seinen anderen Komplizen traf, und Andy und ihren Leuten damit verraten, um wen es sich dabei handelte. Am Ende würde Matt sie mit der Tasche auch noch direkt zu seiner Notreserve führen, womit er sich effektiv den Fluchtweg abgeschnitten hätte.

Ben fragte sich, wo Andy bei ihm Tracker platziert hatte, denn das hatte sie mit Sicherheit getan. Als er sie jetzt neben sich stehen sah, im sexy Leinenkleid, eine perfekte Schulter entblößt, das Haar locker auf den Schultern, ein bisschen angetrunken – zumindest scheinbar – nach ihrem intimen Gespräch mit Donna und ein paar Gläsern Weißwein, war er beeindruckt davon, wie gut sie sich in diesen Rahmen gefügt hatte. Wie ein Chamäleon. Die Saat ihrer heimtückischen Pläne war aufgegangen.

Ben fragte sich, wer bei diesem Grillfest der wahre Teufel war.

»Na, Spaß gehabt im Herrenclub?«, fragte Andy ihn. »Irgendwas, das ich wissen sollte?«

»Ist alles auf dem Film«, erwiderte Ben emotionslos, riss sich die Kamera vom Hemd und drückte sie ihr in die Hand. Sie überspielte seinen Fauxpas mit ihrem perfekten Strahlelächeln.

»Ziemlich beschissenes Manöver.«

»Meine Geduld ist am Ende«, sagte Ben. »Du musst …«

»Lächle, verdammt!«

Ben beugte sich zu ihr vor und flüsterte ihr ins Ohr. »Einen Scheiß werde ich tun. Hier geht es um Luna und Gabriel. Dieser ganze Mist wegen der Überfälle ist Zeitverschwendung. Wenn du die beiden nicht findest, ist es vorbei mit meiner Kooperation. Dann kriegst du uns wegen des Juwelierraubs dran, und aus die Maus.«

»Es hängt doch alles zusammen, du Volltrottel.« Andys Lächeln wirkte hart. »Ich bin an beiden Sachen gleichzeitig dran! Ich tue …«

»Du bist viel zu sehr darauf fixiert, deinem Vorgesetzten was zu liefern.«

»Das *muss* ich auch, verdammte Hacke!«

Donna rief nach Andy, die Ben mit einem vernichtenden Blick bedachte und ihn einfach stehen ließ. Jake stellte sich zu ihm und sagte was über Andy. Dass sie cool sei oder so was, Ben hatte es nicht ganz verstanden, hörte gar nichts mehr, weil es in seinen Ohren wummerte, der Druck der vielen Geheimnisse und Intrigen stieg ihm aus der Magengegend in den Kopf. Was er als Nächstes sagte, kam einfach aus ihm heraus, stand im Raum, bevor er es zurücknehmen konnte.

»Sie ist nicht die, für die sie sich ausgibt«, sagte er.

Die beiden Männer tauschten Blicke. Jake wirkte verwirrt. Ben war starr vor Entsetzen. Plötzlich stieg ihm der Gestank von verbranntem Steak in die Nase und erinnerte ihn an all die verbrannten Leichen, die er in seinem Leben schon zu Gesicht bekommen hatte, wie sich ihre Körper zusammenzogen, spinnengleich, oder der Länge nach aufplatzten wie zu heiß gekochte Würstchen.

»Begaffst du etwa meine Töchter, Jake?«, fragte Matt. Er war mit einem Teller Fleisch neben ihm aufgetaucht. Jake schreckte aus seinem Trancezustand und bemerkte erst jetzt, dass er den starren Blick tatsächlich auf den Beckenrand gerichtet hatte, wo sich Matts Töchter wie die Hauskatzen in den letzten Sonnenstrahlen aalten.

»Hä?«

»Du hast mich schon verstanden. Hast du gerade meine Töchter abgecheckt?«

»Was? Nein, nein, Matt. Auf keinen Fall.«

»Auf keinen Fall?«

»Nie im Leben.«

Matt legte den Kopf schief. »Wieso nicht? Findest du sie etwa nicht attraktiv?«

Jake sperrte den Mund auf und schloss ihn dann wieder. Dann betrachtete er Matts Töchter. Löste sich von dem Anblick, legte schützend die Hand über die Stirn. Wusste nicht, wo er sonst hinschauen sollte.

»Willst du mir sagen, dass meine Töchter nicht heiß genug sind für dich?«

»Matt! Lass den Jungen in Ruhe, okay?«, sagte Ben.

»Meine Töchter? Du würdest sie ›nie im Leben‹ abchecken? ›Auf keinen Fall?‹ So hässlich findest du sie also?«

»Matt!«

»Gib mir eine verdammte Antwort, Jake!«

»Sie sind sehr hübsch.« Jakes Stimme klang belegt, offenbar hatte ihm Panik die Kehle zugeschnürt. »Wirklich hübsch.«

»Woher willst du das wissen, wenn du sie nicht abgecheckt hast?«

»Ich … ich … einfach, weil …«

Matt grinste, schlang Jake den freien Arm um den Hals, drückte ihn fest an sich und knutschte seinen Kopf. »Jakey, ich will dich doch nur verarschen. Krieg dich wieder ein, okay?«

Matt entließ Jake aus seinen Pranken und bewegte sich auf Donna und Andy zu, die an einem Gartentisch saßen. Als Jake die Hand ausstreckte, sah Ben, dass er heftig zitterte.

ANDY

Andy kam erst gegen Mitternacht zurück in ihr Apartment. Sie war betrunken. Nicht total, aber es wäre aufgefallen, wenn sie noch mehr Drinks in Donnas Blumenbeete oder in den Pool gekippt hätte. Donna hatte Andy zu ihrer neuesten besten Freundin erklärt und sie den ganzen Abend zugetextet, Frauengespräche unter vier Augen, ohne Alkohol war das nicht zu ertragen. Anschließend war Andy durchs dunkle Wohnzimmer direkt ins Bad geschlendert, um sich den Finger in den Hals zu stecken und ihren Mageninhalt zu erbrechen, damit sie später wenigstens noch ein bisschen Arbeit erledigen könnte. Ihre Fenster waren klein, ohne Vorhänge, und der nächtliche Sommerhimmel von Hell's Kitchen tauchte die ganze Wohnung in schmuddelig orangefarbenes Licht. Sie knipste nur die Lampe im Bad an.

Mit AirPods in den Ohren stellte sie sich vor den Spiegel und schrubbte sich das Make-up vom Gesicht. Zum zweiten Mal an diesem Abend lauschte sie Bens Aufnahme. Das erste Mal hatte sie sie in der Subway auf dem Heimweg gehört.

ENGO: Wir nehmen keine Auftragsarbeit an, is nicht. Darum geht es doch gerade. Niemand weiß von unseren Jobs, weil wir sie selbst auswählen.

MATT: Das ist eine einmalige Sache. Das Ding ist groß genug, um mal eine Ausnahme zu machen.

BEN: Wer ist dein Auftraggeber?

MATT: Niemand. Keiner aus der Szene. Er führt ein normales, seriöses Leben. Ein Notar, der Breaking Bad gesehen hat.

ENGO: Ich sag nein.

BEN: Ich auch, auf keinen Fall. Seh ich wie Engo. Nein von mir.

JAKE: Ich muss sagen, ich ...

MATT: Mach den Kopf dicht, Jake. Niemand hat dich gefragt.

BEN: Wir haben ein System. Warum sollten wir das ändern?

MATT: Du hast recht. Ja, wir haben ein System. Wir haben immer gesagt, dass alle ihre Zustimmung geben müssen, bevor wir das nächste Ding drehen. Selbst dieser kleine Hirni hier. Aber ihr wisst noch nicht, was wir da an der Angel haben. Ihr Wichser dürft erst abstimmen, wenn ihr wisst, worum's geht.

ENGO: Dieser Notar, der redet über Testamente. Das klingt ziemlich shady, Mann. Wenn du ein Testament fälschst, kriegt die Familie das doch mit. Außerdem braucht man eine Menge Zeugen für so was.

MATT: Okay, hört zu. Ich erklär's euch. Gebt mir eine verdammte Minute.

BEN: Dann los.

MATT: Es ist so, der reiche Knacker hat mehrere Testamente gemacht, alle handschriftlich. Ständig macht er Änderungen, kritzelt drin rum, ärgert sich über die

Kinder und enterbt sie, dann setzt er sie wieder ein. Ihr wisst ja, wie die Reichen so sind. Und dieser Notar arbeitet für ihn. Also kriegt er alle sechs Monate ein neues Testament von ihm. Der Notar beglaubigt es und legt es zu den alten Testamenten in die Akte.

BEN: Ja, und ...?

MATT: Es gibt drei Versionen, die uns interessieren. Die letzten drei. Im ersten Testament, dem ältesten, steht, dass die Baseballkartensammlung des Alten aufgeteilt werden soll, zu gleichen Teilen unter seinen Kindern. Okay? Die Sammlung ist explizit im Dokument aufgeführt. Darin steht auch, dass sich die Sammlung im Tresor in seinem Haus an der Upper West Side befindet.

ENGO: Aha.

MATT: Dann kriegt der Notar auf einmal eine neue Version des Testaments. Weil den Alten irgendwas aufgeschreckt hat, okay? Ein paar Einbrüche in der Nachbarschaft. Er beschließt, dass es dumm ist, eine so wertvolle Sammlung in seinem Haus aufzubewahren. Also verstaut er sie in einem Tresorfach irgendwo in Midtown. Da lagert er auch noch ein paar andere Wertgegenstände ein. Schmuck und so. Dann ändert er sein Testament. Darin steht jetzt: Der Inhalt des Tresorfachs bei bla, bla, bla geht zu gleichen Teilen an Little Johnny Fettsack Junior und seine Geschwister. In dieser Version werden die Baseballkarten nicht explizit erwähnt.

JAKE: Haha! *Little Johnny Fettsack Junior.*

ENGO: Fresse, Jake!

MATT: Dann kommt ein *drittes* Testament. Das letzte. Das aktuelle, gültige. Und ... tada! Darin ist der Inhalt des Tresorfachs aufgeführt *und* die Baseballkartensammlung.

BEN: Okay, aber steht da drin, dass sich die Sammlung *im* Tresorfach befindet?
MATT: Nee, genau. Eben nicht.
ENGO: Uiuiui!
MATT: Richtig. Da steht explizit: »Ich vermache meinen Schratzen den Inhalt meines Tresorfachs« und »Ich vermache meinen Schratzen meine Baseballkartensammlung«.
ENGO: Also ein Fehler?
MATT: So was in der Art. Ich meine, es stimmt ja alles so. Er vermacht beides seiner Familie. Aber dem Wortlaut nach steht da nicht, dass sich beides im selben Tresorfach befindet. Und das hat den Notar auf eine Idee gebracht.
ENGO: Verstehe. Weil, wenn man die drei Versionen nacheinander liest und nicht weiß, dass der Typ die Baseballkarten ins Tresorfach geräumt hat, könnte man meinen, die Dinger wären noch im Haus. Wo sie die ganze Zeit waren.
MATT: Jepp.
BEN: Und niemand sonst weiß davon? Niemand hat den Fehler im Testament bemerkt? Nicht mal die Zeugen, die es gegengezeichnet haben?
MATT: Wie es aussieht, nicht.
BEN: Die werden es schon rauskriegen. Die Kinder.
MATT: Wie?
BEN: Wenn sie das beschissene Tresorfach öffnen, nachdem wir uns darüber hergemacht haben, und feststellen, dass da keine Baseballkarten drin sind. So. Wenn die Sammlung nicht im Tresor in seinem Haus ist und auch nicht im Tresorfach und es dort, wo sich die Schließfächer befinden, einen Einbruch gegeben hat und das Tresorfach ausgeraubt wurde …

muss man nicht studiert haben, um das zu durchschauen.

MATT: Wir brechen nicht da ein, wo die Schließfächer sind. Wir gehen da rein und wieder raus, und keiner merkt was davon.

ENGO: Wie?

MATT: Heilige Scheiße! *Wir legen einen Brand, du Flachwichser!*

BEN: Das gefällt mir nicht.

JAKE: Wenn wir ...

MATT: Jake? Wenn du nicht gleich die Fresse hältst, dreh ich dir die Gurgel um und verscharre deine Leiche unterm Pool.

ENGO: Könnte aber funktionieren, Ben. Die Testamente sind so schwammig formuliert, dass man nicht weiß, ob sich die Sammlung je im Tresorfach befunden hat. Wenn wir Zugriff aufs Fach bekommen, ohne dass es jemand merkt, dann ist der ganze Raub sozusagen unsichtbar.

MATT: So isses.

BEN: Wie wollt ihr bitte unbemerkt aufs Fach zugreifen, wenn das ganze verdammte Gebäude in Flammen steht?

MATT: Dazu komme ich noch.

ENGO: Fest steht doch, wenn die Sammlung nie im Fach war, und das Fach nie ausgeraubt wurde, haben die Kinder keinen Grund, sie dort zu suchen oder zu vermissen, wenn sie merken, dass sie nicht mehr da ist. Wenn der Alte stirbt, gehen sie davon aus, dass die Sammlung in seinem Tresor liegt.

MATT: Feine Sache, oder?

ENGO: Das ist der sauberste Job, von dem ich je gehört habe. Kein Tatort. Das Tresorfach wird fest verschlos-

sen sein. Das Schloss wurde nicht angerührt. Die Kinder werden sich den Kopf zerbrechen, wie die Karten aus dem Haus verschwinden konnten. Ob der Alte sie einfach heimlich verkauft oder verschenkt hat. Köstlich! Die Putzfrau sollte sich schon mal einen Anwalt suchen.
BEN: Nichts daran ist sauber, Engo! Hast du den Schuss nicht gehört? Der Notar weiß Bescheid. Dieser Typ ist kein Verbrecher. Woher willst du wissen, dass er nicht mit den Cops arbeitet oder selbst einer ist?
MATT: Dann überprüfen wir ihn eben ganz genau.
ENGO: Was ist mit der Sammlung? Wie verticken wir so was?
MATT: Das wird sich finden.
ENGO: Wann läuft das Ding? Ich meine ...
MATT: Der Alte steht kurz vorm Ableben ...
BEN: Herrje, ich komm mir vor, als würde ich eine Fremdsprache sprechen. Warum reden wir überhaupt ... wir machen keine Auftragsjobs! So'n Kinderkram schon gar nicht! Leute, Baseballkarten? Beschissene Baseballkarten? Echt jetzt? Was sind solche Dinger überhaupt wert?
MATT: Acht Komma zwei Millionen Dollar.

Jemand hämmerte gegen Andys Tür. Sie entstöpselte die AirPods, legte sie auf den Waschbeckenrand, hastete aus dem Bad und starrte in die Dunkelheit ihres kleinen Flurs. Ein Dutzend Möglichkeiten schossen ihr durch den Kopf. Nachbarn. Vertreter. Spendensammler. Partygäste mit der falschen Adresse. Über ihr wummerte Musik. Aber beim Gedanken, dass es sich um Newler handeln könnte, der ihr bis zur Wohnung gefolgt war, wurde ihr schlecht. Sie trat an die Wohnungstür und spähte durch den Spion, dann riss sie sie auf, sodass sich die Sicherheitskette geräuschvoll spannte.

»Überraschung!«, rief Ben. Er lehnte am Türrahmen, der Blick glasig. Andy schob die Kette zurück und erinnerte sich erst wieder daran, dass sie bewaffnet war, als der betrunkene Ben sie darauf aufmerksam machte.

»Hattest du einen anderen erwartet?«

»Wie hast du mich gefunden?«

»Schau mal in deiner Hosentasche nach«, sagte Ben und marschierte an ihr vorbei in die Wohnung. Andy schob die Hand in die Tasche und zog den GPS-Tracker hervor. »Ich hab auf der Straße vor dem Haus gewartet, welches Licht als Erstes angeht, nachdem du reingegangen warst.«

»Hinterhältiges Arschloch«, sagte Andy. Falls es lustig geklungen haben sollte, war das nicht ihre Absicht gewesen. Die Möglichkeit, dass Newler sie gefunden haben könnte, zerrte noch immer an ihren Nerven.

»Und ob ich hinterhältig bin. Mit Vergnügen!« Ben stand mitten im kahlen Wohnzimmer und sah sich um. An der Wand gestapelte Kartons. Eine Matratze am Boden, Laken, Kissen, zerwühlte Bettdecke. »Ich hab einen Tracker in Matts Tasche versteckt. Aber dann hab ich meine Meinung geändert. Bin zurück in den Keller und hab das Ding wieder rausgeholt. Hab's mit meinem Handy gepaart und dir in die Hosentasche geschoben.«

Andy schüttelte ungläubig den Kopf.

»Was ist in den Kartons?«

»Zeug aus dem Secondhandladen.« Sie machte eine vage Handbewegung. »Bevor ich in eine neue Rolle schlüpfe, gehe ich erst mal einkaufen und besorge mir alles, was so eine fiktive Person besitzen würde.«

»Beeindruckend. Du hast sie sogar geordnet!« Ben betrachtete die mit Marker beschrifteten Klebebänder. *Küche.*

Bad. Schlafzimmer. Kleidung. Als wärst du tatsächlich gerade aus San Diego eingeflogen.«

Andy schwieg.

»Wo sind deine echten Sachen?«

»Welche echten Sachen?«

Ben starrte sie an. »Deine ... Sachen. Dein persönlicher Besitz.«

»Hab ich nicht.«

»Aber wo bist du zu Hause?«

Sie zeigte auf die Matratze. »Hier.«

Plötzlich klärte sich Bens Blick. »Warum zum Teufel tust du dir das an?«, fragte er. »Was ist dir zugestoßen, dass du so leben willst?«

Er wirkte traurig. Seine Traurigkeit ging ihr direkt ins Mark, knüpfte ein Band zu ihrer eigenen und zerrte sie daran aus der Dunkelheit tief in sich, wo sie sie erstickt hatte.

Andy zerriss das Band gnadenlos.

»Ben, wieso bist du hier?«

»Ach ja. Ich bin gekommen, um dir zu sagen, dass du deinen Arsch in Bewegung setzen und Luna und Gabriel finden sollst«, sagte er. »Ich will meine verdammte Familie zurück.«

»Das hast du mir schon beim Grillen gesagt.«

»Und ich will das neue Ding nicht drehen. Ich will keine gottverdammte Sicherheitsfirma ausrauben, die Tresorfächer vermietet. Ich will nicht, dass man mich abknallt oder einen anderen von uns. Oder dass Leute wegen mir verbrennen. Lieber gehe ich ins Gefängnis.«

»Baseballkarten.« Andy nickte, dankbar, dass sie das Thema gewechselt hatten. »Es ist schlau gemacht. Ich hab mal ein bisschen gegoogelt. Bei dem Wert könnte es sich um Karten handeln, die vor dem Ersten Weltkrieg in Umlauf waren. Keine Seriennummern. Perfekte Hehlerware.«

»Wird nicht passieren! Bis der Alte stirbt, sind wir schon

im Gefängnis. Weil du Luna und Gabe findest und das alles beendest.«

»Ich arbeite dran.«

»Nein, tust du nicht!« Plötzlich ragte Ben über ihr auf, mit dem Rücken zur orangeroten Nacht. Breitschultrig, nach Bier stinkend. »Du verschwendest deine Zeit damit, dich bei der Mannschaft einzuschleimen. Denn dich interessieren nur die Raubüberfälle. Dich und deinen Chef. Weil ihr damit in die Schlagzeilen kommt, millionenschwere Überfälle sind interessanter als tote Mexikanerinnen und ihre Kinder.«

Plötzlich ließ er sich auf die Matratze fallen. Einfach so, als hätte jemand den Stecker gezogen. Er hatte sich allerdings verschätzt, denn die Matratze war so weich und elastisch, dass er fast hinten runtergekippt wäre.

Unter Stöhnen richtete er sich wieder auf, seine Hand an den gebrochenen Rippen. »Ich erzähl dir was. Da war mal dieser Cop in Paterson. Da hab ich eine Weile gelebt, bei einer Pflegefamilie. Der Typ hat mich mitgenommen, keine Ahnung, wie alt ich da war, ungefähr fünfzehn. Er wollte mich drankriegen wegen Sachbeschädigung. Ein paar Randalierer hatten Autos besprüht und so. Sah aus wie Kinderkram. Fenster eingeschlagen. Beulen.«

Andy setzte sich neben ihn auf die Matratze und legte die Waffe auf den Boden.

»Dann der Cop so zu mir: ›Stell dir vor‹, sagt er, ›wir haben gerade deine Mutter bei uns in der Zelle. Marissa Haig. Ist doch deine Mutter, oder? Haben sie wegen Prostitution hochgenommen. Wie witzig, Mutter und Sohnemann zur selben Zeit auf derselben Wache. Na, Junge, wir wollen dir einen Gefallen tun. Wenn du ein paar Sachen für uns zugibst, helfen wir deiner Mom.‹«

»Ben«, sagte Andy, »du solltest heimgehen.«

»Also sag ich«, lallte er unbeirrt weiter, »»Alles klar, ich gebe zu, dass ich in der Nähe war. Und vielleicht was gesehen hab.‹« Und der Typ so: ›Gut. Deine Mutter ist schon mal aus der Sammelzelle raus, weg von den Irren, hat eine Ausnüchterungszelle für sich allein. Was noch?‹« Der Kerl hat mir am Ende ein volles Geständnis aus den Rippen geleiert, Stück für Stück, meine Mutter hat angeblich was zu essen gekriegt, durfte jemanden anrufen, hat ein geringeres Strafmaß bekommen. Aber rate mal, was dann passiert ist.«

»Sie war gar nicht auf der Wache«, sagte Andy.

»Sie war gar nicht auf der Wache«, sagte Ben.

»Ben. Ich halte dich nicht mit einer fingierten Suche nach Luna und Gabriel hin, um dich wegen der Überfälle dranzukriegen. Ich bin kein korrupter, fauler Cop, der seine Statistik frisiert, indem er unschuldige Teenager manipuliert.«

»Ja, klar.«

»Ich bin eine erfahrene verdeckte Ermittlerin, die eine verschwundene Mutter und ihr Kind sucht. Ich werde dich nicht hochnehmen und dich auch nicht von anderen hochnehmen lassen, bis ich die beiden gefunden habe.«

Ben sah geradewegs durch sie hindurch.

»Ich muss so nah wie möglich an Matt, Engo und Jake ran. Die Männer müssen mir vertrauen, mich reinlassen in ihren Club. Das ist mein Job, Ben. So läuft das.«

»Warum?«

»Warum was?«

»Warum machst du das?«

Andy stand auf. »Du musst jetzt heimgehen. Du bist betrunken, ich bin müde, und für heute habe ich genug gesagt.«

»Verstehe.« Ben rappelte sich auf, schwankte und wäre fast zurück auf die Matratze gefallen. Statt zu gehen, fummelte er an seinen Stiefeln herum. »Dann gehen wir ins Bett. Passt bestens.«

»Was machst du da?«, fragte Andy.

»Ich gehe ins Bett. Ja, genau. Auch deswegen bin ich hergekommen. Damit ich weiß, wo du wohnst, Andy. Jetzt kann ich's dir heimzahlen. Das ist die Retourkutsche. Du willst meine Freundin sein? Scharade spielen? Haha, alles klar, dann zeige ich dir mal, wie es ist, wenn sich ein nackter Fremder einfach in dein Bett drängt. Schauen wir mal, wie dir das gefällt.«

Nachdem er sich von Hemd und Jeans befreit hatte, kroch er auf die Matratze und zog die Decke bis unters Kinn. Andy stand einfach da und ärgerte sich maßlos. Sie würde ihm noch ein paar Minuten geben, sein Spielchen zu beenden, aufzustehen und heimzugehen. Aber das geschah nicht. Stattdessen hob und senkte sich das Bündel unter ihrer Bettdecke mit jedem regelmäßigen Atemzug.

»Ben«, sagte sie. »Ich hab's verstanden.«

Nichts.

»Du hast gewonnen.«

Er rührte sich nicht.

»Das ist nicht witzig!«, schrie Andy und verpasste der Matratze einen Tritt. »Raus aus meinem Bett, verdammt!«

Ben reagierte nicht. Sie kochte vor Wut. Während sie über ihren nächsten Schritt nachdachte, fing Ben an zu schnarchen.

Nach einer üblen Schlägerei war der zweite Tag immer der schlimmste. Das wusste Andy aus Erfahrung. Daher überraschte sie Bens qualvolles Ächzen und Stöhnen am Morgen wenig, denn in seinem Fall setzte ihm auch noch ein übler Kater zu, und zwar bei jedem Versuch, auch nur den Kopf aus dem Kissen zu heben. Andy saß im Morgenlicht auf dem Matratzenrand, trank ihren Kaffee und ließ die Alpträume Revue passieren, die sie in den dunklen Stunden der Nacht heimgesucht hatten.

Sie hatten sie zurückgebracht. Zweiundzwanzig Jahre war sie damals alt gewesen, noch frei von dem, was ihr passieren sollte, saß an der Kasse der elterlichen Tankstelle in der Wüste, südlich von Sheffield, Texas. Hörte Kanye West. Damals, daran erinnerte sie sich jetzt, hatte ihr größtes Interesse der Frage gegolten, ob sie es je in die Großstadt schaffen würde, wo die Clubs waren, in denen Rapper entdeckt wurden. Wo es Wolkenkratzer und Subways gab und wo sie sich über MySpace mit Freunden treffen könnte. Ihr Chemiebuch hatte in jener Nacht auf dem Tresen gelegen, die Zeitschrift darin versteckt. Brad und Angelina, *Domestic Bliss* in Kenia. Versteckt, falls ihr Vater aus ihrem Haus hinter der Tankstelle sie kontrollieren käme. So viele Einzelheiten aus jener Nacht hatte sie nie vergessen, sie waren tief in ihrem Bewusstsein abgespeichert. Andere waren frei erfunden. Im Traum hatte Andy die Scheinwerfer des ersten Autos gesehen, schon von Weitem. In Wahrheit hatte sie die Männer, die ihre Familie zerstören würden, erst wahrgenommen, als sie bereits draußen an den Zapfsäulen gestanden hatten.

Gegen drei Uhr in der Früh war sie abrupt aus dem Schlaf geschreckt, schweißgebadet, keuchend. Ben hatte sich nicht bewegt, aber sie machte sich innerlich darauf gefasst, dass er sie jetzt darauf ansprechen würde.

Seit Jahren hatte sie keine Alpträume mehr gehabt. Warum waren sie jetzt wieder da?

Irgendwann hatte Ben sich erfolgreich aufgesetzt, er rieb sich die Augen und schnappte sich den Becher aus ihrer Hand, als wäre er für ihn bestimmt. Dass er halb leer war, schien dabei keine Rolle zu spielen. Sie überließ ihm den Kaffee. Bevor er ihr die befürchteten Fragen stellen konnte, ergriff sie die Initiative.

»Zeit zum Aufstehen«, sagte sie.

»Wieso?«
»Ich glaube, ich weiß, wo wir Lunas Auto finden.«

BEN

Sie ging mit gesenktem Kopf und verschränkten Armen neben ihm her und betrachtete das langsam vorbeiziehende Pflaster des Gehwegs. Ben hatte bereits verstanden, dass Andy die besten Sachen von sich gab, wenn er ihr diese Zeit des Schweigens gönnte, daher hatte er auf der Fahrt im Uber zurück zu seiner Wohnung in Dayton den Mund gehalten, wie er auch jetzt, da sie nebeneinander liefen, nur gelegentlich zu ihr rübersah und dabei ihr Mienenspiel verfolgte, das sich unter dem Eindruck ihrer Gedanken ständig veränderte. Was sie dabei aussheckte, wusste er natürlich nicht, es könnte eine Intrige sein oder ein handfester Plan oder einfach ein Haufen Lügen. Es war unangenehm kühl und windig, und Andy ging zu schnell. Er wusste, dass er mit seinem unangemeldeten Auftauchen in ihrer Wohnung am vergangenen Abend etwas bei ihr losgetreten hatte, und aus unerfindlichen Gründen hatte er deswegen Gewissensbisse. Ihre Wohnung war natürlich nur reine Fassade, wie auch der Rest ihrer erfundenen Lebensgeschichte, was darauf schließen ließ, dass sie die Möglichkeit eines unerwünschten Eindringens in Betracht gezogen hatte. Trotzdem hatte sie etwas verstört. Sie aus der Fassung gebracht. Er verspürte den seltsamen Drang, sie in die Arme zu schließen, diese Unbekannte, die offenbar von irgendwelchen schrecklichen Erinnerungen geplagt wurde, die er nicht mal erahnen konnte.
Auf einmal standen sie an der Ecke zu der Straße, wo Lu-

nas Wagen zum letzten Mal gesehen wurde. Andy stoppte, zog ein Gummi aus der Jeanstasche und band sich das Haar auf dem Oberkopf zusammen. Ein zufälliger Beobachter würde davon ausgehen, dass sie nur deswegen hier stehen blieben, aber Andy hatte den Getränkemarkt an der Ecke im Visier.

»Auf deiner Suche nach Luna«, sagte Andy, »hast du in dieser Straße an jede Tür geklopft. Du hast dich nach den Aufnahmen der Sicherheitskameras erkundigt und die Leute befragt, ob sie an jenem Abend irgendwas Auffälliges gesehen hatten.«

»Richtig«, sagte Ben.

»Der Besitzer des Getränkemarkts hat dir erlaubt, die Aufnahmen seiner Kamera zu sichten«, fuhr sie fort. »Darauf war Lunas Auto zu sehen, sie ist auf dem Weg zu Gabes Großmutter um neunzehn Uhr zwölf durch diese Straße gefahren. Ungefähr fünf Minuten nachdem sie eure Wohnung verlassen hatte.«

»Ja, das stimmt«, sagte Ben. »Sie ist abgebogen und ...«

»Zeigefinger runter! Wir lösen hier kein Verbrechen, wir sind auf dem Weg zu einem Diner, weil wir frühstücken wollen.«

Ben versenkte rasch die Hände in den Hosentaschen. »Schon gut. Sie ist abgebogen und da entlanggefahren. Ich war schon mal dabei, als sie Gabe zur Abuela gebracht hat, diese Strecke ist sie normalerweise gefahren.«

Andy setzte sich in Bewegung. Ben folgte ihr. Nach ein paar Metern legte sie ihm den Arm um die Schultern.

»Ach«, seufzte er. »Also sind wir wieder zusammen?«

»Wenn uns irgendwer beobachtet, Ben, dann haben sie auch gesehen, dass du die Nacht bei mir verbracht hast.«

»Wenn dieser irgendwer Matt heißt, kannst du schon mal einen Krankenwagen rufen«, sagte Ben. »Der wird mich nämlich zertreten wie eine aufgerauchte Zigarette. Ich hatte ihm versprochen, dass wir eine Pause einlegen.«

»Er wird sich dran gewöhnen.«

»Jo, is klar.«

Sie hielten vor einem Café. Andy nahm sich die Speisekarte vom Ständer und tat, als würde sie sie studieren.

»Die nächsten Aufnahmen stammten von der Kamera an diesem Café«, sagte sie. Ben spähte hinein. Der Typ, der ihm erlaubt hatte, ins Hinterzimmer zu gehen und die Aufnahmen zu sichten, war nicht da. Stattdessen wirbelten ein paar junge Kellnerinnen in schwarzen Schürzen durch den Raum, zogen Stühle von den Tischen und bestückten alles mit Serviettenständern. Das Café hatte noch geschlossen.

»Um neunzehn Uhr dreizehn ist Luna hier vorbeigefahren«, sagte Ben, während er sein Spiegelbild im Schaufenster betrachtete. Er sah aus wie ein Hundehaufen auf Beinen. »Der Winkel war besser, das Auto deutlicher zu erkennen. Sie war allein auf dem Vordersitz. Gabriel saß hinten.«

Andy zog die Nase kraus, stellte die Speisekarte zurück, ergriff Bens Hand und schlenderte weiter. »Danach hast du nur noch die Aufnahmen vom Möbelgeschäft an der Ecke der Kreuzung da vorn gesehen.« Sie schaute in die Ferne.

»Korrekt.« Ben konnte den Laden zwar nicht sehen, wusste aber, dass er am Ende der vielen Cafés und Boutiquen lag, die diese Straße säumten. »Von Luna keine Spur. Ich musste mit Engelszungen auf sie einreden, aber am Ende hat mir die Besitzerin erlaubt, die Aufnahmen vom ganzen Tag und vom Folgetag durchzusehen.«

»Also ist das, was Luna passiert ist, in dieser Straße vonstattengegangen.«

»Möglich«, sagte Ben achselzuckend, während er eine weitere Speisekarte betrachtete. »Oder die Einstellungen der Kameras waren irgendwie fehlerhaft.«

»Ja, könnte sein. Aber lass uns davon ausgehen, dass mit den Kameras alles stimmte.«

»Ich hab mir schon überlegt, dass sie das Auto in einem Laster verstaut haben könnten«, sagte Ben. »Aber auf den Aufzeichnungen habe ich keinen Laster entdeckt, der dafür groß genug gewesen wäre. Zumindest nicht während der zwei Tage, die ich unter die Lupe genommen habe. Am dritten Tag bin ich hier schon rumgelaufen und habe nach dem Auto gesucht. Keine Laster. Diese Wohnungen da drüben? Ich habe die Parkgarage kontrolliert. Musste mich reinschleichen, weil mich die Bewohner nicht reingelassen haben, auch nicht, als ich sie angefleht habe. Trotzdem bin ich rein. Aber das Auto war nicht da. Im Hotelparkhaus auch nicht.«

Er nickte zum Best Western Hotel, das die Straße dominierte. Die halbrunde Auffahrt, wo gerade ein Taxi ankam.

»Das Hotel hat mir keine Aufzeichnungen gezeigt, die haben Vorschriften. Datenschutz und so. Also hab ich mich reingeschlichen, bin ins Parkhaus und habe mich selbst umgesehen. Ihr Wagen war nicht da. Ich hab sogar die Laderampen und den Parkplatz fürs Personal kontrolliert, Fehlanzeige. Und eine Woche später habe ich nochmal geschaut. Auf allen vier Ebenen. Nichts.«

»Das habe ich auch gemacht. Gestern. Bevor ich dir zu Matts Haus gefolgt bin«, sagte Andy.

Ben blieb stehen.

»Kein Auto.«

»Warum sind wir dann hier?«

»Weil das Auto trotzdem hier gestanden haben könnte, ohne dass du es gesehen hast.«

Ben starrte sie an.

»Komm, setzen wir uns.«

Ben ließ sich auf einen Stuhl fallen, draußen vor einem Café, direkt gegenüber vom Hotel. Er versuchte sich auf die

Speisekarte zu konzentrieren, die sie ihm unter die Hand geschoben hatte, aber sein Blick wanderte immer wieder zur fleckigen beigen Hauswand des vierstöckigen Gebäudes gegenüber, mit den einheitlich rot-grünen Vorhängen in jedem Fenster. Ein fleckenvertuschendes Wirbelmuster. Im zweiten Stock stand ein Typ im bis zum Bierbauch aufgeknöpften weißen Hemd am Fenster, putzte sich die Zähne und starrte Ben direkt ins Gesicht.

»Bevor es zur Best-Western-Kette gehört hat, war das Hotel hier ein Marriott. Das Grundstück wurde von Marriott gekauft und das Haus unter der Marke Marriott eröffnet. Der Besitzer hieß Raymond Fresco. Mitglied einer Hotelfamilie, seit Generationen.«

»Ja, und?«

»Deswegen hat dieses Best Western, auf das wir hier gerade blicken, eine viel bessere Ausstattung als andere Hotels dieser Kette«, erklärte Andy. »Die haben eine Menge Geld in den Kasten versenkt. Bevor der Laden pleiteging und den Besitzer wechselte. Raymond Fresco wollte sein Hotel zum attraktiven Anlaufpunkt für internationale Besucher machen, die nicht das Gefühl haben sollten, auf dem Flughafen Newark Liberty zu übernachten. Allerdings hatte er nicht bedacht, dass diejenigen, die keine Lust auf Flughafen haben, lieber gleich ein nettes Hotel in der City buchen. Und alle anderen, denen der Fluglärm nichts ausmacht, übernachten eben in Airport-Nähe.«

»Ich verstehe nur noch ... Flughafen.« Ben fasste sich an den Kopf. Als die Kellnerin vorbeischwebte, warf er ihr einen flehenden Blick zu. »Kaffee, bitte! Schwarz, stark. Sehr stark!«

Die Kellnerin grinste, nahm Andys Bestellung entgegen und machte sich davon. Andy zog Bens Hände von seinem Kopf und umschloss sie mit ihren.

»Du hast Lunas Auto drei Tage nach ihrem Verschwinden nicht im Hotel-Parkhaus gesehen, weil es unter einem anderen Wagen verborgen war«, sagte sie.

»*Unter?*«

»Das Hotel hat auf der ersten Ebene Duplexgaragen. Auch Stapelgaragen genannt.«

Ben runzelte die Stirn.

»Unter zwanzig Parkbuchten auf der ersten Ebene befindet sich jeweils ein weiterer Parkplatz«, sagte Andy. »Ein hydraulischer Stapler bewegt das obere Fahrzeug nach hinten und darunter ist Platz für noch ein Auto. Wenn die unterste Ebene des Parkhauses voll ist, sieht alles ganz normal aus. Aber darunter befindet sich eine zweite Ebene. Raymond Fresco hat zwanzig zusätzliche Plätze eingebaut, weil er allen Gästen eine Parkmöglichkeit bieten wollte, selbst bei einem ausgebuchten Hotel.«

Bens Gedanken rasten. Ihm war schlecht.

»Wie du selbst sehen kannst, ist die Parksituation hier eine Katastrophe. Einbahnstraße. Welches Luxushotel hat keine Parkplätze für seine Gäste? Fresco hatte nicht das Geld, um unter der ersten noch eine weitere Ebene einzuziehen, aber für zwanzig Duplexplätze hat es gereicht.«

»Bist du sicher, dass ihr Auto nicht noch da unten steht?« Bens Brust fühlte sich auf einmal sehr eng an. »Können wir nachsehen?«

»Nein. Ich kann nicht mit Sicherheit ausschließen, dass es noch da unten steht. Könnte durchaus sein. Aber wir können nicht nachsehen. Und es ist vermutlich nicht dort.«

»Woher willst du das wissen?«

»Wissen tu ich gar nichts«, sagte Andy. »Ich arbeite daran, es herauszufinden. Ich habe eine Theorie. Die Einzigen, die die Autos der Gäste auf Duplexplätzen parken, sind die Leute vom Parkservice des Hotels. Also hätte Luna einem von ihnen ihren Wagen anvertrauen müssen. Aber die Stapelfunktion wäre nur genutzt worden, wenn das Parkhaus an diesem Abend komplett voll gewesen wäre, denn es ist oberkompliziert, das Auto da wieder rauszuholen. Das Hotel müsste also ausgebucht gewesen sein, sonst greift meine Theorie nicht.«

»Und, war es das?«

»Könnte schon hinkommen.«

»Meine Güte, was weißt du eigentlich sicher?«

»Noch nichts. Du musst einfach Geduld haben.«

Ben seufzte laut.

»Aus den Sozialen Medien habe ich erfahren, dass an diesem Abend im Weequahic Golf Club eine Hochzeitsfeier stattgefunden hat«, sagte Andy. »Der befindet sich eine Straße weiter, im Park. Ist also durchaus vorstellbar, dass viele Gäste nicht im teuren Club übernachten wollten und sich stattdessen im Best Western einquartiert haben. Die Feier ging um achtzehn Uhr los. Also kann es gut sein, dass das Parkhaus des Hotels um neunzehn Uhr dreizehn, als Luna von der Kamera erfasst wurde, so gut wie voll war. Gut möglich, dass sie auf einem Duplexparkplatz gelandet ist.«

»Moment mal …« Ben drückte gegen seine schmerzenden Augen, versuchte, das Licht zu blockieren und den Straßenlärm. »Luna hat ihren Wagen dem Parkservice übergeben. Die haben ihn auf einem Stapelplatz geparkt. Zwei Tage später, als ich mich dort umgesehen habe, stand er immer noch dort?«

»Möglicherweise.«

»Und nach einer Woche? Als ich zum zweiten Mal nachgesehen habe? Hätten die vom Parkservice den einfach so da stehen lassen?«

»Ich weiß es nicht.«

»Wir müssen nachsehen!«

»Geht nicht.«

»Warum nicht, verdammt?«

»Weil du dich damit abgefunden hast, dass Luna dich verlassen hat.« Sie tätschelte ihm lächelnd die Hand. »Und wir sind nur zwei Feuerwehrleute, die an ihrem freien Vormittag zusammen frühstücken.«

Ben riss seine Hände weg und schob sie sich verbissen zwischen die Knie, damit er seinen Kaffeebecher nicht gegen die Wand knallte.

»Wir müssen dem Detective Bescheid sagen. Simmley.«

»Können wir nicht.«

»*Wieso* nicht, Andy?«

»Weil der Fall für ihn nicht mehr existiert. Nur ich und Newler, der Typ, der mich engagiert hat, wissen, dass die Ermittlungen aktiv sind. Und so wird es auch bleiben, zu unser beider Sicherheit.«

»Aber das stimmt nicht. Das Pärchen mit dem Hund.«

»Die beiden, die du damals gesehen hast, gehörten zu Newlers Überwachungsteam«, sagte Andy. »Die sind nicht im Bilde, haben nur einen Teil der Info. Und der Detective, den du damals mit deinem Brief aufgescheucht hast, Johnson? Er hat den Fall an Newler und das FBI weitergereicht, die ihn sicher sofort angewiesen haben, sich rauszuhalten.«

Ben rang verzweifelt die Hände. »Und wann siehst du nach, ob das Auto noch da ist?«

»Alles in Arbeit.«

Wieder vergrub Ben den Kopf zwischen seinen Händen.

»Ich glaube nicht, dass es noch dort steht.« Andy löste seinen Griff. »Aber sicher kann ich nicht sein, keine Ahnung, wie die das handhaben. Ich habe die Leute vom Service beobachtet, da ist einer dabei, der nicht ganz koscher wirkt. Leicht zu manipulieren. Mal sehen, ob der was auf dem Kerbholz hat, was ich gegen ihn verwenden kann. Heute

Abend würde ich mir den vielleicht mal vornehmen, ihn aushorchen, ob jemand nach einer Woche sein Auto abgeholt hat und wie lange das Hotel Fahrzeuge auf dem Parkplatz stehen lässt, wenn der Halter es nicht wegfährt, ob sie einen Abschleppdienst nutzen und welchen. Ich gehe davon aus, dass sie dem Halter eine Woche geben, das Auto abzuholen.«

»Wenn sich nach einer Woche niemand meldet, würden die doch sicher die Polizei verständigen, allein wegen der Abschleppkosten, auf denen sie sonst sitzenbleiben. Ganz zu schweigen von den Parkgebühren, die jeden Tag anfallen und nicht bezahlt werden.«

»Möglich.«

»Wir brauchen die Gästeliste. Und die Liste vom Parkservice. Sie haben doch sicher notiert, welche Autos zu wem gehören und wo sie stehen.«

Andy trank unbeeindruckt ihren Kaffee. Ben seufzte.

»Okay«, sagte er schließlich. »Okay. Tut mir leid. Wie es aussieht, willst du mich nicht reinlegen. Du bist kein korrupter Cop.«

»Schön, dass du das einsiehst.«

»Also hast du die ganze Zeit im Hintergrund daran gearbeitet.«

Ben starrte in seinen Kaffee, der wie Säure schmeckte und auf dem sich die Sturmwolken spiegelten, die sich über der flatternden Markise des Cafés zusammenbrauten. Düstere Bilder stiegen vor ihm auf, Luna, die sich im Hotel mit jemandem traf, der ihr an den Kragen wollte. Luna erwürgt auf dem Bett. Gabe in der Badewanne ertränkt. Die Leichen in Koffer verladen, durchs Foyer gezogen oder gleich runter ins Parkhaus verfrachtet.

»Warum ist sie ins Hotel gegangen?«, fragte Ben. Er wollte Andy nicht ansehen, könnte ihren wissenden Blick nicht ertragen. Denn sie würde etwas wissen. Sie hätte so was schon oft gesehen, bei ihren verdeckten Ermittlungen. Frauen mit Geheimnissen, Geheimnisse, die sie schließlich umbrachten. »Egal, was sie an dem Abend gemacht hat, warum musste sie es vor mir verheimlichen?«

Irgendwann traute er sich doch, Andy anzusehen, und wieder glaubte er, kurz ihr wahres Ich aufblitzen zu sehen, wer auch immer sie war. Als würde sie tatsächlich mitfühlen, seine verletzten Gefühle, seine Verwirrung, und ihm tröstend die Hände halten. Auf dem Weg zur Bar, zu der von ihr eingefädelten Schlägerei, hatte sie ihm gesagt, sie habe kein Mitleid mit ihm. Er sei ein Dieb. Ein Verbrecher. Aber Ben war fast sicher, dass in diesem Moment zwischen ihnen etwas geschehen war. Bevor Andy sich abgewandt hatte, war eine Verbindung entstanden. Eine gemeinsame Sehnsucht, verborgen, pulsierend.

Donner grollte in der Ferne, und der Wind frischte auf, zerrte an Andys Pferdeschwanz. Als er ihr zerzaustes Haar betrachtete, kam ihm eine vage Erinnerung an ihre gemeinsam verbrachte Nacht, ein Alptraum hatte ihren Atem beschleunigt. Er hatte neben ihr gelegen und gelauscht, bis sie keuchend hochgeschreckt und schließlich aufgestanden war, um sich im Bad das Gesicht zu waschen. Eine Stunde später, als ein zweiter Sturm ihre Seelenlandschaft verwüstete, hatte er ihre schweißfeuchte Hand gehalten, bis das Unwetter abgezogen war.

Er war schon die Stufen zu seiner Wohnung hochgesprintet, bevor er sah, wer sich da unter dem Vordach vor dem Regen schützte. Jakes T-Shirt war an den Schultern durchnässt und sein Blick war noch glasig vom Kater.

»Was machst du denn hier?« Ben schüttelte sich das Wasser aus den Haaren. Bei der Vorstellung, dass Jake ihn noch Minuten zuvor mit Andy vor dem Best Western gesehen haben könnte, ergriff eine eisige Faust sein Herz. Aber sie war gut, verdammt gut. Zu viele kleine Zufälle und seltsame Begegnungen könnten sie entlarven. Doch hätte Jake sie gerade tatsächlich noch in der Gegend gesehen, sie hätten Händchen gehalten. Wären Arm in Arm über die Straße geschlendert. »Wartest du schon lange?«

»Nee, bin gerade erst gekommen.« Jake folgte ihm in den Hausflur. »Ich war drüben bei meiner Mutter, hab den Rasen gemäht.«

Ben wusste, dass Jakes Mutter ein kleines Haus in Metuchen hatte, eine halbe Stunde Fahrt von hier entfernt. Jake und seine Schwester hatten es geerbt, aber auf einen Verkauf hatten sie sich bis jetzt nicht einigen können. Obwohl Bens Wohnung auf Jakes Heimweg nach Harlem lag, wo er sich mit anderen eine Wohnung teilte, hatte er zu viel im Kopf, um darauf zu kommen, dass es für Jakes Besuch diese harmlose Erklärung gab.

»Ich hab nur vergessen, dir vorher eine Nachricht zu schicken. Ich wollte dich um einen Gefallen bitten.«

Ben blieb abrupt stehen. »Jetzt sag bloß nicht …«

»Tja.«

»Jake!« Ben wandte sich um. »Du hast doch erst gestern hunderttausend eingesackt«, sagte er mit gedämpfter Stimme. »Willst du mir ernsthaft erzählen, dass das Geld schon wieder weg ist?«

Jake schob sich das feuchte Haar aus dem rosigen Gesicht.

Auch im Hausflur war es schwül und feucht, New Yorks stinkende Hitze kroch wie eine fette gelbe Schlange durch Straßen und Häuser und schnürte allen die Luft ab.

Ben schüttelte den Kopf. »Du hast echt ein Problem«, sagte er. »Und das ist …«

»Nicht das, was du denkst.«

»... das ist auch ein Problem für uns. Für uns alle. Diese beschissenen Kredithaie, die du am Hals hast, wann fragen die sich wohl, wo du die ganze Kohle herhast? Die raffen doch auch, dass du nicht ganz sauber bist. Du könntest uns alle ans Messer liefern, Jake!«

»Weiß ich doch, glaub mir.«

»Du musst eine Entziehungskur machen. Es gibt Gruppen für so was. Das ist eine Sucht.«

Jake riss die Hände hoch. »Ich habe aufgehört, schon länger.«

»Erzähl mir keinen Scheiß!«

Jake schob die Hände in die Taschen und senkte den Blick. »Die hunderttausend von gestern hätten eigentlich *alle* Schulden begleichen sollen. Aber ich hab den Anteil vom Buchmacher vergessen. Sind nur fünftausend.«

Ben schloss seinen Briefkasten auf, holte die Post heraus und stopfte sie sich in die Hosentasche. Er murmelte wütend vor sich hin, etwas darüber, dass fünftausend Dollar für ihn in Jakes Alter ein absolutes Vermögen gewesen wären, mit dem er seinen kleinen Bruder locker hätte großziehen können, statt ihn mithilfe von Essensmarken zu füttern und ihren Lebensunterhalt als Tagelöhner auf dem Bau zu verdienen.

»Fünftausend«, drängelte Jake. »Und dann ...«

»Und dann was?« Ben klatschte auf den Liftknopf. »Dann bist du bis zum nächsten Gehalt mittellos. Also brauchst du mehr als fünftausend, wenn wir ehrlich sind. Fünftausendfünfhundert wären doch sicher besser. Weil, wenn ich nett genug bin, dir fünftausend zu leihen, mal wieder, damit sie dir nicht die Zehen abschneiden, dann kannst du davon ausgehen, dass ich dir auch noch ein bisschen mehr vorstrecke, damit du keine Windschutzscheiben wienern musst, um das Kantinenessen zu bezahlen. Hab ich recht, Jake?«

Jake betrachtete seine nassen Schuhe.

»Aber du hast nicht mal vorgehabt, mich darum zu bitten, nein, du wartest lieber, bis ich dir anbiete, ein bisschen mehr rauszurücken. Dieses Tänzchen haben wir schon so oft aufgeführt, dass ich dir eigentlich gleich verraten kann, wo ich meine Geldreserven aufbewahre, damit du dich bei Bedarf selbst bedienen kannst.«

»Benji, kann ich das Geld haben oder nicht? Ich fühl mich auch so schon mies genug.«

»Ich hab's nicht hier«, sagte Ben.

»Was?«

»Ich habe meinen Anteil bei Matt gelassen. Bin gestern nicht heimgekommen.«

Jake runzelte die Stirn, dann schien der Groschen zu fallen. Ben schlug erneut auf den Liftknopf, rattattattatatt.

»Ich kann nicht zu Matt gehen«, jammerte Jake. »Er hat gesagt, wenn ich ihn noch mal anhaue, pulverisiert er mir die Knochen und schnieft sie wie Koks.

»Dann überweis ich's dir eben.«

»Bares wäre besser.«

Ben musterte ihn abschätzig. Jake duckte sich weg. »Okay, danke, danke, Ben. Ich schulde dir was.« Die Lifttüren glitten auf. »Oh, und da oben wartet ein Typ auf dich.«

Ben blieb zwischen den Türen stehen, das blaue Licht des Bewegungssensors beleuchtete seine Beine. Er starrte Jake an. »Was für ein Typ?«

»Keine Ahnung. Ein Typ eben. Zugeknöpft. Ich hab mich mit einem deiner Nachbarn reingeschlichen, aber bei dir oben stand eben schon dieser Typ, also bin ich wieder runter und hab draußen gewartet.« Jake wies auf die Haustür. »War mir ein bisschen zu ungemütlich, so zu zweit vor deiner Wohnung.«

»Zugeknöpft?«

»Ja.«

»Hat er gesagt, wie er heißt?«

»Hab nicht gefragt.«

Ben trat in den Lift und ließ Jake draußen stehen. Nachdem sich die Türen geschlossen hatten, hielt er sich an der Wand fest und zwang sich, tief zu atmen, aber in dem kleinen Aufzug war es sehr stickig. Seine Gedanken rasten, er versuchte sich vorzustellen, welche Konsequenzen es hätte, wenn Jake vor seiner Wohnung einen Cop gesehen hatte. Oder diesen Newler, den Andy erwähnt hatte. Sicher war es einer von seinen Leuten. Garantiert stand einer von ihnen vor seiner Tür. Und es wäre unmöglich, Jake dazu zu bringen, Engo und Matt nichts davon zu erzählen. *Keine Lügen. Nicht mal, wenn es darum geht, in welcher Muschi du steckst.* Was würde Jake denken, wen würde er hinter dem Typen vermuten? Oder würde er gar keine Vermutung anstellen und ihn einfach beim nächsten Treffen danach fragen? Womöglich vor Matt und Engo?

Ben schwankte auf Puddingbeinen aus dem Lift und musste sich zwingen, die letzte Ecke zu umrunden, panisch, mit pochendem Herzen, um sich der Person zu stellen, die er da vor seiner Wohnung vorfinden würde.

»Ach, du liebe Scheiße!«, rief er. Plötzlich konnte er wieder frei atmen. Er füllte seine Lunge mit süßer, kostbarer Luft. »Kenny. Was zum Teufel ...?«

»Was zum Teufel, ganz genau!« Kenny versuchte, die Stirn zu runzeln, aber Botox oder die letzte Operation machten das unmöglich. Er musterte Ben, als wäre er ein Obdachloser, der gerade von der Straße reingestolpert war. »Du siehst aus wie Scheiße.«

Ben schloss rasch die Wohnungstür auf. Sein Bruder duftete, wie neuerdings immer, nach Neuwagen. Italienische

Luxuskarosse. Ben verspürte das abgründige Bedürfnis, seinem kleinen Bruder um den Hals zu fallen, ließ es aber bleiben. Die Zeiten der Umarmungen, als Kenny noch nach billigem Deo und Pickelcreme gerochen hatte, waren längst vorüber.

»Was treibt dich her?«

»Wie es aussieht, muss ich mich in die Warteschlange einreihen.« Kenny betrat die Wohnung, knöpfte sein Hemd auf und krempelte die Ärmel hoch, wie er es immer tat, wenn er ein Zimmer betrat. Ben hatte das nie verstanden. »Wer war der kleine Proll mit dem Pferdeschwanz? Hat der dir das Veilchen verpasst?«

Ben holte zwei Kaffeebecher aus dem Schrank, stellte einen aber sofort wieder zurück, weil, Scheiß auf Kenny. »Du hast einen Schlüssel. Ich weiß nicht, warum du nicht einfach drinnen auf mich wartest.«

»Schien mir unpassend nach unserer letzten Begegnung.«

»Warum bist du hier?«

Kenny fummelte immer noch an seinem Hemd herum. »Ich wollte nur mal ... ähm ...«

Ben hielt abrupt inne und sah Kenny an.

Mit zweiundzwanzig Jahren hatte er bei dem damals vierzehnjährigen Kenny die Vaterrolle übernommen und hatte mittlerweile aufgehört zu zählen, wie oft er sich in seinem Leben bei seinem Halbbruder entschuldigt hatte. Weil Ben ihn nicht gleich nach Eintritt seiner Volljährigkeit aus dem System gerettet hatte. Dass er erst mit neunzehn überhaupt von Kennys Existenz erfahren hatte, war seinen Schuldgefühlen egal. Auch, dass es weitere drei Jahre gedauert hatte, bis er endlich das Sorgerecht bekam. Es tat ihm leid, und das hatte er dem Jungen damals auch gesagt. Immer wieder. Das, was ihm in den vier Jahren danach passiert war, tat Ben leid. Es tat ihm leid, dass er Kenny die acht Jahre danach komplett ignorieren musste und wie ein Geist in der Wohnung ein und aus gegangen war, weil er schuften musste wie ein Tier, nur um Kenny mit Essen und Kleidung versorgen zu können und sicherzugehen, dass es ihm später an der Highschool und auch am College an nichts mangelte, weil er wollte, dass sein Halbbruder die Bildung genoss, die seiner Intelligenz entsprach. Es tat ihm sogar leid, obwohl Kenny sich zu einem wohlhabenden, erfolgreichen Geschäftsmann gemausert hatte, eine Stange Geld verdiente, zu den gefragtesten Schönheitschirurgen des Landes gehörte. Die Schuldgefühle wollten nicht vergehen. Ben hatte getan, was er konnte, aber der Schmerz war noch immer da, und das tat ihm leid.

Kenny hatte sich nie bei Ben für irgendwas entschuldigt. Nie. Trotzdem stand Ben jetzt vor seinem jüngeren Bruder und wartete, ob es diesmal geschehen würde, ob der wundersame Tag endlich gekommen wäre.

»Also, was ist passiert?«, fragte Kenny stattdessen. Er betrachtete Bens geschundene Visage.

Ben schaltete die Kaffeemaschine an und überlegte sich fieberhaft eine Geschichte, die er seinem Bruder auftischen könnte.

»Bin zu einem Feueralarm ausgerückt, Müllcontainer«, sagte er. »Der Typ wollte, dass wir warten, bis er seinen ganzen Abfall verbrannt hatte. Hat sich den Schlauch geschnappt, ich hab ihn mir zurückgeholt. Da ist die Sache eskaliert.«

Ben lächelte, zufrieden mit seiner Lüge. Fast ein bisschen stolz. Ein Teil davon stimmte sogar, er hatte tatsächlich bei einem Einsatz mal einem Zivilisten den Schlauch wegnehmen müssen. Aber dabei war nicht viel passiert. Der Typ hatte ihn bespuckt. Ben hatte ihm in die Eier getreten und danach Stunden in der Notaufnahme mit AIDS-Tests und dergleichen verbracht. *So nah an der Wahrheit wie möglich.* So langsam hatte er das Undercover-Ding raus.

»Und vernäht hast du die Wunden auch gleich selbst?«, fragte Kenny.

Ben betastete seine Stirn.

»Die sind zu straff. Lass mich mal ran.«

»Nein!«

Kenny lachte. »Das ist mein *Job*, Mann!«

»Was willst du, Kenny? Scheiße!« Ben knallte die Milch auf den Tresen.

Kenny zuckte die Achseln. »Luna ist noch nicht wieder aufgetaucht, wie ich höre. Und ich wollte nur sagen, dass es … ich finde es wirklich schade, was passiert ist. Mit mir. Mit ihr. Und dir.«

»Aha. Danke«, sagte Ben. »Herrje. Setz dich besser. Das war ja fast 'ne Entschuldigung. Die erste in deinem Leben. Jetzt bist du sicher total erschöpft.«

»Verzeih mir, dass ich mir Sorgen mache«, sagte Kenny. »Und dir helfen will.«

»Wow? Wer sind Sie, und was haben Sie mit Kenny gemacht?«

»Ich weiß nicht, ob sie es dir erzählt hat …« Kenny gestikulierte nervös. »Aber Luna hat sich mit mir ausgesprochen, falls du also glaubst, dass sie wegen mir abgehauen ist, täuschst du dich.«

»Was meinst du mit ›ausgesprochen‹?«

»Sie hat mir eine Mail geschickt.«

»Wann?«

Kenny versuchte, sein Handy aus der Hosentasche zu ziehen, was sich schwierig gestaltete, denn die Hose war knalleng. Fragte sich, wie er es überhaupt da reinbekommen hatte. Irgendwann hatte er es aber dann doch geschafft und scrollte mit einem manikürten Finger durch seine Mails.

»Ich mein, ich weiß natürlich nicht genau, wann sie dich verlassen hat, aber ich erinnere mich noch, dass es eine Woche vorher gewesen ist. Falls du mir nicht erst später davon erzählt hast, selbstverständlich.«

»Ich hab's dir sofort erzählt. Und ich fürchte, dass man sie ermordet hat, Kenny.«

Kenny bemühte sich erneut vergeblich um ein Stirnrunzeln. »Gottchen, doch sicher nicht.«

»Zeig mir die Mail.« Ben musste sich schwer zusammenreißen, seinem Bruder nicht das Handy wegzuschnappen. Er wollte nicht zu nah kommen, denn Kenny nahm ihn schon jetzt genauestens unter die Lupe. Der Mann studierte Gesichter und Brüste vermutlich wie Maler abgeplatzte Fassaden alter Gebäude. Er bemühte sich, den abschätzenden Blick zu ignorieren und las stattdessen die Nachricht von Lunas dienstlicher Mailadresse an Kenny.

Ich wollte dir nur sagen, dass zwischen uns alles wieder gut ist. Schwamm drüber, vergeben und vergessen.

Kenny hob die Hand an Bens Gesicht. »Ich könnte die ganz schnell rausziehen und nochmal neu vernähen. Ich hab meinen Koffer im Auto.«

Ben schlug seine Hand weg. Sie war weich wie ein schlaffer Fisch und mit einer unangenehm fettigen Substanz eingeschmiert. »Was hast du zurückgeschrieben?«

Kenny zuckte die Achseln. »Nichts. Ich wusste nicht, was ich dazu sagen sollte.«

»Und dir ist nicht in den Sinn gekommen, mir das zu sagen?«

»Ich dachte, das würde sie schon machen«, sagte Kenny. »Und irgendwann hab ich mich gefragt, ob sie dazu gekommen ist. Daher unsere wunderbare Unterhaltung.«

Ben seufzte und gab Kenny das Handy zurück. Der begutachtete immer noch das Gesicht seines Bruders.

»Dir wird eine hässliche Narbe bleiben.«

»Wollen wir's hoffen«, sagte Ben. Und in Zukunft werde ich allen Leuten sagen: ›Das habe ich nur meinem Bruder zu verdanken, Kenny Haig. Acht Jahre Medizin studiert, aber nichts gelernt. Der Mann ist ein Schlachter.‹«

Kenny verzog das Gesicht zu einem seltsamen, aufgepumpten Grinsen, und Ben konnte nicht umhin, zurückzugrinsen.

»Aber mal im Ernst«, sagte er, während er sich bemühte, in der kleinen Küche auf Abstand zu gehen. »Ich will dir was sagen. Es war immer alles in Ordnung zwischen uns. Bis die ... Sache passiert ist. Falls du also auch wegen uns hergekommen bist ...«

»Das weiß ich doch.«

»Mir ist das wichtig, wirklich. Was ich versuche, dir zu sagen ..., falls mir in Zukunft mal irgendwas zustoßen sollte, ähm ...« Ben fuchtelte vage herum. Kenny starrte ihn verwirrt an. *Absichtlich* verwirrt. Ben hatte keine Ahnung, warum es zwischen ihnen so schwierig war, als würden sie zwei verschiedene Sprachen sprechen und sich in einer dritten unterhalten, die beide nicht richtig beherrschten. »Wäre es mir lieb, wenn du nicht darüber nachgrübeln würdest, ob zwischen uns beiden alles klar gewesen ist – das ist es nämlich. Ist es immer gewesen. Und wird es immer sein.«

»Okay ...«, sagte Kenny.

»Falls was passiert.«

»Was passiert denn?«

»Herrje, Kenny, ich meine hypothetisch.«

»Warum? *Warum* stellst du solche Hypothesen auf?«

»Hör zu, ich muss gleich weg und ich ...« Ben suchte nach Worten, starrte zur Decke. »Was, wenn ich zum Beispiel ins

Koma falle? Dann würde ich nicht wollen, dass du mich ständig besuchst. Du sollst dein Leben leben, Kenny. Du schuldest mir nichts für ... für das, was ich für dich getan habe. College und alles. Okay? Wenn mir also irgendwas zustößt, will ich dich nicht damit runterziehen. Das wäre nicht richtig.«

Kenny glotzte.

»Sag mir einfach, dass du's verstanden hast.«

»Hab ich aber nicht.«

»*Kenny*!«

»Okay, verstanden.«

»Gibt es sonst noch was?«, fragte Ben. »Wolltest du noch was von mir?«

»Nee.«

»Dann geh!« Ben wedelte mit der Hand. »Hab dich lieb, Mann.«

Kenny griente. »Hab dich auch lieb, Mann«, sagte er im Türrahmen.

»Gut.«

Kaum war Kenny aus der Tür, schnappte Ben sich sein Handy und rief Andy an.

ANDY

Sie war eine Stunde zu früh dran und überquerte jetzt den Garten der Nachbarn, um von hinten auf Newlers Grundstück zu schleichen. Als sie an die Terrassentür klopfte, um sich anzukündigen, hob Newler, auf einem Barhocker am Frühstückstresen, nur resigniert den Kopf. Als wäre er enttäuscht, dass sie ihm nicht genug vertraute, um einfach zur ausgemachten Zeit am ausgemachten Ort aufzukreuzen, wie er es erwartete. Er kam raus auf die Terrasse und wies auf einen massiven Eichentisch, aber sie blieb an der Säule stehen.

Andy zeigte nach oben auf die Lampen unter dem Vordach, die den Terrassenbereich und einen Teil des üppigen Gartens anstrahlten. »Die Beleuchtung muss aus sein, wenn er kommt. Er sitzt hier, ich da.«

»Wieso?«

»Damit er nur meine Silhouette sieht.«

»Das ist doch nur ein Mordermittler aus Midtown«, sagte Newler, aber Andy hob die Hand, um weitere Beschwichtigungen abzuwehren. Als sie sich wortlos ihrem Handy zuwandte, verzog sich Newler zum Rauchen auf den Rasen. Die Spannung zwischen ihnen lag schwer in der schwülsommerlichen Abendluft. Der Regen hatte nur kurz Linderung verschafft, die Hitze war sofort zurückgekehrt und sorgte jetzt dafür, dass Andy unter ihrem frischen T-Shirt schweißgebadet war. Im Garten war Konzert angesagt, Tiere quiekten, quakten, zirpten und tirilierten, was das Zeug hielt. Grillen, Frösche, Nachtvögel,

Ben hatte über Tag schon zweimal angerufen. Hab zu tun, hatte sie zurückgeschrieben, *Zwinkersmiley*, um authentisch zu bleiben, aber für das Gefühl, das sie durchfuhr, als seine Antwort gekommen war, gab es kein passendes Emoji.

Wichtig, wg. Luna.

Als sie Newler ins Haus gehen sah, schaltete sie das Handy aus und folgte ihm, um Detective Nick Ryang vom siebzehnten Revier, Abteilung Raub und Mord, zu begrüßen. Als man ihm mitteilte, wo er zu sitzen hatte, verdrehte Ryang die Augen. Er war ein Mordermittler, wie er im Buche stand. Geschwollene Tränensäcke unter den Augen, Bierbauch, abgekaute Nägel und so richtig in Brass, weil er sich dem Willen einer jüngeren Frau fügen musste. Andy setzte sich ins Gegenlicht und zog sich die Basecap tiefer ins Gesicht.

»Ich hab keinen Bock auf diesen konspirativen Scheiß«, knurrte Ryang.

»Dauert nicht lang, Detective«, sagte Newler. Er saß am oberen Ende des Tisches. »Meine Kollegin hat noch ein paar Fragen zum Schusswechsel, die von den Unterlagen in der Akte nicht beantwortet wurden.«

»Und ich soll hier einfach so Auskunft geben? Weil Sie es sagen?« Ryang kniff die Augen zusammen und spähte Andy an. »Woher soll ich wissen, dass das hier keine Falle ist und ich als Nächstes von der Internen Untersuchungskommission zu einer Überraschungsparty eingeladen werde? Ich hab meine besten Leute darauf angesetzt, die brauche ich für die Ermittlung. Ich kann es mir nicht leisten, dass die alle fürs nächste Jahr ausfallen, weil sie der Internen Rede und Antwort stehen müssen.«

»Ich bin nicht von der Internen«, sagte Andy. »Und das weißt du ganz genau, weil du sonst gar nicht hier aufgekreuzt wärst. Du bläst dich hier auf, um Newler zu zeigen, wie angepisst du bist und wie viel Zeit dich das kostet, weil du willst, dass er tief in deiner Schuld steht. Also sag ihm, dass du verstanden hast, Tony.« Sie wies auf Newler.

Newler nickte brav. »Ich habe verstanden«, sagte er.

»Zufrieden?« Andy lehnte sich zurück. Ryang ließ seufzend die Fingerknochen knacken, bevor er über die Tischplatte strich, als müsste er alles genau abwägen.

Nachdem er diesen Prozess endlich abgeschlossen hatte, erzählte er Andy die ganze Geschichte. Vom riesigen Penthouse an der Lexington Avenue in Kips Bay, zwei Straßen vom Flatiron entfernt und über einem Barnes & Noble, mit

Privatlift, der direkt in den Flur und ins Esszimmer der Wohnung führte. Vom »Gangsterarschloch« aus Singapur, der angeblich nie in der Wohnung war und sich nach dem Raub weder zu der Frage geäußert hatte, was sich im Tresor befunden hatte, noch eine polizeiliche Durchsuchung erlaubte. Andy hörte zu, ohne ihn zu unterbrechen. Wie sich Ivan Petsky, Polizist außer Dienst, auf dem Heimweg von seiner Karatestunde in Midtown befunden hatte, doch nie zu Hause angekommen war. Man hatte ihn mit zwei Kugeln in der Brust in einer Gasse neben dem Barnes & Noble gefunden, die auf der Straße ausgeleerte Sporttasche neben ihm. In den ersten vierundzwanzig Stunden nach der Entdeckung hatten Detective Ryang und sein Team nur ermitteln können, dass gegen dreiundzwanzig Uhr zwei in der Gegend um den Leichenfundort zwei Schüsse gehört wurden, die allerdings niemand gemeldet hatte, weil die Anwohner zu viel zu tun hatten, zu müde gewesen waren oder einfach was gegen die Polizei hatten. Erst gegen ein Uhr morgens hatte einer von ihnen sein schlechtes Gewissen erleichtert und die Polizei alarmiert.

Officer Petskys Leiche lag weniger als zwanzig Meter von seinem Wagen entfernt, sein Körper war von der Karateschule weg ausgerichtet, er hatte sich also auf dem Heimweg befunden. Weil seine persönlichen Gegenstände überall verteilt lagen, aber die Geldbörse und sein Handy fehlten, ging man zunächst davon aus, dass er bis zu seinem Wagen gegangen war und von dort weitergelockt wurde bis zu einer Stelle, an der sich die Straße verengte und für den Verkehr gesperrt war. Dort hatte man ihn ausgeraubt.

»Nachdem er von den Schüssen getroffen wurde, ist Officer Petsky zwischen zwei Müllcontainern mit Bauschutt zu Boden gegangen«, sagte Ryang. »Selbst wenn also jemand von den Anwohnern den faulen Arsch bewegt hätte, sie hätten nichts gesehen.«

»Und wann hast du vom Raub erfahren?«, fragte Andy.
»Acht Tage nachdem wir Officer Petsky tot aufgefunden hatten. Der Besitzer der Wohnung, die ausgeraubt wurde, das Arschloch aus Singapur, war geschäftlich da, frisch aus Geylang eingeflogen. Offenbar befindet er sich alle paar Monate mal in den USA und nutzt das Penthouse als Unterkunft und Rammelbude, aber in der Zeit dazwischen steht es leer. Er hat ausgesagt, dass er direkt nach Betreten der Wohnung gemerkt habe, dass der Tresor fehlte, und während er die Nachbarn befragte, ob sie etwas Verdächtiges gehört oder gesehen hätten, erfuhr er von der Schießerei in der Straße neben dem Haus. Die Schüsse, so stellte der Typ fest, seien wohl in derselben Nacht gefallen, weswegen er sich gefragt habe, ob es einen Zusammenhang gebe.«
»Aha«, sagte Andy.
»Ich bin übrigens sicher, der Mann hat uns Scheiße erzählt«, sagte Ryang. »Die Wohnung hatte mehr Sicherheitskameras und Bewegungsmelder als ein modernes Gefängnis. Er hätte sofort gemerkt, dass jemand bei ihm einbricht. Aber hey, so ein Zufall, er behauptet, seine ganze Ausrüstung hätte eine halbe Stunde vor dem Schusswechsel auf der Straße den Geist aufgegeben. Natürlich haben wir keinerlei Aufzeichnungen, um das zu beweisen.«
»Wenn es keine Aufzeichnungen gibt, woher will der Mann wissen, dass der Raub in derselben Nacht wie die Schüsse stattgefunden hat? Hätte ja auch in der Nacht danach passiert sein können, zum Beispiel.«
»Genau«, sagte Ryang.
Andy dachte an Ben Haig, der unter dem Juwelierladen an der West Thirty-Fifth Street herumgekrochen war, um den unter Putz verlegten Verteilerkasten zu manipulieren. Haig hatte Andy nie verraten, dass seine Leute auf diese Weise alle Sicherheitseinrichtungen umgangen hatten, aber

ein Blick auf sein Regal hatte Andy gezeigt, dass der Mann in diesem Bereich über detailliertes Fachwissen verfügte. Hinzu kam seine Sammlung alter Karten, die das Netzwerk ungenutzter Abwasserkanäle unter dem Juwelierladen und dem Textillager zeigten.

Sie musterte den Detective, versuchte, ihn genauer einzuschätzen. »Also gehst du davon aus, dass die Tresorräuber ihre Beute in die Gasse hinter dem Barnes & Noble zu einem Transporter geschleppt haben, wo Petsky sie beim Einladen konfrontiert hat«, sagte Andy. »Aber du hast keine Zeugen, keine Aufzeichnungen.«

Ryang schnaubte. »Die brauche ich nicht. Die Fakten sprechen für sich.«

Andy verkniff sich jeglichen Kommentar.

»Wenn wir damals schon gewusst hätten, dass der Tresorraub in derselben Nacht passiert war, hätte ich völlig anders ermittelt.« Ryang tippte mit dem Finger auf die Tischplatte und starrte Andy angestrengt an, um zu erkennen, welches Gesicht sich unter der Basecap verbarg. »So haben meine Leute nach Straßenräubern gesucht oder jemanden, der es auf Petsky abgesehen haben könnte. Auf der Suche nach Verdächtigen habe ich das Leben des Mannes komplett umgekrempelt. Und das von seiner Frau auch. Es gibt Sachen aus seinem Leben, die hätte ich nicht ausgraben müssen, wenn ich gewusst hätte, dass er einfach zur falschen Zeit am falschen Ort gewesen ist.«

»Was für Sachen?«, fragte Newler.

»Ach, du weißt schon, das Übliche.« Ryang fuhr sich durchs Haar. »Affären. Schulden. Perversionen.«

Sie schwiegen. Die Tiere der Nacht schmetterten weiter ihre Liedchen.

»Erzähl mir vom Hurst-Spreizer«, sagte Andy.

Ryang lehnte sich zurück. »Erst eine besonders versierte

Forensikerin hat uns draufgebracht. Bei der Untersuchung des Tatorts, nachdem man uns endlich in die Wohnung gelassen hat, haben wir nur gesehen, dass der Tresor direkt aus der Verankerung gehoben wurde. Für uns sah das aus, als wäre da jemand mit dem Hebekran gekommen und hätte das Ding aus dem Gehäuse gezogen.«

»Wie meinst du das?«

»Dieser Tresor war mit Bolzen an einer Betonplatte befestigt.« Ryang hielt Daumen und Zeigefinger auf Abstand. »So dicke Bolzen, Vollstahl, zehn Zentimeter tief verankert. Der so genannte Hurst-Spreizer wird nicht nur dazu benutzt, Leute aus Autos zu schneiden. Mit dem kann man, wie der Name schon sagt, Sachen aufspreizen. Jemand hat das Ding zwischen den Tresorboden und die Betonplatte geschoben, in einen Spalt, der nur ein paar Zentimeter breit war. Sie haben das Ding angeworfen und den Spalt vergrößert, bis der Tresor von der Platte gesprungen ist, mitsamt den Bolzen. Anhand der Risse im Beton hat die Forensikerin uns erklärt, dass es sich um einen Hurst-Spreizer gehandelt haben muss.«

Andy stützte das Kinn mit der Hand.

»Unser erster Gedanke war: Feuerwehr«, sagte Ryang. »Ich weiß, das klingt verrückt. Aber wir haben trotzdem in diese Richtung ermittelt und nichts gefunden. Daran erinnere ich mich gern. Da hat es nämlich sogar ein Feuer gegeben, ein halbes Jahr vorher. Küchenbrand, zwei Stockwerke tiefer. Das ganze Gebäude musste evakuiert werden. Zwei Staffeln im Einsatz. Eine aus Kips Bay, die andere zur Unterstützung. Insgesamt ungefähr zwölf Leute. Ich hatte mich gefragt, ob die eine Truppe sich vielleicht bei dem Typen ein bisschen umgesehen hat, während ihre Kollegen mit dem Feuer beschäftigt waren. Dabei ist ihnen der Tresor aufgefallen und sie haben beschlossen, der Wohnung später einen Besuch abzustatten.«

»Also hast du dir die Mitglieder beider Staffeln genauer angesehen?«

»Jepp. Und alle sind gute Leute, unbescholten.« Ryang zuckte die Achseln. »Einer war sogar beim Attentat vom elften September im Einsatz, verdammter Ehrenmann.«

Andy schwieg abermals.

»Außerdem haben diese Typen so ein Ding, das sich Sauerstofflanze nennt«, sagte Ryang. »Schneidet Stahl, als wär es Butter, und hätte den Tresor von der Betonplatte geholt, bevor du ›Panzerknacker‹ sagen könntest. Weswegen sollten die sich also die Mühe mit dem Spreizer machen, wenn sie mit dem Ding viel schneller sind?«

Weil es kompliziert ist und laut dazu, dachte Andy, die während der Ausbildung den Umgang damit gelernt hatte.

»Also hab ich den Gedanken verworfen«, fuhr Ryang fort. »Wie sich außerdem rausstellte, kann sich jeder so einen Hurst-Spreizer kaufen. Autowerkstätten benutzen die genau wie Schrotthändler und Abbruchunternehmen. Sanitäter auch. Die meisten größeren Schiffe auf dem Hudson haben so ein Ding an Bord, um die Ankerkette zu kappen, falls sie irgendwo hängen bleibt. Ein paar Meter vom Fundort der Leiche gab es eine Baustelle, deswegen standen da auch die Müllcontainer und Baugeräte rum. Ich habe keine zuverlässige Auskunft darüber erhalten, ob die einen Spreizer hatten oder nicht, auf der Baustelle sprach keiner Englisch. Einen Hurst-Spreizer kann jeder Hansel bei Ebay kaufen, das war eine totale Sackgasse.«

Andy machte Newler ein Zeichen, trat auf die Terrasse und betrachtete den Garten, während er den Detective hinausbegleitete. Ihre Gedanken waren so wirr, dass sie immer noch den Rasen anstarrte, als Newler an ihre Seite trat. Eigentlich hatte sie schon längst abhauen wollen. Als er aus dem goldenen Licht der Gartenlaternen in den Schatten trat, musste sie an den Abend ihres ersten Kennenlernens denken. In einer Gasse hinter der Obdachlosenunterkunft.

»Du musst Ben Haig dazu bringen, ein Geständnis auf Band abzulegen«, sagte Newler. »Dann soll er mit seinen Leuten drüber reden. Auch auf Band.«

»Klar, liegt Montag bei dir auf dem Tisch«, erwiderte Andy sarkastisch. Newler stieß erneut seinen typischen langen Seufzer aus. »Haig wird so lange nichts von sich geben, bis ich mehr darüber rausfinde, was mit Denero und ihrem Sohn passiert ist. Das ist Prio eins bei mir.«

»Sollte es aber nicht.«

»Ist es aber.« Andy schob die Hände in die Hosentaschen, damit er ihre geballten Fäuste nicht sah. »Es ist möglich, dass Luna und ihr Sohn noch am Leben sind und irgendwo in Gefahr schweben. Ivan Petsky ist tot. Dem kann ich nicht mehr helfen.«

»Aber dir kannst du helfen.« Newler stellte sich vor sie, er war jetzt mit ihr auf Augenhöhe. »Das ist doch sicher nicht dein Plan für dein restliches Leben, quer durchs Land reisen, um bezahlte Undercover-Jobs anzunehmen?«

»Meine Pläne für mein restliches Leben gehen dich einen Scheißdreck an.« Newlers Blick wanderte über ihr Gesicht. »Du stehst auf Versteckspiel und Intrigen. Die Schauspielerei. Rätsel lösen. Das verstehe ich. Aber das kannst du auch mit Sicherheitsnetz tun. Im Team. Ich weiß, was du da draußen so durchgezogen hast, über kurz oder lang wird einer deiner Privatkunden nicht zahlen oder dich umbringen oder dich in Lebensgefahr bringen, und dann kann dir keiner helfen. Eines Tages wirst du zu alt sein für diesen Job.« Er lachte. »Willst du das nicht sehen?«

»Ist das hier der Plan für den Rest deines Lebens, Tony? Mich wieder reinlocken? Damit ich offiziell bin? Abgesegnet vom FBI, als *Consultant*. Du gibst mir ein Büro und ein Team.

Jeden Tag pendle ich zur Arbeit. Lade mir Hörbücher runter, zur Ablenkung auf den langen Fahrten. Ich koch dir Abendessen, es steht schon auf dem Tisch, wenn du ...«

»Ach, hör doch auf!«

»... heimkommst. Einmal im Jahr darfst du mich in den Arsch ficken, an deinem Geburtstag.«

Sein Blick war fies geworden. Seine Kiefermuskeln arbeiteten, er kaute an seiner Wut.

»Genau das hast du mir damals in Pierre Part angeboten«, sagte Andy, »das ist zehn beschissene Jahre her. Ich habe meine Meinung nicht geändert, Tony. Allein in deiner Nähe zu sein, ist die Hölle für mich. In deinem hübschen Goldkäfig würde ich keine Woche überleben.«

Sie wandte sich ab und kehrte über den gepflasterten Weg im Rasen zurück zum hinteren Gartentor. Als sie sich wieder zu ihm umdrehte, war sie überrascht, dass er nicht wie erwartet vor Wut kochte, sondern traurig wirkte, ein erschlaffter alter Mann, eine Silhouette vor dem leeren Haus, in dem alle Lichter brannten.

»Wenn du Geduld hast, liefere ich dir was zu Officer Petsky. Vielleicht auch zu Titus Cliffen. Und Luna und Gabriel Denero. Dann hast du mehrere millionenschwere Raubüberfälle aufgeklärt, die ein Jahrzehnt zurückreichen. Eine Bande mit so viel Blut an den Fingern und dazu noch ein Veteran vom elften September? Du wirst internationale Schlagzeilen machen, Tony.«

Seine Augen glitzerten in der Dunkelheit.

»Aber wenn du Pierre Part wiederholst, verlierst du alles«, sagte Andy.

Newler schwieg. Er wollte sich abwenden.

»Kehr mir ja nicht den Rücken zu«, zischte sie böse. »Ich will, dass du es laut aussprichst. Dass du mir nicht mehr folgst. Mir nicht mehr nachspionierst. Nicht mehr an mich denkst, deine dumme kleine Fantasie von einem gemeinsamen Leben. Du benimmst dich wie ein Profi und behandelst diese Ermittlung wie jede andere auch. Sag es!«

Newler schwieg weiter.

»Lass mich endlich gehen, Tony.«

Schließlich drehte sie sich um und verschwand in der Dunkelheit, bevor sie erkennen konnte, ob ihre Worte gefruchtet und etwas in ihm verändert hatten. Denn wenn sie auf taube Ohren gestoßen waren, wollte sie nicht über die Konsequenzen nachdenken.

BEN

Ben sah auf sein Handy, das am Rand des Tisches lag, das Display auf ihn gerichtet. Ihm war ganz schlecht vor Sorge, aber er hoffte inständig, die anderen würden es nicht bemerken. Immer noch kein Mucks von Andy. Er erinnerte sich noch gut an ihren strengen Blick, als sie ihm einschärfte, dass er auf keinen Fall vom Skript abweichen durfte. Seine Nachricht, in der er Luna erwähnte, hatte sich in sein Hirn gebrannt und beschäftigte ihn auch jetzt, obwohl er versuchte, sich auf Matts Kritzeleien zu konzentrieren. Matts Keller war wie eine Höhle. Oben in der Küche trällerte Taylor Swift, Donnas Lieblingssängerin des Tages.

»Das hier ist *Borr Secure Storage*, eine Straße vom Rockefeller Center entfernt. Ihr wisst schon, wo Fed Ex ist.« Matt malte einen Kasten mitten aufs Papier, dann einen identischen Kasten obendrauf. »Zwei Etagen. Erste Etage: Empfang, kleines Büro, Schließfächer. Zweite Etage: Mehr Büros. Daneben, hier rechts, eine Firma für Bürobedarf. Links ein italienisches Restaurant, Lorenzo's. Auch jeweils auf zwei Etagen.«

Matt malte zwei neue längliche Formen rechts und links dazu, die wie die erste aus je zwei übereinandergestapelten Rechtecken bestanden. Engo beugte sich tiefer übers Papier.

»Wow, so echt! Hmmm, ich rieeeeche die Cannelloni!«, spöttelte er.

Jake kicherte.

»Das Tresorfach, an dem wir interessiert sind, befindet sich auf der ersten Etage von *Borr*, hinten rechts, auf Brusthöhe. Fach 408.« Matt tippte auf das erste Rechteck, das er gemalt hatte, und sah die anderen ernst an. »Merkt euch diese Nummer wie euren Geburtstag! Vier. Null. Acht. Ich will, dass ihr sie im Schlaf aufsagen könnt.«

»Vier null acht, Engo!« Ben verpasste ihm einen Stoß. »Ungefähr deine Hirngröße, so ein Zufall. Vier Komma acht Zentimeter.«

»Nee, das ist meine Schwanzlänge, vier Meter achtzig«, sagte Engo.

»Ach, stimmt. Das Ding sieht aus wie eine Teppichpython, lang und dünn.«

»Sondergröße, mit Schuppen, für die anspruchsvolle Genießerin.«

»Es muss sich alles ganz normal anfühlen, also betreten wir das Gebäude durchs Restaurant.« Matt klang angespannt, als stünde er kurz vor einem Tobsuchtsanfall. Ben rutschte auf seinem Stuhl herum.

»Wie das?«, fragte Engo.

Matt beugte sich vor und bewegte den Stift über die erste Etage des Restaurants, als würde er alle Ausgänge verschließen. »Anonymer Anruf. Gasgeruch. Wir rücken aus und merken erst beim Eintreffen, dass unser Multigas-Monitor nicht zuverlässig funktioniert, daher ordnen wir zur Sicherheit eine Evakuierung des gesamten Gebäudes an, während wir auf die zweite Mannschaft warten, die einen funktionierenden Monitor dabeihat. Während der ganzen Hektik bist du hinten, Engo.«

»Was mache ich da?«

»Du pumpst Flüssiggas ins Restaurant.«

Engo lachte. »*Nice.*«

Jake machte große Augen. »Wir jagen das Restaurant in die Luft? Heilige Scheiße! Was ist obendrüber?«

»Wohnungen«, sagte Matt. Auf einmal herrschte Schweigen. Ben sah aufs Handy, fummelte damit herum, wollte nicht der Erste sein, der hier eine Grenze zog. Als Jake schließlich das Wort ergriff, war Ben irgendwie stolz auf ihn. Obwohl sie den Jungen ständig verarschten, bewies er hier, dass er noch über ein gewisses Maß an Moral und Anstand verfügte.

»Das geht nicht. Wir haben Regeln«, sagte er.

»Es wird keiner mehr drin sein«, fuhr Matt fort. »Wir sorgen dafür, dass das Gebäude garantiert leer ist, schließlich haben wir genug Zeit, die Wohnungen zu räumen.«

»Nee, haben wir nicht«, sagte Engo. »Die Jungs von der Staffel 98 sind schon auf dem Weg, und die werden wissen wollen, warum wir das Restaurant nicht zur Sicherheit belüftet haben.«

»Das kriegen wir schon irgendwie hin.«

»Wir können kein Restaurant hochgehen lassen, wenn da drüber Wohnungen sind!«, brüllte Jake.

»Jake, wir reden hier nicht von einem Atomangriff.« Engo tippte auf die Linie, die Borr Secure Storage von Lorenzo's trennte. »Wir wollen eine Explosion, die ausreicht, um ein Loch in diese Wand zu reißen, damit wir ans Tresorfach kommen.«

»Das ist keine tragende Wand, der Rest des Gebäudes

wird durch den Schaden nicht in Mitleidenschaft gezogen.« Matt verfolgte die Linien, an denen das Restaurant mit dem Tresorfachbereich verbunden war. »Das hier ist doppelt gemauerter Backstein, das hier Beton, und hier haben wir Stahl.«

»Ja, aber ...«

»Aber was, Jake?«

Jake sah zu Ben.

»Unbekannte«, sagte Ben. »Unzählige Unbekannte. Wie wollen wir die Wucht der Explosion kontrollieren? Woher sollen wir wissen, dass statt der Verbindungsmauer nicht die Front und die rückwärtige Mauer eingerissen werden?«

»Es gibt meiner Meinung nach nur einen Grund, warum wir überhaupt eine Explosion brauchen«, sagte Matt, »und der liegt im Restaurant. Ich hab mir den Laden mal angesehen, den Grundriss. Der Raum ist in der Mitte geteilt, eine Tür führt zum rückwärtigen Teil – den wir mit Gas vollpumpen –, auf derselben Gebäudeseite wie der Raum mit den Schließfächern. Also strömt das Gas zuerst in unsere Hälfte der ersten Etage.« Er schraffierte den Lorenzo-Kasten, der sich an den Borr-Kasten anschloss. »Außerdem hast du an dieser Wand, die an Borr angrenzt, den Kühlraum. Die Kühltanks werden explodieren. Dann hast du die Bar. Die ganzen Kühlschränke unter der Theke werden auch hochgehen. Die gesamte Mauer wird rausfliegen und uns einen wunderbar freien Zugang zu den Schließfächern verschaffen.«

»Das wird ein Großbrand«, sagte Ben. »Wir haben es mit einem Restaurant zu tun. Da hast du Tischwäsche, Vorhänge, Teppiche, Holzmöbel.«

»Jepp.«

»Größer als das Textillager.«

»Nein.«

»Doch.«

»Das habe ich bereits bedacht und die nötigen Berechnungen angestellt. Die Gasexplosion wird gerade heftig genug ausfallen, dass die Mauer einstürzt und die im Bereich dieser Mauer angesiedelten Schließfächer beschädigt, aber nicht die auf der gegenüberliegenden Seite.« Matt schraffierte vor sich hin, malte Kreise, seine Bewegungen wurden immer aggressiver. »Also werden 408 und alle anderen Fächer keinen Schaden nehmen. Weil weder aus den beschädigten Fächern etwas fehlen wird, und erst recht nicht aus den unbeschädigten, ist unsere Story völlig glaubhaft.«

»Aber eine Explosion von dieser Wucht wird ...«

»Wir reden hier von LPG, nicht von Napalm!«, brüllte Matt.

»Und wenn es Methan wäre, scheißegal. Wir haben Wohnungen obendrüber«, sagte Ben.

»*Leere Wohnungen!*« Matts Hals und Nacken waren gerötet. »Ihr hört mir nicht zu! Sperrt die verdammten Lauscher auf!«

»So was haben wir noch nie gemacht«, bemerkte Jake leise. »Das Textillager, da waren ringsum nur Geschäfts- und Büroräume. Immer, wenn in der Nähe unserer Jobs irgendwelche Wohnungen waren, haben wir nur kleine Feuer gelegt oder unseren Einsatz mit einem falschen Alarm begründet. Eine große Explosion mit Zivilisten in der Nähe? Ich hab Bedenken.«

»Das wird ganz geschmeidig laufen. Technisch betrachtet sollten wir was mit mehr Wumms nehmen als LPG.« Engo tippte mit seinen drei Fingern aufs Papier. »Es dauert eine halbe Stunde, den Raum mit Flüssiggas vollzupumpen und dann drücken wir die Daumen, dass es die Mauer zu Fall bringt. Wenn wir stattdessen Acetyl ...«

»Nein.«

»Wenn wir ...«

»Ich hab nein gesagt«, zischte Matt.

»Lass mich doch ausreden. Acetylen wäre schneller drin und hätte eine größere ...«

»Warum sollte man in einem Restaurant Acetylengas finden? Die kochen Spaghetti!«

»Ist doch egal! Dein Kontakt bei der Brandermittlung wird schon ...«

»Engo, Matt! Hört einfach auf«, sagte Ben. »Genug.«

Die beiden waren bereits aufgestanden, Ben und Jake waren die Zuschauer vor dem Tigergehege. Lange herrschte Schweigen.

»Also.« Engo zeigte auf das Restaurant, als wäre nichts passiert. »Ihr seid vorn, Staffel 98 ist schon zur Unterstützung ausgerückt. Ben und Jake sind der Angriffstrupp. Ich renne rüber, öffne Fach vier null fünf, schnappe mir die Karten ...«

»*Vier null acht, du Wichs...*«

»Ich will dich doch nur verarschen, Matt, klar ist es vier null acht.«

»Bitte verarsch ihn nicht!«, flehte Jake.

»Fach vier null acht wird die Explosion unbeschadet überstehen, wie bereits erklärt.« Matt atmete geräuschvoll aus.

»Also brauchen wir einen Schlüssel«, sagte Engo.

»Zwei«, sagte Ben. Diese Tresorfächer erfordern immer zwei Schlüssel. Einen vom Besitzer, den anderen vom Betreiber. Also müssen wir vorn nach dem Betreiberschlüssel für Fach vier null acht rumsuchen.«

»Die sind in Schränken, numerisch sortiert, das dauert nicht lang.«

»Aber es dauert«, beharrte Ben. »Und woher wollen wir den Schlüssel des Alten kriegen?«

»Vom Notar«, sagte Matt. »Ich arbeite dran. Das ist die nächste Phase. Wir sind noch in der Phase davor.« Er tippte hektisch mit dem Stift aufs Papier, bis die Rechtecke mit lauter Punkten versehen waren. »Es gibt Planungsphasen, ihr beschissenen Hirnakrobaten!«

Jake hob die Hand. »Ich hab eine Frage.« Matts Nasenflügel blähten sich gefährlich. Ben machte sich bereit, falls er Jake davor retten musste, von Matt erwürgt zu werden. »Wo zum Teufel ist Andy bei diesem Szenario?«

»Sie sorgt vorn dafür, dass keine Unbefugten reinkommen. Ich behalte sie im Blick.«

»Aber was, wenn sie ...«

Als Matt den Stift entzweibrach, schob Jake seinen Stuhl nach hinten.

»Nee, mal im Ernst«, mischte Engo sich ein. »Wo ist Andy? Das ist doch verdächtig, wenn sie nicht irgendwo im Gebäude ist.«

Jake zuckte die Achseln. »Wir könnten dafür sorgen, dass sie bei dem Einsatz nicht dabei ist. Ihr irgendeine Aufgabe auf der Wache zuteilen.«

Engo stieß Ben in die Rippen. »Du könntest sie in der Nacht zuvor so hart durchficken, dass sie nicht mehr laufen kann und sich krankmelden muss.«

»Meine Güte, Engo!«

»Das ist keine schlechte Idee«, sagte Jake. »Sie soll sich krankmelden. Wenn du jemandem Augentropfen ins Essen mischst ...«

»Ach, jetzt kommts. Ich hab mich schon immer gefragt, wie es sein kann, dass sich eine von dir flachlegen lassen hat.« Jetzt stieß Engo Jake in die Rippen.

Jake zog eine Grimasse. »Das macht dich nicht willenlos, du hängst nur auf dem Klo fest. Haben wir bei einem im Training gemacht.«

»Ihr dummen Wichser sabotiert hier gerade ein richtig gutes Ding.« Matt zitterte vor Wut. Ben musste an Häuser kurz vor dem Einsturz denken, wie sie bebten und wankten. »Wenn ihr wenigstens eine Hirnzelle besitzen würdet, wäre euch allen klar, dass diese Nummer unser *letztes* großes Ding sein könnte.«

Matt rang mit seinen Dämonen. Nach einer Weile wies er zur Decke, über ihnen sang jemand was über eine zerbrochene Liebe, und Donna klapperte mit dem Geschirr herum.

»Die hier ist meine letzte Frau. Mein letztes Kind. Mein letztes Ding«, sagte Matt.

Jake rutschte unruhig herum. Auf Ben wirkte er extrem angespannt, sein Adamsapfel zuckte. Matt war das auch aufgefallen.

Er nickte wissend. »Jaja, Jake«, sagte er wie ein enttäuschter Richter, der sein Urteil verkündet. »In deiner beschissenen Haut möchte ich auch nicht stecken. Aber du hattest genug Zeit, um dir was zurückzulegen, genau wie wir anderen. Du hättest eine Notreserve verstecken müssen, irgendwo, wo sie niemand vermutet. Ein kleiner Spartopf. Ich bin nicht schuld, dass du auf alte Klepper gesetzt hast und so blöd warst, dich beim Poker über den Tisch ziehen zu lassen. Das hast du allein versaut.«

Jake antwortete nicht.

»Wir alle haben Geld für schlechte Zeiten zurückgelegt.« Matt zeigte auf die anderen und hielt bei Ben inne. »Dieser Geizkragen hier hat vermutlich das dickste Polster. Ben ist bei Junkies und Pflegefamilien aufgewachsen, der weiß, wie man hortet. Ich hab gesehen, wie er sich nach einem Quarter gebückt hat. Der ist wie ein verdammter Hamster. Schau ihn dir an, hat sich seit zehn Jahren nichts Neues mehr geleistet. Seine Klamotten sind älter als ein paar meiner Kinder.«

Ben sah auf sein Hemd hinab.

»Du hast einen idiotischen Fehler gemacht«, fuhr Matt

fort, den Finger jetzt auf Jake gerichtet. »Du hast einen Job übrig. Diesen hier. Und ich sag das jetzt mit allem Mitleid, das ich für dich aufbringen kann, Jake: Keine Alleingänge. Du bist zu dumm dafür. Das übersteigt deine Fähigkeiten.«

»Du bist so einer, der beim Überfall auf 'ner Bananenschale ausrutscht, sodass die Bullen dich nur noch einbuchten müssen«, stimmte Engo zu. »Um deine Haut zu retten, würdest du uns glatt verpfeifen, und dann muss Matt dich unter dem Pool vergraben.«

Matt seufzte. »Ich würde dich an Donna verfüttern. Die Frau hat heute Morgen Kuchen zum Frühstück gegessen.«

»Ein ganzes Stück?«

»Nein, einen ganzen Kuchen. Alle acht Stücke. Eins nach dem anderen.«

Da klingelte Bens Handy auf dem Tisch. Er wollte es sich schnappen, aber Engo war schneller. Bens Adrenalinspiegel schoss in die Höhe, sein Arm zuckte panisch, als hätte ihn ein Blitz getroffen.

»Oho!«, rief Engo. »Jetzt schau mal, wer unseren Benji anruft.«

Alle sahen aufs Display, wo Andys Name aufleuchtete, die Buchstaben spiegelten sich in Matts toten, schwarzen Pupillen.

»Du solltest auf laut stellen, Ben.« Engo hielt das Handy in die Luft und stieß Ben weg, als der versuchte, es sich zu angeln. »Ich will hören, welche Schweinereien ihr euch so zuflüstert.«

»Nein, nein, nein! Gib mir das verdammte Handy, Engo!«

»Ich warte jetzt schon seit Tagen auf Nacktfotos«, sagte Engo lachend und stand auf. Ben folgte ihm. »Nicht ein einziges. Wenn wir auf FaceTime umschalten, jetzt, um diese nächtliche Uhrzeit, meinst du, wir kriegen was Nettes zu sehen?«

Ben war sich klar, dass seine nackte Panik jetzt deutlich

zu sehen war und Matt sehr misstrauisch machte. Der Hüne legte auf diese dämonische Weise den Kopf schief, wie es irre Diktatoren taten, wenn sie Todesurteile fällten, und der Kupferkessel in seinem Hirn brodelte offenbar auf Hochtouren. Ben boxte Engo mit voller Wucht gegen das Brustbein und nahm ihm das Handy weg. Engo keuchte und musste sich am Pooltisch festhalten, um nicht zusammenzusacken.

Sie alle hatten bemerkt, dass Ben zu heftig zugeschlagen und zuvor zu hysterisch um sein Handy gefleht hatte. Sein ganzer Körper stand sichtlich unter Hochspannung. Er hatte es versaut. Matt schlug mit den flachen Händen auf den Tisch.

Das Handy verstummte. Matt schob die Pläne beiseite und zeigte auf das Gerät.

»Ruf sie zurück. Schalte auf Lautsprecher.«

ANDY

Andy schaute auf ihr Handydisplay, den abgelehnten Anruf an Ben. Mit einem Seufzen stieg sie ins Auto und schloss die Tür. Über die Zypressen hinweg sah sie in Newlers Haus die Lichter ausgehen, eines nach dem anderen, am Ende das oberste, das, wie sie vermutete, zu seinem Schlafzimmer gehörte. Obwohl sie nur einen kleinen Teil des Hauses gesehen hatte, waren ihr beunruhigend viele private Dinge aus dem Leben ihres ehemaligen Partners ins Auge gefallen: ein Stapel Bücher auf einem Nebentisch im Wohnzimmer. Eine Kuhle im Sofa. Schlieren auf dem Terrassenboden, von Stuhlbeinen verursacht, allerdings nur unter einem von sechs

Stühlen. Sie stellte sich vor, wie er da draußen saß und rauchte, danach die Stummel in die feuchten Büsche flitschte und die fernen Lichter in der Dunkelheit betrachtete, ein tragischer Held. Die Angst vor dem, was aus Newler geworden war, machte sie leichtsinnig.

Sie tippte eine Nachricht an Ben.

Es gibt ein Skript, an das du dich zu halten hast. Aus gutem Grund. Diese Nachricht musst du löschen, und deine letzte Nachricht an mich auch, auf keinen Fall ...

BEN

»Auf keinen Fall.« Ben hielt das Handy fest umklammert, am liebsten würde er es zerquetschen. »Ich habe keine Ahnung, warum du mich dazu zwingen willst, Matt.«

»Weil du so nervös bist. Viel zu nervös. Das gefällt mir gar nicht. Ruf sie zurück, auf Lautsprecher.«

»Nein.«

»Lautsprecher. Das ist keine Bitte.«

Matt sprach langsam, er meinte es todernst. Der Mann war wie eine Schlange, aufgerichtet, bereit zum tödlichen Biss. Ben hatte ihn nur selten so erlebt, ein, zwei Mal, und es hatte ihn das Fürchten gelehrt. Eine Todesangst, wie vor einer unaufhaltsamen Katastrophe, ein Tsunami, eine Lawine, ein Erdbeben. Um ihn herum herrschte Schweigen, nichts und niemand würde ihn aus dieser Lage befreien. Sein Hirn hatte bereits auf Panikmodus umgeschaltet. Er hatte keine Ahnung, was er Andy sagen sollte, falls sie ranging. Weil sie natürlich davon ausgehen würde, dass er allein war und niemand mithörte. Sie würde ihn nach seiner letzten Nachricht fragen. *Wichtig, wg. Luna.* Im besten Falle könnte er es noch schnell so hindrehen, als wollte er sich mit seiner gegenwärtigen Freundin über seine verschwundene Ex-Freundin unterhalten. Aber das verstieß gegen die Story. Gegen das Skript. Im schlimmsten Fall würde Andy einfach drauflosschimpfen, weil er sich nicht an die Anweisungen gehalten hatte, ihn einfach nicht zu Wort kommen lassen, sodass er sie nicht warnen könnte. Und dann würde sie es ausplaudern, dass es ein verdammtes *Skript* gab, dass es *Anweisungen* gab. Dass alles nur vorgetäuscht war.

Ben war schweißgebadet. Die Atmosphäre hatte sich verdichtet, die Stimmung war sehr düster. Mittlerweile hatten sicher alle kapiert, dass es hier nicht nur um eine heimliche Liebelei ging. Ben spürte, dass die anderen eine dunkle Vorahnung hatten.

Andy ist ein Polizeispitzel.
Ben ist ihr Informant.
»Matt ...«, stammelte Ben.

Plötzlich hatte Matt eine Glock in der Hand, legte sie auf den Tisch, den Lauf direkt auf Bens Brust gerichtet. Engo brach in schallendes Gelächter aus.

»Hahaha! Scheiße, Mann, was geht hier ...«

»Fresse!«, herrschte Matt ihn an. Engos Gelächter verstummte sofort. Matt beäugte Ben. Cool wie ein Raubtier seine Beute. »Entsperr dein Handy.«

Ben redete sich gut zu, er würde das durchstehen. Er tippte seine PIN ein, vor aller Augen. Die Waffe war auf ihn gerichtet, Matts Hand lag daneben.

»Ich will die Nachrichten sehen.«

Als Ben sich nicht rührte, schnappte Matt sich das Handy, klickte auf »Nachrichten« und öffnete sie. Engo beugte sich vor, um mitzulesen. Jake saß stocksteif da und beobachtete Ben.

»*Wichtig, wg. Luna*«, las Matt laut vor.

Alle Blicke richteten sich auf Ben. Ihm brach der kalte Schweiß aus.

»Was soll das heißen?«, fragte Matt.

Engo schaute aufmerksam aufs Display. »Sie schreibt zurück«, sagte er.

Ben verspürte einen schmerzhaften Schlag im Rücken, als hätte ihn jemand getreten. Jetzt oder nie. Bei Engos groteskem Grinsen, seinen abstoßend feuchtglänzenden Lippen kam ihm eine Idee. Er starrte Matt provozierend an.

»Na gut. Ruf du sie an«, sagte er.

Matt überlegte kurz, dann blickte er warnend mit dem Finger an den Lippen zu Engo und Jake. *Schön die Schnauze halten.* Dann rief er Andy zurück, den Lautsprecher eingeschaltet.

Sie war sofort dran und legte los, genau wie Ben es befürchtet hatte.

»Du willst es wirklich so richtig versauen, oder?«

Ben saß in der Zwickmühle, eine Glock und Matts tödlicher Blick waren direkt auf ihn gerichtet.

»Nein, so ist das nicht«, sagte Ben. »Ich schwör's dir, Andy, echt nicht.« Er warf einen raschen Blick in die Runde, bemühte sich, resigniert zu wirken. Zu Kreuze zu kriechen. »Ich kann's dir erklären. Hör zu: Als wir … als wir gestern Nacht im Bett waren …«

Engo schlug sich die dreifingrige Hand vor den Mund.

»Als wir miteinander geschlafen haben, ist mir Lunas Name einfach rausgerutscht.« Ben hatte Mühe, die Worte auszusprechen. Er schüttelte den Kopf, schämte sich. »Das war reine Angewohnheit, okay? Ich hab beim Sex mit dir nicht an sie gedacht.«

Engo stöhnte entzückt auf. Matt packte ihn am Arm, damit er die Klappe hielt.

»Ich will das zwischen uns nicht versauen«, fuhr Ben fort. Er richtete den Blick zur Decke und schickte ein Stoßgebet gen Himmel, Gott oder irgendeine höhere Macht möge Andy helfen, die Situation zu entschlüsseln. Dass er unter Zwang handelte und nicht frei sprechen konnte. Dass sie in Gefahr schwebten. »Ich mag dich, Andy. Okay? Es ist mir wichtig, dass du das weißt. Ja, gut, ich habe ihren Namen gerufen. Das ist Mist. Echt Mist. Aber es war aus Versehen. Es bedeutet nichts.«

Schweigen in der Leitung. Ben stand kurz vor einer Ohnmacht. Die Sekunden verstrichen, er zählte mit, fragte sich, ob das die letzten waren, die er auf dieser Erde verbringen würde.

Dann, endlich, kam ihre Reaktion. »Wie schaffst du das?« Die Anspannung im Raum löste sich spürbar. »Aus Versehen den Namen einer Frau zu rufen, während du mit einer anderen schläfst?«

Engo hielt es nicht mehr aus, er trat ans Fenster und kicherte ins Fäustchen.

»Ich weiß es nicht.«

»Aber ich, mein Lieber!« Andy klang müde. Genervt. Wie jede andere Freundin, die je sauer auf ihn gewesen war. »Weil du ihr ganzes Zeug noch in der Wohnung rumstehen hast, Ben. Ihre Klamotten sind noch im Kleiderschrank. Ihre Schminksachen noch im Bad. Für dich besteht der einzige Unterschied darin, dass nicht sie, sondern ich gestern Nacht unter dir gelegen habe.«

Ben wischte sich den Schweiß von der Stirn.

»Am Anfang fand ich das nicht so schräg, aber so langsam wird's absurd, Ben.«

»Okay. Tut mir leid.«

»Ich hab keine Ahnung, wo Luna steckt, aber sie ist weg. Weg, okay?«

»Ja.«

»Wie lange willst du noch warten, bis sie zu dir zurückkommt? Weil dein Schwanz schon bei der Nächsten ist, so viel steht fest.«

»Es tut mir leid, Andy.«

»Ja, so kann man das ausdrücken.«

»Müssen wir am Handy darüber sprechen?« Ben blickte in die Runde. »Kann ich ... kann ich dich sehen?«

»Vielleicht.«

Andy beendete das Gespräch. Engo keuchte vor Lachen, er krümmte sich über eine Ecke des Pooltisches. »Au Mann«, rief er. »Au Mann!«

»Also fickst du sie immer noch«, stellte Matt fest. Ben nickte nicht mal. Matt musste ihm auch nicht sagen, dass er verschwinden sollte. Die Botschaft war laut und deutlich, und Ben zögerte keine Sekunde, falls Matt doch noch auf die Idee käme, unter seinem Pool eine Grube auszuheben. Er verzog sich schleunigst durch den Hintereingang zu seinem Auto, Engos Gelächter und Taylor Swifts Gesang begleiteten ihn.

2005

Jemand fuhr über das Rohr auf der Straße, und die Glocke schrillte. Zehn Sekunden später hielt ein staubiger Camaro an der Zapfsäule, und Dahlia spähte durch die Tankstellentür hinaus, ohne den Wagen richtig wahrzunehmen, dafür war sie viel zu sehr in die Geschichte von Brangelina in Kenia vertieft und die in der Vogue abgebildeten Fotos. Was die Insider so berichteten. Hinter der dünnen Tür zum Wohnbereich war der laufende Fernseher zu hören, das Geplapper mischte sich unter das Brummen der Kühlschränke. Ihre Eltern hatten ihre geflüsterte, beinah satirische Analyse der Nachrichten beendet und waren von The Office ins Wachkoma befördert worden, was Dahlia als sicheres Zeichen zu deuten wusste, dass sie ihr Chemielehrbuch zuklappen und sich ohne Risiko ihren Klatschheftchen zuwenden konnte. Der Camaro stand mit laufendem Motor da, aber davon nahm die zweiundzwanzigjährige Dahlia keinerlei Notiz.

Kurze Zeit später stieg der Fahrer aus, stellte sich vor seinen Wagen und starrte in den rostroten Sonnenuntergang, die Arme entspannt zu beiden Seiten baumelnd. So stand er eine ganze Weile, bis Dahlia ein eiskaltes Schaudern über den Rücken lief. Zuerst dachte sie, er würde tatsächlich nur den Sonnenuntergang bewundern. Dann fragte sie sich, ob er in der Wüste irgendwas gesehen hatte. Aber irgendein Instinkt warnte sie, denn er stand zu lang dort, zu reglos. Jemand, der auf dieser Straße durch die Wüste fuhr, war garantiert nicht mehr vom texanischen Sonnenuntergang fasziniert. Und außer der Sonne und der ewigen Weite war da draußen nichts zu sehen.

Sie kam hinter dem Tresen hervor und trat an die Schiebetüren. Als sie aufglitten, sah Dahlia das Blut.

Es rann dem Mann den Nacken hinunter, eine dicke, rotbraune Spur, die bis zu seinem Rücken führte, wo sie sich wie Schmetterlingsflügel zu beiden Seiten seines weißen Baumwollhemds verbreiterte, rot und rosafarben. Kontaktflecken, wo er sich an den Fahrersitz gelehnt hatte. Die Rückseiten seiner Jeans waren schwarz davon, er hatte offenbar in seiner eigenen Blutlache gesessen. Dahlia trat näher, alles drehte sich irgendwie, ihre Welt war aus den Angeln geraten, aber sie war wie gebannt von diesem Anblick, die blutige Landkarte, der sie jetzt von seinem Körper zurück zu seinem Kopf folgte. Das mittelblonde Haar im Nacken des Mannes war vom Blut dunkel verfärbt, ein ganzer Teil seiner Kopfhaut hing mitsamt Schädelknochen herab, als hätte die Kugel eine Tür zu seinem Hirn aufgesprengt.

»O«, sagte Dahlia. Dafür brauchte sie ihren ganzen Atem. Sie holte tief Luft und stieß mit dem Ausatmen ein weiteres Wort hervor: »Gott!«

»Mama?«, fragte der Mann. Er sah direkt durch sie hindurch. Jetzt konnte Dahlia erkennen, wo die Kugel eingetreten war, an seinem Haaransatz prangte ein dunkles, rundes Loch. Seine Augen, blutunterlaufen und irr zuckend, waren nicht mehr in der Lage, sie wahrzunehmen. »Mama? Bist du zu Hause?«

Da riss sich Dahlia endlich von dem Anblick los und rannte so panisch zurück in die Tankstelle, dass sie direkt in den Tresen krachte und einen Ständer mit lustigen Kühlschrankmagneten umstieß, die geräuschvoll auf dem Boden landeten. Sie zerrte die Tür zur Wohnung auf. Ihr Vater war schon vom Sofa gesprungen, bevor sie noch irgendwas herausbrachte.

»Hilfehilfehilfe!«, schrie sie.

Der Mann hatte mittlerweile die Tankstelle betreten. Seine Beine zitterten unkontrolliert. Dahlias Vater fing ihn auf und bettete ihn auf dem Linoleumboden. »Heilige Scheiße, was ist passiert?«

»Ich weiß es nicht! Er ist ausgestiegen und ...«

»Hol ein Handtuch. Rina! Handtücher!«

Dahlias Mutter war an den Rand des Tresens getreten. Bei den Worten ihres Mannes wirbelte sie herum, rannte zurück in die Wohnung und kehrte mit einem Stapel Handtücher zurück. Der Mann wand sich unter Krämpfen am Boden, sein Rücken bog sich, die Sneaker quietschten, Dahlia kniete neben ihm, hielt ihn fest. Sie spürte, dass ihre Mutter neben ihr war. Mit bereits blutverschmierten, zitternden Fingern schob Rina die Tür zu seinem Hirn vorsichtig wieder zu und drückte mit einem Handtuch dagegen. Dahlia musste würgen. Dann würgte ihre Mutter. Danach setzten sie ihre Arbeit fort, umwickelten hastig den Kopf wie ein in letzter Minute gekauftes Weihnachtsgeschenk.

»Shaun, wir müssen den Krankenwagen rufen!«, rief ihre Mutter.

Dahlias Vater antwortete nicht. Als sie aufblickte, verstand sie den Grund für sein Schweigen. Shaun Lore, silbergraue Haare, sonnengegerbtes Gesicht, war durch die Schiebetüren nach draußen gegangen und stand neben der offenen Beifahrertür des Camaro. Ein zweiter Mann hatte sich auf den Betonboden ergossen, eine rote, flüssige Masse Mensch, die Beine im Fußraum verdreht, die blutnassen Arme über dem Kopf baumelnd. Dieser Mann bewegte sich nicht mehr. Da erst fiel Dahlia auf, dass die Windschutzscheibe zerborsten war. Die Stiefel ihres Vaters knirschten über die Scherben, als er zur Tankstelle zurückkehrte. Er hinterließ Spuren. Die Türen glitten auf.

Er zeigte auf den krampfenden Mann. »Lass ihn liegen«, sagte er, packte Dahlia am Arm und zog sie hoch. »Die sind gleich hier.«

»Wer?«

»Die, die diese beiden hier erschossen haben. Auf der Rückbank liegen lauter Geldscheine.«

»Was?«

Er stieß sie vor sich her, heftig, brutal vor lauter Panik. »Geh in dein Zimmer, Dahlia. Versteck dich im Schrank. Rina, du gehst mit.«

»Wir können ihn nicht einfach liegen lassen!«

»In den verdammten Schrank! Sofort!«

Sie gehorchten. Da war so viel Blut, dass Dahlia es überall verteilte, auf der Tür, an den Wänden, am Griff des Kleiderschranks. Sie war besorgt wegen des Mannes mit dem Loch im Schädel und wütend auf ihren Vater, der da draußen sinnlose Maßnahmen ergriff, wie die Türen zu verschließen und die Lichter auszuschalten, statt ihm zu helfen.

Dann spürte Dahlia, dass sie gekommen waren. Als hätte ihr Vater sie mit seinen Worten gerufen, wer auch immer sie sein mochten. Ihre Mutter drückte sie fest an sich, legte den Finger auf die Lippen, während sie unbequem auf dem Boden des Kleiderschranks auf sauer riechenden Schuhen knieten und ihre Augen wegen des Staubs zu jucken begannen. Während sie knieten, keuchten, jammerten, nahm das Höllenkonzert des Todes seinen Lauf.

Shaun Lore. Tankstellenbesitzer. Ehemann. Vater. Longhorns-Fan. Heimlicher Comic-Nerd. Ihr stoischer, schnurrbärtiger, urkomischer Daddy, der auf Pizza Peperoni stand. Bald wäre er tot. Ermordet. Dahlia konnte es nicht wissen, aber sie ahnte es. Denn da war der Klang seiner Stimme. Endgültigkeit.

»Hallo? Hier spricht Shaun Lore aus Road Haven. Zehn

null acht Dryden Road. Wir haben hier eine Schießerei. Ich brauche den Sheriff, sofort!«

Geschrei. Steve Carell hatte einen hysterischen Anfall. Im Wohnzimmer lief immer noch *The Office*.

»Einer ist tot, der andere so gut wie. Ist mir egal, wer kommt. Meine Frau und meine Tochter sind noch hier, okay? Egal, was mit diesen Typen passiert ist, das ist vielleicht noch nicht vorbei. Sagen Sie dem Sheriff, er soll mit Sirenen und Blaulicht kommen, weil ...«

Rina packte ihre Tochter an den Schultern. »Hör mir zu!« Sie spürte die Hände ihrer Mutter an ihren Wangen, warm und feucht vor Schweiß und Blut. »Wir müssen ruhig bleiben.«

»Ich schaff das nicht!«

»Baby, Baby, hör zu! Wenn dein Daddy recht hat«, sagte Rina, »sind die Leute, die auf die beiden Männer geschossen haben, lange vor dem Sheriff hier.«

»Mom! Bitte!«

»Weit kann der nicht gefahren sein mit einem Loch im Schädel. Wenn sie ihre Verfolger nicht erledigt haben, dann ...«

»Hör auf!« Dahlia klammerte sich an den Hals ihrer Mutter, ihr Haar, nicht sicher, ob sie sie umarmen oder erwürgen wollte. Weil sie es wusste. Die Frage lautete nicht ob, sondern wann die Verfolger hier eintreffen würden. Wer auch immer sie waren. »Ich schaff das nicht, Mom, Mom! Ich hab solche Angst!«

»Angst haben geht gerade nicht, Süße. Wir müssen schlau sein.«

Sie hörten ein Klackern. Es klang, als hätte Shaun den Telefonhörer auf den Tresen fallen lassen. Dann schwere Schritte, ein Ratschen, vermutlich hatte er die Schrotflinte unter dem Tresen hervorgeholt. Dahlia klammerte sich mit feuchten, klebrigen Fingern an ihrer Mutter fest, ihr Mund war staubtrocken, die Augen aufgerissen, starrte sie in die Dunkelheit. Die Glocke schrillte. Ein Motor wurde abgeschaltet. Zwei Autotüren gingen auf, wurden zugeschlagen. Ruhig, gelassen. Schritte auf Glas. Da erklang der Abspann, der *The Office* beendete, genau wie Shaun Lores Leben.

»Aufmachen!«

»Nein. Geht nicht. Verstehen Sie? Ich will keinen Ärger und will auch niemanden verletzen, Jungs. Also fahrt einfach weiter. Der Sheriff ist schon unterwegs.«

»Auf. Machen.«

»Gehen Sie da weg, Mister. Ich schieße. Aber es muss nicht so weit kommen.«

»O Gott, Mom!« Dahlia hatte sich mit beiden Händen an der Bluse ihrer Mutter festgekrallt. »Bittebittebitte! Gott, mach, dass sie ihn nicht töten!«

Schritte hinten am Haus, der Eimer schepperte, der Besen klackerte gegen die Mauer. Die Türklinke ratterte.

»Letzte Chance. Tür auf!«

Ein Schuss, laut und krachend. Zwei weitere, weich ploppend, eine Pistole. Die Frauen schrien, die Schüsse ließen den engen Schrank erbeben. Dahlia hörte ihren Vater, ein Gurgeln, ein Wimmern. Dieses Geräusch durchfuhr Rina wie ein Stromstoß, sie packte Dahlia an den Handgelenken und befreite sich aus ihrem Griff.

»Ich muss da raus und sie von dir ablenken.«

»Was? Nein!«

»In der Zwischenzeit kletterst du aus dem Fenster, Dahlia.«

»Mom! Neinnein, lass mich nicht hier allein.«

Zwei weitere Schüsse, näher als die ersten, im Inneren der Tankstelle. Nicht von einer Schrotflinte. Von einer Pistole. Die Schritte kamen näher, immer noch langsam. Rina schob die Schranktür auf. Dahlias Kehle war so trocken, dass ihre Worte wie geraspelt klangen.

»Mom! Lass mich nicht allein!«

Die Tür zur Waschküche wurde von innen geöffnet. Wer auch immer auf Dahlias Vater geschossen hatte, war lautlos über den Wohnzimmerteppich gegangen und ließ seinen Komplizen jetzt durch die Hintertür ins Haus. Eingespieltes Gelächter, Klaviermusik. Dahlia grub die Fingernägel in Rinas Hände, als ihre Mutter sich von ihr löste.

»Es wird alles gut«, sagte sie. »Ich habe dich lieb.«

Dahlia kroch aus dem Schrank, trat ans Schlafzimmerfenster und warf beim Rausklettern die Duftkerzen und Engelsfiguren ihrer Mutter um. Die Windorgel verfing sich in ihren Haaren, zog ihr ganze Büschel aus. Warme Abendluft umgab sie, ihr Atem ging so laut, dass sie kaum die Stimmen und Schüsse hörte.

»Ist noch jemand im Haus?«

»Nein. Bitte, tun Sie's nicht ...«

Plopp. Plopp.

Dahlia stürzte, rappelte sich wieder auf und rannte los, immer gen Horizont, ein rotschwarzer, ununterbrochener Strich, wackelnd und schwankend. Sie wimmerte, schrie, Tränen liefen ihr beim Rennen über die Schläfen. Jemand schob ihr Fluchtfenster weiter auf, mehr Schüsse fielen. Etwas durchfuhr ihre Schulter, ein glühender Schmerz wie von einem Schüreisen, und sie stürzte in den Sand.

ANDY

Sie erwachte auf Bens Sofa, der dunkle Alptraumnebel lichtete sich langsam, dahinter, gegen die bläulich erleuchtete Decke abgesetzt, erkannte sie die Silhouette eines großen Mannes, der über ihr aufragte. Andy packte Ben an den Schultern, spürte seine großen Hände auf ihrem Rücken. Dass sie weinte, merkte sie erst, als sie versuchte, Worte zu formen, denn stattdessen brachte sie nur ein heftiges Schluchzen hervor.

»Ganz ruhig, alles gut, ist alles gut.« Ben zog sie fester an seine Brust. »Ich bin bei dir, ich bin's, Ben!«

Wie entsetzlich peinlich ihr das war! Sie und auch das Sofa waren schweißgebadet. Ihre Unterhose klatschnass, hoffentlich keine Pisse. Als sie ihn wegstieß, spürte sie ihre schmerzenden Glieder, so wie in jener Nacht, als sie aus der Hölle ins Nichts gerannt war, in die unendliche Weite der Wüste.

»Geht's wieder?«, fragte Ben. »Was ist dir passiert, dass du solche Alpträume hast?«

Sie fuchtelte vor ihm herum, wandte sich ab, versuchte zu schlucken oder wenigstens das Schluchzen zu unterdrücken. Ihre Atmung hatte sie rasch wieder unter Kontrolle, ihr Verstand aber flatterte weiter in der Vergangenheit herum wie ein sturmgepeitschter Drachen. Sie musste ihn wieder einholen, Stück für Stück. Sich an die Wohnung erinnern. Ihre Ermittlung. An den Mann, der neben ihr saß, nicht an die Menschen, die sie verloren hatte.

»Bist du gerade erst heimgekommen?«

»Vor ein paar Minuten«, sagte Ben. »Ich hab gesehen, dass du schläfst, da hab ich …«

Sie nickte, trocknete ihre Tränen.

»*Wichtig*«, sagte sie.

»Hä?«

»*Wichtig, wegen Luna.* Was steckt wirklich dahinter?«

»Geht es dir wieder ...«

»Darüber rede ich nicht«, sagte Andy. Ben saß sehr angespannt auf dem Sofa, er war offensichtlich alarmiert. »Du hast mich in einer ... sehr intimen Situation erlebt, Ben. Es war ein Alptraum, nicht mehr, nicht weniger. Konzentrieren wir uns doch auf das, was wichtig ist. Also, was wolltest du mir sagen?«

»Mein Bruder Kenny ist heute Morgen hier aufgetaucht«, sagte Ben mit sanfter Stimme.

Er berichtete ihr von Lunas Mail, während Andy immer noch ihren Drachen einholte, Zug um Zug, froh, dass Ben nicht mehr über den Sturm redete.

»Du meinst, sie wollte mit ihm Frieden schließen. Sich verabschieden?«, fragte Andy.

»Das ist eine Möglichkeit.«

»Was ist denn zwischen den beiden vorgefallen?«

Ben schnaubte, dann lachte er traurig. »Blöder Kinderkram.«

Endlich entspannte er sich etwas.

»Er wollte mir immer alles zurückzahlen«, sagte Ben. »Das Geld für sein Studium. Seine Unterhaltskosten. Aber er wusste nie, wie er das anstellen sollte. Manchmal kriegt er so große Schuldgefühle, dass er einfach irgendwas macht, und es ist immer das Falsche. Einmal hat er mir zum Beispiel einen Porsche gekauft. Was zum Teufel soll ich mit einem Porsche? Oder er kreuzt hier auf und stellt mir eine teure Kaffeemaschine auf den Tisch. Oder er unterbreitet mir ein Jobangebot, das ich im Traum nicht annehmen würde.«

»Verstehe. Und?«

»Damals hat er mich zum Mittagessen eingeladen, und

ich habe Luna und Gabe mitgenommen, ohne ihm vorher Bescheid zu sagen. Über solche Sachen reden wir nämlich nicht. Frauen. Beziehungen. Luna sollte die Erste sein, die ich ihm vorstelle. Aber es war ein Fehler, ihn einfach damit zu überrumpeln. Weil Kenny eine Überraschung für mich hatte. Er wollte mich verkuppeln. Hatte eine Kundin von ihm im Schlepptau, ein Instagram-Model.«

Andy nickte.

»Luna ist ausgerastet. Kenny auch. Die Kundin ebenfalls. Gabe ist in Tränen ausgebrochen.« Ben schüttelte den Kopf und rang sich ein trauriges Lächeln ab. »Ich war der Einzige an dem Tisch, der sich im Griff hatte.«

»Also hat sie sich in der Mail nicht bei Kenny entschuldigt, sondern meinte ...«

»Dass alles wieder gut ist«, sagte Ben.

Sie dachten eine Weile darüber nach.

»Warum würde sie ihm plötzlich so was schreiben? Eine Woche vor ihrem Verschwinden?«, fragte Ben schließlich.

»Weil sie wusste, dass was Schlimmes passieren würde.« Entweder hatte sie Angst oder ihr Hirn eingeschaltet, dachte Andy.

Sie schaute flüchtig auf ihre Uhr. »Ich muss los«, sagte sie. Als sie aufstand, entblößte sie den peinlichen feuchten Fleck auf dem Sofa. »In fünf Stunden beginnt unsere nächste Schicht. Ich würde dir ja wegen dem Skript eine Lektion erteilen ...«

»Die hab ich schon gelernt.«

»Und ich bin zu müde dazu.«

»Bleib einfach hier.« Ben wies aufs Schlafzimmer. »Gönn dir eine Stunde Schlaf.«

Andy stand da, das Gesicht im Schatten, ihre Miene war nicht zu erkennen, aber dort im dunklen Zimmer überlief sie ein Prickeln. Nachwirkungen des Alptraums, sagte sie sich. Außerdem, wie oft hatte sie schon unnötige Dinge mit den Personen angestellt, mit denen sie während ihrer Undercover-Ermittlungen auf engstem Raum zusammen sein musste? Mit ihnen gelacht, Witze gerissen, mit ihnen gegessen, obwohl das alles gar nicht nötig gewesen wäre. Aber sie war keine Maschine, sondern ein Mensch. Mit Gefühlen. Sie hatte Humor. Fühlte sich mitunter einsam. War manchmal erschöpft. Neben Ben Haig zu schlafen, obwohl es nicht sein musste, wäre nichts anderes als das, was sie schon zigmal zuvor getan hatte. Sie würde keine Grenzen überschreiten. Sie waren kein Liebespaar. Er hatte keine Ahnung, wer sie war.

Nachdem sie geduscht hatte, ging sie nur in Unterhose ins Bett. Als sie die Decke hob, stellte sie fest, dass Ben eine Boxershorts trug. Er hatte sich schon zur Seite gedreht, von ihr abgewandt, und schlief.

Die Stunden bis zum Sonnenaufgang verstrichen langsam, während sie hellwach dalag und die Schatten an der Wand beobachtete.

BEN

Eine Horde Obdachloser umzingelte das Löschfahrzeug vor der verfallenen alten Highschool, sie riefen und johlten, eine Szene wie aus einem Zombiefilm. Matt sprang von seinem Sitz und klatschte einen von ihnen wie ein lästiges Insekt zur Seite, der prompt mit dem Hinterteil auf dem nassen Gehweg landete. Das vierstöckige Gebäude an der West Fifty-Second hätte eigentlich schon längst entkernt und in überteuerte Wohnungen umgewandelt sein sollen, doch jetzt quoll der Rauch bereits wie schwarze Vorhänge aus den drei Fenstern an der Vorderseite. Matt hatte sehr dicht vor dem Haus geparkt, damit sie bis zum Eintreffen des Rüstwagens mit Heckkran schon mal die Steckleiter einsetzen konnten. Ein Typ mit extrem fettigem, schulterlangem Haar zerrte an Bens Jacke, als der dabei war, die seitlichen Geräteräume zu öffnen.

»Yo, Mann, is'n Versicherungsbrand, das hier.« Der Typ zeigte auf das Gebäude. »Brandstiftung. Der Besitzer hat schon seit Monaten versucht, uns rauszuschmeißen und ...«

»Lass mich los, ich hab zu tun hier.« Ben stieß den Mann zur Seite.

»Sorry, sorry, Mann, aber ich sach nur, wenn hier einer verletzt wird heute ...«

»Das ist versuchter Mord!« Eine Frau drängte sich zwischen den Ölkopf und Ben. Ihre Augen hatten einen deutlichen Gelbstich, ihre Leber war offenbar im Eimer. »Mr Sanders hat gewusst, dass hier lauter Leute drin sind. Seit Weihnachten hat er uns gedroht, das Haus abzufackeln.«

»Uns ist scheißegal, wer das Feuer gelegt hat!«, herrschte Matt die beiden an und schlug mit den behandschuhten Fingern gegen das Fahrzeug, als wollte er eine Rotte wilder Hunde vertreiben. »Aus dem Weg, damit wir löschen können.«

Die Frau wirbelte zu Matt herum. Ihre bis zu den Knien hochgezogenen Strümpfe waren völlig durchlöchert und gaben den Blick auf die schorfigen, wundroten Beine frei. »Hey! Du kannst gerade mal das Maul halten, Freundchen! Irgendwer muss den Leuten doch sagen, was hier abläuft.«

»Was hier abläuft ist Folgendes: Du flehst mich an, dich mit dem Schlauch abzuspritzen, damit du nicht mehr zum Himmel stinkst.« Matt trat einen Schritt auf sie zu. »Ben, hol mir den Schlauch.«

»Okay! Okay! Bin schon weg«, sagte die Frau.

Jake kam von seinem Einsatz als Melder zurück, er war einmal ums Gebäude gerannt und hatte Strom und Gas abgestellt. »Ein paar Umstehende haben gemeint, im obersten Stock sind Kinder«, sagte er.

»Wie viele?«

»Zwei.« Bei Matts Anblick fiel Jake sichtlich in sich zusammen, als wäre es seine Schuld, als wären es seine Kinder. »Vielleicht. Unbestätigt. Ein paar behaupten, die Kinder wären schon letzte Woche vom Jugendamt abgeholt worden, andere sind sicher, dass sie noch da oben sind.«

»Wo ist die Mutter?«, fragte Ben.

»Keine Ahnung. Nicht da.«

»Hat jemand die Kinder heute schon gesehen?«

»Nicht sicher.«

»Na, danke für einen Haufen unsinnige, hysterische, dampfende Scheiße, Jake.« Matt rammte sich drei Nikotinkaugummis zwischen die Zähne. »Ben und Andy, ihr seid an der Leiter. Bewegt eure Ärsche nach oben und sucht nach allem, was noch einen Puls hat. Jake und Engo, ihr arbeitet euch vom Erdgeschoss nach oben vor.«

Ben schulterte sein Halligan-Tool, holte die Leiter aus dem hinteren Geräteraum des Fahrzeugs und fixierte sie an einem Fenster im dritten Stock des alten Schulgebäudes. Es stank nach Benzin und menschlichen Exkrementen. Die schwarzen Rauchwolken aus dem ersten Stock wallten pissgelb und braun auf, während Engo und Jake sich langsam durchs Feuer kämpften. Als Ben sich vorbeugte, um die Leiter zu stabilisieren, drängelte sich Andy an ihm vorbei und kletterte als Erste hoch.

Aus heiterem Himmel schoss ihm ein Gedanke durch den Kopf, vor seinem geistigen Auge sah er plötzlich, wie Andy das Fenster im obersten Stock aufriss, ohne sich des Risikos einer Rauchgasexplosion bewusst zu sein. In seiner Vorstellung schlugen ihr die Flammen entgegen und sie war auf der Stelle tot, gegrillt wie ein Marshmallow am Stock. Dass er dabei Erleichterung empfand, erfüllte ihn sofort mit Schuldgefühlen. Es würde kein Happy End geben, das wusste er. Entweder hatte Luna ihn verlassen, oder man hatte sie ihm genommen. Wenn Andy jetzt starb, könnte er sich für den Rest seines Lebens damit trösten, dass er nicht wusste, was geschehen war, und sich alles Mögliche einreden. Kaum hatte er aber die ersten Sprossen erklommen, war der ganze Blödsinn aus seinem Kopf verschwunden. Andy hatte das Fenster zum dritten Stock bereits eingeschlagen, und ihm blieb nur noch, sein Atemschutzgerät aufzusetzen und ihr in die Dunkelheit zu folgen.

Das erste Zimmer war bereits voller Rauch. Nachdem er durchs Fenster geklettert war, tastete er sich tief gebückt mit der durch die Schutzausrüstung bewehrten Hand an der Wand entlang und bewegte sich, gierig den mit Gummigeschmack geschwängerten Sauerstoff einatmend, wie ein Taucher durch die schwarzbraune Trübnis, keinerlei Orientierungspunkte vor Augen außer der feinen Ascheteilchen, die vor seiner Maske vorbeitrieben. Er trat und stieß alles beiseite, was ihm in die Quere kam – Tische, Stühle, Kartons – und tastete sich zum zweiten Fenster in der Reihe vor. Aus der Ferne hörte er Klirren, Andy schlug mit ihrem Halligan-Tool die Fenster entlang der östlichen Gebäudeseite ein. Er war auf das gefasst, was er bei dieser Arbeit schon zigmal erlebt hatte, das Gefühl, das man empfindet, wenn Stiefel auf weiches Fleisch trifft. Einen reglosen Körper. Er reckte sich, um das nächste Fenster zu zertrümmern, und kämpfte sich weiter vor, langsam etwas erleichterter, weil sich der Rauch lichtete. Schweiß rann ihm über Brust und Bauch, unter dem Helm waren seine Haare schon klatschnass. Engos Stimme kam über Funk in sein Ohr, von stoischer Ruhe erfüllt, trotz seiner erschreckenden Meldung.

»*Warnung! Der Gang stürzt gleich ein!*«

Da ertönte bereits ein tiefes Knirschen, kurz danach brach der Boden vor dem Klassenzimmer ein. Die nach Sauerstoff hungernden Flammen loderten gierig empor, tauchten alles in goldenes Licht, sprühten Glut und Funken. Sekundenlang leuchtete ein Pfad auf, den Ben zwischen umgestürzten Tischen und einer schemenhaft zu erkennenden Tafel vorbei nehmen konnte, zu Andy, die sich an der Wand entlangtastete und dabei Poster und Bilder abriss.

»*Was gefunden da oben, Benji?*«

»*Eingangszimmer frei und negativ, Matt, keine Personen.*«

Während er noch antwortete, sah er erstaunt zu, wie Andy Anlauf nahm und über den lodernden Abgrund sprang, der nun statt des Gangs vor ihnen klaffte. Sie landete auf dem Absatz des gegenüberliegenden Klassenzimmers. Ben erreichte die Tür, wurde aber von einer braunen Rauchmauer aufgehalten, aufgewirbelt von Engo und Jake, die weiter unten gegen die Flammen kämpften. Er umklammerte den Türrahmen, trat auf ein gerade so auszumachendes Bodenbrett, das parallel zur Wand verlief und nutzte es, um vorsichtig über den Abgrund zu steigen. Von Andy keine Spur. Plötzlich war ihm schlecht, als hätte ihm jemand in den Magen geboxt. Kein einziges Fenster war bisher belüftet worden. Andys dunkle Silhouette zeichnete sich nicht wie erwartet gegen eines der gelblichen Rechtecke ab, die Ben als Fenster erkannte und durch die jetzt Sonnenlicht auf das Rauchmeer fiel. Da lief ihm was über die Stiefel. Eine Ratte. Winzige Schritte. Er wandte sich nach rechts, wo sich ein Lagerraum befand, der zwei Klassenzimmer miteinander verband. Dort fand er sie endlich, sie riss Spindtüren auf, trat Kartons um.

»Kinder!« Ihre Stimme war durch die Maske gedämpft, aber er verstand das Wort trotzdem, obwohl unter ihnen laut das Feuer toste. »Kinder! Seid ihr hier?«

Ben packte sie am Arm. »Meine Güte, Andy! Was machst du?« Er zerrte an der Maske unter ihrem Kinn, damit sie ihn ansehen musste. »Was zum Teufel machst du?«

»Wonach sieht es denn aus?« Ihre Augen waren weit aufgerissen. »Ich suche nach den Kindern.«

»Wir wissen doch gar nicht, ob welche hier sind!«, brüllte Ben. »Es wurde nicht bestätigt. Wir müssen lüften, das ist unser Job!«

»Aber ...«

»Kein Aber!« Er stieß sie gegen eine Wand, damit sie sich in dieser sinnlosen Situation auf das Wichtigste konzentrierte. »Bekämpfe das Feuer!«

Er war wütend, und seine Wut machte ihn grob. Ungeduldig trat er an die Fenster und zertrümmerte die Scheiben, eine nach der anderen, so zornig, dass er fast die Brechstange hinterhergeworfen hätte. Wer auch immer Andys Ausbilder gewesen war, er hatte ganze Arbeit geleistet. Mit den Geräten ging sie um wie ein Profi. Kühler Kopf, trotz der Flammen. Aber die Feinheiten verstand sie nicht, die ungeschriebenen Gesetze, das durch bittere Erfahrung gesammelte Wissen. Man verschwendete keine Zeit damit, nach Opfern zu suchen, wenn man nicht sicher wusste, ob es welche gab. Das hatte Ben nach den ersten Jahren im Job auf die harte Tour gelernt, war fast von einem einstürzenden Dach begraben worden, weil er bei einem Wohnungsbrand zu lange nach einem Teenager gesucht hatte, nur um hinterher zu erfahren, dass der Junge in einer ganz anderen Stadt bei einem Freund übernachtet hatte.

»*Zweiter Raum, frei*«, meldete Ben.

Sie gingen durch den Verbindungsraum ins andere Zimmer, das komplett leer war. Hier hingen verschiedene Objekte von der Decke, Vögel oder Schmetterling aus Pappmaché, längst aufgeplatzt oder von den neuen Bewohnern mutwillig zerstört. Auch hier zertrümmerten sie die Fenster, aber der Rauch wurde immer dichter, denn das Feuer hatte den östlichen Teil des Gebäudes erfasst, in dem sich offenbar viele Brandbeschleuniger befunden hatten.

»*Ben und Andy. Ich hol euch mit der Bodenmannschaft raus*«, sagte Matt. »*Macht euch im westlichen, hinteren Teil bereit.*«

Ben wandte sich um, denn er wollte sichergehen, dass Andy ihm folgte. Tat sie nicht. Sie stand an der Tafel und hielt einen Teddybären in den behandschuhten Fingern.

»Sie sind hier, Ben«, sagte sie.

»Wir müssen raus.«

»Nein. Sie sind hier! Ich weiß es!«

Dann musste er mit ansehen, wie Andy etwas so Leichtsinniges tat, dass sich ihm die Nackenhaare aufstellten.

Sie nahm ihre Atemschutzmaske ab.

»*Kinder!*«, schrie sie. »*Kiiinder!* Hier ist Mommy! Mommy sucht euch!«

»Setz die verdammte Maske wieder auf!« Ben war schon auf sie zugeeilt und hatte sich die Maske gegriffen. Andy begann zu husten, die Augen gegen den beißenden Rauch zugekniffen. Drei Atemzüge noch und sie würde ihm umkippen.

»*Kinder! Hier ist Mommy! Kommt zu Mommy!*«

Ben rammte ihr die Maske übers Gesicht. Sie sog den Sauerstoff ein, aber vor lauter Aschepartikeln in den Augen war sie praktisch blind.

Sie wankte, hielt sich an Ben fest. Er wollte sie gerade aus dem Zimmer ziehen, als weiter hinten eine Tür aufging, da war ein Schrank, wie Ben erst jetzt entdeckt hatte, denn die Tür war mit Postern beklebt. Eine kleine gekrümmte Gestalt bewegte sich durch den dichten Rauch.

Ein Keuchen, dann: »*Mommyyyyy?*«
Ben rannte los, schnappte sich das Kind und warf es sich über die Schulter. Mit der anderen Hand stieß er Andy gegen den versteckten Schrank, sie bückte sich und zog ein zweites Bündel Mensch daraus hervor. Ihre Sicht hatte sich offenbar verbessert, doch es würde nicht reichen, Ben müsste ihr trotzdem helfen. Mit einer Hand hielt er das Kind über seiner Schulter fest, mit der anderen führte er Andy aus dem Zimmer.

Wie sich später herausstellen sollte, war das Kind auf Bens Schulter ein Mädchen. Erst als er sie den Sanitätern übergab, sah er ihr rußgeschwärztes Gesicht und das völlig verdreckte kleine T-Shirt mit der Aufschrift *Hello Kitty*. Andy hielt einen Jungen im Arm, er hatte das Bewusstsein verloren. Seine Beine waren mit blauen Flecken und Hämatomen übersät und so geschwollen, dass Ben an die Wasserleichen denken musste, die er gelegentlich aus dem Hudson zog. Am Rand der Menge stand eine Frau, die schwankend verfolgte, wie die Kinder in den Krankenwagen geladen wurden. Ben war sicher, dass es sich um die Mutter handelte. Sie wollte zu ihren Kindern, doch etwas hielt sie zurück, wahrscheinlich die Aussicht darauf, die nächsten zwölf Stunden mit einem Polizisten in der Notaufnahme zu verbringen, dem sie den erbarmungswürdigen Zustand ihrer Kinder erklären müsste. Als Ben auf die Frau zumarschierte, versuchte Matt vergeblich, ihn aufzuhalten, aber gegen Bens Wut war er ausnahmsweise machtlos, ein tiefer, brodelnder Zorn, der in den Tiefen seines Bewusstseins geköchelt hatte, seit *er* sich als Kind in den Schlaf geweint hatte, in einem Schrank versteckt, weil die Sirenen geschrillt hatten, aber seine Mutter nicht bei ihm gewesen war.
Vor aller Augen packte Ben die Frau an den mageren, von

Einstichwunden vernarbten Armen, womit er unter den Versammelten allgemeines Protestgemurmel auslöste.

»Wo zur Hölle bist du gewesen?«, brüllte er ihr ins Gesicht und schüttelte sie, kurz davor, ihr die Gurgel umzudrehen. Jemand versuchte, ihn von ihr wegzuziehen. Sein Helm fiel zu Boden. »Wo? Wo warst du? *Hm?*«

Wie eine Eisenklaue packte Matts Pranke ihn am Mantel und hob ihn an wie ein Kran. »Okay. Du hast ihr die Meinung gegeigt. Genug Drama, zurück zu deiner Mannschaft, Benji!«, knurrte er.

Der Brand war gelöscht. Ben kochte immer noch in seinem Sud, schweißgebadet und fuchsteufelswild. Diese alles umfassende Wut, Wut auf Andy, Wut auf die Mutter. Immer noch hatte er Schnappatmung. Alle sahen es. Sie starrten ihn an. Jake hatte die Maske abgesetzt und hielt seinen Helm unter dem Arm, das Gesicht gerötet und nass wie ein Footballspieler nach einem zehrenden Match. Niemand beachtete Andy, der irgendwer eine Wasserflasche in die Hand gedrückt hatte und die sich jetzt vornübergebeugt Augen, Mund und Nase ausspülte. Ben schien der Einzige zu sein, der auch sie am liebsten geschüttelt hätte, bis ihr die Sinne vergingen.

»Was hast du dir dabei gedacht?«, knurrte er stattdessen. »Deine Maske abzusetzen? Bist du lebensmüde?«

»Ben«, mahnte Engo. »Lass es gut sein.«

»Gut sein?«, herrschte er ihn an. »Ich hatte zwei Kinder und eine *blinde* Kollegin da oben!«

Andy spuckte Wasser auf den Boden. »Wenn ich die Maske nicht abgenommen hätte, wärst du mit zwei toten Kindern und einer sehenden Kollegin da rausgekommen. Wäre das besser für dich?«, fragte sie.

Ben biss sich so heftig auf die Zunge, dass er Blut schmeckte.

»Ich verteile euch jetzt mal anders, damit sich unser Freund hier wieder einkriegen kann«, sagte Matt. Geradezu absurd, dass ausgerechnet er sich hier als Friedensstifter engagierte. »Engo und Andy, ihr beiden sucht in den oberen Stockwerken nach aktiven Brandherden und Opfern. Jakey, du durchkämmst das Erdgeschoss und die Kellerräume, aber bleib auf Sichtkontakt.«

»Sollten wir das Gebäude nicht absperren?«, fragte Andy. »Ich hab da drin Benzin gerochen.«

Matt schüttelte widerwillig den Kopf. »Mit wem redest du? Machst du hier die Ansagen?«

»Tut mir leid, Boss.«

»Ben, du bleibst schön hier, ich zeig dir, wie man einen Einsatz ordentlich abschließt.«

»Scheiße, ich brauch keinen Babysitter«, zischte Ben. »Ich geh auch zurück und mach Kontrolle.«

»Ich wiederhole: Wen glaubt ihr eigentlich vor euch zu haben? Das hier ist keine Diskussionsrunde.« Matt zog Ben am Schultergurt zurück. »Du tust, was man dir sagt, verdammt! Alle anderen, auf geht's, macht euren scheiß Job!«

Ben gab nach, trat an Matts Seite und sah zu, wie der Rest seiner Mannschaft zurückkehrte in das ausgebrannte Gebäude, während er wie ein gescholtenes Kleinkind seine Strafe verbüßte. Als Engo sich kurz umwandte und ihm zuzwinkerte, überkam ihn eine böse Vorahnung, das Gefühl war so intensiv, dass es seine Wut fast komplett auslöschte.

ANDY

Die Tatsache, dass er ihr viel zu dicht auf die Pelle rückte, hätte ihr als Warnung dienen sollen. Aber Andy war abgelenkt, noch im Adrenalinrausch vom Brand und von dem Gewicht des kleinen, vom Rauch halb erstickten Kinds in ihren Armen. Ihr brannten die Augen, die Tränen liefen ihr über die Wangen, und die ganze Zeit versuchte sie vergeblich, sich auf Engos unzusammenhängendes Gebrabbel zu konzentrieren.

»Früher, vor der Sache mit den Twin Towers und den ganzen neuen Vorschriften, da durften wir selbst entscheiden, wann wir Atemschutz brauchen und wann nicht.« Er trat gegen ein ausgebranntes Tischskelett. »Weil, dreimal darfst du raten … Manchmal steckt man eben länger als eine halbe Stunde in der Scheiße, und wenn ich dann zurückmuss, um die Sauerstoffflasche auszutauschen, ist das doch wohl viel gefährlicher als ein bisschen verbranntes Plastik. Meinst du ernsthaft, ich lass Jakey im Einsatz allein, weil ich Angst hab, ein bisschen Dioxin einzuatmen? Herzchen, mit siebeneinhalb Jahren hab ich meine erste Kippe geraucht.«

»Engo«, sagte Andy.

»Wenn ich Rauch einatme, fühl ich mich lebendig. Ernsthaft. Ich bin ein Freak. Rauch gibt mir Energie. Die Ureinwohner stehen auch drauf, die haben Räucherzeremonien und so was. Atmen das Zeug mit Absicht ein. Wieso ist es Kultur, wenn die das machen, und bei mir ist es ein Versicherungsrisiko?«

»Engo.«

»Was?«

»Ich muss mit dir reden.« Sie blieb stehen. Um sie herum dampfte noch das Zimmer. »Über Ben.«

Plötzlich fing Engo an zu kichern und legte ihr schwer die

Hand auf die Schulter. »Mädel, ich verrat dir jetzt mal was«, sagte er, schließlich war er der Ältere von beiden. »Wenn ein Kerl seine Ladung verschießt, ist sein Hirn ausgeschaltet, okay? Das muss man einfach wissen. Ich versteh schon, wie ihr Mädels tickt. Bevor ihr kommt, denkt ihr mit halbem Hirn an euren Kerl oder fragt euch, was ihr zum Abendessen kochen sollt, mit der andere Hälfte grübelt ihr über irgendeinen Scheiß nach, den eure Mutter vor acht Jahren gesagt hat und wegen dem ihr immer noch sauer seid.«

Andy starrte ihn ungläubig an.

»Kerle denken anders.« Engo machte eine ausladende Handbewegung. »In unserem Oberstübchen ist nur Musik. Chaos. Zerstörung. Kleine Stromblitze, die Funken schlagen. Wörter? Fehlanzeige. Dass wir überhaupt sprechen können, grenzt an ein Wunder. Also. Er hat den falschen Namen rausgehauen? Na und? Komm drüber weg.«

»Ach, das bin ich schon lange«, sagte Andy. »Aber dass ihr alle darüber Bescheid wisst, macht mich fertig.«

»Wo ist das Problem?«

»Man wird mich feuern.« Andy setzte eine flehentliche Miene auf. Es funktionierte. Engo wurde weich. Sie hatte ihn an der Angel. »Und das geht gar nicht.«

»Du wirst versetzt, ist doch kein Ding.« Engo seufzte. Jetzt kam er näher, so nah, dass sie seine großen Poren sah und seinen Atem auf ihrer Oberlippe spürte. »Du bist nicht die erste Braut, die unter einem Typen gelandet ist, Andy.«

»Bei mir steht ein bisschen mehr auf dem Spiel«, sagte sie. »Sachen, von denen Matt nichts weiß.«

»Was für Sachen?«

»Schlimmere Sachen. Die ich damals in San Diego gemacht hab.«

Aus Engos Funkgerät kam ein kurzes statisches Knistern. Andy tastete nach ihrem Gerät und fragte sich, warum Engo und sie nicht auf demselben Kanal funkten. Zuerst dachte sie, sie hätte ihren aus Versehen verstellt, doch dann bemerkte sie, wie Engo an seinem Gerät herumfummelte, um wieder den richtigen Kanal einzuschalten.

»Erzähl's mir später«, sagte er, bevor er ausholte und ihr in den Bauch schlug. Andy spürte, wie ihr sämtliche Luft aus dem Körper wich.

Er hatte sie schon über den Boden in einen der hinteren Räume gezerrt, bevor sich der Krampf wieder löste und sie nach Luft schnappen konnte. Sie schrie, wand sich, trat nach ihm. Andy konnte kämpfen, aber ihre Flasche und die schwere Schutzkleidung schränkten ihre Beweglichkeit ein, es war, als müsste sie bei einer Schlammschlacht gegen ihn antreten. Engo drehte sie auf den Bauch, parkte sein Knie auf ihrem Hintern, drückte auf die Sauerstoffflasche und verdrehte ihr den Arm. Andy schrie nach Leibeskräften, während er mit den Fingern an ihrer Schulter vorbei nach ihrem Funkgerät tastete.

»Was soll der Scheiß! Hör auf! Stopp!«

Engo lachte nur. Ein dunkles, tiefes Lachen, das Andy gut kannte, voll bösem Selbstvertrauen und Erfahrung. Mit ihrer freien Hand riss sie ihren Totmannwarner vom Clip, einfach, um irgendwas zu tun, um sich nicht völlig hilflos zu fühlen. Das Gerät gab einen schrillen Ton von sich, als Engo ihr das Funkgerät von der Brust schnallte und es neben ihr Gesicht legte.

»Engo! Stopp! Bitte!«

»Jaja«, sagte er, irgendwo über ihr. »Daran arbeiten wir noch. Hör auf zu reden. Du sollst schreien.«

Er zerrte ihre Hände nach unten und klemmte sie zwischen seinen Knien und ihrem Gürtel fest. Andy traten die Augen aus den Höhlen, ihr zum Schrei aufgerissener Mund wurde auf den Boden gedrückt, während er ihr die Hand in den Jackenkragen schob und mit erfahrenen Bewegungen den Druckpunkt hinter ihrem Schlüsselbein ertastete. Er presste mit ganzer Kraft. Der Schmerz durchzuckte sie wie ein Stromstoß, sie stieß wilde, unkontrollierte Schreie aus, die tief aus ihrem Körper kamen.

Irgendwo hinter dem weißen Rauschen ihrer Qualen hörte sie Engos Funkgerät klicken.

»Scheiße ... Matt! Andy liegt hier, sie ist verletzt. O Gott! Sie ist ... Moment ... sie ... *Moment, Matt, Moment!* Matt, sie ist in ein Loch gestürzt, da hinten ist der Boden unter ihr eingebrochen. Im rückwärtigen Teil. Sie hängt an einem Träger fest.«

Es kam keine Antwort. Engo bearbeitete den Druckpunkt, Schmerzwellen durchliefen Andys Körper, vom Hals bis zu ihrem verdrehten Arm. Sie widersetzte sich dem Brechreiz, versuchte, die Oberschenkelmuskeln zu aktivieren, um ihn abzuwerfen. Ihr freier Arm schwang über den Boden, schob Papier herum, sie grabbelte an ihrer Hose, ihrer Jacke, in der Hoffnung, eine Waffe zu finden, einen Griff. Nichts. Seine Knie zerdrückten ihr die Finger, ihre Knochen knirschten und knackten.

BEN

Durchs zerbrochene Fenster sah er Jakes Gesicht. Blass, der Schrecken sogar aus der Ferne erkennbar. Dann verschwand er wie ein aufgescheuchtes Reh im Dunkel der verkohlten Gebäudestrukturen. Matt umklammerte sein Funkgerät, sein Blick war hart.

»Engo, wo bleibt dein Lagebericht?«

»Ich geh da jetzt rein.« Ben setzte seinen Helm auf.

»Vergiss es!« Matt packte ihn am Schultergurt und zerrte ihn zurück. »Du bist stellvertretender Einsatzleiter. Jake, du unterstützt den Angriffstrupp.«

Sie hat sich irgendwo das Bein aufgeschnitten, Matt. Scheiße, ich glaub, es hat eine Arterie erwischt. Hier ist überall Blut. Jake, nicht von unten hochkommen, es herrscht immer noch Einsturzgefahr.«

»Von wo soll ich zu euch kommen?«

»O Scheiße, Scheiße! Bleib bei mir, Andy, bleib bei mir! Jake ... über die westliche Treppe, dann über den Flur im dritten Stock.«

»Ben! Bennnn!«

Andys Schrei weckte das Tier in Ben. In Matts Gesicht entdeckte er nur dieselbe ausdruckslose Miene, die er auch das letzte Mal gesehen hatte, als er die Rolle des stellvertretenden Einsatzleiters übernehmen musste. Damals hatte Ben allein den Einsatz koordiniert, als Teil seiner Ausbildung, während sein Chef mit diesem Ausdruck aus dem brennenden Haus gekommen war. Zu ruhig. Der Blick leer. Matt war zurückgekehrt, um seine Sauerstoffflasche zu tauschen. Ben hatte ihn dabei beobachtet, als Engo über Funk die Meldung absetzte, dass Titus nicht in Position und nirgendwo zu finden sei, dass er glaubte, von unten einen Schrei gehört zu haben.

»Scheiß drauf, mir reichts!«, sagte Ben jetzt. Matt versuchte, ihn zurückzuhalten, aber Ben konnte sich aus seinem Griff befreien. »Ich geh rein.«

Ben hörte ihre Schreie aus dem dritten Stock. Das Schrillen ihres Totmannwarners. Er folgte Jakes Stiefelabdrücken durch den Staub, rannte hoch, drei Stufen auf einmal, am ganzen Körper zitternd. Weil sie wieder da waren, die Bilder von Andy, wie sie beim Einschlagen des Fensters bei lebendigem Leib verbrannte. Er betete, schickte tatsächlich ein Stoßgebet gen Himmel, während er rannte und ihre Schreie lauter wurden. So laut gellten sie, dass Engos Stöhnen kaum zu hören war. Ben war nur ein paar Meter von der Tür entfernt, als Ben verstand, was Engo da sagte.

»Ganz richtig, Baby! Schrei du nur. Schrei nach deinem Freund.«

Ben stürzte ins Zimmer. Jake stand in der Ecke und sah zu, wie sich Engo von Andy löste. Sie war schweißgebadet, in ihrer weiten Schutzkleidung sah sie aus wie ein Kind, das Verkleiden spielte. Ihre Augen waren blutunterlaufen, ihr Blick wild, sie sah Ben an, bevor sie sich zur Seite drehte und sich erbrach.

Engo erhob sich grinsend. Ben wusste nicht, was er zuerst tun sollte, sich um Andy kümmern oder Engo vermöbeln. Doch bevor er eine Entscheidung treffen konnte, hatte Andy sich bereits aufgerappelt, ihre Handschuhe abgestreift und ging auf ihren Angreifer los. Sie schlug ihm mit voller Wucht in den Mund. Fingerknöchel auf Zähne.

»Du verdammtes Arschloch!« Andy nahm erneut Anlauf, geriet aber ins Wanken, als der Schmerz sie erneut durchfuhr. »Du dummer, hässlicher Wichser!«

»Jesses.« Engo musste nur einen Schritt zur Seite weichen, um aus ihrem Schlagradius zu treten. Er hielt sich das blutüberströmte Kinn. »Meine Lippe ist aufgeplatzt!«

Ben ging zu Andy. Sie schlotterte in seinen Armen. Der Kragen ihrer Schutzjacke stand offen und entblößte einen fingerkuppengroßen, blauen Fleck. Ben erkannte den Fleck sofort. Engos Partykunststück. Andy fummelte mit ihrem Totmannwarner herum, versuchte, das Schrillen abzustellen.

Matt stand im Türrahmen, den er mit seinem massigen Körper fast ausfüllte. Er hatte sich offenbar ein frisches Kaugummi reingeschoben und betrachtete Ben mit stummer, geradezu väterlicher Abscheu. Ben wurde schlecht.

»Du, du und du.« Matt zeigte nacheinander auf seine Männer. »Ihr macht weiter mit dem Kontrollgang.«

Dann war Andy an der Reihe. Matts Tödlicher Finger zeigte direkt auf sie.

»Du. Zurück zur Wache. Räum deinen Spind aus. Du bist raus.«

2008

Sie wusste, dass der Typ am Tresen interessiert war. Er hatte diesen hungrigen Blick. Und für jemanden in ihrer Position könnte das leicht schlecht ausgehen – so war es tatsächlich schon ein paarmal gelaufen an den verschiedenen Stationen entlang der Ostküste, wo auch immer der Wind sie gerade hingetragen hatte. In den drei Tagen, die Dahlia nun schon im Obdachlosenheim in der Bronx hauste, hatte sie ihre zugeteilte Koje so gut wie nicht verlassen. Es war ein Stockbett in der hintersten Ecke des Saals, weit weg von der Tür, wo es richtig dunkel war. Sie schlief unten. Ein guter Schlafplatz, ihr bester seit Georgia. Den würde sie nicht so leicht abgeben. Aber da war dieser Typ mit seinen neugierigen, glänzenden Augen. Jeder mit einem gesteigerten Interesse an einem spindeldürren Mädchen mit dunklen Schatten um die Augen, das ihren Namen nicht verriet, nicht duschen wollte und bohnengroße Blasen an den Füßen hatte, war mit Sicherheit ein gefährlicher Irrer. Sie hatte sich in ihrer Koje in der äußersten Ecke zusammengerollt wie ein alter Hund, der einen Platz zum Sterben gefunden hatte, und Typen, die auf diese extreme Form der Hilflosigkeit ansprangen, waren keine guten. Dahlia wartete, bis seine Schicht vorüber war, bevor sie am dritten Tag unter der Decke hervorkroch, um ein bisschen an die frische Luft zu gehen und herauszufinden, wo sich der Notausgang befand.

Wie sich herausstellte, war zwar seine Schicht vorbei, aber er lauerte ihr trotzdem auf, in der Gasse hinter dem Gebäude, das Pflaster um seine Schuhe herum von Zigarettenkippen übersät, eine glomm noch zwischen seinen Fingern. Als sie an die Tür kam, strich er sich über die silbrig grauen

Schläfen, als wären sie ihm peinlich. Machte sich offenbar bereit für die große Ansprache. Sie wollte gerade den Rückzug antreten, doch seine Worte ließen sie erstarren. »Ich weiß, wer du bist.«

Dahlia drehte sich um. Weiter hinten im Gang versuchten ein paar Ehrenamtliche, einen Obdachlosen mit einem auf Baseballgröße angeschwollenen Bauch zu überreden, das Sprechzimmer des ärztlichen Dienstes zu betreten. Der Mann hielt ein schmuddeliges Kissen unter dem Arm und schluchzte erbärmlich.

»Du bist Dahlia Lore«, sagte der Typ in der Gasse.

Beim Klang ihres Namens fühlte sie sich gleich schwächer. Ihr Verstand riet ihr zur Flucht, aber ihre Beine wollten nicht gehorchen, also ließ sie sich schwer auf die Steinstufe fallen.

»Ich erzähl dir jetzt, was ich weiß«, sagte Silberschläfe und aschte ab. »Vor neun Monaten bist du in Commander Aaron Ferdakis' Büro in San Antonio, Texas, geschneit und hast ihm einen dicken Aktenordner auf den Tisch geknallt. Du hast Ferdakis darüber informiert, dass es sich um gesammelte Recherchen handelte. Alles, was du über die beiden Mörder deiner Eltern, Shaun und Rina Lore, seit ihrem damals schon zwei Jahre zurückliegenden Tod herausgefunden hattest.«

Dahlia zog sich die Ärmel ihres Kapuzenpullis über die Finger. Der Mann, seine Worte – sie wollte sich am liebsten zu einem Ball zusammenrollen. Sich verkriechen. Verschwinden.

»Du hast Ferdakis und seinen Leuten ein Jahr gegeben, um die Ermittlungen voranzutreiben«, sagte Silberschläfe. »Danach hast du die Dinge selbst in die Hand genommen. Zuerst hast du nicht verstanden, warum die Polizei von San Antonio in der Sache einfach nicht weiterkam, schließlich hatten sie den Wagen, der damals vor der Tankstelle stand. Sie hatten die Namen der beiden anderen Toten. Sie hatten Fingerabdrücke, DNA, Patronenhülsen. Nein, Kameraaufzeichnungen von den Schützen gab es nicht, die waren zusammen mit der von ihnen angezündeten Tankstelle in Flammen aufgegangen, aber alles andere sollte doch reichen, um den Tätern auf die Spur zu kommen.«

Dahlia wischte sich über die Augen.

»Du hast sie schnell gefunden, ein bisschen rumfragen, ein bisschen Kombinationsgabe, mehr brauchte man gar nicht. Ihre Namen: Jude und Michael Hogan, Brüder. Zwei Dealer aus Galveston.«

Silberschläfe setzte sich neben sie auf die Stufe, flitschte seine Kippe weg und fischte sich eine neue aus der Packung. Bot ihr auch eine an. Sie war so durch, dass ihr das Nikotin wie ein Blitz ins Hirn schlug, es fuhr ihr durch den Schädel, prickelte ihr auf der Kopfhaut und im Nacken.

»Das Ergebnis und die Art, wie du die Hogans gefunden hast, fand ich schon bemerkenswert, aber so richtig beeindruckt hat mich die Art und Weise, wie du dich in ihr Leben geschlichen hast.«

Dahlia rauchte. Drinnen waren zwei Ordner angetreten, um das übergroße Mannskind mit dem Kissen ins Sprechzimmer zu bugsieren. Offenbar hatte er ein Insekt im Gehörkanal. Behauptete er jedenfalls. Ihn ins Sprechzimmer des ärztlichen Diensts zu schieben, stellte sich aber als schwierig heraus, man beriet sich darüber, ob es nicht besser wäre, ihn zu überzeugen ins Krankenhaus zu gehen.

»Hörst du mir zu?«, fragte Silberschläfe.

Dahlia nickte, doch in Wahrheit war sie nicht bei der Sache. Sie suchte nach Ablenkung, irgendwas, um sich in der Gegenwart zu verankern, die Erinnerungen an jene Nacht in der Tankstelle zu vertreiben und die Jahre danach. Ihre Jagd auf die Hogans. Wie sie schlangengleich in ihren Alltag geglitten war: zuerst als Handlangerin auf dem Schrottplatz, auf dem Jude Hogan die meiste Zeit verbrachte, dann als Kellnerin in einem Diner in der Nähe von Michael Hogans Wohnung. Keiner von beiden hatte sie erkannt. Klar, sie hatte ja auch drastisch abgenommen, ihre Frisur geändert, war eingesunken und hart geworden, wie alle Hinterbliebenen, die geliebte Menschen durch einen Mord verloren hatten. Sie hatte keinerlei Ähnlichkeit mehr mit dem Mädchen auf dem Bild, das für ein paar Tage in allen Zeitungen erschienen war. Doch am Ende, so vermutete Dahlia jedenfalls, hatte sie vor allem eines davor geschützt, von den Brüdern erkannt zu werden: Weder Jude noch Michael hatten sie dort erwartet, wo sie aufgetaucht war, ihnen mit schüchternem Lächeln Kaffee serviert oder auf ihrem Schrottplatz verbogene Blechplatten übereinandergestapelt hatte. Sie waren nämlich davon ausgegangen, dass das zu Tode erschrockene Mädchen, das sie auf der Flucht in die Wüste angeschossen hatten, für immer aus ihrem Leben verschwunden war.

»Woher wissen Sie das mit der Akte?«, fragte Dahlia jetzt. Wie sich herausstellte, war der Mann neben ihr gar nicht der, für den er sich ausgegeben hatte, einer, der in einem Obdachlosenheim am Empfangstresen saß. Ihre Stimme klang tonlos. Es war einfach zu anstrengend, ihre Sätze mit einer Melodie zu untermalen.

»Ich hatte eine Wanze in Ferdakis' Büro versteckt. In der Lampe. Du hast die Akte mit solcher Wucht auf den Tisch geknallt, dass sich die Wanze gelöst hat, herzlichen Dank noch dafür.« Er stieß ein raues Lachen hervor. »Hätte fast meine ganze Ermittlung hochgehen lassen. Ich hatte den Commander schon seit einiger Zeit im Visier, hab genau mitbekommen, welche Verbindungen er zu Leuten wie den Hogans unterhielt. Der Mann hat sich einen ganzen Stall voll Dealer, Schmuggler und Meth-Köche gehalten. In seiner

Welt sind solche wie die Hogans nur kleine Fische. Oder waren es zumindest. Bis du sie getötet hast.«

Dahlia schwieg.

»Du bist fünfundzwanzig.« Der Typ schaute sie jetzt genau an. »Fünfundzwanzig, verdammt. Du hast im Alleingang zwei hochgefährliche Drogendealer ein ganzes Jahr lang observiert und Beweise über ihr Netzwerk gesammelt, das bis hinauf zum Commander einer der größten Polizeidienststellen im Staate Texas reichte.«

Dahlia starrte auf die glühende Spitze ihrer Zigarette.

»Hörst du mir überhaupt zu?«

»Ja.«

»Nein, tust du nicht.« Er lehnte sich an den Türrahmen »Du bist erschöpft, das verstehe ich. Scheiße, du bist seit Monaten auf der Flucht. Und richtig gut darin. Ich habe ewig gebraucht, bis ich dich endlich aufgespürt hatte.

Und wahrscheinlich hast du Angst. Das zehrt an einem, ständig in Angst zu leben. Vermutlich denkst du, ich will dich wegen der Hogans verhaften.«

Jetzt sah sie ihn an.

»Tue ich nicht.« Wieder strich er sich über die ergrauten Schläfen. »Die .38er sollten wir allerdings verschwinden lassen. Keine Ahnung, warum du die noch mit dir rumschleppst. Aber hey, du bist erst fünfundzwanzig. In manchen Dingen bist du unglaublich schlau, aber unglaublich dumm bei anderen. Du scheinst zu glauben, dass Ferdakis einfach das Handtuch wirft und sich ergibt, weil du ihm beweisen kannst, wer er ist und was er so treibt. So: *O Scheiße, Kiddo! Jetzt hast du mich erwischt.*«

Er lachte. Dahlia nicht.

»Warum sind Sie dann hier?«

»Weil ich mit dir arbeiten möchte«, sagte Silbersträhne. »Du bist was Besonderes. Ein Naturtalent. Was du geleistet hast – die Ermittlung, die Undercover-Arbeit –, das war alles reiner Instinkt. Ich mein', Scheiße, so was hab ich noch nie erlebt. Stell dir vor, was du erreichen könntest, wenn man dich ein bisschen ausbildet. Gut ausbildet. Das biete ich dir an, Dahlia. Ich möchte dich unter meine Fittiche nehmen und was aus dir machen.«

»Was aus mir machen?«

»Eine Spezialistin«, sagte er. »Eine, die das macht, was du getan hast. Die sich anpasst, einschleicht, die Informationen besorgt. Du hast eine seltene Gabe, und die Ermittlungsarbeit hat dir sicher Freude bereitet.«

Sie schwieg.

»Zuerst müssen wir dafür sorgen, dass du nicht mehr wie eine Hinterwäldlerin redest. Deswegen hast du seit Georgia nichts mehr gesagt, stimmt's? Dieser typische Singsang ist wie ein Aushängeschild.«

Jetzt spürte sie es. Ein kleiner Energieschub. Eine chemische Reaktion in ihrem erschöpften Kreislauf. In ihrem Hirn ging das Licht an. Seit sie Michael Hogan vor neun Monaten auf einem leeren Walmart-Parkplatz eine Kugel in den Kopf gejagt hatte – seinen Bruder Jude hatte sie vorher in seiner Wohnung im Schlaf erledigt –, hatte sie sich einfach ausgeschaltet. Sie hatte ihr Ziel erreicht, und das war alles, was sie seit dem Tod ihrer Eltern angetrieben hatte. Als Tony Newler vor fünf Minuten in dieser feuchten Gasse in der Bronx das Wort an sie gerichtet hatte, war sie fast tot gewesen, die vertrocknete Hülle einer verwelkten Pflanze. Doch jetzt hatten ihre Wurzeln Wasser gewittert und unter der Erde zu zucken begonnen.

»Wer sind Sie?«, fragte Dahlia.

Tony lächelte sie auf eine Weise an, die ihr Herzlichkeit vermittelte. Ein Lächeln, das sie schon bald hassen würde.

»Was meinst du damit? Wer ich heute bin?«

ANDY

Andy dachte über den Newler nach, mit dem sie in jener Nacht hinter dem Obdachlosenheim gesprochen hatte: ein schlankerer, jüngerer, nervöserer Mann als der, mit dem sie heute zu tun hatte. Sie saß in ihrem um die Ecke vom Best Western Hotel geparkten Wagen in Dayton und dachte über ihn nach, wie er sich damals als ehrenamtlicher Helfer ins Heim geschmuggelt und sie drei Tage lang beobachtet hatte, genau genug, um zu sehen, dass sie noch die .38er bei sich trug, ihre Eintrittskarte ins Gefängnis, wenn man es so wollte. Genau genug, um zu erkennen, dass ihre Möglichkeiten begrenzt waren, Suizid, Haft oder ein Ausweg. Und den hatte er ihr damals geboten, den einzigen Ausweg, den sie hatte annehmen wollen.

Dahlia, die sich heute Andy nannte, tippte von unten gegen das Lenkrad und fragte sich, ob Newler sich schon damals in sie verliebt hatte. Oder ob das später passiert war, als er ihr beibrachte, sich wie eine Anwältin aus Michigan zu bewegen oder wie eine Fährarbeiterin aus San Francisco oder Picklebacks zu kippen wie eine, die dies schon seit ihrer Jugend in New Hampshire getan hatte. Während sie beide als Frischvermählte in den Florida Keys aufgetreten waren oder als Immobilienmakler in Utah oder als Fremde auf einem Bahnsteig in Illinois. War seine Liebe zu ihr schon damals so besitzergreifend gewesen, als sie gezeichnet und schwach mit ihrem Rucksack auf der Brust zusammengerollt in ihrer Koje geschlafen hatte, die Arme um alles geschlungen, was sie auf dieser Welt noch besaß? Oder erst nachdem er versucht hatte, sie in New York in ein sesshaftes, solides Leben mit einem festen Einkommen aus der Staatskasse zu drängen? Er war müde, wollte nicht mehr ohne Sicherheitsnetz arbeiten in diesem Beruf, in dem er selbst mit

Mitte zwanzig durch Zufall gelandet war, nachdem er als Barmann Drogendealer belauscht und seine Info für zwanzig Dollar an die Polizei verkauft hatte. Diese Arbeit hatte er geliebt: beobachten, belauschen, täuschen, heimlich Bescheid wissen. Jetzt liebte er sie und hatte beschlossen, in Quantico ein neues Kapitel in seinem Leben aufzuschlagen, wie wunderbar sich das alles fügen würde: Sein kleines Projekt, Dahlia, passte genau in diese Vorstellung.

Er wollte sie heiraten, sie sogar zu einem gemeinsamen Kind überreden.

Und sie hatte nein gesagt.

Andy beobachtete die Leute vom hoteleigenen Parkservice, bemüht, sich aus dieser entsetzlichen Gedankenspirale zu befreien, bevor sie bei der Strafe landete, die ihr Newler für ihr Nein aufgebrummt hatte. Als sie Dammerly Tsaba aus der Drehtür des Hoteleingangs kommen sah, stieg sie aus und warf einen raschen Blick auf ihr Spiegelbild im Seitenfenster, um Perücke, Brille und Hosenanzug zu richten. Ihr Hirn wollte diese anderen, finsteren Gedanken weiterverfolgen, hin zu der Übelkeit erregenden Demütigung, die sie an diesem Morgen am Boden des ausgebrannten Schulgebäudes erleben musste, von Engo zu Boden gezwungen, zu dem Nachmittag in ihrer Wohnung, den sie damit verbracht hatte, sich auszuruhen, ihre schmerzende Schulter und die blutunterlaufenen Augen zu verarzten. Aber als sie die Straße zum Hotel überquerte, gelang es ihr doch, sich auf die Dinge zu konzentrieren, die jetzt wichtig waren.

Aus der Nähe betrachtet entpuppte sich Dammerly genau als derjenige, den Andy sich vorgestellt hatte. Unter der wasserdichten, fest verzurrten Fassade vom aufrechten Bürger verbarg sich ein moralisch korrupter Bösewicht. Er war wie das Hotel, das im Internet hell erleuchtete, geräumige und makellos saubere Zimmer präsentierte, die in Wahrheit extrem düstere, nach Zigarettenrauch stinkende Kammern waren. Unter Dammerlys Blazer lugten seine Knast-Tattoos hervor, und sein schief sitzendes Namensschild war zerkratzt. Als Andy ihm unter den goldfarbenen Lichtern des Eingangs entgegentrat, verzog er die untere Hälfte seines Gesichts zu dem Lächeln, für das er bezahlt wurde. Aber dann wanderte sein ausdrucksloser Blick über ihre noch immer blutunterlaufenen Augen. Aus der Ferne hatte ihn ihr selbstbewusster Gang aus dem Konzept gebracht.

»Ma'am, willkommen im ...«

»Dammerly Tsaba? Können wir reden?«

Andy machte eine knappe Kopfbewegung zur im Schatten liegenden Auffahrt, außer Sichtweite des Empfangs und der Sicherheitskameras. Tsaba wusste, was anlag, nickte seinem Kollegen zu und folgte Andy in den Schatten, wobei er zwanghaft mit seinem großen Schlüsselbund spielte.

»Ma'am, sind Sie nicht zufrieden mit unserem Service? Sind Sie Gast bei uns?«, fragte Tsaba hoffnungsvoll.

»Halt die Klappe, Dammerly«, sagte Andy. »Ich bin Tylees Nachfolgerin.«

»O Mann.« Dammerly gab einen langgezogenen Seufzer von sich und legte den Kopf in den Nacken. »Hab ich's doch geahnt. Hat man sie gefeuert oder was?«

»Verwarnt.« Andy verschränkte unter Schmerzen die Arme, ihre verletzten Sehnen meldeten sich sofort. »Der Bewährungsausschuss konnte nicht mit Sicherheit nachweisen, dass ihr gefickt habt, aber dass irgendwas zwischen euch gelaufen ist, war spätestens klar, nachdem sie Tylees letzte fünf Kontrollbesuche in deiner Wohnung überprüfen wollten und festgestellt haben, dass du schon vor zwei Monaten ausgezogen bist. Beziehungen zwischen Bewährungshelfern und Verbrechern sehen die nicht so gern, *Mister Tsaba*.«

Dammerly stopfte den Schlüsselbund in seine Blazertasche und zog aus der anderen sein Handy hervor.

»Ich muss sie anrufen.«

»Das lässt du schön bleiben.« Andy packte ihn am Arm. »Ich bin hier nicht angetanzt, um dir vorm Ende deiner Schicht einen Tipp zu geben, damit du vorbereitet bist, falls Tylee dir aus Rache aufs Bett geschissen hat. Ich will meinen Anteil.«

Dammerly starrte sie ungläubig an. Er sah aus, als würde er gleich losprusten. »Echt jetzt?«

»Echt«, sagte Andy. »Hey, deine Freundin hatte einen beschissenen Tag. Sie hat fast ihren Job verloren, weil der Ausschuss Wind davon gekriegt hat, dass zwischen euch was läuft. Aber du, Dammerly, hast viel mehr zu verlieren. Wenn du also weiterhin billige Autos parken und dafür Scheinchen von auswärtigen Geschäftsleuten kassieren willst, kriege ich was davon ab. Oder willst du zurück ins Queensboro Correctional, wo deine Kinderfickerfreunde schon auf dich warten?

»Nicht so laut, verdammt! Herrje!«

Andy zuckte die Achseln und schob die Hände in die Hosentaschen. Der Anzug war billig, an den Ärmeln schon ausgewaschen, sie hatte ihn zuvor in einem Secondhandladen erstanden. Andy fragte sich, ob er einer Frau gehört haben mochte, wie sie sie hier zu verkörpern versuchte, schlau genug, um einen Job beim Staat zu ergattern, aber zu dumm und ungeduldig, um den Job zu behalten, hart zu arbeiten und sich langsam hochzudienen, bis das Gehalt endlich reichen würde, um sich neue Klamotten zu kaufen, bevor die alten auseinanderfielen. Eine Bewährungshelferin, die die ihr anvertrauten Kriminellen erpresste, eine verkommene Person, die Freude daran empfand, andere verkommene Personen zappeln zu sehen.

»Wie viel wollen Sie?«

»Tausend, damit die Bewährung ohne Verwarnung endet.«

»Ach, du liebe Scheiße!«

»Noch drei Monate, dann bin ich aus deinem Leben verschwunden. Ist doch ein Schnäppchen.«

»So viel Geld hab ich nicht.«

»Deine Freundin aber vielleicht schon.«

»Sie ist nicht meine Freundin, Mann.« Tsaba verzog das Gesicht und stieß ein Zischen zwischen den Zähnen hervor. »Wir haben uns ein paarmal getroffen, und sie hat mich auf ihrem Sofa schlafen lassen, damit ich meine Wohnung untervermieten kann, um mein Einkommen aufzustocken.«

Andy zeigte auf ihr Gesicht. »Schau mich an.«

Er gehorchte.

»Schau dir meine Zähne an.« Sie grinste. »Sehen die weiß aus?«

»Ähm ... ja.«

»Richtig. Die sind weiß, weil ich mir keine Scheiße ums Maul schmieren lasse, Dammerly.«

»Okay, verstehe.«

»Lass es.«

»Okay. Mist.« Er spähte ihr in die roten Augen, wollte offenbar gerade zu einer Bemerkung ansetzen, besann sich aber eines Besseren. Schlau von ihm.

Sie tippte mit dem Zeigefinger auf ihre Handfläche. »Wenn wir uns nächste Woche wieder hier treffen, seh ich die Scheine. Keine faulen Ausreden. Wenn du auch nur eine Minute zu spät kommst, vermerke ich in deiner Akte, dass du während unseres freundlichen kleinen Gesprächs heute Abend eine Fahne hattest.«

Er zuckte zusammen, als hätte sie ihn geohrfeigt. »Mann, wer zum Teufel sind Sie?«

»Hab ich dir schon gesagt. Tylees Nachfolgerin«, sagte Andy. »In fünf Minuten kriegst du eine Mail, in der dir alles offiziell erklärt wird. Und wo wir gerade von Computern sprechen, ich will deinen Log-in-Namen und Passwort fürs Hotelsystem.«

»Was?« Dammerly wich einen Schritt zurück.

Andy tat es ihm gleich. »*Was?*«, äffte sie ihn nach. »Du hast es immer noch nicht kapiert, oder? Ich mach hier die Ansagen. Du und Tylee, ihr habt's verkackt. Jetzt bin ich dein Daddy, und was Daddy sagt, wird gemacht. Also, ich will deine Zugangsdaten. Zugang zum Intranet, Zimmerbelegung, Parkservice.«

»Wozu brauchst du das?«

»*Information*, Dammerly.« Andy beugte sich lächelnd zu ihm vor, als spräche sie mit einem Kind. »Glaubst du, ich wäre so weit gekommen, wenn ich nicht wüsste, was Informationen wert sein können? Es überrascht mich, dass gerade jemand wie du diesen Wert noch nicht erkannt hat. So ein Drecksack von einem Kriminellen, wie du einer bist. Du hast schon seit Jahren den perfekten Überblick über jedes Check-in, Check-out, weißt, wer wann Zimmerservice bestellt und wo und wie lange hier geparkt hat. Anrufe, eingehende Gespräche. Kreditkartenzahlung. Namen auf der Besucherliste. Restaurantreservierungen. Wie blöd kann man eigentlich sein?«

Dammerly zuckte leicht zusammen. Er wirkte zurechtgestutzt, ein paar Zentimeter kleiner. »Ich bin nicht blöd.«

»Na, da bin ich mir nicht sicher, Schätzchen.« Andy zückte ihr Handy und öffnete die App für Notizen. »Zugangsdaten, sag an.«

BEN

Wirbelnde Kreise, weiße Flecken, scharfe Goldspitzen, die sich ins Hirn trieben, bis man Kopfschmerzen bekam, hallende Schritte von harten Schuhen. Ben hielt sich bedeckt und bemühte sich, möglichst unbeschadet hindurchzuwaten, obwohl er völlig erschöpft war. Mit ihrer scheinbaren Endlosigkeit kam ihm die seltsame, spiralförmige Rampe des Guggenheim Museum vor wie ein mittelalterliches Folterinstrument. Als die Mannschaft nach dem letzten Einsatz in der alten Highschool auf die Wache zurückgekehrt war, hatte Andy schon ihre Sachen aus dem Spind geräumt und war verschwunden. Auf Bens Nachrichten reagierte sie nicht. Ben mied eine potenzielle Begegnung mit Matt, indem er sich freiwillig zum Putzdienst meldete. So würde er in der Personalküche festhängen, wo die Leute von der Nachtschicht eine Riesenportion Chili vorgekocht hatten. Dreckige Teller, fettige Töpfe. Niemand hielt sich lange in seiner Nähe auf. Sie leerten die Reste von ihren Tellern in den Müll, stellten sie neben ihm ab und machten sich schuldbewusst davon. Genau, wie er es beabsichtigt hatte.

Jetzt stand er im affigen Smoking auf der Rampe und fragte sich, wie viele Schleifen er noch durchwandern müsste, um bis zu Matt vorzudringen, der mit einem Glas Champagner vor einer an der Wand montierten Skulptur stand.

»Wie jetzt? Besitzt du keine Krawatte?«

»Nee. Aber das merkt sowieso keiner, ich bin gleich wieder weg.«

»Aber der Schampus ist gratis.«

»Ich weiß nicht mal, für welchen Zweck die hier Spenden sammeln.« Ben warf einen flüchtigen Blick auf die am Fuß der Spirale versammelte Menge. Smokings, Glitzerkleidchen. »Ich hab am Eingang zwanzig in einen Eimer geworfen. Hätte für den Verein zur Förderung von Hundekämpfen sein können, ich tät's nicht wissen. Gehst du öfter auf solche Sachen?«

»Ich werde eingeladen, wie alle Chiefs. Donna zwingt mich hinzugehen, wenn sie vor mir die Mails gelesen hat.«

»Gefällt dir das?«

»Klar. Wir tanzen an, ich trinke zu viel, mache keinen Smalltalk, und wir streiten uns auf dem Heimweg. Ein Riesenvergnügen, jedes Mal.« Ben spürte Matts Blick, er schien ihm förmlich in die Schläfen zu bohren. »Du kommst über die Sache mit Andy weg. Und zwar pronto.«

»Ist das ein Befehl?«

»Heute hast du mir bewiesen, dass ihr beide ein gefährliches Duo abgebt«, sagte Matt. »Genau, wie ich es vorhergesehen habe. Ein Schrei von ihr, und du wirfst alles hin. Du hast deinen Posten verlassen. In der Armee würden sie dich dafür erschießen.«

»Soso.«

»Du wirst Engo schön in Ruhe lassen.«

»Einen Scheiß werde ich.«

»Er hat meine Anweisung ausgeführt. Der Test war meine Idee.«

»Er hat sie verletzt. Ihre Schulter …«

»Die wird schon wieder. Dasselbe hat er mit Jake veranstaltet.« Matt schnitt eine Grimasse. »Erinnerst du dich? Auf der Trauerfeier. Zwei Tage später hat er Sandsäcke geschleppt. Ich wollte sicher sein, dass Andy so richtig schreit.«

»Du bist doch krank im Kopf.« Ben brannten die Ohren, Wut brodelte ihm vom Bauch die Kehle hinauf. »Ich hätte euch beide umhauen sollen, gleich danach.«

»Du bist ein echter Spaßvogel. Hast du schon mal über eine Karriere als Comedian nachgedacht?«

»Vielleicht sollte ich mir was Besseres überlegen, hier und

jetzt«, sagte Ben mit eiskalter Stimme. Matts Blick verhärtete sich. »Euch die Sache mit dem Notar und den Baseballkarten versauen.«

»Versuchs nur«, sagte Matt lächelnd. Sie starrten einander an, Matt noch immer mit diesem fiesen Lächeln, während Ben darüber nachdachte, was passieren würde, wenn er Matt hier die Fresse polierte. Offiziell würde man die Aufsichtsbehörde darüber in Kenntnis setzen, dass es in einer Kunstgalerie zu einem tätlichen Übergriff gekommen war, ein Feuerwehrmann hatte seinen Vorgesetzen angegriffen, einen Helden, der am elften September sein Leben riskiert hatte. Oder sich beim Versuch einen Schädelbruch zugezogen hatte. Inoffiziell würde Ben einen verdammt hohen Preis dafür zahlen, jemanden wie Matt zum Feind zu haben, der in seinem Leben noch keinen Angriff hatte durchgehen lassen, ohne es seinem Widersacher zehnfach heimzuzahlen.

»Dachte ich mir.«

»Mieses Dreckschwein«, zischte Ben.

»Woher sollen wir wissen, dass es nicht auch anders hätte laufen können, Ben. Nehmen wir an, ich hätte sie in der Mannschaft gelassen. Vielleicht betrügt sie dich. Eines Tages wird sie unter einer eingestürzten Treppe begraben, ihr Totmannwarner geht los, du hörst das Signal und denkst dir *Scheiß auf dich, du verdienst es nicht anders, ich lass dich braten.*«

»Ich will nicht mehr darüber reden.« Ben nahm sich ein Glas Champagner vom herumgereichten Tablett, denn was anderes wurde hier offenbar nicht angeboten. »Wo ist der Notar? Mr Ick oder was auch immer.«

»Ichh. Wie Ätsch, nur mit I.«

»Ich will das erledigen und raus hier.«

»Sollte gleich eintreffen, der Gute.«

Sie schlenderten weiter, Matt vorneweg, Ben hinterher. Vor einer Leinwand mit kleinen gelben Quadraten blieben sie stehen. Unter der Farbe war noch die Bleistiftskizze zu erkennen.
»Hast du eine Ahnung, wie leicht man so was fälschen könnte?«
»Nee.«
»Oder wie viel das Ding hier wert ist?«
»Nein, Matt. Das weiß ich auch nicht. Ich sitze nicht stundenlang am Computer und recherchiere, wie viel moderne Kunstwerke kosten, damit ich mich so richtig mies fühlen kann. Warum sollte ich, der für Peanuts täglich sein Leben riskiert, wissen wollen, wie viel Typen, die auf die Kunstakademie gegangen sind, dafür einstreichen, dass sie kleine gelbe Kästchen auf eine Leinwand pinseln?«
Matt grinste. Er liebte solche Schimpftiraden.
»Ich weiß, wie viel es wert ist.« Er zeigte Ben sein Handy. »Fünf Komma drei Millionen. Kannst du dir das vorstellen?«
»Wieso interessiert dich das?«
»Was glaubst du wohl, Sackgesicht? Du lässt das Bild fälschen. Du fingierst ein Gasleck. Strom aus, Licht aus, die ganze Nummer. Marschierst hier rein, tauschst die Bilder aus. Vertickst das Original und legst das Geld beiseite.«
»Klar, weil das so einfach ist.«
»Wäre doch mal spaßig, es herauszufinden.«
Ben musterte ihn. »Das war alles Mist, was du erzählt hast. Von wegen dein letztes großes Ding. Dass Donna deine Letzte ist.«
»Donna ist meine Letzte.«
»Jaja. Das hab ich von dir schon dreimal gehört.«
In Matts Augen blitzte etwas auf.
»Ich mein nur, du kannst die Finger nicht davon lassen.«
Ben zuckte die Achseln. »Genau wie Jake. Jedes Mal riskiert

er alles, weil er hofft, den Hauptgewinn zu holen und dann gibt's drei Wochen große Sause, egal, ob es ihn das Leben kostet. Ihr beide seid süchtig nach dem Risiko, und das könnt ihr nicht einfach aufgeben, nur weil ihr eines Tages beschließt, dass es jetzt genug ist.«

Matt schnaubte amüsiert. »Ach, und du bist da ganz anders? Überhaupt nicht süchtig nach Risiko?«

Ben antwortete nicht, weil Matt natürlich recht hatte. Irgendein unterentwickelter Teil seines Hirns brauchte diesen Nervenkitzel. Ein bestens eingetretener Pfad, denn schon in seiner Kindheit war er nie sicher gewesen, ob seine Mutter bei ihrer Rückkehr lieb und kuschelbedürftig sein würde oder high und panisch, weil sie sich einbildete, irgendwelche CIA-Agenten würden sie jagen. Oder ob sie überhaupt wiederkommen würde. In Matts Hirnlandschaft waren garantiert lauter Vernetzungen angelegt, die solche schädlichen Verhaltensweisen begünstigten. Dieser Hunger nach dem Selbsthass, wenn er am nächsten Morgen in den Zeitungen von seinen verbrecherischen Taten las, die innere Verzweiflung nach jedem Kontakt mit der Polizei, also eigentlich täglich. Warum Engo diese kleinen Verbrechen nach Feierabend brauchte, konnte Ben nur vermuten, aber so, wie dieser Mann durchs Leben ging, musste seine Kindheit die wahre Hölle gewesen sein. Und Jake? Na, bei ihm war die Sache klar. Wenn Jake was entdeckte, das ihm gefiel, dann wollte er es haben, alles, gleich sofort, die volle Dröhnung, für immer. Warum er so war, interessierte eigentlich niemanden, schließlich waren Frischlinge keine echten Menschen.

Neben ihnen war ein Mann aufgetaucht, der Club der gelben Kästchenbewunderer umfasste nun also drei Mitglieder. Der Notar. Nachdem Ben ihn genauer in Augenschein genommen hatte, die Glatze mit den Sonnenflecken, die gelbstichigen Augen, den verstaubten Anzug, stieß er ungläubiges Schnauben aus.

»Willst du mich verarschen? Das ist unser Mann?« Ben wandte sich an den Notar. »Haben die im Krankenhaus noch ein Bett neben Ihrem Klienten frei? Weil, wenn man euch beide zusammenlegt, müssen die Pfleger nicht so weit laufen. Denen tun nach der Schicht nämlich echt die Füße weh.«

»Tja, nun. Aus diesem Grund mache ich das ja, Mr Haig.« Ichh trank einen Schluck von seinem Bier, das er offensichtlich irgendwo aufgetan hatte, und leckte sich den Schaum von der Oberlippe. »Wenn ich nicht so viel zu tun hätte, läge ich vermutlich tatsächlich schon im Sterbebett neben meinem Klienten, Mr Freeman. Ich habe Bauchspeicheldrüsenkrebs.«

Ben starrte auf das Bild, umklammerte seinen Champagner fester. Er hatte zwar keine Ahnung von Krebs, wusste aber seit Patrick Swayze, dass der an der Bauchspeicheldrüse richtig mies war. Gern hätte er etwas Mitfühlendes gesagt, aber er war schon zu tief ins Fettnäpfchen getreten, also wandte er sich wieder an Matt. »Ach, wie schön, er kennt unsere Namen.«

»Die kann man leicht rausfinden«, entgegnete Matt. »Ich hätte uns auch Oberst Gatow, Professor Bloom und Reverend Grün nennen können, aber so ein Arschloch bin ich nicht.«

»Matt ...«

»Und meinen Namen kannte er sowieso schon, schließlich wurde ich empfohlen.«

»Von wem?«

»Ist das wichtig?«

Ben kaute auf seiner Unterlippe. Weil, klar war das wichtig. Aber er konnte sich das auch gut selbst zusammenreimen. Matt hatte drei Ex-Frauen und ein beträchtliches Vermögen, von dem keine von ihnen wissen durfte, weil sie nach der Scheidung einen Anspruch darauf hatten. Wer auch immer Matt empfohlen hatte, wusste wahrscheinlich, dass sie ein Ding planten, würde aber dichthalten, weil er für Matt dreckige Geschäfte erledigt hatte. Ben zwickte sich ins Nasenbein, um seine aufsteigende Panik in Schach zu halten. Der Notar schaute ihn an, als warte er nur auf die nächste Beleidigung. Unten sprach jemand ins Mikrofon. Gedämpfte Höflichkeiten, bescheidener Applaus.

»Also, was ist hier los? Dein Leben lang bist du ein aufrechter Bürger, und jetzt willst du's so richtig krachen lassen, bevor du den Abgang machst?«, fragte Ben. »Verrat mir nichts. Der Fonds. Harvard. Spendengalas und Kunstgalerien. Du langweilst dich! Schon dein ganzes Leben lang. Also hast du beschlossen, dass dir noch einmal so richtig der Schwanz kribbeln soll, bevor du vor deinen Schöpfer trittst.«

»Fast.« Ichh starrte in sein Bier. »Ich hab in Yale studiert. Und mein Leben ist momentan voller unerwünschter Aufregungen, langweilig ist mir also nicht.«

»Tatsächlich?«

»Ich befinde mich gegenwärtig mitten in einem Streit mit meiner Ex-Frau, es geht um unser gemeinsames Vermögen und unseren Besitz. Sie will mich ›ausnehmen wie eine Weihnachtsgans‹, wie man so schön sagt. Jedes Mal, wenn das Telefon klingelt, sackt mir das Herz in die Hose.«

Ben musterte den kleinen Mann.

»Wäre sie ein gütiger Mensch, würde sie einfach warten, der Natur ihren Lauf lassen. Aber gütig war sie nie.«

»Du verstehst doch was von Jura. Kannst du dich nicht wehren?«

»Meine Frau ist Anwältin. Ich bin Notar. Sie hat in Harvard studiert. Ihre angeborene Niederträchtigkeit macht sie so erfolgreich. Also wird sie erst aufhören, wenn nichts mehr übrig ist. Sie wird sich noch die Tauben braten, die auf meinem Dachboden nisten und ihre Hinterlassenschaften auch noch zu Geld machen, wenn sie kann.«

Matt stieß Ben mit dem Ellbogen an. »Unser Junge hier hat noch ein uneheliches Kind. Er will, dass sein Sohn nach seinem Ableben gut versorgt ist, auch nachdem seine Ex-Frau ihm das Blau aus der Klospülung gesaugt hat.«

»Soweit mich Mr Roderick informiert hat, können Sie mein Anliegen gut nachempfinden.«

Ichh sah Ben mit seinen chemogelben Augen an. »Weil auch Sie Ihren Bruder durchbringen mussten?«

Ben nahm Matt ins Visier. Zum ersten Mal, seit sie sich kannten, schien Matt ein wenig in sich zusammenzusinken. »Ist mir so rausgerutscht«, murmelte er.

»Heb dir die Kumpelnummer für Matt auf«, sagte Ben zu Ichh. »Ihr beide habt mehr gemeinsam. Außerdem hat Matt auch Ex-Frauen, die davon träumen, dass er bei einem Unfall mit einer schweren Maschine zerquetscht wird.«

Matt verschluckte sich an seinem Champagner, keuchte, hustete, kriegte sich aber bald wieder ein.

»Erzähl mir vom Schlüssel«, sagte Ben. Unten applaudierten sie wieder. »Wo wird der aufbewahrt?«

»Mein Klient bewahrt alles Wertvolle in einem Safe in seinem Arbeitszimmer zu Hause auf, und soweit ich weiß, befindet sich auch der Schlüssel zu seinem Tresorfach bei Borr Storage darunter.« Ichh wirkte nervös. »Mr Roderick hatte mir vorgeschlagen, ein Foto vom Schlüssel zu machen, anhand dessen man einen Nachschlüssel anfertigen könnte.«

Matt stieß Ben in die Flanke. »Das erledigst du, oder? Gehst mit dem Foto zu deinem Mann drüben in Jersey. Paxi macht das in seiner Werkstatt.«

»So einfach geht das nicht, aber okay.«

»Dieser Nachschlüssel würde als Platzhalter für den Originalschlüssel dienen, während Sie das Tresorfach öffnen, in der Nacht des ... ähm ...«

»Einbruchs«, sagte Ben.

»Ich kann das nicht mal aussprechen«, sagte Ichh. »Ich glaube auch nicht, dass das so funktioniert.«

»Ach. Jetzt bist du unser Kreativdirektor oder was?« Wieder stieß Matt Ben in die Seite. »Kreativdirektor, hahaha.«

»Es ist nur so, dass ich die letzten dreißig Jahre mit der Familie Freeman zu tun hatte. Ich habe die Kinder aufwachsen sehen. Diese Leute sind von Natur aus extrem misstrauisch und, ähm, geradezu ... feindselig, selbst Menschen wie mir gegenüber.«

»Warum?«, fragte Ben.

Ichh zuckte die Achseln. »Na, ich nehme an, dass sie mich als willfährigen Erfüllungsgehilfen ihres Vaters sehen, der sich in regelmäßigen Abständen dazu entschlossen hatte, ihre Namen aus dem Testament zu tilgen.«

»Ja, das kann ich mir vorstellen.«

»Möglicherweise gelingt es mir, den ältesten Sohn zu überreden, mir einmal ohne Beisein des Vaters Zugang zum Safe zu gestatten. Aber ich muss mir eine glaubwürdige Geschichte überlegen. Irgendeine Finte, ein angeblich benötigtes Dokument, das in einer dort verschlossenen Akte steckt. Zweimal kriege ich das allerdings nicht hin. Das müsste ich aber: einmal, um den Schlüssel zu fotografieren, ein zweites Mal, um ihn gegen den Nachschlüssel auszutauschen.«

»Müssen wir's denn so weit treiben?« Ben sah Matt an. »Ein Schlüssel ist ein Schlüssel. Wenn wir den Nachschlüssel so täuschend echt machen wie das Original, dann passt er auch ins scheiß Schloss.«

»Das können wir nicht riskieren«, sagte Matt. »Wenn wir

auch nur einen Millimeter danebenliegen, stehen wir dumm da. Trotzdem muss er echt aussehen. Das sind keine einfachen Schlüssel wie die, mit denen du deine Wohnungstür aufschließt. Manche dieser reichen Schweine mit Tresorfächern zahlen mehrere Tausend im Jahr. Dafür kriegst du ein paar hübsche Schlüsselchen. Ich hab mir mal eins angesehen, die haben einen langen runden Halm wie diese altmodischen Dinger, mit denen man früher Uhren aufgezogen hat. Der Kopf ist flach und trägt das eingravierte Logo der Firma Borr. Wie der Bart aussah, konnte ich nicht erkennen.«

»Ach, super«, bemerkte Ben.

»Wir nehmen einfach ein anderes Modell für den Nachschlüssel«, sagte Matt. Er zeigte auf Ichh. »Ich geb dir den Nachschlüssel, und den tauschst du gegen den Echten aus, dann musst du den Safe nur einmal öffnen. Wir brauchen einfach einen Sicherheitsschlüssel von Borr, muss ja nicht genau der sein, der Freemans Fach öffnet. Niemand wird die Fälschung so akribisch unter die Lupe nehmen, beim flüchtigen Hinsehen erkennt das keine Sau. Es muss nur irgendein Borr-Schüssel im Safe liegen, damit niemand merkt, dass er fehlt, während wir uns um den Job kümmern. Nach dem Raub erfindest du eine zweite Ausrede, um an den Safe zu kommen. Kannst sogar warten, bis der Alte das Zeitliche segnet und du das Testament vollstrecken musst. Dann legst du den echten Schlüssel zurück.«

»Alles klar«, sagte Ben. »Nur, woher kriegen wir einen Borr-Sicherheitsschlüssel als Vorlage? Kennen wir Leute, die da ein Fach haben?«

»Engo kann einem Kunden einen aus der Jackentasche klauen oder aus dem Auto oder so«, sagte Matt. »Er observiert das Gebäude sowieso schon eine Weile. Ich sag ihm einfach, dass wir einen Schlüssel brauchen.«

»Wenn er jemandem den Schlüssel klaut, muss er ihn fotografieren. Der ganze Clou dieser Aktion ist doch, dass es bei Borr im Vorfeld zu unserer Aktion zu keinem Vorfall gekommen ist, kein Einbruch oder auffällige Vorkommnisse. Aber wenn eine Woche vor dem Brand jemandem der Schlüssel gestohlen wird ...«

»Ich weiß, ich weiß.«

Der Notar betrachtete die beiden Männer mit einem seltsamen Ausdruck im Gesicht: Feuerwehrleute, die entspannt über die nächste Phase ihres kriminellen Unterfangens plauderten, als würden sie sich zum Abendessen verabreden. Ben war diese Miene vertraut, eine Mischung aus Faszination und Abscheu. Wie bei Menschen, die an Gefängnissen vorbeifahren und durch die Stacheldrahtzäune einen Blick auf die Häftlinge im Hof erhaschen. Bei der Vorstellung, dass Ichh als Nächstes ein Gespräch über ihr abenteuerliches Leben als Verbrecher beginnen würde, stellten sich Ben schon die Nackenhaare auf. Er konnte sich lebhaft vorstellen, wie der Notar Matt mit Fragen löcherte, brennend daran interessiert, warum sie überhaupt ins »Milieu abgerutscht« waren und wie lange schon. Ob das Gerücht stimme, dass Matt bei den Anschlägen vom elften September als Ersthelfer im Einsatz gewesen war. Genervt schaute Ben nach unten, fragte sich, ob der kleine Wicht einen Sturz aus dieser Höhe überleben würde.

Er war auf dem Weg zu seinem Auto, als Andy anrief. Sie hatten ausgemacht, mit der jeweiligen Grußformel zu kommunizieren, ob der weitere Austausch sicher war, daher sagte Ben zur Begrüßung »Hi, Babe!« statt »Hi, Andy!«

»Ich nenne dir eine Adresse, kannst du mich dort treffen? Fahr aber erst ein bisschen in der Gegend rum, nicht dass dir jemand folgt.«

»Wo bist du denn?«

»Auf einem Abschlepp-Parkplatz.«

Auf einmal war Bens Mund staubtrocken. Beim Gehen hörte er aufmerksam zu und betrat schließlich einen Privatparkplatz. »Wie geht es dir? Alles okay?«, fragte er dann.

»Passt schon«, sagte sie und beendete das Gespräch.

Schon von Weitem klickte er auf den Transponder, einfach weil er ihn schon in der Hand hatte. Den Typen, der an der Säule stand und rauchte, bemerkte er erst, als er schon näher dran war. Ein korpulenter Kerl mit weißen Streifen im Haar, wie Ben sie schon ein paarmal in Gangsterfilmen gesehen hatte, nur dass die hier echt aussahen. Ihn überlief ein Kribbeln, irgendwo in seinem Inneren schrillten die Alarmglocken, aber Ben erklärte sich das mit Nervosität und Angst vor dem, was er in Lunas Auto finden würde. Der Typ war einfach ein Typ, der auf dem Parkplatz rumstand, wahrscheinlich wartete er auf seine Frau, die sich mal wieder bei der Spendengala verquatscht hatte.

Ben fuhr los, ohne einen Blick zurück.

ANDY

Ben hielt vor dem großen Tor von *Belafonte Towing*, ein gesicherter Parkplatz für abgeschleppte Fahrzeuge, und hatte kaum den Motor abgestellt, als er schon auf Andy zuhastete, im Smoking, den Hemdkragen geöffnet. Vom Passaic River wehte Fischgestank herüber, der sich mit dem Geruch von Maschinenöl mischte. Andy war noch so in ihre verschiedenen Rollen verwickelt, die, die sie Dammerly Tsaba vorgespielt hatte, die, in der sie den Parkplatzbetreiber Nathaniel Belafonte dazu bewegt hatte, ihr unbeaufsichtigten Zugang zum Grundstück zu gewähren, dass sie ihre Gefühle bei Bens Anblick ungefiltert auslebte. Verdammt gut sah er aus. Da war dieser attraktive Widerspruch zwischen dem feinen marineblauen Anzug, vermutlich von Kenny gegen Bens Willen gekauft, und seinem geschundenen Gesicht mit dem Veilchen und der schlecht vernähten Stirnwunde. Dieselbe unheilschwangere Verbindung zwischen Sex und Gewalt, die bei Actionfilmen so gut funktionierte. Doch dann besann sie sich und empfand auf einmal den starken Drang, sich zu ohrfeigen, und zwar heftig.

»Geht's dir gut?«, fragte er sofort. »Du liebe Zeit, deine Augen!«

»Passt schon, hab ich doch gesagt. Wo bist du gewesen?«

»Treffen mit Matt und dem Notar.«

Andy schnalzte missbilligend mit der Zunge. »Meinst du nicht, dass das vielleicht auch für mich interessant gewesen wäre? Ich hätte dich mit der Knopfkamera ausstatten können.«

»Klar. Deswegen hab ich's dir ja nicht gesagt.« Ben musterte sie genauer, wollte sie offenbar zu ihrem Hosenanzug befragen, ließ es dann aber bleiben. »Die Aufzeichnung von unserem Treffen in Matts Keller sollten dir reichen. Es lohnt sich ohnehin nicht, den Notar weiter zu verfolgen, der wird Weihnachten nicht mehr erleben. Können wir jetzt zur Sache kommen?«

Andy führte ihn auf den Parkplatz. Ihre Schuhe knirschten auf dem feuchten Schotter. Eine Reihe Wohnwagen standen unter den Bäumen am Flussufer, dahinter waren mehrere große Abschleppwagen geparkt. Andy zog ein Schlüsselbund hervor und öffnete ein mit Stacheldraht gesichertes Tor zu einem zweiten Stellplatz. Hier standen beschlagnahmte, aus Konkursmassen stammende oder einfach irgendwo stehen gelassene Autos, die die Belafontes wohl mit Profit verkaufen wollten, sobald sie rechtlich dazu in der Lage wären.

Luna Deneros Wagen befand sich ganz hinten. Als Ben ihn entdeckt hatte, rannte er sofort los. Andy hastete hinterher. »Ben! Ben! Nichts anfassen!«

»Warum nicht?«

»Weil wir nicht wissen, ob er zu einem Verbrechen gehört.«

»Jetzt erzähl mir bitte nicht, du hast mich hergeholt, nur damit ich ihn mir von außen ansehe?« Er blieb abrupt stehen und funkelte sie an.

Andy hob die Hände. »Jetzt komm mal wieder runter.« Sie zog ein Paar Latexhandschuhe aus der Hosentasche. »Ich mach ihn auf. Du darfst nur nicht einsteigen, okay?«

Er nickte, während sie die Fahrerseite öffnete. Mit den Fingerknöcheln klopfte sie leicht die Auskleidung ab. Andy beobachtete genau, wie Ben sich im Inneren umsah, bevor sie auch die Beifahrertür und beide Seitentüren öffnete. Lunas Wagen war voll mit dem üblichen Zeug, das eine gestresste Mutter im Alltag so ansammelte. Fastfood-Verpackungen, Spielzeug, Kinderklamotten, Wasserflaschen, eigens zum Basteln gesammelte Zweige und Blätter. Ben kam auf die andere Seite, beugte sich vor und sah zu, wie Andy das Handschuhfach aufklappte.

»Fällt dir irgendwas auf? Irgendwas Außergewöhnliches?«

Ben presste die Lippen fest zusammen. »Nein«, stieß er hervor. »Sieht nicht so aus.«

Zwischen Gabriels Kindersitz und dem Beifahrersitz klemmte ein kleiner blauer Rucksack. Ben umrundete den Wagen noch zweimal und sah hinein, bis er sich aufrichtete und auf den Rucksack zeigte.

»Könntest du ...?«

Andy fischte ihn mit spitzen Fingern heraus, befreite ihn von Kekskrümeln und zog den Reißverschluss auf. Ben spähte hinein, während sie Zeichnungen und Brotdose zur Seite schob, damit er bis auf den Boden blicken konnte.

Was er dort erblickte, haute ihn regelrecht um. Er sank auf den Schotter und vergrub den Kopf zwischen den Händen.

»Was?«

»Der Nagel.«

Andy trat zurück, hielt den offenen Rucksack in den Schein der Innenbeleuchtung. Am Boden lag etwas Dunkles, es war nicht klar umrissen. Es fühlte sich hart und schwer an, kantig, kalt wie ein Pistolenlauf. Andy sah Ben fragend an, aber der wandte nur das Gesicht ab. Sie wartete geduldig. Am Flussufer erklang ein Stöhnen, offenbar ein Nachtvogel in den Bäumen.

»Wir haben ein ... Video auf YouTube geschaut«, sagte Ben schließlich. »Gabe und ich. Angeln mit Magneten. Du besorgst dir einen großen Magneten, befestigst ihn an einer Schnur, wirfst ihn in den Hudson, mal sehen, was du so rausziehst. Es gibt haufenweise Videos von Leuten, die sich dabei filmen. Der Kleine wollte es mal ausprobieren, also hab ich ihm einen Magneten besorgt. Ich hatte ...«, Ben wischte sich mit dem Handrücken die Nase ab. »Ich hatte befürchtet, dass wir womöglich eine Waffe oder eine Spritze rausholen oder so was. Ich mein', wir sind in New York.«

Andy setzte sich neben Ben in den Schotter. Im orangefarbenen Licht glühten seine Ohren rot.

»Wir haben eimerweise Müll rausgezogen, aber dann haben wir das hier gefunden.« Ben zeigte auf den rostigen Nagel in Andys Hand. »Das ist ein Schwellennagel. Alt. Von der Eisenbahn. Gabe war einfach ... er war ganz aus dem Häuschen. Wollte, dass wir alles zusammenpacken und heimgehen, um ihn Luna zu zeigen, auf der Stelle. Dabei waren wir erst eine halbe Stunde da gewesen.«

Andy besah sich den Nagel genauer.

»Den hätte er nie zurückgelassen«, sagte Ben. »Luna ... sie hätte dafür gesorgt, dass er ihn dabeihat. Gabe hat den Nagel immer mit sich herumgetragen. Selbst wenn wir nur zwanzig Minuten unterwegs waren, um Luna von der Arbeit abzuholen, wenn Gabe gemerkt hätte, dass der Nagel nicht mit uns im Auto ist, er hätte mich gezwungen umzudrehen, um ihn zu holen. Ich meine, der Junge wär *total ausgerastet.*«

Andy nickte. Sie legte den Nagel zurück, schloss den Reißverschluss und schob den Rucksack zurück an die Stelle, wo sie ihn gefunden hatten. Als sie den Wagen wieder abgeschlossen hatte, war Ben schon auf den Beinen und wartete mit starrem Blick auf die Stoßstange eines frisierten schwarzen Escalade zwischen zwei Fahrzeugreihen. Gemeinsam traten sie den Rückweg zur Straße an.

»Was passiert jetzt mit dem Wagen?«

»Mein Kontakt beim FBI wird ihn beschlagnahmen, damit er spurentechnisch untersucht werden kann.«

»Also ist er vom Hotelparkplatz hierher abgeschleppt worden? Er hat unten in der Stapelgarage gestanden?«

Andy nickte. »Schon am ersten Abend haben sie ihn da unten geparkt. Er hat sechs Tage dort gestanden, bis das Hotel ihn abschleppen ließ. Luna hat ihn unter ihrem Namen geparkt. Hat ihren Führerschein hinterlegt.«

Ben lief mit verschränkten Armen und gebeugtem Kopf weiter.

»Ich hab über die Daten eines Angestellten Zugang zum hoteleigenen Intranet bekommen«, erklärte Andy. »Dort hab ich ein paar Informationen gefunden, die uns weiterbringen. Aber ich hatte mir mehr erhofft. Es gibt zum Beispiel keinen Zugriff auf die Kameraaufzeichnungen. Ich kann allerdings sehen, wer in der Woche ihres Verschwindens Gast im Hotel gewesen ist. Obwohl Luna in dieser Nacht fürs Parken im Best Western gezahlt hat, gibt es keine Zimmerbuchung oder Restaurantreservierung auf ihren Namen. Ich wollte dir die Liste zeigen, falls dir irgendein Name bekannt vorkommt, möglicherweise hat sie sich mit jemandem getroffen, den du kennst.«

»Okay.« Ben blieb am Tor stehen. »Ich warte, bis du das Tor zugeschlossen hast, dann fahren wir mit unseren beiden Wagen zurück zu meiner Wohnung.«

Da war der Anflug eines Gefühls, das Andy sofort unterdrückte und sich klarmachte, dass es sich nicht um Begehren handelte. »Hör zu, ich bin müde. Du auch. Lass uns morgen Früh damit weitermachen.«

Ben zog sein Handy hervor. »Gib mir die Log-in-Daten. Vielleicht komme ich so ins Backend und kann die Kameraaufzeichnungen einsehen. Womöglich hat das Hotel ein Register mit verdächtigen Vorfällen. Auffällige Mails, die ich mir genauer durchlesen sollte.«

»Klar, ich hab total vergessen, dass du so ein Nerd bist«, sagte Andy und erinnerte sich an den Störer, den Ben mit großer Sicherheit beim Juwelierraub zwischengeschaltet und mit dessen Hilfe er die Überwachungssysteme ausgehebelt hatte. Dabei fiel ihr ein, dass auch beim Überfall auf das Apartment in Kips Bay sämtliche Sicherheitskameras lahmgelegt worden waren. Sie hielt ihm ihr Handy hin, damit er die Daten abtippen konnte. »Wo hast du das ganze IT-Zeug gelernt?«

Ben wehrte ab. »Bei einem Lehrer. In irgendeiner Highschool. Weiß nicht mehr, welche. Der Mann wollte mir helfen. Er wusste, dass ich bei den Sportskameraden keine Freunde finden würde, also hat er mich zu den Computernerds gesetzt.«

»Hast du dir nie überlegt, dein Wissen zum Beruf zu machen?«

»Nein.«

»Wieso nicht?«

»Weil das ein Beruf ist, dem normale Menschen nachgehen«, sagte er, den Blick noch aufs Display gerichtet. Bei der Erkenntnis, dass Ben Haig genauso wenig in einen festen Job passte wie sie, wurde ihr ganz warm ums Herz. Der Impuls, der ihn dazu trieb, sich Tag für Tag dem Risiko auszusetzen, bei lebendigem Leib verbrannt, von Trümmern erschlagen oder von seinem durchgeknallten Chef umgebracht zu werden, war derselbe, der Andy bewegte, ein Leben auf dem Hochseil zu führen, von dem sie jederzeit abstürzen konnte, zum Beispiel, wenn die mörderische Bande, die sie zu überführen versuchte, von ihrer wahren Identität erfuhr. Sie und Ben waren nicht normal. Was ihnen passiert war, hatte ihnen den Zugang zu Schreibtischjobs für immer verwehrt.

»Schlag dir nicht die ganze Nacht damit um die Ohren, du hast morgen Dienst.«

»Scheiß drauf. Ich schau mir das heute Nacht genau an, morgen machst du weiter. Du bist nicht mehr in der Mannschaft, jetzt hast du Zeit dafür.«

»Ben, ich werde zurückkommen, so oder so«, beharrte Andy. »Ich meinte es ernst. Ich versuche nicht nur, einen Vermisstenfall zu lösen, ich will eine Räuberbande zur Strecke bringen. Deswegen muss ich so nah wie möglich an euch dran sein, wenn ihr das Tresorfach ausräumt.«

Wieder standen sie einander gegenüber, die Hände in den Hosentaschen. Im kaltweißen Mondlicht warfen ihre Körper scharf umrissene Schatten auf den Boden.

»Es geht aber nicht nur darum«, sagte Ben. »Wollen wir doch ehrlich sein miteinander.«

Andy wartete. Ben sah ihr direkt in die Augen.

»Du willst wissen, ob wir Officer Petsky getötet haben.«

Andy holte tief Luft, bevor sie antwortete. »Warum sagst du so was?«

»Weil es logisch ist. Je mehr Ausdauer und Zähigkeit du hier an den Tag legst, desto mehr drängt sich mir der Verdacht auf, dass es dir um mehr geht als um ein paar Raubüberfälle. Am Anfang habe ich dir das noch abgenommen. Du bist hier, weil du dich um Luna und Gabe sorgst, die Überfälle sind ein netter Bonus. Aber das kannst du deiner Großmutter erzählen. Jemand hat dich engagiert. Du wirst gut bezahlt. Das macht niemand, nur um ein paar Diebstähle aufzuklären und eine Mexikanerin und ihr Kind zu finden.«

»Was weißt du über Petsky?«

»Was man sich so erzählt. Auf der Wache. Die Täter haben einen Hurst-Spreizer benutzt.«

Andys Mund fühlte sich sehr trocken an. »Dieses Detail wurde nie veröffentlicht.«

»Glaubst du ernsthaft, dass Polizisten und Feuerwehrleute nicht miteinander tratschen? Es hat nur so gewimmelt vor Detectives, die haben sich jede Wache vorgenommen. Und natürlich haben sie uns gesagt, warum. Weil bei der Tat ein Feuerwehr-Spreizer benutzt wurde.«

»Habt ihr das getan, Ben?«, fragte Andy. Er schüttelte den Kopf und wollte zurück zum Wagen, aber sie stellte sich ihm in den Weg. »Schau mich an und beantworte meine Frage. Haben du und deine Mannschaft diesen Raubüberfall begangen? Habt ihr den Polizisten getötet, weil er euch erwischt hat?«

Ben beugte sich so dicht zu ihr vor, dass sie seine Champagnerfahne riechen konnte. Er bohrte ihr den Zeigefinger ins Brustbein. Als sie an sich hinuntersah, verstand sie, dass er es damit auf den obersten Knopf ihrer Bluse abgesehen hatte.

»Keine Kamera. Das überrascht mich jetzt aber.«

»Eines solltest du dir klarmachen«, sagte Andy. »Zwischen dir und dem FBI besteht eine Vereinbarung: Du sorgst dafür, dass sie deine Mannschaft wegen der Raubüberfälle hochnehmen können, wenn wir Luna und Gabriel finden. Von einem Mordgeständnis war dabei nie die Rede.«

Ben schwieg.

»Zehn Jahre Haft, das lässt sich machen, hast du dir vielleicht gedacht. Wenn du sie findest, tot oder lebendig, zahlst du dafür eben einen Preis, der dir durchaus angemessen erscheinen mag. Aber was, wenn ich herauskriege, dass du, Engo, Jake und Matt einen Polizisten ermordet habt? Dann ist der Preis, den du dafür bezahlen wirst, erheblich höher, Ben. Lebenslänglich.«

Er musterte sie, sagte immer noch nichts.

»Ist es das immer noch wert?«, beharrte Andy. »Oder ziehst du die Reißleine? Willst du lang genug am Ball bleiben, bis du herausfindest, was mit deiner Familie passiert ist, und dann abhauen?«

Ben legte den Kopf schief. »Zögerst du die Suche nach Luna und Gabe hinaus, damit du mir den Mord an Petsky nachweisen kannst? Geht es darum?«

»Nein. Nie im Leben würde ich die Suche nach einer Frau und ihrem Kind hinauszögern, die sich in Gefahr befinden könnten. Was für eine miese Unterstellung.«

»Komisch, denn ich kann mir das lebhaft vorstellen. Du bleibst an mir dran, bis der Borr-Raub über die Bühne ist. Daraus biegst du was zurecht, das wie ein Geständnis für den Mord an Petsky klingt. Jake, Engo und Matt werden getrennt verhört, mal sehen, wer zuerst auspackt. Plötzlich hast du eine Serie richtig großer Raubüberfälle *und* einen

Polizistenmord aufgeklärt. Scheiß auf die Frau und ihr Kind, die waren sowieso nur dekoratives Beiwerk.«

»Das hat nichts mit dem zu tun, was ich hier mache.« Andy zeigte auf das Tor zum Abschlepp-Parkplatz. »Du siehst selbst, wo wir gerade sind, nicht wahr? Ich habe dich hergeführt, zum Auto. Ich bin dran an der Sache, Ben.«

Er blickte zum Mond, sein Gesicht wirkte blasslila, die Fäden in seiner Stirnwunde sahen aus wie die Pinselstriche eines Malers.

»Wie oft haben wir uns auf dem Sofa YouTube-Videos angeschaut, Gabe und ich«, sagte er. »Eins nach dem anderen. Sind durchs Internet gebummelt. Zuerst ging es ums Angeln mit dem Magneten. Dann kamen wissenschaftliche Experimente. Dann Wissen über Tiere. Was sie da gezeigt haben, war mir nicht so wichtig, viel zu sehr habe ich genossen, wie er sich an meine Brust gekuschelt hat. Ich hab so getan, als wäre ich sein Vater. Aber einmal haben wir ein Video über Taranteln gesehen. Wusstest du, dass die sich manchmal mit Fröschen zusammentun?«

Andy legte die Stirn in Falten.

»Das stimmt!« Ben nickte, sein Blick jetzt wieder auf ihrem Gesicht. »Im Amazonas. Frösche und Taranteln schließen einen Pakt. Die Tarantel beschützt den kleinen Frosch vor seinen Feinden, während der Frosch ihre Eier bewacht. Frosch und Spinne hausen im selben Bau.«

»Ben ...«

»Was, glaubst du, geschieht mit dem Frosch, sobald die kleinen Taranteln aus ihren Eiern schlüpfen?«, fragte er. »Wenn er nicht mehr gebraucht wird, aber ein Dutzend hungrige Mäuler zu stopfen sind?«

Darauf gab Andy keine Antwort. Brachte es nicht fertig. Stattdessen ließ sie ihn gehen, zu seinem Wagen. Er stieg ein, ließ den Motor an und fuhr davon.

Aus dem seltsamen Verlangen, das sie kurz zuvor noch empfunden hatte, war inzwischen handfeste Abneigung geworden.

Das Wohnhaus in der Bronx hatte kein Sicherheitssystem, nur ein Greis am Stock beobachtete mit trüben Augen, wie Andy über den aufgesprungenen Weg kam. Schweigend sah er zu, wie Andy die schweren Glastüren aufstemmte und durchs Foyer Richtung Hinterhof marschierte. Im Gebäude stank es nach Frittieröl, aus den Wohnungen drang das Gelärme unterschiedlicher Fernsehsendungen. Am Hintereingang saß, zusammengesackt auf einem Plastikstuhl, ein weiterer Alter, er schlief, eine fast überquellende Farbblechdose voller Zigarettenstummel zu seinen mit Pantoffeln bewehrten Füßen.

Engo saß mitten im Hof auf den Stufen der ausgeklappten Treppe vor seinem vom Sonnenlicht ausgeblichenen Wohnwagen und hörte einem streitenden Pärchen zu. Er sah aus wie ein überarbeiteter Richter, der in einer nächtlichen Notsitzung ein Urteil wegen nicht gezahlter Leasingraten fällen musste. Als er Andy entdeckte, flackerte in seinen Augen etwas auf.

»Gut, gut, okay«, sagte er. »Du, kauf dir Kopfhörer und setz sie auf, wenn du dir Pornos reinziehst. Du, sag deinen Kindern, sie sollen erwachsen werden. Die Jungs sind acht und zehn, verdammt. Wenn ihnen schon ein bisschen Gestöhne von nebenan die zarten Seelchen beschmutzt, sollten sie sich von der Straße fernhalten.« Er machte eine abweisende Handbewegung. »Und jetzt verzieht euch.«

Andy trat an den Rand des aus den schmuddeligen Wohnwagenfenstern auf den Hof fallenden Lichtkegels. Sie hatte die Hände in den Taschen ihres Kapuzenpullovers und ließ es zu, dass Engo genüsslich auf sie hinunterschaute.

»Wir kennen uns doch«, sagte er. »Waren mal Kollegen, oder?«

»Kann ich reinkommen? Ich brauche deine Hilfe, okay?«

Der dickbäuchige Herrscher des Hinterhofs verweilte auf der Treppe und wog seine Entscheidung eine Weile ab und genoss jeden Zentimeter des Höhenunterschieds. Andy fühlte sich an das stumpfsinnige schnurrbärtige Männlein erinnert, das den Eingang zur Smaragdstadt in Oz bewachte. Schließlich ging Engo hinein in den Wagen, und Andy kroch ihm förmlich durch die winzige Tür hinterher.

Jeder freie Platz war mit Gegenständen vollgestopft, die man als Besitzer und Faktotum einer Wohnanlage für Mieter der untersten Einkommensgruppe so benötigte. An den unteren Schranktüren in der Kochnische lehnte eine Kloschüssel, mehrere mit einer ölig braunen Substanz beschmierte Fliegengitter lagen auf einem Stapel in der Ecke. Eine umgedrehte Milchpalette aus Kunststoff diente als Sitzmöbel für Gäste. Andy ließ sich darauf nieder, während Engo sich in die hinternförmige Mulde seines vor Dreck starrenden Cordsessels fallen ließ.

»Bevor du loslegst ...«, Engo fuchtelte wichtig herum, »... es war nicht meine Idee, dich bei unserem letzten Einsatz lahmzulegen. Das war ganz allein Matt. Er hat mich gefragt, wie ich dich ausschalten könnte, ohne dir irgendwelche größeren Verletzungen zuzufügen, um Bens Reaktion zu testen. Ha, da hat er den Richtigen gefragt!« Engo streckte die Brust raus. »Die Sache mit dem Druckpunkt hinterm Schlüsselbein? Das kommt von den Japanern. Die Samuraikrieger haben das entdeckt. Nicht die Arschlöcher aus den Filmen, die echten. Die Leute glauben, es gäbe keine Samurai mehr, aber man kann sie noch finden, wenn man weiß, wo. Mit zwanzig habe ich mit ein paar von ihnen trainiert, in Tohoku. Nette Gegend. Kennst du?«

Andy klappte den Mund auf, aber Engo war schneller.

»Die Japaner wissen eine Menge über Druckpunkte, nicht nur die, die Schmerzen verursachen. Es gibt auch andere. Da ist einer zwischen Daumen und Zeigefinger, wenn ich daneben drücke, kriegst du deinen Arm einen Monat lang nicht mehr hoch. Und in deinem Gehörkanal, drück ich den beim Orgasmus, verändert das dein Leben, Baby.«

»Engo, ich bin nicht gekommen, um …«

»Ich kann dir deinen Job nicht zurückgeben«, unterbrach er sie. Er hob alle acht Finger und lehnte den Kopf zurück, an den haarfettgetränkten Cordstoff seines Sessels. »Ich weiß, ich hab dir gesagt, dass ich auf der Wache dein Ansprechpartner bin, wenn's mal Probleme gibt. Matt hat zwar den Chefhelm auf, aber ich bin das wahre Herz der Mannschaft. Der Typ mit dem Finger am Puls, haha. Und das stimmt ja auch. Aber bei Personalentscheidungen bin ich raus. Das Generve tu ich mir nicht an.«

»Aber Matt hört auf dich, Engo«, sagte Andy. »Du könntest ihm zumindest ausrichten, was ich dir gleich sage.«

Engo zuckte die Achseln. »Du kannst mir hier erzählen, was du willst, die Schuld trägt Bennyboy allein, seine Reaktion hat dich deinen Job gekostet, Herzchen. Ein kleiner Schrei, und schon ist er die Treppe hochgesaust wie eine Ratte aus einem überfluteten Keller. Pfffft!« Engo fegte mit dem Arm durch die Luft und kicherte. »Ich versteh das, echt jetzt. Wenn ich mir jemanden wie dich geangelt hätte, würde ich auch den Schimmel satteln und meine Prinzessin retten kommen.«

Andy seufzte.

»Prinzessin ist vielleicht das falsche Wort.« Engos Augen bohrten sich in ihre. »Weißt du, an den Schmerzschreien einer Braut erkennst du, wie sie sich im Bett aufführt. Ich hatte mal diese eine, aber die Sache hatte sich erledigt, als die ein Kind gekriegt hat. Danach war's nämlich richtig öde mit der. Aber weißt du was? Im Kreißsaal hat die sich genauso angehört wie hier drin.« Er zeigte mit dem Daumen auf den hinteren Teil des Wohnwagens, wo Andy das Bett vermutete. Sie sah sich nicht um. Engo grinste. »In der Kiste schmetterst du sicher großartige Arien. Hab ich recht?«

Andy bewegte die Hände in den Taschen ihres Kapuzenpullis. Sie musste ihre Kiefermuskeln erst wieder entspannen, bevor sie ein Wort herausbrachte.

»Engo ...«, setzte sie vorsichtig an, »ich bin hier als deine Kollegin. Ich krieche bei dir zu Kreuze. Aber falls du meinst, das gibt dir das Recht, mit mir zu reden wie mit einer deiner Crackhuren, die hier in deinem dreckigen Haus eine beschissene Wohnung mietet, dann hast du dich geschnitten.«

Engo warf den Kopf in den Nacken, heulte vor Lachen und klatschte dabei tatsächlich in die Hände.

»Du richtest Matt von mir aus, dass ich in die Mannschaft zurückwill«, sagte Andy.

»Ach, tatsächlich?« Engo wischte sich eine Träne aus dem Auge. »Und warum sollte er darauf hören? Warum sollte er dich wieder reinlassen?«

»Weil ich Bescheid weiß«, sagte sie.

Engo lachte nicht mehr. Sein Grinsen verlosch. Sein Blick verhärtete sich, die glänzenden Augen glichen jetzt denen eines Reptils. »Was weißt du?«

»Alles.«

BEN

Die Sukkulenten verdorrten. Als Ben vom Laptop aufsah, fielen ihm die trockenen Strünke der einst so prachtvollen Pflanzen ins Auge, die Luna in eigens arrangierten Töpfen vor dem Fenster stehen hatte. Er verdrängte den offensichtlichen Vergleich zwischen dem erbarmungswürdigen Zustand der Pflanzen und seinen Erfolgsaussichten. Auf dem Monitor erschien das neu geladene Log-in-Fenster für den Personalzugang zum Best Western Hotel in Dayton.

Wie vorausgesagt hatte Ben schnell Zugang zum Backend bekommen. Nachdem er sich eingeloggt hatte, unter dem Namen Dammerly Tsaba, der Angestellte, den Andy mit ihrer kleinen Täuschung übers Ohr gehauen hatte, war der Rest ein Kinderspiel gewesen. Das Personalmanagementsystem war eines, wie es von unzähligen Betrieben im Gastgewerbe benutzt wurde, Restaurants, Cafés, Casinos. Er hatte Tsabas letzte Gehaltsabrechnung abgerufen, auf der seine Personalnummer stand und daneben der Name seiner Vorgesetzten, beides hatte er sich auf einem Zettel notiert. Danach besuchte er Tsabas digitales Profil und klickte auf die Option »Passwort ändern«. Er hatte Glück.

Unter dem Feld, in das er das neue Passwort eintippen konnte, hieß es, es müsse aus zehn Buchstaben bestehen, Sonderzeichen oder Zahlen wurden nicht verlangt. Das Fehlen dieser beiden Anforderungen erleichterten ihm die Arbeit.

Ben kehrte zum Personal-Log-in zurück und tippte den Usernamen »GFannet« ein, denn Tsabas Vorgesetzte, Gloria Fannet, hätte garantiert Zugang zu den Bildern der Hotel-Überwachungskameras. Dann rief er seinen Passwortknacker auf und gab als Parameter »Passwort ohne Sonderzeichen oder Zahlen mit bis zu zehn Zeichen« ein. Ben wusste, dass selbst dieses Programm mehrere Tage benötigen könnte, bis das Passwort geknackt wäre. Ein erneuter Blick auf die Pflanzen bewegte ihn dazu, nochmal ein bisschen zu graben.

Seit Lunas und Gabes Verschwinden hatte Ben die Wohnung mindestens fünfmal auf den Kopf gestellt, jede Schublade durchsucht, jeden Zettel gelesen, Kartons, Schachteln, Kisten und Kästen geleert, jedes Bild aus dem Rahmen geholt und unter jedem Möbelstück nach Geheimfächern gesucht. In Lunas Handtaschensammlung hatte er jede Innentasche geleert und jedes Fach inspiziert. Aber Andys Bemerkung über Matts Passwort zum Dienstcomputer auf dem Post-it direkt neben dem Monitor hatte Ben aufgerüttelt. Er wollte sichergehen, dass er nichts Offensichtliches übersehen hatte, etwas, das Andy vielleicht entdeckt, aber aus mangelndem Wissen über seine Beziehung zu Luna nicht als wichtig erkannt hatte. Also machte er sich an die Arbeit, auch in der Hoffnung, sich mit dieser stupiden Tätigkeit die Zeit bis zum Sonnenaufgang zu vertreiben.

Ben hatte Gabriels Zimmer, die Küche und das Bad bereits einer gründlichen Suche unterzogen und saß nun auf dem Boden des Schlafzimmers, den Inhalt von Lunas Aktenschrank um ihn herum verteilt, als ihn eine finstere Ahnung heimsuchte. Ben kam auf die Knie und berührte die vor ihm liegenden, von Luna in sorgfältige Stapel sortierten Unterlagen. Haushaltsrechnungen, Kfz-Unterlagen, Privatsachen – alte Liebesbriefe und Fotos, Gabriels Kunstwerke. Dann landete Bens Hand auf einem Stapel, den Luna mit »Urkunden und Zeugnisse« beschriftet hatte. Mit einer raschen Bewegung brachte er den Stapel zum Umstürzen. Zum Vorschein gelangten Lunas Urkunde über ihren Highschool-Abschluss, ihre Geburtsurkunde und Zeugnisse, die ihre beruflichen Qualifikationen und Weiterbildungen bescheinigten. Aber das kleine blaue Buch, nach dem er gesucht hatte, fehlte.

Ben sammelte sämtliche Urkunden wieder zusammen und durchsuchte den Stapel erneut, Blatt für Blatt.

Und nochmal.

Und nochmal.

Lunas Reisepass war nicht da.

Als Nächstes wandte Ben sich dem Stapel mit der Aufschrift »Gabriel: Urkunden« zu. Er schob Gabriels Anmeldung zur Vorschule beiseite, seine Geburtsurkunde, den Impfpass, und suchte nach seinem Reisepass.

Unter einer mit Goldrand verzierten Auszeichnung als »Held der Woche« in der Kategorie »Spielzeug aufräumen« fand er ihn dann endlich. Ben schnappte sich das Dokument und schlug es mit zitternden Fingern auf.

Dann vergrub er den Kopf in den Händen.

Lunas Pass war weg. Gabriels war da. Ben raufte sich die Haare. Welchen Sinn ergab das? Hatte er sich so geirrt? Er war hundertprozentig sicher, Lunas Pass nach ihrem Verschwinden in der Wohnung gesehen zu haben. Fünfmal hatte er ihn unter den Urkunden gefunden, bei jeder Suche. Fünfmal hatte er ihn aufgeklappt und das Ablaufdatum kontrolliert und festgestellt, dass er noch gültig war. Bombensicher. Und jedes Mal hatte er Hoffnung geschöpft – oder auch gebangt –, weil Luna ihren und Gabriels Pass nicht mitgenommen hatte, wo auch immer sie sich aufhielt. Sie war nicht vorsätzlich aus seinem Leben verschwunden. Sie war nicht »nach Mexiko zurückgekehrt, wo sie hingehört«. Ben erinnerte sich noch sehr gut daran, dass er die Pässe, *beide* Pässe, sorgfältig in die jeweiligen Ordner zurückgelegt hatte. Die Wohnung im selben Zustand zu belassen wie vor dem Verschwinden war nicht nur ein Trauerritual. Es war eine Strategie. Er wohnte in einer Art Zeitkapsel, alles war so eingefroren wie an ihrem letzten gemeinsamen Tag, als Luna im Türrahmen zu ihrem Schlafzimmer gestanden und er sich, im Halbschlaf, groggy und krank im Bett, von ihr verabschiedet hatte. Danach hatte er sie nie wiedergesehen. Diese Zeitkapsel konnte er durchsuchen, aber es galt auch, sie für zukünftige Betrachtungen zu erhalten.

Und doch war hier jetzt was anders. Klar, auch er hatte was verändert, ein paar Mal sogar. Aus Hygienegründen. Aus praktischen Gründen. Aber an dieses kleine Detail, das wusste er ganz genau, hatte er nicht gerührt. Dass der Reisepass noch an seinem Platz gewesen war, hatte ihm viel Hoffnung gegeben.

Was bedeutete es, dass er jetzt auf einmal verschwunden war?

Ben stand auf und betrachtete die Dokumente zu seinen Füßen. Irgendwo heulte eine Sirene, kitzelte seine geschärften Sinne, die schon nach dem nächsten Einsatz gierten. Er trat an den Küchentisch und schnappte sich das Handy, um Andy anzurufen. In diesem Moment hatte der Algorithmus einen Treffer gelandet. Das Log-in-Feld verschwand und Gloria Fannets Profilseite erschien.

Er war drin.

ANDY

Engo aalte sich genüsslich in seinem Sessel, in seinen Augen lag ein gefährliches Funkeln. »Was glaubst du zu wissen, mein kleiner Naseweis?«

»Du, Matt, Ben und Jakey vermutlich auch: Ihr macht krumme Dinger«, sagte Andy.

Engo leckte sich über den Eckzahn, Andy wartete, hielt seinen Blick.

»Ach ja?«

Sie rutschte an den Rand der Milchpalette und setzte eine verschlagene Miene auf. »Ja. Krumm wie ein Krückstock. Matt hat sich am Sonntag beim Grillen auf mich eingeschossen, weil ich wegen Bens Verletzung keine Fragen gestellt habe. Es ist ein Wunder, dass ich überhaupt ein Wort rausgebracht hab. Ich mein', der Typ wohnt in einem verdammten Palast! Ich war sprachlos. Im Grundbuch steht zu lesen, dass er den Kasten vor zwei Jahren gekauft hat. Hast du 'ne Ahnung, was das Haus wert ist?«

»Du hast im *Grundbuch* nachgesehen?«

»Selbst wenn er nach seinem Einsatz am elften September einen goldenen Handschlag bekommen hätte, Millionär wird man davon nicht«, fuhr Andy fort. »Er stammt aus Rhode Island, mehrere Generationen seiner Familie waren bei der Feuerwehr. Woher kommt die Kohle?

Und dann haben wir Jake. Ich hab den ganzen Nachmittag ein Auge auf sein Handy gehalten. Während wir mit unseren Steaks beschäftigt waren, hat der Typ beim Online-Poker sechstausend Mäuse in den Sand gesetzt.«

Engo beugte sich so weit vor, dass sich ihre Knie fast berührten. Und mit dieser lässigen, winzigen Bewegung hatte er sich in Position gebracht, Andy wusste, dass er sie jetzt leicht zu fassen bekäme. Genauso sicher war sie, dass er am Sessel eine Waffe parat hielt, sie steckte im Seitenfach für die Fernbedienung und Zeitschriften. Sie hoffte nur, dass es weder Messer noch Pistole war.

»Kommen wir zu dir.« Andy schob das Kinn vor, ließ Engo aber nicht aus den Augen. »Du tust, als würdest du hier in diesem Wohnwagen bei Wasser und Brot leben und dir als Hausmeister was dazuverdienen. Du schneidest dir selbst die Haare und trägst Klamotten, die aussehen, als wären sie aus dem Altkleidercontainer gefallen, aber das Haus mit den vielen Wohnungen hier? Das *gehört* dir. Auch das habe ich aus dem Grundbuch erfahren. Du besitzt jede einzelne Wohnung, von oben bis unten. Darunter sind sicher mindestens drei *Studios*, die Prostituierten als Rammelbude dienen. Leicht an den vernagelten Fenstern zu erkennen. Diese Mädchen zahlen dir garantiert einen Anteil. Dann ist da die Gasse hinter uns, perfekt als Umschlagplatz für die Gangmitglieder geeignet, die die Wohnungen im Erdgeschoss gemietet haben. Wenn du schlau wärst, würdest du das Haus extrem lukrativ zur Geldwäsche nutzen.«

Engo schwieg. Andy redete um ihr Leben, sie kam kaum zu Atem. Erst als sie irgendwann doch kurz innehielt, um nach Luft zu schnappen, merkte sie, wie blank ihre Nerven lagen.

»Es hat was mit den Bränden zu tun«, sagte sie.

Engos Hand wanderte auf der Sessellehne nach vorn.

»Die, bei denen die Versicherungen zahlen.«

Engo wartete.

Andy nickte, das Kinn trotzig vorgereckt.

»In der Schule gestern«, sagte sie, »als du und Matt euren kleinen ›Test‹ durchgezogen habt. Da hat es nach Benzin gestunken. Das war eindeutig Brandstiftung. Trotzdem hat Matt das Gebäude nicht gesichert.«

Engo legte die Stirn in Falten. »Wie bitte?«

»Ich hab Benzin gerochen. Du auch. Das weiß ich ganz genau. Sobald auch nur der Verdacht einer Brandstiftung vorliegt, musst du alles absperren, um keine potenziellen Beweise zu vernichten. Da gehst du nicht mehr rein und räumst alles auf. Das weiß doch jedes Kind! Das überlässt man den Cops. Matt hat den Unglücksort nicht gesichert. Und ich weiß, warum. Weil er mich aus dem Weg haben wollte. Er hat mich mit dir nach oben geschickt, damit du auf mich aufpasst, während Jake den Brandherd inspiziert, damit man dort ja keinen Brandbeschleuniger mehr findet. Matt wollte die Beweise für die Brandstiftung beseitigen.«

Engo grinste. »Und warum zum Teufel sollte er das tun?«

»Weil er mit drinsteckt! Weil ihr alle mit drinsteckt!«, rief Andy.

Engo hielt sich den Bauch vor Lachen.

»Warte, Moment, nur dass ich das richtig verstanden habe: Wir tun uns mit Zivilisten zusammen ...«, er kicherte, »... und legen Feuer, gegen einen Anteil an der Versicherungssumme?«

»Die Schule? Hast du eine Ahnung, wie viel die wert ist?«, fragte Andy.

»Du ... du hast ...« Engo bekam kaum Luft vor Lachen. »O Mann, Andy! Schätzchen! Du hast dich ja so richtig ausgetobt auf der Internetseite vom Grundbuchamt.«

Andy beugte sich weiter vor. »Das ist euer krummes Ding! Ihr löscht drei oder vier Großbrände im Jahr. Und wenn es einen Verdacht auf Brandstiftung gibt, erpresst ihr die Besitzer, damit sie euch einen Anteil zahlen. Dafür, dass ihr die Beweise beseitigt. Das Geld teilt ihr untereinander auf.«

Engo lachte weiter. Andy biss sich auf die Zunge.

»Ich weiß es genau, Engo. Ihr könnt mir nichts vormachen. Und ich will mitmachen.«

»Haha! Mitmachen willst du, soso.«

»Ja, will ich. Weil ich auch was zu bieten habe.«

»Oho, dann erzähl mal, Schätzchen!«

»Mein Chef.« Andy schlotterte am ganzen Körper. Von dem Mut, den sie scheinbar hatte aufbringen müssen, um Engo mit ihrer Erkenntnis zu konfrontieren, war nichts mehr übrig. »In San Diego. Ich weiß, dass Matt dir erzählt hat, was der mit mir veranstaltet hat.«

»Ach ja?« Engo wischte sich die Augen. »Er hat dir was in den Drink getan, weil er bisschen mit dir kuscheln wollte. Na und?«

»Er hat ewig auf den richtigen Moment gewartet«, sagte Andy. »Darum hat es so lange gedauert. Vier Jahre hat der an mir rumgebaggert. Sich immer wieder rangewanzt, in der Hoffnung, dass ich irgendwann weich werde. Aber als ich auf der Arbeit einen Fehler gemacht hab, hat er zugeschlagen. Weil er dachte, ich würde ihn nicht anzeigen, schließlich hatte er ja was gegen mich in der Hand.«

»Und was?«

»Ich hab Geld aus einem brennenden Gebäude mitgenommen. Ein Meth-Labor ist hochgegangen, damals in Five Points. In einem unversehrten Zimmer stand eine Tüte mit Geld. Die Cops waren schon vor Ort. Das Feuer war gelöscht. Ich hab zu einem kleineren Trupp gehört, der für die Kollegen die Drecksarbeit erledigen sollte. Wir haben für die Ermittler Beweise aus der Wohnung im zweiten Stock getragen. Ich musste zwei Plastiktüten voller Bargeld durch einen langen, leeren Gang schleppen.«

Engo lächelte. Seine Augen glänzten.

»Also hab ich einen Packen davon eingesteckt. Weniger als siebentausend.« Andy stieß einen zittrigen Atemzug hervor. »Die Kamera hab ich nicht gesehen. Mein Chef hat sich die Aufzeichnung besorgt. Mir hat er nichts davon verraten, auch niemandem sonst.« Aber dann, auf der Party, als er ... als er mir das angetan hat ... hieß es, er würde die Aufnahme der Polizei übergeben, wenn ich mit irgendwem darüber reden würde.«

»Das wolltest du mir erzählen.« Engo nickte.

»In der Schule. Du hast gesagt, es gibt mehr. Sachen, von denen Matt nichts weiß.«

»Genau.«

»Faszinierend.«

»Ich will mitmachen.« Andy straffte die Schultern. »Beim nächsten Versicherungsbrand will ich helfen, die Beweise zu vertuschen. Und einen Anteil will ich auch.«

»Oder was?«

»Oder ...«

Er packte sie. So schnell war er aus dem Sessel geschossen, dass der ganze Wohnwagen schwankte, und eh sie sichs versah, hatte er sie gepackt und gegen die dünne Wand gedrückt. Engo hielt sie an einer Hand fest, rammte ihr sein Knie zwischen die Beine und schmiegte sich mit seinem ganzen Gewicht an ihren Schoß. Wie eine Kralle schloss sich seine dreifingrige Hand um ihre Kehle.

»Mein kleiner Naseweis.« Engo atmete ihr sauer ins Gesicht. »Erzähl's mir, komm schon! Oder was, Andy? Ich will's hören.«

Andy zog die mitgebrachte Kneifzange aus der Tasche ihres Kapuzenpullis und trieb sie ins weiche Fleisch von Engos Bizeps. Sofort ließ er ihre Kehle los, jaulte und stöhnte vor Schmerz. Andy nutzte den Überraschungsmoment, um ihm einen so heftigen Stoß zu versetzen, dass er auf dem Boden vor der Wohnwagentür landete. Sie ließ nicht von ihm ab, kniff die Zange fest zusammen und machte sich mit eiskalter Entschlossenheit daran, seinen freien Arm unter ihrem Knie zu fixieren und sich so auf seine Brust zu setzen, dass er sie nicht abschütteln konnte. Sie keuchte und war schweißgebadet, doch das nur zwei Sekunden lange Manöver, das sie mehrere Stunden lang im Geiste geprobt hatte, war nun erfolgreich ausgeführt.

»Ich hab mich auch auf anderen Websites amüsiert. Hab ich alles richtig gemacht hier? Ist doch der *triceps brachii*, oder? Hab ich ihn erwischt? Tut's weh?«

Andy drehte die Zange herum. Engo schrie.

»Haben sie dir das auf der Ninjaschule beigebracht, du kleiner Wichser?«

»Lass mich los! Lass mich los! Bitte, ogottogott, lass mich los!«

»Wer quietscht jetzt am lautesten, kleines Schwein?« Andy drehte und zog. »Hm? Hm? Wer quietscht am lautesten?«

Engo brüllte.

»Du sagst Matt, er soll mich wieder in die Mannschaft lassen!« Andy musste schreien, um Engo zu übertönen. »Oder ich komm zurück und schieb dir was in deinen Inzuchtarsch, wovon dir Hören und Sehen vergeht. Verstanden?«

Andy ließ von ihm ab. Engo krümmte sich zusammen, den verletzten Arm wie ein Baby an der Brust. Andy widerstand dem Drang, ihm einen letzten Tritt zu versetzen, bevor sie den Wohnwagen verließ.

BEN

Engo und Ben standen Schulter an Schulter im Hinterzimmer des Zoogeschäfts und starrten auf den Miefquirl an der Decke, während Jake im Nebenzimmer gegen verschiedene Gegenstände trat, um Glutnester aufzustöbern, aber auch aus reiner Neugier. Eine solche Python hatte Ben noch nie gesehen, pastellgelb und beige, an manchen Stellen dick wie sein Oberarm. Sie hatte sich wie eine Schuppenhaut um den Stiel des Ventilators gewunden. Die Männer hatten das Reptil bereits seit fünf Minuten beobachtet, während die frische Brise vom Hudson den Rauch aus dem Zimmer zum offenen Fenster hinaustrug. Die anderen Tiere, von denen die meisten überlebt hatten, lagen und krochen in mickrigen Plastikdschungeln oder künstlichen Wüstenlandschaften herum. Was in Terrarien kroch und wimmelte, hatte großes Glück gehabt, nur zu leicht hätten die Tiere im Feuer umkommen können, das von einem E-Bike im Hinterzimmer des Ladens ausgelöst worden war. Ben hatte schon miterlebt, wie in Brand geratene E-Bikes ganze Familien im Schlaf ausgelöscht hatten.

»Wie ist die da oben hingekommen«, fragte Ben mit Blick auf die Schlange. An der Decke oder dem oberen Teil der Wände in Nähe des Ventilators gab es keinerlei »Klettermöglichkeiten«.

»Pythons können glatte Wände hochkriechen.«

»Nein, können sie nicht.«

»Dann ist die hier nicht echt.«

Ben zeigte auf die Schlange. »Du siehst doch, dass sie echt ist.« Da kam Jake herein und klopfte sich den Ruß von den Handschuhen. »Warum hätte ein Zoogeschäft, das echte Schlangen verkauft, sich bitte eine künstliche Python an den Ventilator hängen sollen?«

»Familienkonferenz!« Matt kam durch die Tür, ignorierte das gesamte Tableau, Schlangen, Echsen, die Tarantel, die größer war als Bens Hand und traurig durch den Vogelsand in ihrem Terrarium wanderte. Weil, was waren schon Reptilien und Spinnen, wenn man wie Matt ganz andere Dinge gesehen hatte? »Uns fehlt ein Mann, und das ist ein Problem.«

»Wieso?«

»Weil uns die Kommandozentrale einen Typen von den 49ern aufs Auge drücken will. Irgendein Sackgesicht, das ich wieder auf Linie bringen soll.« Jetzt endlich spähte Matt hinauf zur Schlange, schien den Anblick aber immer noch nicht zu registrieren. »Ich will nicht, dass ein neues Arschloch meint, es muss ausgerechnet in der Nacht des Überfalls bei der Mannschaft den großen Zampano spielen.«

Ben hatte seit zwei Tagen nicht mehr mit Andy gesprochen. Er hatte ihr Nachrichten geschickt, sie angerufen, aber sie hatte nicht reagiert. Er war nicht sicher, ob das zum Großen Skript gehörte, dem er Folge zu leisten hatte. Also wusste er nicht, ob sie noch »seine Freundin« war, die aber nach dem Vorfall in der Schule aus Gründen kein Wort mehr mit ihm sprach – schließlich war er kopflos ins Haus gerannt, um ihr zu helfen, hatte Engo aber auch nicht sofort die Fresse poliert und war womöglich am Ende schuld, dass sie ihren Job verloren hatte. In dem Fall würde sie ihm nun die kalte Schulter zeigen, bis er mit einem Blumenstrauß bei ihr zu Kreuze kroch. Lief das Drehbuch, oder passierte im Hintergrund womöglich doch was Reales, hatte Newler sie beispielsweise von der Ermittlung abgezogen oder sie sich selbst? In dem Fall wäre er bei der Suche nach seiner Familie auf sich selbst gestellt, hätte nur noch ein kleines Zeitfenster bis zu seiner Verhaftung und lediglich die Aufzeichnungen der Hotelkameras als Ausgangspunkt. Jemand hatte mit Luna die Lobby durchquert. Die Bilder versetzten ihm jedes Mal erneut einen Schlag in die Magenkuhle, brachten ihn aber nicht weiter. Er wollte endlich mit Andy sprechen, ihr entgegenschreien, dass ihm diese Aufnahmen, die eigentlich nichts weiter aussagten, alles verrieten. Zwei Personen gingen da durchs Bild, zwei Beinpaare, an den Knien abgeschnitten. Ein Paar gehörte eindeutig zu Luna, das andere zu einem Erwachsenen in Jeans und Sneakern.

Wer da auch immer mit Luna durchs Bild spazierte, er oder sie waren nicht zu erkennen.

Aber Ben hatte die Beine.

Und von Gabriels kleinen Sneakern keine Spur.

»Was wissen wir über Freeman?«, fragte Engo. »Den Alten. Ist der schon auf Tuchfühlung mit der Sargauskleidung? Weil, wenn der heute Nacht sein Leben aushaucht, geht das Ding auch *heute Nacht* ab. Um einen zusätzlichen Querschläger von den 49ern brauchen wir uns dann nicht mehr zu kümmern.«

»Nee, heute Nacht stirbt der nicht, aber lang hat er nicht mehr.«

»Woher weißt du das?«

»Der Notar hat ein Wegwerfhandy. Ich hab ein Wegwerfhandy. Er hält mich so gut es geht auf dem Laufenden. Aber der Mann kann nicht wie ein Aasgeier die ganze Zeit am Sterbebett des Alten rumhängen.« Matt spähte hinauf zur Schlange. Alle folgten seinem Blick. Das Tier hatte sich nicht bewegt.

»Ohne Schlüssel können wir gar nichts machen.« Matt warf Engo einen Blick zu.

»Wie kommst du damit voran, Engo?«, fragte Jake. »Brauchst du Hilfe?«

»Wenn ich die bräuchte, käme sie garantiert nicht von dir.« Engo rieb sich mit dem Handrücken über die Nase. Irgendwas stimmte nicht mit seinem Arm, er bewegte ihn extrem langsam und zuckte beim Anheben zusammen. Ben war das schon vorher aufgefallen, er hatte es sich mit einer wieder aufgeflammten alten Verletzung erklärt. »Ich hab erlebt, wie du ein Glas saure Gurken aufmachst, Jake. Sah aus, als hättest du Hufe statt Händen.«

Engo zückte sein Handy. »Gestern Abend hab ich mir einen geangelt.«

Matt kniff sich in die Nasenwurzel. »Du hast schon einen Schlüssel? Und dann sagst du nichts? Meine Fresse!«

Engo präsentierte sein Display. Es zeigte das Foto eines Borr-Storage-Schlüssels in seiner versehrten Hand. Sie beugten sich vor, um ihn genauer in Augenschein zu nehmen. Er bestand aus glänzendem Messing, ein Ziergegenstand, für den Männer ihr gesamtes Erspartes zahlten, um ihn herumzutragen wie einen zweiten Schwanz.

»Jetzt erzähl mir bloß nicht, dass du nur dieses eine Foto davon gemacht hast«, sagte Ben.

Engo runzelte die Stirn »Na und? Wo ist das Problem? Ich hab irgendeiner Braut auf dem Weg zu ihrem Auto den Schlüssel abgenommen, ein Foto davon gemacht und ihn danach auf ihrem Parkplatz deponiert. Sie wird denken, dass er ihr aus der Tasche gefallen ist.«

»Engo ...« Ben spürte förmlich, wie sich sämtliche Muskeln anspannten. »Das Foto ist meine Vorlage für die Kopie aus dem 3-D-Drucker, damit macht mir mein Metallexperte den Nachschlüssel.«

»Und?«

»Und? Das Foto zeigt nur den Schlüssel in deiner Klaue«, sagte Ben grimmig. »Nichts verrät mir die genauen Abmessungen. Ich hab dir doch gesagt, du sollst 'nen Quarter danebenlegen, damit der skalierbar ist!«

Engo grinste fies. »Hey, Fickgesicht! Dieser ganze Computernerdscheiß, den du da laberst? Böhmische Dörfer.«

»Warum? Warum haben wir dich losgeschickt, um ein Foto von dem Schlüssel zu machen, du Schwachkopf!«, rief Ben genervt. »Deine verdammte Hand liefert mir keine genauen Abmessungen!«

Sie gingen aufeinander zu, aber Matt und Jake hielten sie auf. Es ging nicht um die Abmessungen, den Schlüssel oder das Foto. Engo war einfach Engo, und Ben hatte die Nase so gestrichen voll von ihm, dass er platzen würde, wenn er es noch eine Sekunde länger mit ihm aushalten musste. Matt manövrierte ihn gegen ein Terrarium voller geschuppter Kriechtiere.

»Engo, mach ein Foto von 'nem Quarter in deiner Hand und schick es an Ben, damit er die Dimensionen abschätzen kann«, befahl Matt kopfschüttelnd. »Ben, jetzt chill mal ein bisschen, verdammt!«

»Moment, nicht zu weit runterchillen!« Engo beäugte Ben. »Ich will noch über Andy reden, wo wir doch sowieso gerade auf Krawall sind.«

»Andy?«

»Jap, Andy. Ich hab ein paar Fragen über die Frau.«

Ben wurde flau im Magen. Wieder überlegte er, ob er sich dumm stellen oder zum Gegenangriff übergehen sollte. Er entschied sich für Letzteres. »Meine Güte! Ich wünschte, ihr Wichser würdet sie endlich in Ruhe lassen. Sie ist rausgeflogen. Was denn noch?«

»Was treibt sie denn gerade so?«

»Keine Ahnung. Nach einem neuen Job suchen wahrscheinlich.«

»Ich hab die letzten Tage ein bisschen über sie nachgedacht«, sagte Engo. Er wartete, aber Ben biss nicht an. »Wer sie eigentlich wirklich ist.«

Ben lief es eiskalt über den Rücken, er ging automatisch auf Startposition, als hätte sein Körper beschlossen, dass es Zeit war zu fliehen. Instinktiv spürte er, dass Matt ihn ganz genau beobachtete, sein Teufelsblick wanderte über sein Gesicht.

»Was soll das heißen, ›wer sie ist‹? Was redest du da?«

»Weißt du, ist schon witzig«, Engo wiegte sich in der Hüfte und wackelte mit dem Finger vor Matts und Jakes Gesicht herum. »Ihr beiden Blindschleichen habt es wahrscheinlich nicht bemerkt, was da vorgestern passiert ist. Als unser Action-Man hier losgestürmt ist, um seine Braut zu retten? Da hab ich was Interessantes entdeckt, aber ich hab erst gestern Abend so richtig drüber nachgedacht.«

»Der Typ nennt mich Blindschleiche? Willst du mich verarschen?« Ben sah Matt und Jake ungläubig an.

»Du musstest ihren Totmannwarner für sie ausschalten«, sagte Engo. »Als ich sie mir gekrallt habe, hat sie ihn ausgelöst. Das Gerät an ihrem Gürtel hat das Signal ausgesendet. Danach, als ihr beide eure Kuschelorgie abgezogen habt und du ihre Möpschen abgetastet hast ...«

»Engo, Engo ...!«, unterbrach Ben.

»Als du ihr die Tränchen getrocknet hast ...«

»Ich muss mir das nicht anhören.« Flucht. Ben wandte sich zum Gehen.

Matt packte ihn am Kragen. »Lass ihn ausreden.«

»Da hat sie am Totmannwarner rumgefummelt.« Engo leckte sich über die Zahnreihe, seine Augen voller Schadenfreude. »Du musstest das Ding für sie ausschalten, weil sie nicht wusste, wie es funktioniert. Ich hab genau gesehen, wie sie ein paarmal auf der Taste rumgedrückt hat, aber sie schien nicht zu wissen, dass man sie ein paar Sekunden gedrückt halten muss, um das Signal zu deaktivieren.«

»Soll was genau heißen?« Bens Augen wurden schmal.

»Soll heißen, dass die Frau schlau rüberkommt«, sagte Engo, »verdammt schlau. Aber nur teilweise. Es gibt Bereiche, da stellt sie sich selten dämlich an. Ich will wissen, was bei Andy Nearland Fähigkeit ist und was Schläue.«

Ben warf die Hände in die Luft. »Warum ist das wichtig? Willst du sie daten, Engo?«

»Ich will wissen, mit wem ich es zu tun habe.«

»Wir haben *nichts* mehr mit ihr zu tun. Sie ist rausgeflogen!«

Jake meldete sich zu Wort. »Du hast selbst gesagt, sie wäre nicht diejenige, für die sie sich ausgibt.«

Alle Blicke richteten sich auf Ben. Er spürte die heiße Atemluft aus seiner Nase strömen. Am liebsten wäre er Jake sofort an die Gurgel gegangen. Der Mann, der ihn noch vor ein paar Tagen um fünftausend Dollar angehauen hatte, schaufelte ihm jetzt eine Grube. *Jake*, dachte Ben, *Jake, ich werde dich in die Dielenbretter rammen wie einen verdammten scheiß Nagel.*

»Wann hat er das gesagt?«, fragte Matt.

»Auf dem Grillfest.«

»Jetzt überlegt doch mal«, sagte Ben. »Andy hat an ihrem Totmannwarner herumgefummelt, weil sie unter Schock stand. Einer ihrer Mannschaftskameraden wollte ihr aus heiterem Himmel das Schlüsselbein brechen. Und was ich auf dem Grillfest gesagt hab, Jake, war mit besoffenem Kopf und weil ich sauer war auf sie.« Seine Stimme zitterte vor Wut, der Zorn war so heftig, dass er seine Angst erstickte. »Sie ist mir die ganze Zeit wegen Donna auf den Zeiger gegangen, und irgendwann hatte ich die Schnauze voll.«

»Donna?« Matt legte den Kopf schief. »Was ist mit Donna?«

»Sie hat gesehen, wie Donna mir den Kopf getätschelt hat.«

Matt lachte. »Haha, das ist lustig. Du und Donna? Wow, Benji! Ich hab deinen Schwanz gesehen, mit dem Kümmerling kriegst du Donna nicht mal morgens aus dem Bett.«

»Leck mich!«, zischte Ben. »Und ihr beide auch«, sagte er zu Engo und Jake.

Er stapfte in den Verkaufsraum, wo ebenfalls Glaskäfige standen, allerdings geräumiger und mit gesünderen, attraktiveren Tieren darin. Die Anzahl der Überlebenden lag hier erheblich höher. Eine Gruppe Männer und Frauen unterhielten sich auf Arabisch, unterbrachen ihr Gespräch aber abrupt, als Ben den Raum betrat. Der Helm, die Schutzkleidung, die Stiefel. Superheld. Superbösewicht. Ben wäre liebend gern abgehauen, um eine zu rauchen, doch er hörte

Matt hinter sich und wollte es nicht riskieren, ihn mit den Arabern allein zu lassen, die vor einem Glaskasten voller Ratten standen. Die Nagetiere hatten sich zu einer Pyramide übereinandergestapelt, um an den Deckel zu gelangen. Der Gestank ihres Urins trieb Ben die Tränen in die Augen. Als könnte er Bens Gedanken lesen, zog Matt eine Packung Zigaretten hervor, schüttelte ihm eine raus und zündete sich auch eine an, halb auf die Araber schielend, als würde er nur darauf lauern, dass sie ihm das Rauchen im Laden untersagten.

»Wie gut kennst du Andy?«, fragte er.

»Was zum ...« Ben hätte fast die Kippe weggeworfen. »Was ist hier los?«

»Was hier los ist? Gestern mitten in der Nacht ist Engo bei mir aufgekreuzt, um mit mir über sie zu reden.«

»Er will mit ihr in die Kiste, mehr ist das nicht.« Ben musterte Matt genauer, versuchte zu erkennen, was sich hinter den glänzenden Augen verbarg. »Lass sie bloß nicht zurück in die Mannschaft, falls du darüber nachdenkst.«

»Warum nicht?«

»Weil ich das mit ihr weitermachen will, und so ist es für mich besser. Darum.«

»Engo hatte lauter interessante Einfälle zu der Sache mit Borr Storage«, sagte Matt.

»Ja. Ein paar davon hab ich schon gehört. Er will Acetylen benutzen. Beschert uns eine Wiederholung vom ...« – fast hätte Ben ›elften September‹ gesagt, besann sich aber noch rechtzeitig eines Besseren – »... Super-GAU von Tschernobyl. Hör bloß nicht auf ihn.«

Sie sahen zu, wie die Ratten aufeinander herumkletterten und sich wanden, rosige Krallen am Glas, die unter dem Haufen eingeklemmten Rattenjungen wurden rücksichtslos erdrückt. Matt betrachtete die Glaskästen rechts und links davon. Zwei grüne Pythons in einem, eine fies aussehende braune Schlange im anderen. Er verzog die Oberlippe, als würde jemand mit einem Angelhaken daran ziehen. Dann wand er sich an die verschleierten und bärtigen Personen in der Ecke.

»Ihr haltet die beschissenen Ratten direkt neben den Schlangen?«, fragte er sie.

Die Gruppe diskutierte, gestikulierte, übersetzte. Ein Mann mit Kinnbart ergriff das Wort. »Die sind für die Schlangen. Futter.«

»Verstehe.« Matt klopfte mit dem behandschuhten Finger an das Glas neben ihm. »Aber sie können die Schlangen sehen.«

»Matt ...«

»Sie können die scheiß Schlangen sehen!« Wieder klopfte er an das Glas zwischen Rattenkasten und Schlangenkasten. »Die Ratten sehen die Schlangen, an die sie verfüttert werden. Findet ihr das nicht krank? Völlig abartig? Die Ratten neben die Schlangen zu stellen?«

Die Gruppe beratschlagte sich erneut. Matt wartete nicht auf ihre Antwort, er umklammerte die Glaswand des Rattenkastens und zog sie nach unten. Die Ratten purzelten aus ihrem Gefängnis, fielen wie braune Fellflecken auf den Boden und flohen in die Schatten unter Regalen und Wänden. Innerhalb von Sekunden war der Glaskasten leer bis auf die Sägespäne. Die Besitzer der Zoohandlung sahen untätig zu, wie sich die Ratten in ihrem Laden ausbreiteten.

2013

Als sie ins Haus kam, ließ sie ihre Tasche direkt neben der Tür fallen, genau wie er es ihr schon zigmal vorgeworfen hatte. Das Haus in Pierre Part war klein, wie es sich ein Pärchen wie sie gerade so leisten konnten, er arbeitete als Fernfahrer, sie bei Amazon. Die Rolle der Lagerarbeiterin spielte Dahlia nun schon seit acht Monaten. Das alles – das ferne Bellen der Alligatoren, die dampfige Hitze, die sich wie eine feuchte Decke über alles legte, die klapprige Klimaanlage, die alle Dreiviertelstunde heiß lief und den Betrieb einstellte – konnte Tony nur ertragen, wenn im Haus penible Ordnung herrschte. Ordnung und Sauberkeit hielten ihn bei Verstand und vermittelten ihm Sicherheit. Er stand mit einem Glas Farbverdünner, der sich Whiskey schimpfte, an der aufgeplatzten Arbeitsplatte und hob nicht mal den Blick, als sie ihn auf dem Weg zum Kühlschrank auf den Mund küsste, sondern verzog nur seitlich die Lippen, wie jemand, der sich routinemäßig den Sitzgurt anlegte.

»Ich glaub, sie ist reif.« Dahlia zog eine Flasche kaltes Wasser aus dem Kühlschrank und trank die Hälfte in einem Zug, nach dem kurzen Weg von ihrem Wagen zum Haus war sie schon wieder schweißgebadet. »Sie steht kurz davor, mir zu verraten, wo sie das Baby verscharrt hat.«

Tony hatte ihr den Rücken zugekehrt. Sie betrachtete seine Speckrollen auf der Hüfte. Vom üppigen Essen hier in den Südstaaten, seiner Rolle und dem ständigen Versteckspiel, so zu tun, als wäre er auf dem Highway irgendwo zwischen Virginia und Maine unterwegs, obwohl er in Wahrheit ein paar Meter weiter in ihrem Schlafzimmer vor dem Laptop saß und ihrem Kamerafeed folgte. Die Pfunde, die man zulegte, wenn man die Aufsicht hatte. Dahlia konnte das nachfühlen, auch sie hatte zugenommen, als sie bei ihrem letzten Fall die Aufsicht hatte. Aber wenigstens hatte es beim Zuschauen ein bisschen Abwechslung gegeben, wenn Tony so tat, als würde er einen Sanitärfachhandel betreiben. Kunden bediente. Ihre Fragen beantwortete. Mit seinen Kollegen plauderte. Tony hingegen sah nur ihre behandschuhten Finger, wenn sie die Codes auf den einheitlichen braunen oder schwarzen Kartons scannte, bevor sie auf Fließbändern weitertransportiert wurden, durch die Halle, in der es so laut war, dass die Arbeiter meist nur mit Handsignalen kommunizierten.

Jetzt schwieg er. Sie quasselte munter weiter.

»Ich hatte heute ein langes Gespräch mit ihr in der Büroküche«, sagte Dahlia. »Hast du wahrscheinlich gesehen. Sie hat mir von ihrem Vater erzählt. Dem Missbrauch. Tony, ich war so aufgeregt. Ich glaube echt, dass sie kurz vorm Ausplaudern steht. Sie ist noch nicht ganz so weit, mir von ihrem ersten Kind zu erzählen, aber noch ein, zwei Monate, und ich krieg es aus ihr raus. Wie traumatisch es gewesen ist, dass ihre Eltern sie gezwungen haben, es zur Adoption ...«

»Dahlia.«

»... freizugeben, zu traumatisch für sie. Wenn sie das erst mal raus hat, steht die Tür offen. Dann wird sie mir gestehen, dass sie das alles kein zweites Mal hatte durchstehen können.«

Auf einmal beschlich Dahlia ein ungutes Gefühl. Diese unheilschwangere Stille im Haus, die eigentlich keine war, denn so was existierte hier unten einfach nicht, draußen im Bayou war immer was am Rumrennen oder Streiten oder Ficken oder Singen. Oder ein paar Typen donnerten mit ihren Motocross-Rädern durch die Dünen. Feuerwerkskörper. Fernseher. Und billige Häuser machten auch eine Menge Lärm. Die Geräte brummten und knackten, das Wellblechdach atmete den ganzen Tag wie eine Kreatur, die überm Haus hing. Tony hatte ihren Namen ohne Akzent ausgesprochen, das war seltsam. Sie sprachen immer mit Akzent, besonders hier unten im Süden, wo der schwere Singsang besonders auffällig war.

Sie stellte sich vor ihn und betrachtete seinen Gesichtsausdruck. »Was?«

Tony leckte sich den Schweiß von der Oberlippe. Starrte aufs Whiskeyglas. Zuckte die Achseln. »Du bist zu nah dran gewesen.«

Immer noch kein Akzent. Dahlia verzog das Gesicht. »Was?«

»Es waren acht Monate, Dahlia«, sagte er. Ließ es wirken, vergeblich. »Acht Monate«, wiederholte er.

»Stimmt, aber ...«

»Ich hab die Aufsicht.« Tony zeigte auf seine Brust. »Es ist meine Aufgabe, alle Fäden in der Hand zu behalten, damit du mir nicht abdriftest. Und ich ... ich hab ... hör zu. Ich hab die Reißleine gezogen. Du hast zu lange gebraucht, weil dein Verhältnis zu Margie zu intim geworden ist. Du hast eine richtige Beziehung zu ihr aufgebaut.«

»Eine was?« Dahlia lachte bitter. »Du willst doch wohl nicht behaupten, dass ich eine ... eine ...«

»Scheiße, woher soll ich das wissen?«, sagte Tony. »Am Freitagabend? Als wir drüben bei Roger zum Essen waren? Da hast du deine Kamera abgeschaltet.«

»Hab ich nicht!«, zischte sie. »Sie hat nicht funktioniert.«

»Nicht funktioniert?« Tony sah sie scharf an. »Genau in dem Moment, als du mit Margie hinter der Garage verschwunden bist?«

Dahlia starrte ihn ungläubig an. Das ungute Gefühl hatte

sich nur verstärkt. Es steckte noch mehr dahinter. Sie konnte es förmlich riechen. Ihre Kehle schnürte sich zu.

»Ich hab keinen Sex mit Margaret Beauregard«, sagte Dahlia vorsichtig. »Ich versuche herauszufinden, wann und wie sie ihr Baby getötet hat und wo wir die sterblichen Überreste finden können. Ich suche nach Antworten für die Familien Beauregard und Peters und die Polizei, die uns eingeschaltet hat. Damit folge ich genau den Anweisungen ...«

»Woher soll ich wissen, dass das stimmt?« Tony zuckte schwerfällig die Schulter. Nur die eine. Als wäre er müde, sie zu heben. »Woher soll ich wissen, ob ihr beide nicht schon seit acht Monaten rumvögelt, dass es nur so kracht?«

Dahlia klappte die Kinnlade runter.

»Damals in Portland hast du mir erzählt, dass du dich langweilst.« Er musterte sie. »Darum sind wir hier in diesem Hinterwäldlersumpf gelandet. Ich hab mich gefragt, ob dich damals tatsächlich der Ort oder was ganz anderes gelangweilt hat, Dahlia. Vielleicht hattest du einfach keinen Bock mehr auf mich. Auf uns. Aufs Morde-Aufklären. Auf das ganze verdammte Ding.«

Dahlia hatte den Mund immer noch aufgesperrt. Sie atmete schnell, panisch. Das war aus heiterem Südstaatensommerhimmel gekommen. So war das mit Tony, darin lag die größte Gefahr, das hatte sie bereits auf die harte Tour gelernt. Hinter seinen Augen, unter der Oberfläche, schlummerte seine miese, finstere Seite, ein Sumpfmonster, wie sie es sich in ihren wildesten Alpträumen nicht auszumalen vermochte, etwas, das Alligatoren mit einem Biss durchtrennte.

»Was hast du getan?«, fragte Dahlia. Sie dachte an ihre Tasche, neben der Haustür. Ihr Handy. Margies Nummer. Sie stellte sich vor, wie sie es sich schnappte, Margie anrief, rührte sich aber nicht von der Stelle. »Tony? Du hast gesagt ...«

»Es tut mir leid, okay?«

»Du hast gesagt, ich bin zu nah dran. *Gewesen*.«

»Vor ungefähr einer Stunde habe ich sie zur Verhaftung freigegeben.« Tony sah ihr in die Augen, wartete auf eine Reaktion, hoffte offenbar, dass er dort Schmerz entdecken würde. »Hab extra gewartet, bis du auf dem Highway warst.«

Dahlia schnappte nach Luft.

»Margaret hat nach der Schrotflinte unter der Spüle gegriffen.« Tony trank einen Schluck Whiskey. »Ein Officer hat sie außer Gefecht gesetzt.«

»Ist sie …? Sie ist doch nicht … Margie ist nicht …?«

»Sie ist tot.«

»Nein, ist sie nicht.« Dahlia ging zu ihrer Tasche. »Nein.«

Sie fiel auf die Knie, versuchte, den Reißverschluss zu öffnen, aber der klemmte. Also riss sie die Nähte einfach auf, verletzte sich dabei den Zeigefinger, kniete dort im trüben Licht der Straßenlaterne, das durch die gelblich verschmierten Fenster auf die Dielenbretter fiel, und versuchte, nicht an das Baby zu denken, das irgendwo in der Erde verweste. Das niemand mehr bergen, wiegen, aus seinem dunklen Loch befreien würde. Ein namenloses Kind, das eine letzte Ruhestätte verdiente, ein Kreuz, einen Grabstein, Blumen, eine Todesanzeige, irgendwas, was auch immer, verdammte Scheiße. Dort, weinend, auf Knien vor der Haustür, ihre Tasche auf dem Schoß, dachte sie an die Mutter, die einen Fehler gemacht hatte, den schlimmsten Fehler, den ein Mensch begehen konnte. Sie hätte es verdient gehabt, aus dem dunklen Höllenschlund ihres Verstands geborgen zu werden wie das von ihr verscharrte Kind. Jetzt waren beide verloren. Unter der Oberfläche verschwunden.

»Du bist zu nah dran gewesen«, beharrte Tony.

Dahlia stand auf. Drückte sich die offene Tasche an die Brust und öffnete die Tür. Hier begann ihre Flucht vor Tony Newler. Nur weg vor ihm, so weit wie möglich.

ANDY

Sie stand im Schatten vor dem Eingang eines Apartmentkomplexes irgendwo in North Ironboard, zwei Häuser von Bens Ziel entfernt. An die Mauer gelehnt beobachtete sie, wie der Taxifahrer Ben absetzte. Er sah sie nicht, dafür war hier zu viel los, Andy nur eine von vielen in der rastlosen Menge, Kleindealer, die auf den Stufen des Nachbarhauses ihre Kundschaft bedienten, einer dribbelte lässig mit dem Basketball, während der andere einem zitternden Mann im Jogginganzug die nächste Dosis reichte. Drogen wurden hier auf offener Straße verkauft, völlig entspannt, fast schon freundlich, weil überall Späher aufpassten und die Hälfte der Cops in dieser Stadt ohnehin am Umsatz beteiligt waren. Vor der Bodega an der Ecke standen die Leute Schlange, warteten auf ihre Hamburger, die auf einem Grill neben einem Fenster mit allerlei Krimkrams brutzelten, Kinder spielten direkt neben dem Taxi, aus dem Ben soeben ausgestiegen war, völlig ahnungslos oder resigniert angesichts der Möglichkeit, jederzeit ins Kreuzfeuer einer rivalisierenden Bande geraten zu können, die just in diesem Augenblick hier ein Exempel statuieren wollte. In dieser Gemeinde brannten sicherlich eine Menge Kerzen zum Andenken an die vielen kindlichen Kollateralopfer.

Traurig nur, dass der Drogenhandel mehr Geld in dieses Viertel gespült hatte als die Regierung, und so spielten die Kinder weiter, die Eltern zündeten Kerzen an, und die Dealer dribbelten mit dem Basketball.

Nachdem Ben sich versichert hatte, dass die Luft rein war, schloss er die Eisengittertür auf und trat in den Hausflur. Andy wollte ihm gerade folgen, als ihr Handy in der Tasche klingelte.

»Ja?«

»Erinnerst du dich an unseren Fall in Littleton?«

Rasch trat Andy zurück in den Schatten des Eingangs. Eine Frau mit Kleinkind auf der Hüfte und Zigarette im Mundwinkel hatte den Flur betreten, um nach der Post zu sehen, und musterte sie misstrauisch durch die schmierige Glasscheibe der Haustür.

»Littleton«, wiederholte Newler. »Die Frau, die Harris und Klebold verehrte und gerade neu war in der Stadt. Erinnerst du dich? Wir haben uns als ihre Nachbarn ausgegeben. Haben sie observiert, falls sie noch ein …«

»Tony, das ist gerade kein guter Zeitpunkt, um mit dir in der Vergangenheit zu schwelgen«, sagte Andy. »Ehrlich gesagt ist es das nie.«

»Wir waren noch nicht lang als Team unterwegs«, fuhr Newler ungerührt fort. »Ich hab den Fall für uns akquiriert, weil er nur langfristige Beobachtung erfordert hat und vermutlich keine Action. Nur ein paar Wochen Babysitting, eine Psychopathin, die ihre irren Fantasien nie in die Tat umgesetzt hätte. Eigentlich hat das FBI mit Kanonen auf Spatzen … sorry, weißt schon, aber die Agenten vor Ort waren noch neu und nervös. Du hattest solche Probleme mit der Rolle, Dahlia, hast viel zu oft nach meiner Hand gegriffen. Einmal hast du dich mir mit voller Dramatik an den Hals geworfen, als sie gerade ihre Auffahrt hochfuhr. Du wolltest, dass sie uns beim Knutschen sieht.«

»Tony …«

»Ich glaube, du warst so nervös, weil du das erste Mal die Rolle einer Frau spielen musstest, die in einer ›Paarbeziehung‹ war. Du hattest Angst davor, mich zu küssen. Dich an mich zu schmiegen. Körperkontakt. Weil du schon damals auf mich scharf warst. Da hatten wir uns gerade erst kennengelernt.«

Andy umklammerte das Handy fester.

»Ruf mich nicht mehr an, Tony.«

»Ich merke es ganz genau, wenn du Angst hast, weißt du?«, sprach er weiter, als hätte sie nichts gesagt. »Und gerade jetzt hast du furchtbare Angst.«

Andy spähte auf die Straße und beendete das Gespräch, bevor Newler behaupten konnte, dass sie vor diesem Fall Angst habe, weil er darin involviert sei und sie nicht einschätzen könne, was das für ihre Beziehung bedeute. Weil sie womöglich ihrem Herzen folgen würde, einen Schritt zurücktreten und zugeben, dass sie sich geirrt hatte, wegen Margaret Beauregard in Pierre Part völlig überreagiert und alles weggeworfen, was er ihr damals geboten hatte: Ehe, Familie, einen sicheren und gesicherten Job – nur wegen einer Kindsmörderin aus dem Sumpfland, die sie kaum gekannt hatte. Und obwohl sie das Gespräch beendet hatte, hörte sie immer noch Newlers Worte, als wären seine Lippen ganz dicht an ihrem Ohr. Das Angebot stehe noch, auch wenn sie es damals abgelehnt habe.

Jederzeit.

Es ist okay, heimzukehren, den dunklen, kalten Ozean hinter sich zu lassen.

Der Hafen ist doch so schmerzlich nah.

Andys Magen rumorte. Sie überquerte die Straße, nahm die Schlüssel, die sie Ben vor ein paar Nächten abgenommen und sich hatte nachmachen lassen, und hatte im Nu den passenden gefunden. Apartment Nummer 2.

Als sie die Tür aufschloss, kam er mit aufgerissenen Augen in den Flur gehastet, doch als er sie erkannte, entspannten sich die Gesichtszüge ein wenig. Eine gewisse Boshaftigkeit blieb allerdings zurück.

Die verzogenen Lippen. Das genervte Seufzen. Er kehrte zurück ins Wohnzimmer und ließ sich in einen Gartenstuhl aus Plastik fallen, das einzige Möbelstück.

»Woher?« Er streckte fassungslos die Handflächen aus. »Wie? Ich hab aufgepasst, dass mir niemand folgt. Mein Handy und meine Geldbörse sind noch in der Wohnung. Ich hab ein Taxi gerufen, bar bezahlt.«

»Ja, und? Denk mal scharf nach.«

Ben klopfte sich ab, tastete seine Kleidung nach einem Tracker ab.

»In deinem Schuh«, sagte Andy schließlich. Ben bückte sich und zog beide Sneaker aus, untersuchte die Sohlen. Fand nichts. »In der Zunge. Links.«

Ben betastete die Lasche. Der Tracker war dort eingenäht. Er betastete die nahezu unsichtbare Naht. »Unglaublich.«

»Hör mal, selbst wenn ich hätte raten müssen, wo dein Geheimversteck ist, hätte ich genau auf diese Bude getippt.« Andy betrachtete die kahlen Wände der Wohnung, in der einst Bens Mutter gelebt hatte, zum Zeitpunkt seiner Geburt. »Hier machst du's genau wie bei Lunas Wohnung, du musst sie besitzen, in Beschlag nehmen und alles erhalten, wie es ist. Bis du die Dinge ändern kannst. Für dich sind diese Wohnungen mehr als Räume. Sie sind Momentaufnahmen, die du festhalten willst.«

»Weißt du, wie viel so ein Seelenklempner für so was berechnet? Wie nennen die das noch, Psychoanalyse?« Er lächelte böse. »Hab ich ein Glück, ich krieg's umsonst.«

»Hm.«

»Hast du dich schon mal als Psychotante ausgegeben? Oder sprichst du aus Erfahrung? Gehört dir das Haus, in dem für dich alles den Bach runtergegangen ist?«

»Oh, das ist schon lange nicht mehr da«, sagte Andy, während sie ein Schaudern überlief. »Also, was willst du zuerst machen, mir das Geld zeigen oder mir erklären, was zum Teufel du die letzten zwei Tage so angestellt hast?«

Er schnaubte. »Ich? Einen Scheiß erzähl ich dir. Was hast *du* die letzten zwei Tage gemacht? Es gab Wichtiges zu besprechen, extrem Wichtiges. Sie haben dich enttarnt, Andy.«

»Wie meinst du das?«

»Engo vor allem.« Ben musterte sie mit schmalen Augen. »Auf einmal ist er total scharf auf dich. Hast du ihn angerufen? Ihm einen Besuch abgestattet?«

»Was erzählt er denn so?«

»Er geht alles mit dem Läusekamm durch. Was du wo gemacht hast, was du wann gesagt hast. Jake und Matt sind ganz Ohr.«

»Das ist gut so, ich hab das im Blick. Musst dir keine Sorgen machen.« Sie setzte sich auf den Boden neben den Gartenstuhl und zückte ihr Handy.

»Was soll das heißen?«

»Ich will dir ein paar Sachen zeigen, die ich ausgegraben habe.« Andy durchsuchte die Bilder in ihrer Galerie.

»Wie willst du da ein Auge draufhalten, Andy?«

»Ich habe Bankkonten durchsucht«, fuhr sie fort. »Damit hab ich die letzten Tage verbracht, war an meinem Kontakt dran, der richtig gut ist in so was. Aber der hat sich rar gemacht. Irgendwann hat er dann doch geliefert. Das ist die Art Arbeit, für die man sich tagelang abschottet und nur von Chips und Cola ernährt und nur auf den Computer starrt. Ein paar Sachen sind mir aufgefallen. Sag du mir, was du davon hältst.«

»Ich stell dir hier Fragen, aber du ignorierst sie einfach.«

»Gewöhn dich dran.«

»Meine Fresse!«

»Drei Tage nach Lunas und Gabriels Verschwinden …«, sie vergrößerte einen Screenshot mit einer Umsatzliste, »… kauft Matt einen Batzen Kinderklamotten.«

»Matt hat, keine Ahnung, zwanzig Kinder?« Ben sah gar

nicht genauer hin. »Weiß nicht, ob dir das schon aufgefallen ist. Der befruchtet alles, was bei drei nicht auf dem Baum ist. Wenn ich du wäre, würde ich schnell einen Test machen, schließlich habt ihr im selben Wagen gesessen.«

»Ja, schon klar. Aber ich habe die Belegnummer mit den Inventarlisten des Ladens verglichen. Die Klamotten hatten Größe vier bis fünf, also passend für Sechsjährige.«

Ben starrte zu Boden. Ein leichter Kotzegestank lag in der Luft, den auch der neue Teppich und Neuanstrich nicht übertünchen konnten. Vermutlich konkurrierte der Kotzegestank im Sommer mit dem Müllgestank von der nahe gelegenen Kippe, dachte Andy.

»Donna ist schwanger«, fuhr sie fort. »Aber abgesehen davon – ist Matts jüngstes Kind nicht schon zehn?«

»Ja.«

»Also?«

»Vielleicht haben ihm die Sachen einfach gefallen. Hatten zwar nicht die richtige Größe, aber waren witzig oder so was? Könnte eine Verkleidung gewesen sein, als Feuerwehrmann.«

»Unwahrscheinlich.«

Ben dachte nach. »Was sollte das sonst bedeuten? Matt und Luna ... zusammen? Haben sich im Hotel getroffen? Er hat sie umgebracht, weil sie gedroht hat, es mir zu erzählen oder ... oder Donna? Sie hat er getötet, aber bei Gabe hat er das nicht fertiggebracht, also hat er ihn ... am Leben gehalten? Hatte nicht genug Kleidung für ihn ...«

»Kannst du dir das ernsthaft vorstellen? Luna und Matt?«, fragte Andy.

Ben betrachtete die Gitterstäbe hinter der Gardine. »Nein.«

»Der Typ hatte mehr Ehefrauen als Finger an der Hand, so einer geht doch dauernd fremd.«

Ben zuckte die Achseln. »Hab ich nie mitbekommen. Und er hatte einige Angebote. Wenn die Frauen in den Bars mitkriegen, dass wir Feuerwehrleute sind. Die kleben an uns dran wie Bienen am Honig. Aber wegen Ehebruch hat ihn keine seiner Frauen verlassen. Er und Mary haben sich getrennt, weil sie zu jung geheiratet hatten. Imogen, mit der war er während der Anschläge vom elften September zusammen, danach hat sie die volle Breitseite abgekriegt. Und die Ehe mit Christine ist in die Brüche gegangen, weil *sie* fremdgegangen ist.«

»Es gibt immer ein erstes Mal.«

»Warum würde er Gabriel am Leben halten? Wie sollte er so was vor Donna verheimlichen?«

»Keine Ahnung.«

»Was hast du noch rausgefunden?«

»Zwei Wochen vor ihrem Verschwinden ...« Andy wischte weiter durch verschiedene Screenshots von Konto-Umsatzlisten, »... hat Luna dreitausend Dollar von ihrem Konto abgehoben.«

»Was?«

»Detective Simmley hat damals auch ihr Konto überprüft«, sagte Andy. »Aber das hier hat er vermutlich übersehen. Sie hat es nämlich nicht von ihrem Girokonto abgehoben, sondern von ihrem Tagesgeldkonto.«

Ben leckte sich über die Lippen. Betrachtete den Screenshot genauer. »Vielleicht, um die Waffe zu bezahlen. Die, die Edgar ihr besorgen sollte.«

»Kann sein. Es standen keine größeren Zahlungen an, oder? Irgendwelche Anschaffungen?«

»Nein.«

Sie saßen eine Weile schweigend da. Betrachteten die Umsatzliste.

»Ich hab auch was gefunden«, sagte Ben schließlich.

»Lunas Pass ist nicht in der Wohnung. Und ich hab Kameraaufzeichnungen von der Hotellobby, auf denen sie mit jemandem zusammen ist. Gib mir dein Handy, ich hab sie in meiner Cloud gespeichert.«

»Warte«, sagte Andy. »Ihr Pass ist da, im Aktenschrank ...«

»Da ist er mal gewesen. Aber jetzt nicht mehr.« Ben sah sie an. »Also hast du ihn auch dort gesehen? Als du die Wohnung durchsucht hast, kurz vor unserem ersten Treffen? Als du bei mir eingebrochen bist?«

»Ja.«

»Ich bin nicht verrückt. Er war da.«

»Jemand hat ihn mitgenommen oder woanders abgelegt«, sagte Andy. »Wer ist seit unserem ersten Treffen in deiner Wohnung gewesen? Wer hat außer uns noch Zugang dazu?«

»Seitdem sind schon ein paar Leute bei mir gewesen.« Ben schüttelte den Kopf, das Handy im Schoß. »Jake. Engo, um mich abzuholen. Das war aber am Tag bevor ich dich getroffen hab, glaub ich. Mein Bruder Kenny. Aber der war nur in der Küche, ich hab ihn die ganze Zeit über im Blick gehabt.«

»Wer hat noch einen Schlüssel zu Lunas Wohnung? Wer kann während deiner Abwesenheit drin gewesen sein?«

Ben schüttelte erneut den Kopf, rieb sich über die Bartstoppeln. »Ich weiß es nicht.«

Abendliche Schatten wanderten über die kahlen Wände, während sie dasaßen und nachdachten. Andy beobachtete, wie sich der helle Lichtrand gemächlich über den nagelneuen Teppich schob, und stellte sich dabei vor, dass ebenjenes Licht diese Wohnung erhellt hatte, als Ben noch ein Säugling gewesen war, bevor man ihn seinen Eltern weggenommen hatte. Es war Zeit, dass Ben ihr sein Geheimversteck zeigte, damit sie es fotografieren konnte, mit ihm daneben, ein weiterer Zweig für den Scheiterhaufen, den Newler im Hintergrund für ihn aufschichtete. Aber in Bens Gesicht sah sie nicht den skrupellosen Verbrecher, der er war. Nicht den Schwindler und Betrüger, keinen Menschen, der das Leben Unschuldiger gefährdete. Stattdessen sah sie einen verletzten, verwirrten Mann, der sich wie besessen Kameraaufzeichnungen ansah, in der Hoffnung, einen kleinen Spurenfitzel zu finden, mit dessen Hilfe er seine eingebildete Familie wiederfinden könnte. Dieses Leid reichte. Diese Demütigung war Gerechtigkeit genug. Es wäre grausam, ihn noch mehr bestrafen zu wollen. Ben kaute auf seinen Fingernägeln, und Andy beugte sich vor, um auf sein Display zu schauen.

»Ist sie das? Die Aufzeichnung?«, fragte sie.

»Ja.« Er drehte das Handy, damit sie besser sehen konnte. So dicht saßen sie beieinander, dass sie seinen Körper riechen konnte. Nach seiner Schicht hatte Ben geduscht. Sie erkannte sein Rasierwasser. Auch Andy sah sich die Aufzeichnungen ein paarmal an. Die Beine, die nebeneinander durch die Lobby gingen.

Ben zeigte aufs Display. »Das sind ihre Schuhe.« Sein Finger zitterte leicht. »Die hab ich sofort erkannt. Sie hat sie immer zur Arbeit angezogen, da sind Flecken drauf.«

»Vielleicht hat sie ihn getragen«, sagte Andy. »Gabriel. Ich weiß, was du denkst, Ben. Sie hat das Haus mit Gabe verlassen, wo ist er also? Aber Luna könnte ihn auf der Hüfte getragen haben, hat sie doch sicher manchmal gemacht.«

»Warum hat sie jemanden im Hotel getroffen?«, fragte Ben. »Mit oder ohne Gabe? Wen hat sie getroffen, und warum hat sie mir nichts davon gesagt?«

»Aus demselben Grund, aus dem sie dir nichts von der Waffe oder dem Geld erzählt hat. Gibt es noch andere Aufzeichnungen?«

»Natürlich nicht!«, herrschte er sie an. »Das wäre ja auch

zu leicht gewesen! Auf dem Parkplatz gibt es keine Kameras. In der Lobby gibt es diese hier und zwei andere. Luna und diese Person, wer auch immer das sein mag, kommen aus dem Lift nach oben und verschwinden direkt in den Bereich, den keine Kamera abdeckt. Ich kann nicht sehen, wohin sie danach gehen.« Er zeigte genervt aufs Display. »Da lang geht's zur Rezeption. Da lang zu den Zimmern im ersten Stock. Und da lang zum Restaurant.«

»Sie steht nicht auf der Reservierungsliste des Restaurants?«

»Nein. Und ein Zimmer hat sie auch nicht gebucht. Jedenfalls nicht unter ihrem Namen.« Da war sie wieder, die Boshaftigkeit in seinem Gesicht. »Auf der gesamten Liste ist kein bekannter Name, nicht für diese Nacht und auch nicht für die Nächte davor oder danach.«

Andy überlegte. Sie war so in Gedanken versunken, dass sie erschreckt zusammenzuckte, als Ben sein Handy in die Ecke pfefferte. Es prallte an der Wand ab und hüpfte ein paarmal über den Teppich, bis es schließlich liegenblieb.

»Warum haben die verdammt noch mal keine Kameras im Parkhaus?« Er vergrub den Kopf zwischen den Händen. »Verflixter Mist! Wenn sie da doch nur Kameras hätten, dann wäre alles klar!«

»Ben.« Andy legte ihm eine Hand aufs Knie. »Du darfst die Hoffnung nicht verlieren.«

»Wir werden sie nie finden«, sagte er kopfschüttelnd. »Schau dir das doch an! Sie haben sich perfekt an den Kameras vorbeilaviert.«

»Fast perfekt.«

»Geschieht mir recht«, sagte Ben. »Ich hab's einfach nicht verdient herauszufinden, was mit ihnen passiert ist. Das ist meine Strafe ... für alles.«

Er blickte in der Wohnung umher. Andy ahnte, was er

dort sah. Das Elend seiner Kindheit in diesen vier Wänden. Und damit den ganzen Film, sein Schicksal, schon vorherbestimmt, bevor er auf die Welt gekommen war. Armut. Risiko. Benjamin Haig, das ungewollte Kind. Andy konnte förmlich seine Gedanken lesen, wie dumm war er, zu glauben, er hätte die Chance auf eine eigene Familie, auf die Erfüllung seines Traums, einem kleinen Jungen Geborgenheit zu geben und so Tag für Tag sein Trauma zu heilen, indem er diesem Kind schenkte, was er nie bekommen hatte.

»Die Kameras haben sie nicht erfasst«, sagte Andy vorsichtig, »aber das hat rein gar nichts mit dir oder mir zu tun und auch nichts mit Strafe. Kapiert? Es lag einzig und allein daran, dass Hotelkameras nicht für unsere Zwecke ausgelegt sind.«

»Was willst du damit sagen?«

»Sie sind normalerweise aufs Personal gerichtet«, sagte sie. »Angestellte mit langen Fingern und ungeschickte Reinigungskräfte. Dafür interessiert sich das Hotelmanagement. Zumindest meiner Erfahrung nach. Gäste stehlen nicht so oft, schließlich ist das Zimmer auf ihren Namen gebucht. Nee, der Mann an der Bar, der für Peanuts arbeitet und am Ende für den Chef die Einnahmen zählt und eintütet, dem wollen sie auf die Finger schauen.«

»Woher weißt du das?«

»Ich hab monatelang ein Hotel geführt. In Boston. Es ging um einen Frauenmörder.«

Andy sah Ben genau an. Er schien gar nicht zuzuhören, die Sache mit Boston nicht zu verstehen, genauso wenig wie das, was sie zuvor über Strafe und Schuld gesagt hatte. Stattdessen raufte er sich die Haare.

»Also kannst du gut tanzen«, sagte sie dann.

Sie hatte keine Frage gestellt, aber Ben hob trotzdem den Kopf.

»Was?«

»Luna war Latina«, erklärte Andy. »Sie hat mehr als fünf Minuten mit dir verbracht. Also musst du gut tanzen können.«

Ben sah sie fragend an.

»Wir brauchen ein bisschen Party.«

BEN

Diesmal hatte sie den richtigen Riecher gehabt, was nicht leicht gewesen war nach dem Fiasko ihres letzten Barbesuchs. Sie hatte einen Schuppen am Rand von Chinatown ausgewählt, daher dauerte die Taxifahrt ein wenig länger, und er hatte genug Zeit, sich die zuvor besorgte Flasche Jack zu Gemüte zu führen. Er war so betrunken, dass er den Namen an der Tür zwar nicht mehr richtig lesen konnte, aber dass die Bar überhaupt einen hatte, war schon mal ein gutes Zeichen, dazu verlangte man Eintritt und ließ ihn trotz seines verschlissenen T-Shirts ein.

Er lachte, als er mit ihr ins Damenklo stolperte, richtig aus vollem Hals, und das, obwohl seine Freundin und ihr Kind vielleicht tot waren und die Undercover-Ermittlerin, die ihn für viele Jahre in den Knast schicken wollte, an seinem Arm hing. Er zog sich vom Waschbeckenrand eine Line rein und sah nicht mal hin, ob sie mitmachte.

Gemeinsam stürmten sie auf die Tanzfläche, wo sich umgehend die Blicke aller Frauen auf Ben richteten, und irgendwie hatte sich offenbar das Gerücht verbreitet, dass Andy seine Schwester war, denn diese Frauen warfen sich ihm gleich reihenweise in die Arme, rieben sich an ihm, strichen ihm über die Brust und wuschelten ihm durchs Haar, und Andy ließ es einfach geschehen.

Sie hatte natürlich recht gehabt, er konnte tanzen. Kannte die Moves. Ja, okay, das letzte Mal lag schon eine Weile zurück, und da hatte er Luna auch nur ein bisschen durch die Küche gewirbelt, einerseits, weil sie sich als Mutter eines damals erst drei Jahre alten Kindes nicht in Bars rumtrieb, und andererseits, weil er nicht wollte, dass die Jungs davon erfuhren, denn die würden ihn ständig damit aufziehen. Er hatte es irgendwo gelernt, bei einer Pflegefamilie oder auf einer der vielen Schulen, die Schritte zumindest, der Rest bestand ohnehin nur darin, die Tanzpartnerin fest in den Armen zu halten und nur Augen für sie zu haben.

Andy kaufte ihm Drinks, er trank sie. Ein paarmal sah er, dass sie mit einem Typen tanzte, und spürte eine Wut, die sich in seiner Brust zusammenballte und rauswollte. Und keine Frage, auch sie hatte es drauf! Was sie da mit ihrem Körper machte, lernte man nicht in einer Pflegefamilie oder Schule, es war geschmeidig und feucht und durchtrieben, aber es funktionierte nur, wenn sie sich mit einer Frau zusammentat, denn kein Mann konnte so tanzen. Also suchte sie sich auch Tanzpartnerinnen. Die Frauen standen auf sie, sie schien sie anzuziehen, genau wie er zuvor: wunderschöne Mädchen mit langem Haar. Er stand an der Bar und schaute zu, konnte gar nicht anders, musste sich das einfach ansehen, wie Andy und dieses Mädchen sich so aneinander abarbeiteten, dass die Kleine ihr am Ende in die Haare griff, den Kopf nach hinten riss und sie auf den Mund küsste. Das kam aus heiterem Himmel, für Andy, für Ben, ja sogar für das Mädchen, und plötzlich lachten sie alle drei, unter dem flackernden Licht, pink und violett, das Koks flimmerte in seinem Hirn und verlieh allem einen Hoffnungsschimmer.

Als Andy sich zwischen ihn und die Bar drängte und seinen Arm auf ihre Hüfte legte, stellte er sich hinter sie, schnupperte an ihrem Nacken, presste seinen harten Schwanz an ihren Hintern, weil er nicht mehr sicher war, welche Rolle er gerade spielen sollte, Freund oder Opfer, gut oder böse. In ihm wirbelte alles durcheinander, Kränkung, aber auch Wut darüber, dass er in diesem Moment Luna vergessen hatte, Schuldgefühle wegen der Dinge, die Andy noch nicht über ihn wusste, die Befürchtung, dass sie es womöglich doch tat und gerade etwas Entsetzliches für ihn in petto hatte, das sie jeden Moment einsetzen konnte. Auf einmal war die Musik so laut, dass er seine eigene Stimme kaum noch hörte. Er musste ihr ins Ohr brüllen.

»Ist das hier echt oder nicht?«

Sie wandte sich um und sah ihn an. Er schmiegte sich noch immer an sie, sie löste sich nicht aus seinem Griff. Im Gegenteil, sie hatte die Arme um seine Hüfte geschlungen. Er brannte mit jeder Zelle seines Körpers. Fiebrig heiß, schweißüberströmt. Sein Schweiß mischte sich mit ihrem.

Sie wollte ihm gerade antworten, als der verdammte Barmann ihre Getränke brachte. Zwei Tequilashots. Sie tranken. Er bildete sich ein, in ihren Augen etwas aufblitzen zu sehen, ein böses Funkeln.

Als sie ihn zur Tür führte, folgte er willig, fragte sich aber, was zum Teufel sie diesmal da draußen für ihn parat hielt: ein Aufgebot von Polizisten, die Waffen auf ihn gerichtet?

Er wusste nicht mehr, was zwischen Bar und Taxi oder zwischen Taxi und der Straßenecke passiert war, als sie dem Fahrer sagte, er solle halten. Ben wartete im kühlen, vom Fluss herüberwehenden Wind, beobachtete die Ratten, während Andy in einer vollen, grell erleuchteten Bodega verschwand. Als er dastand, die Hände in den Hosentaschen, vertrieb die eisige Brise seine Trunkenheit und ließ ihn unangenehm nüchtern zurück. Als sie wieder rauskam, zündete sie sich eine Zigarette an, und sie gingen ein Stück am Fluss entlang. Er stellte fest, dass er sie noch nie zuvor hatte rauchen sehen. War das jetzt echt? Nicht nur das Gefühl ihres Körpers in der Bar, sondern auch alles andere: die Zigarette, ihre Hand, die jetzt seinen Arm hinabwanderte und seine Finger umschloss. Er hielt Ausschau nach einem weiteren Taxi, als die Umgebung ihn in die Wirklichkeit zurückholte. Er blieb abrupt stehen. Die Erkenntnis erwischte ihn wie ein Rammbock in die Brust.

»Was?«

Ben sah sie an, ließ ihre Hand los.

»Unfassbar!«, sagte er lachend. »Echt unfassbar, Andy.«

»Was denn?«

»Jetzt tu bloß nicht so.« Er ging weiter. Weil, scheiß drauf, wenn sie das jetzt durchziehen wollte, dann machte er das eben. »Das hier ist die Straße. Da hinten, an der Ecke. Barnes & Noble. Glaubst du, ich wüsste nicht, wo wir gerade sind? Ein paar Meter von dort entfernt, wo Petsky gefunden wurde.«

Sie folgte ihm, allerdings wirkte sie nicht wie jemand, der sich ertappt fühlt. Ben trat in die schmale Seitenstraße und wartete auf sie, den Blick nach oben gerichtet, wo sich das Gebäude scharf gegen die gelblichen Wolken des Nachthimmels abzeichnete. Da oben brannte Licht. Ben wusste nicht, wo genau die Fenster des Apartments lagen, das dem Gangster aus Singapur gehörte, und wo genau das Apartment lag, in dem sie damals den Küchenbrand gelöscht hatten.

»Okay, hier bin ich also.« Ben wandte sich Andy zu. »Dann erzähl mal, wie das deiner Meinung nach gelaufen sein soll. Oder darf ich? Hm? Weil, darum geht es dir doch. Du hast mich abgefüllt und mich hierhergebracht, um zu sehen, wie ich reagiere. Okay. Klar. Dann hol am besten mal dein Handy raus, *Andy*, oder wie auch immer du heißt. Ich komm also durch die Tür da. Die ganze Mannschaft, ich, Jake, Engo, Matt. Wir schieben einen Rollwagen mit einem verdammten Riesentresor herum, den wir gerade geklaut haben.«

Er trat an die massive Brandschutztür an der Rückseite des Gebäudes, schlug mit der Faust dagegen und tat, als würde er einen Rollwagen schieben. Andy stand mit verschränkten Armen und undurchdringlicher Miene daneben, die qualmende Zigarette zwischen den Fingern.

»Auf geht's.« Ben tat, als würde er den Tresor in den Transporter wuchten. »Wir laden das Ding hinten ein. ›Scheiße, Jungs! Hoffentlich kommt uns jetzt kein verdammter Cop in die Quere. Das wäre verrückt, nicht wahr? O Mist, da kommt einer.‹«

Er zeigte auf Andy, den Arm ausgestreckt, drei Finger zur Pistole geformt.

»Peng! Peng!«

Andy grinste. Er wusste, was das bedeutete, denn die Traurigkeit hinter ihrem Lächeln war unverkennbar. Seine alberne kleine Show enthielt einige Details, auf die sie gelauert hatte. Der Standpunkt des Schützen. Der Schusswinkel. Wo Petsky gestanden hatte. Von welcher Seite der Straße er gekommen war. Die Anzahl der Schüsse, nicht drei, nicht einer. Zornig wartete Ben darauf, dass sie ihn fragen würde, woher er dieses Wissen hatte, ob er es von Gesprächen unter Rettungskräften aufgeschnappt, einfach geraten hatte oder es wusste, weil er einer der Täter war. Aber sie fragte ihn nicht. Vielleicht wollte sie keine Gewissheit haben darüber, wie schlimm es um ihn stand, wollte nicht wahrhaben, dass er nicht nur Held, Feuerwehrmann, besorgter, trauernder Freund mit Vaterambitionen und guter Bruder war, ein Verbrecher zwar, aber doch kein Mörder.

Und kein böser Mensch.

Weil, derjenige, der in dieser einsamen, leeren Straße Petskys Leben beendet hatte und damit alles, was er je hätte sein und erreichen können, war ganz sicher einer von den Bösen. Einer von denen, die kein Mitgefühl verdient hatten. Möglicherweise mochte sie ihn tatsächlich zu sehr, in echt, nicht nur in der Undercover-Realität, um es nicht genau wissen zu wollen.

Sein Handy klingelte. Matt.

»Bist du mit Andy zusammen?«

Ben sah sie an. »Warum fragst du mich das?«

Matt schnaubte. »Weil ich mir einen Anruf sparen will, Blödmann. Die 54er müssen ein Auto aus einem Schaufenster am Times Square ziehen. Die haben die umliegenden Wachen alarmiert, falls das Ding einen Großeinsatz erfordert.«

»Ich bin voll wie ein Eimer, Matt.«

»Hatte ich mich nach deinem Befinden erkundigt?«

Matt beendete das Gespräch. Ben marschierte einfach davon, ohne auf Andy zu warten. Vor dem Hotel wartete ein Taxi. Ben winkte es herbei. Sie stiegen beide hinten ein, schweigend, er schaute aus dem Seitenfenster, wie betäubt, weder verärgert, weil er in die Wache kommen musste, obwohl es vermutlich gar nicht erforderlich war, noch angespannt, weil ein Einsatz daraus werden könnte. Die Wut, die er gerade noch verspürt hatte, war verflogen, und das war schlecht, weil er völlig emotionslos auf die Erkenntnis reagierte, dass Andy vermutlich die gefährlichste Person war, mit der er sich je ein Taxi geteilt hatte.

Engo stieg gerade aus seinem Auto, Jake saß auf seiner Kühlerhaube und rauchte. Als das Taxi davonfuhr, lief Ben schon zwischen den beiden zum Hintereingang, den Blick nach vorn gerichtet, auf der Suche nach Matt.

Zuerst hörte er sie nur aufschreien. Als er sich umwandte

und Andy in Jakes Armen sah, spürte er Engos Arm um seinen Hals, wurde nach hinten gerissen, und dann war über ihm nur noch Himmel. Ben kannte diese Manöver. Engo hatte ihn schon mal damit angegriffen. Kung-Fu-Scheiße. Der eiskalte Teil seines Hirns, der momentan die Ansagen machte, wusste auch, wie man sich daraus befreite. Seitliche Drehung. Tritt in die Eier. Unter dem Alkoholnebel hatte er sogar noch in Erinnerung, dass Engos Arm lädiert war, erst gestern hatte er das gesehen oder wann auch immer das gewesen sein mochte. Und doch stürzte seine Welt ein, klappte zu wie ein Laptop, und er hörte nur noch Matts schwere Schritte auf dem Schotter und die geflüsterten Worte, bevor Engo ihm die Halsschlagader abdrehte wie einen Gartenschlauch.

»Sie hinten rein. Ihn in den Kofferraum.«

ANDY

Andy kämpfte. Sie lag auf dem Boden des Bauwagens und trat wie wild um sich, während Jake versuchte, ihr die Schutzhose über die Jeans zu streifen. Matt sah zu, an die Wand gelehnt, den Kopf schief. Als Ben langsam wieder zu sich kam, versuchte er, sich auf den Rücken zu drehen, aber seine Handgelenke waren mit Klebeband gefesselt, Engo hatte es eilig gehabt, denn er hatte es nur ein paarmal umwickelt und dabei die Ärmel seiner Schutzjacke erwischt, bevor er Jake half, Andy umzuziehen und sie festzusetzen. Ihr war der kalte Schweiß ausgebrochen, als sie verstand, wie viel Planung und Präzision in dieser Aktion steckten, wie viele Einzelheiten sie vorher bedacht hatten. Sie hatten sie in der Dunkelheit des Parkhauses der Wache gefesselt, und jetzt zogen sie ihr gegen ihren Willen ihre Schutzkleidung an und entfernten das Klebeband. Da fügte sich alles zusammen – der Plan, das Szenario, die alten Gasflaschen, die überall verteilt waren. Denn eines hatten sie ihr nie abgenommen, das Band, mit dem sie ihr den Mund zugeklebt hatten. Sie blieb trotzdem nicht still, es ging nicht, die Schreie kamen einfach aus ihr heraus.

Ben! Ben! Bennnn!

Engo zog sie hoch auf die Knie. Jake packte Ben an den Oberarmen und zerrte ihn neben sie. Er war jetzt wieder bei Bewusstsein, blinzelte, versuchte, die Benommenheit abzuschütteln. Als Matt ihm das Klebeband abzog, stieß Ben laute Verwünschungen aus.

»Was soll der Scheiß? Hat man euch ins Hirn geschissen?« Ben blickte hinauf zu Matt. »Matt? Was geht hier ab?«

»Wir wissen Bescheid, Ben«, sagte Matt ruhig.

Ben blickte rüber zu Andy. Sie wusste, was er da sah: Klebeband, die Schutzkleidung, das von ihrem Kinn tropfende Blut, wo die Haut abgescheuert war, als man sie über den Boden gezogen hatte. Als Matt eine Waffe aus dem Jeansbund zog, wurde Andy flau im Magen.

»Wir wissen, dass du'n Cop bist«, sagte er zu ihr.

Wir wissen Bescheid.

Andy fragte sich, ob hier die Endstation war. Oder ob sie erst in ein paar Minuten dort wären, wenn Newler und seine Mannschaft hier einfallen würden, die er doch sicher sofort alarmiert hatte, als Matt, Engo und Jake sie auf dem Parkplatz der Wache ins Auto verfrachtet hatten. Sie war gerade nicht sicher, was schlimmer war, hier auf dem Boden in beide Knie geschossen zu werden oder bei einem Eingreifen der Truppen ins Kreuzfeuer zu geraten, im Krankenwagen zu viel Blut zu verlieren, während Tony ihr übers Haar strich und Entschuldigungen murmelte. Andy wusste nicht genau, ob Newler sie im entscheidenden Moment überhaupt beobachtet hatte. Sicher war sie eigentlich nur das eine Mal gewesen, in der Nacht des Überfalls auf den Juwelierladen, als er gegen ihren Willen die Aufsicht übernommen hatte. Doch sie spürte seine Gegenwart, seit sie den Auftrag übernommen hatte, instinktiv und sehr deutlich, kein Prickeln im Nacken, sondern ein Brennen, kein Hintergrundsummen, sondern eher ein Brüllen. Sie hatte seinen Blick gespürt, damals im Park in East Orange, als wäre er ihr dicht auf den Fersen gewesen und nicht nur am anderen Ende der Leitung. Es hatte eine Zeit gegeben, mittlerweile schon ewig her, als ihr das Gefühl, Tony Newler in ihrer Nähe zu wissen, Sicherheit vermittelt hatte. Sie sogar ein bisschen erregt hatte. Doch jetzt musste sie fürchten, dass seine ständige Präsenz in ihrem Leben sie am Ende umbringen würde. Sie alle umbringen würde. Während sie also stöhnte und jammerte und Ben laut protestierte, lauschte sie angestrengt, wartete auf Geräusche aus dem Wald.

»Du hast einen verdammten Cop in die Mannschaft geschleust.«

»Sie ist kein Cop! Ich schwör's dir, Mann!«

»Ich habe dich *aufgezogen*«, knurrte Matt. Andy fiel das Zittern in Matts geballten Fingern auf, mit denen er die Waffe umklammert hielt. »Hab dich aus dem Loch geholt, und das ist mein Dank?«

»Matt, Matt, hör zu ...«

Da. Ein Knacken von draußen, vielleicht ein Zweig? Offenbar hatte es außer ihr niemand gehört. Jake lief vor der offenen Tür auf und ab, seine Unterlippe zitterte. Andy stellte sich vor, wie er von einem Scharfschützen ausgeschaltet wurde. Wäre das Newlers Strategie? Einen Scharfschützen aufstellen, der so viele ihrer Angreifer eliminierte wie möglich, bevor er die Bude stürmen ließ? Ben versuchte sich aufzurichten, aber mit zusammengebundenen Handgelenken war das so gut wie unmöglich.

»Ich bin kein Cop, verdammte Scheiße!«, nuschelte Andy hinter dem Klebeband und machte sich für den Angriff bereit. Als Engo auf sie zukam, drehte sie sich auf die Hüfte und trat ihm so hart gegen die Schienbeine, dass er zu Boden ging.

Jake eilte sofort herbei.

Pack mich nicht an, du Schwein!

»Benji«, sagte Matt. »Du kannst noch raus aus der Sache. *Ich* gebe dir einen Ausweg. Du musst ihn nur nehmen.«

»Ich kann ...«

»Gib zu, dass du uns verraten hast. Mehr musst du nicht tun, Mann.«

»Sie ist kein Cop!«

»Pack endlich aus!«

»Matt, bitte!«

»Pack aus oder ich muss das hier durchziehen. Obwohl ich es nicht will. Aber ich mache trotzdem Ernst, wenn's sein muss.«

Ben sah sie an.

»Ich will das nicht tun, Ben«, sagte Matt. »Sag uns einfach die Wahrheit.«

Jake begann zu weinen.

Ben kam endlich auf die Beine. Matt folgte seiner Bewegung mit der Waffe, hochkonzentriert, der Lauf berührte fast Bens Nasenbein.

Ben schnappte nach Luft. Dann nickte er kurz. Die Entscheidung war gefallen.

Andy brüllte ins Klebeband. *Das Handy!*

»Das Handy?«, wiederholte Jake unsicher. Seine Augen waren aufgerissen, voller Tränen. »Was sagt sie da? Können wir das Band abmachen?«

»Scheiß drauf!«, zischte Matt und fuchtelte weiter mit der Waffe vor Bens Gesicht herum. »Ich will hören, was du zu sagen hast, du mieser Scheißverräter. Erzähl mir, warum sie den Totmannwarner nicht selbst ausschalten konnte. Warum auf ihrer ehemaligen Wache in San Diego niemand ihren Namen kennt. Warum sie an dem Abend ausgerechnet in dieser einen Bar war und dort ausgerechnet auf dich gewartet hat, wo sie doch jeden Typen hätte abschleppen können.«

Ben schwieg.

»Du hast einen Cop auf uns angesetzt, weil du glaubst, wir hätten was mit Lunas und Gabes Verschwinden zu tun.«

Schweigen.

Das Handy!, schrie Andy. *Verdammt!*

Matt wirbelte herum, hielt Andy die Waffe vor die Nase und riss ihr das Band vom Mund. »Was willst du, Bitch? Handy? Welches Handy?«

»Meins!«, stieß sie hervor. Sie zwang sich, nicht auf den Boden zu kotzen, sondern konzentrierte sich darauf, das Nötigste hervorzubringen. »Matt! Ich bin kein Cop! Nimm mein Handy und ...«

»Und was, Bitch?«

»Ruf irgendeine Nummer darauf an!«, bettelte Andy. »Ich geb dir das Passwort. Da sind zig verdammte Nummern drauf. Ruf eine an und frag die Person, wer ich bin.«

»Ich hab schon die Hälfte aller Feuerwehrleute in San Diego abtelefoniert, du schwachsinnige Schlampe! Niemand hat je von dir gehört. Du existierst nur in den Unterlagen, die mir vorliegen. Niemand von den Kollegen in San Diego hat je mit dir gearbeitet.«

»Natürlich würden die nicht zugeben, dass sie mich kennen, Matt!« Tränen liefen ihr über die Wangen. »Ich stehe auf einer Schwarzen Liste. Offiziell gibt es mich nicht. Wenn du einen von ihnen von meinem Handy aus anrufst, wirst du schon sehen.«

Andy schluchzte, die Männer standen schweigend herum und warteten, die Dynamik hatte sich geändert, es schien einen Hoffnungsschimmer zu geben, doch die Anspannung war immer noch unerträglich. Andy war nicht sicher, ob der riesige Dampfer tatsächlich beidrehte oder ob sie dies einfach nur glauben wollte. Sie weinte unter Matts eiskaltem Blick.

Er zeigte auf Engo. »Hol das Handy«, sagte er schließlich. Der verschwand durch die Tür in Richtung Auto und kehrte sekundenschnell mit dem Handy zurück. Mit klappernden Zähnen sagte Andy ihr Passwort auf. Sie mied Bens Blick.

»Such dir irgendwen aus.« Als Andy ausatmete, durchlief ein Schaudern ihren Körper. »Ich sag dir, woher die Person mich kennt. Du kannst es überprüfen.«

»Könnte alles gelogen sein«, sagte Matt, klang aber zum ersten Mal an diesem Abend leicht verunsichert. Er scrollte mit dem Daumen durch die Liste. Engo stand dicht neben ihm.

»Such dir irgendwen aus, Matt, völlig egal«, rief Andy. »Herrje, w-w-wie soll ich bitte tausende Kontakte erfinden? Klick auf die Nachrichten. Oder Mails. Irgendwas.«

»Sieh dir ihre Fotos an«, schlug Engo vor.

»Nein, ich ruf jemanden an.« Matt hielt ihr das Handy vor die Nase. »Hier, schau. Melanie. Woher kennst du die?«

»Wir waren zusammen auf der Highschool. Derselbe Freundeskreis. Aber ich hab sie schon seit Ewigkeiten nicht mehr ...«

»Fresse!« Matt hielt das Handy fest umklammert. »Alle halten die Fresse. Wenn sie sich meldet, redest du.«

Andy war in Gedanken halb im Wald. Sie fragte sich, wann Newlers Leute hier aufkreuzen und sie alle abknallen würden. Das Display, das Matt ihr dicht vor die Lippen hielt, beschlug von ihrem heißen Atem. Die Waffe hing nur Zentimeter von ihr entfernt neben Matts Oberschenkel.

»*Andy?*«

Andy holte tief Luft. »Mel. Ich brauche deine Hilfe.« Matt hob die Waffe und bohrte sie Andy in die Schläfe. Sie zuckte zusammen, rang nach Worten. »Ich-ich-ich ... du musst mal schnell was erklären.«

»*Was? Andy, was ist los? Ist alles okay?*«

»Keine Sorge, alles gut, aber bitte sag schnell, woher wir uns kennen. Jetzt gleich. Bi-bitte.«

»*Wo bist du?*«

»Mel! Um Himmels willen, sag's einfach!«

»*Woher wir uns kennen?*« Rascheln, als würde sich jemand im Bett aufsetzen. »*Von der Southwest High. Warum? Was ist l...?*«

Matt beendete das Gespräch, scrollte weiter. Andy bemerkte, dass sein Nacken nicht mehr so rot war. In der gegenüberliegenden Ecke stand Ben neben Jake, seine Hände waren noch immer gefesselt, sein undurchdringlicher Blick fest auf Andy gerichtet.

»Wer ist Bruno?«, fragte Matt.

»Ein Freund meines Vaters. Der geht vielleicht nicht ran, er ist alt.«

»Fresse! Ich suche aus, wen ich will.«

Matt wählte die Nummer. Es klingelte acht Mal, bevor eine raue Stimme erklang.

»Ja?«

»Bruno, hier ist Andy.«

»*Wer?*«

Matt schob den Finger von der Sicherung an den Abzug.

»Hier ist Andy. Andy Nearland! Johns Tochter. Aus North Park!«

»*Du meine Scheiße, Andrea! Wie geht's dir, Schätzchen? Gott, wie spät ...*«

»Kannst du bitte erkl...«

Matt beendete das Gespräch. »Ich will einen deiner Kollegen.« Er scrollte herum. »Hier. Ray E. Das müsste Raymond English sein, richtig?«

»Ja.«

»Mit dem habe ich heute Nachmittag gesprochen, er sitzt in deiner alten Wache in Five Points.« Matt sah verächtlich zu Engo rüber. »Hat gemeint, er hätte noch nie von dir gehört.«

»Ruf ihn an«, flehte Andy. Matt wählte. Es klingelte und klingelte.

»O Gott!«, jammerte Andy. »Bitte, Ray, geh ran!«

»All diese Leute sollen nicht echt sein? Wie kann das gehen?« Engos Stimme klang so leise, dass sie im heulenden Wind kaum zu verstehen war. »Ich mein', das sind eine Menge Namen.«

»Andrea?« Jemand war am Telefon.

»Ray, ich bin's!«

»*Was zum Teufel soll das? Wieso rufst du mich an?*«, zischte die männliche Stimme am anderen Ende der Leitung jetzt gedämpfter. »*Ich habe gerade Dienst auf der Wache. Wenn die mich dabei erwischen, dass ich mit dir rede, machen die mich fertig. Was willst du?*«

»Es reicht!«, rief Ben. Matt ignorierte ihn, scrollte weiter. »Was willst du noch? Jeden einzelnen beschissenen Kontakt anrufen?«

»Halt die Klappe!«

»Bitte, Matt! Ich bin kein Cop, ich schwör's dir bei meinem Leben.«

»Du warst gestern Abend bei Engo«, sagte Matt, den Blick immer noch aufs Handy gerichtet, die Icons, hinter denen sich Nachrichten, Anruflisten und Bilder verbargen. »Hast ihn ausgequetscht über kriminelle Machenschaften.«

»Was?«, fragte Ben fassungslos.

»Tut mir leid. Ich wollte einfach dazugehören.« Andy schüttelte den Kopf. »Es war idiotisch von mir. Tut mir leid! Ich verrate niemandem, was ihr gemacht habt, okay? Ich schwöre, Matt! Bitte bring mich nicht um.«

Matts Braue zuckte. Sein Finger hing über dem Display. Er spähte zu Engo, der zu ihm trat und auch aufs Handy schaute. Er schnaubte.

»Ich glaub, wir haben uns geirrt!«

»Irren ist menschlich«, sagte Matt und schob seine Waffe zurück in den Hosenbund.

Bens Miene verhärtete sich. »Was ist los?«

»Nichts.« Matt zeigte auf Jake. »Binde die Wichser los.«

BEN

Jake befreite Andy zuerst von den Fesseln. Kaum konnte sie sich wieder ungehindert bewegen, änderte sich ihr Benehmen. Als Jake ihr aufhelfen wollte, versetzte sie ihm einen heftigen Stoß.

»Fick dich, Drecksau!« Andy spuckte Blut auf den Boden, dann nahm sie Matt ins Visier, immer noch liefen ihr Tränen über die Wangen. »Und dich auch. Ihr habt hier eine echte Psycho-Nummer abgezogen!«

Matt zwinkerte ihr zu. »Psycho-Nummern trennen die Männer von den Bubis. So läuft das in einer Mannschaft wie unserer, Andy. Wenn's drauf ankommt, musst du dich beweisen. Du hast geheult wie ein kleines Mädchen, aber nicht aufgegeben. Jemand wie du kann uns nützlich sein.«

»Was soll das heißen, ›nützlich sein‹? Auf keinen Fall werden wir … Nein, Matt, das geht nicht!«, mischte Ben sich ein.

Matt zuckte nur die Achseln. »Uns fehlt noch jemand für Borr Storage. Engo hat recht. Wenn sie nicht mitmacht, ist sie ein Problem, das wir nicht brauchen.«

»Ich fasse es nicht!« Ben vergrub den Kopf zwischen den Händen. Jakes Schniefen erregte allgemeine Aufmerksamkeit. Er wischte sich den Rotz am Ärmel ab und hielt den Kopf gesenkt, um seine Tränen zu verbergen.

»Oooch, armes Jakeylein.« Matt kicherte. »Er hat so ein großes Herz. Willst du ein Taschentuch, Bubi? Komm her, ich nehm dich in den Arm. Los, komm!«

»Das war echt … zu viel.« Jake wandte sich ab und starrte durch die offene Tür in den Wald. »Eines Tages zieht ihr so eine Nummer ab, und …«

»Und was? Du weinst *und* scheißt dir in die Hose?«

Ben war wie betäubt, er musste sich an der Wand abstützen, um sein Gleichgewicht wiederzufinden. Andy konnte er nicht ansehen. Niemanden in diesem Raum. Er hörte nur, wie sie hinausrannte, immer noch schluchzend.

»Sie kann nicht mitmachen.« Als Matt näher kam, überlief Ben ein Schaudern. »Geht gar nicht, Matt!«

»Die Entscheidung ist schon gefallen. Wir brauchen noch jemanden für Borr Storage. Engo und ich haben alles durchgeplant. Es funktioniert nicht ohne einen fünften Mann. Als sie gestern Abend bei ihm aufgeschlagen ist und ihm gestanden hat, dass sie Dreck am Stecken hat und bei uns mitmachen will, hab ich dasselbe gedacht wie er: Entweder ist die ein Cop oder die Lösung unserer Probleme.«

»Matt, wir können nicht …«

Matt hob die große Hand. »Genug jetzt! So ist es besser. Wir müssen sie nicht irgendwo einsetzen, wo sie nichts mitkriegt, und ständig beaufsichtigen.«

»Du bist verrückt. Du kennst sie nicht.«

Matt war wenig beeindruckt. »Aber ich mag sie, keine Ahnung, warum eigentlich. Da ist einfach ... irgendwas hat die an sich. Es ist dasselbe wie damals, als ich dich bei den 42ern gesehen hab, wie ein Häufchen Elend hast du da rumgesessen, aber mir war gleich klar, dass du nicht ganz dumm bist. Und auch Andy hat was, das uns nützlich sein kann.«

»Sie manipuliert dich«, sagte Ben. Es war ihm einfach rausgerutscht. »Sie will, dass du das von ihr denkst. Von Anfang an schon.«

»Hat funktioniert«, meinte Matt nur.

»Aber sie ist keine Verbrecherin.«

»Was?« Matt musterte ihn von Kopf bis Fuß. »Komisch, Engo hat sie was anderes erzählt. Taschen voller Geld. Wie sie sich daran bedient hat.«

Dem konnte Ben nichts entgegensetzen.

»Wie jetzt? Das hat sie dir verschwiegen?«

»Nein.«

»O Mann!« Matt packte Ben an der Schulter und schüttelte ihn. »*Mann!* Du musst die Frau auf den Topf setzen! Reinen Tisch machen. Sie hat Engo davon erzählt, aber dir nicht. Das ist echt traurig.«

»Sie kann nicht mitmachen.«

»Und ob sie kann. Ganz wunderbar kann sie. Und auch der Zeitpunkt ist wunderbar, das ist unser letzter Job. Wir müssen ihr nicht auf lange Sicht vertrauen. Wenn wir das durchziehen und hinterher wird's heiß? Dann lassen wir sie eben verschwinden.«

ANDY

Andy verzog sich ins lange Gras neben dem Bauwagen, hielt sich am Fensterbrett fest, würgte, erbrach sich. Da draußen lauerte das FBI, sie spürte das. Newler hatte schätzungsweise eine Stunde, um sein Team in Position zu bringen. Sie wusste, wie schnell er agierte. Blöd nur, dass sie Jake und Engo neben sich hatte, die rauchten und ihr beim Kotzen zusahen.

Sie wandte sich zu ihnen um und streckte die Hand aus. »Wo ist mein Handy? Ich will mein scheiß Handy zurück!«

»Das hat Matt noch bei sich. Chill!«, sagte Engo.

»Ihr Wichser!«, brüllte sie, immer noch schlotternd. Adrenalin. Sie stand völlig unter Strom.

Das Geschrei war Absicht, damit Newlers Leute da draußen sie hören konnten und kapierten, dass sie sich befreit hatte und noch lebte. Die Jeans scheuerte ihr auf der Haut, klatschnass vom Schweiß, ihrer Pisse oder beidem. »Ich hau ab! Ende Gelände. Kommt mir ja nicht hinterher!«

»Hier draußen wirst du kein Taxi finden«, rief Engo ihr nach. Steifbeinig kehrte sie zum Bauwagen zurück. Matt gab ihr das Handy, ein leicht amüsiertes Grinsen auf den Lippen. Sie schnappte es sich und haute wieder ab. Ihr brannten Ellbogen und Knie, bei jedem Schritt scheuerten ihre Klamotten klebrig und rau an ihrer Haut. Sie hatte sich heftig gewehrt, auf dem Parkplatz vor der Wache, und der Schotter hatte ihr überall die Haut aufgerissen. Während sie über den Waldweg ging, tat sie, als würde sie jemanden anrufen, und sprach extra laut, damit die anderen mithören konnten. »Ja, hallo? Ich brauch ein Taxi. Eine Person. Jetzt gleich.«

Sie wartete noch ein paar Meter, bis sie Newler anrief. Er war sofort dran.

»Stürmung steht kurz bevor«, sagte er.

»Stopp! Zieh sie ab!«, zischte Andy. »Meine Güte, abziehen!«

»Dahlia, ich muss …«

»Du musst machen, was ich sage, weil ich dich sonst umbringe, Tony, ernsthaft!« Sie blieb stehen, der Wind heulte durch den Wald, überall lauerte Gefahr. Auf dem Hudson klirrten die Bootsmasten. Sie glaubte, in den umliegenden Häusern am Hügel Lichter zu erspähen, offenbar spielten ihr die Augen einen Streich. Gaukelten ihr Formen vor und winzige, blinkende rote Lichter wie die von Leuchtpunktvisieren oder Funkgeräten, wo keine waren. »Wenn du den Befehl erteilst, wie damals bei Margaret, wenn du den Befehl erteilst, bevor ich meine Mission beendet habe, und dabei den Tod einer meiner Zielpersonen herbeiführst, werde ich dich auslöschen. Wo auch immer du bist. Ich werde dir eine verdammte Kugel ins Hirn jagen. Hast du gehört? Hast du verstanden?«

Lange herrschte Schweigen. »Dahlia, ich muss wissen, dass du in Sicherheit bist …«

»Ich bin in Sicherheit. Bin ich immer gewesen. Zieh sie ab. Sofort.«

Andy stand in der Dunkelheit, keuchte, zitterte, ihr Körper noch verkrampft, weil alle Muskeln sich instinktiv zusammengezogen hatten, wie eine Muschel, die sich schließt. Dann sah sie es. Diesmal war es keine Einbildung, sondern ein deutliches rotes Licht da draußen in der Dunkelheit, nur ein paar Meter von ihr entfernt.

Das Licht verlosch.

Sie ging weiter.

BEN

Sie wartete an der Tür zu ihrer kahlen kleinen Mietwohnung. Wie zuvor standen da mehrere Kartons voller gebrauchter Kleidung, und die Matratze lag mitten im Zimmer. Mehr sah er nicht, denn sie hatte sich ihm schon in die Arme geworfen und stieß ihn mit voller Wucht gegen die Wand direkt neben der Tür, presste sich mit der Hüfte an ihn, schob ihm die Zunge in den Mund. Sie packte seinen Hintern, zog ihn näher an sich, stöhnte ihm ins Ohr, und Ben roch ihr Duschgel, doch der Geruch von Wald und Fluss haftete ihr immer noch an, der Schimmelgeruch des Bauwagens, Schweiß und Blut, nicht nur auf ihrer Haut, auch in ihrem Haar, ihrem Atem. Vielleicht war es aber auch nur eine Erinnerung. Ben zog Andy das T-Shirt über die Brüste, zerrte es ihr vom Leib. Sie stolperten und fielen ins Zimmer, landeten auf der Matratze. Ben drehte sie auf den Bauch und zerrte an seinem Reißverschluss, während sie an ihrer Jeans herumfummelte. Ihre ganze Wut entlud sich hier auf dieser Matratze. Ben zog ihr Jeans und Slip gerade weit genug herunter und drang in sie ein, ihren Pferdeschwanz in der einen Hand, ihre Hinterbacken in der anderen, ritt er sie, bis er kam, schnell, bevor einer von ihnen seine Meinung ändern konnte.

Reißverschlüsse, Knöpfe und Haken geöffnet, alle Lagen entfernt, nach und nach. Sie lag unter ihm und ließ die Finger über seine gebrochenen Rippen wandern, die Klaviatur des Schmerzes, während er ein zweites Mal in sie eindrang, dieses Mal langsamer, tiefer. Er hatte sie bereits nackt gesehen, aber jetzt war es intimer, verletzlicher. Ihr Flüstern. Ihre Schreie. Wie sich die Sehnen in ihrem Nacken anspannten, wenn sie sich wegdrehte und dann doch nach ihm griff, als wäre das alles ein Kampf. Danach ließ er sich neben sie fallen, sie umklammerte ihn mit Armen und Beinen, so schliefen sie eine Weile, ineinander verschlungen.

Unter der Dusche stand er hinter ihr und fuhr mit dem Finger über ihre nassen Haare, folgte den Strähnen den Rücken hinab. Sein Hirn driftete in gefährliche Gefilde. Luna. Seine Kollegen. Die verlassene Baustelle im Wald. Er fragte sich, wie Andy oder wie auch immer sie hieß, die Geschehnisse deutete, ob sie dachte, dass er sie fast verraten hätte. Seinen Leuten alles gestanden. Er verdrängte die Gedanken, schob sie unter seine Lust, vertrieb sie mit drängenderen Fragen: Sollte er sie an der Wand nehmen oder wäre es besser, wenn sie auf die Knie ginge. Sie nahm ihm die Entscheidung ab. Unter dem strömenden Wasser stützte Ben sich mit der Hand an der Wand ab, presste ihren Kopf gegen seinen Schoß und seufzte tief.

Sie erwachten zur selben Zeit, ganz natürlich. Sein Atem strich ihr über den Nacken, ihr Fuß zuckte neben seinem. Die Stadt brummte, blaues Licht huschte über die Wände. Zwei Köpfe auf einem Kissen. Er schob die Hand unter ihre Hüfte und zog sie an sich. So blieben sie liegen, noch nicht bereit aufzustehen.

Irgendwann sagte er: »Wie hast du das hingekriegt?«

Sie drehte den Kopf weg. Dort, unter ihrem Haar, entdeckte er eine Narbe, die zickzackförmig über ihren Schädel lief.

»Ich hab sie alle aufgenommen. Hat nur einen Tag gedauert. Hab mich mit ein paar Schauspielern zusammengesetzt und mit ihnen geprobt. Solche Arbeiten übernehmen die Studenten gern, sie melden sich, wenn man ein Gesuch ans Schwarze Brett der Schauspielschule hängt. Aber diese Leute habe ich im Internet gefunden. *Craigslist.*«

»Wie ...« Er suchte nach Worten. »Verstehe ich nicht.«

Sie drehte sich um und kramte ihr Handy unter der Matratze hervor, entsperrte es und drückte es ihm in die Hand.

»Such dir jemanden aus.«

Ben wählte einen Kontakt aus und rief an. Der Name erschien auf dem Display. Theo.

»*Hallo?*«, meldete sich jemand. »*Andy?*«

»Und dann sag ich: ›Ich bin's, hör zu …‹«, sagte Andy, ihre Stimme noch rau von der vergangenen Nacht.

»*Was ist los? Hab schon so lang nichts mehr von dir gehört*«, sagte »Theo« mit munterer Stimme. »*Jemand hat mir erzählt, du wärst nach New York gezogen.*«

»Und dann sag ich: ›Ich brauche deine Hilfe, sag mir, woher wir uns kennen, bla, bla, bla‹«. Andy machte eine Handbewegung. »Das ganze Ding.«

»*Was soll ich? Wie …* « Ben beendete das Gespräch.

»Also sind das Aufzeichnungen?« Er scrollte durch hunderte Kontakte, so schnell, dass er sie nicht mehr lesen konnte. »Alle?«

»Ist nicht so schwer, wie du denkst. Du musst nur die Nummern mit den Aufzeichnungen verbinden. Nummern kannst du im Paket im Internet kaufen.« Andy unterdrückte ein Gähnen. »So machen das Telefonbetrüger auch. Dann speichere ich für jede Nummer eine aufgezeichnete, einseitige Unterhaltung als Ansage. Als wir ›Theo‹ angerufen haben, ist natürlich kein echter Mensch rangegangen. Das war die gespeicherte Ansage der Mailbox. Und dasselbe ist passiert, als Matt die Nummern durchgegangen ist. Keine Nummer führt zu einem echten Menschen.«

»Wow.«

»Ich habe mir einfach meinen Teil der Unterhaltung gemerkt, die ich mit dem jeweiligen Kontakt führen würde. Also mit ›Melanie‹, die ich von der Highschool kenne, oder mit ›Bruno‹, dem alten Freund meines Vaters. ›Theo‹, ein

Typ, den ich während der Ausbildung in San Diego kennengelernt hab.«

»Das ist ...« Ben war überwältigt. »Wo hast du das gelernt?«

»Das hier hat Newler mir beigebracht. Wir hatten einen Einsatz in Palm Springs, da hat er sich als hocherfolgreicher Geschäftsmann ausgegeben. Wir haben dafür gesorgt, dass die Nummern zu ›Unternehmen‹ führen, und haben so die Zielperson überzeugt, uns zu vertrauen.«

»Andy.«

»Was?«

»Das ist nicht ...«

Sie sah ihn an. Er schüttelte den Kopf, die Worte blieben ihm in der Kehle stecken.

»Das ist nicht normal.«

Sie lachte so herzhaft, dass die Matratze schaukelte.

»Nein, ich meine ... das ist krank«, sagte Ben. Er hatte sich auf einen Ellbogen aufgestützt und sah ihr in die Augen. »Für dich ist das nicht nur eine x-beliebige Ermittlung, stimmt's? Normale Menschen haben nicht hunderte Aufzeichnungen für falsche Nummern parat oder schreiben fingierte Nachrichten an ... an Leute, die nicht existieren ... nur für eine Ermittlung.«

»Nein«, stimmte sie zu. Ihr Lachen war verklungen. »Das ist nicht nur eine x-beliebige Ermittlung für mich.«

Sie sahen einander an. Ben beschlich wieder dieses ungute Gefühl, das er schon damals hatte, im Taxi nach Kips Bay: Die Frau neben ihm war hochgefährlich. Jemand viel Versierteres als geahnt. Eine, die sich nicht um die Regeln scherte. Vermutlich war genau das ihre Stärke. Sie hatte Narrenfreiheit, konnte tun, was sie wollte, egal, ob es moralisch oder praktisch war. Da war eine Dunkelheit, die an seinem Inneren zerrte. Er konnte sich nicht vorstellen, welches Schicksal sie zu der gemacht hatte, die sie heute war. Weder ihr leerer Blick noch ihre Narben verrieten es ihm. Nur dass es sehr schlimm gewesen sein musste, das ahnte er zumindest.

»Was hat er gesehen?«, fragte Ben.

»Wer?«

»Matt.« Er betrachtete sie aufmerksam. »Nach den Anrufen. Das war eine gute Strategie. Aber er hat danach was auf dem Handy entdeckt, worüber er fies gegrinst hat. Und was er Engo unbedingt zeigen musste.«

»Muss das sein?« Andy rieb sich die Stirn.

»Was auch immer er da gesehen hat, das war der Knackpunkt für ihn. Das hat ihn schließlich überzeugt.«

»Ich bin müde, Ben.«

»Diesen Ausdruck habe ich bei Engo schon mal gesehen, Andy.«

Sie klatschte auf die Bettdecke. »Ich hab mit einem Typen gevögelt. Wolltest du das hören? Nach der ersten Nacht, als ich in deinem Bad dafür gesorgt hatte, dass du dich vor mir ausziehst. Ich bin rausgegangen, durch ein paar Bars gezogen, hab einen Typen aufgegabelt, der aussah wie du. Hab mit ihm gevögelt und es mit dem Handy gefilmt und bearbeitet. Das Filmchen ist in meiner Galerie, wenn du es dir ansehen willst. Aber du hast das gerade in echt erlebt.«

»Du meine Güte!«

»Das hab ich für die Ermittlung getan, Ben. Matt und Engo, die werden wissen, dass kein Undercover-Cop mit einem Verdächtigen schläft, nur um einen Fall zu lösen.«

»Aber du schon?«

»Ich würde alles tun«, zischte sie. Ihr Blick war wild, getrieben. »Und ja, du hast recht, Ben. Es ist krank. Ich bin krank. Wenn ich in eine Rolle schlüpfe, verschlingt sie mich mit Haut und Haaren. Ich bin der Fall. Ich würde alles tun, alles geben, um ihn zu lösen. Weil das nicht nur eine Ermittlung für mich ist. Es ist der Ort, wo ich sicher bin.«

Als sie langsam, zittrig ausatmete, fühlte Ben sich auf einmal wie elektrisiert. Das war ihr wahres Ich. Da war sie, unverstellt, die Frau hinter dem Schreien, Schluchzen, was auch immer. Das war ihre Stimme, tief unter der Maske.

»Wenn ich einen Fall, in dem ich stecke, nur einen Moment lang von außen betrachte, muss ich zurück zu meiner echten Identität. Zurück zu meinem wahren Ich«, sagte Andy. »Und da kann ich nicht hin.«

Ben packte sie an den Schultern. »Wer zum Teufel bist du?«

Andy wischte sich eine Träne aus dem Auge, schob ihn und die Decke weg.

»Ich bin die Frau, die dich ins Gefängnis bringt«, sagte sie.

Ben kniete auf der Matratze. Sie stand vor dem Fenster. Im bläulichen Gegenlicht war ihr Gesicht nicht mehr zu erkennen, ihre Form wirkte unstet, verschwommen, als würde sie sich vor seinen Augen verändern.

Eine Gestaltenwandlerin.

»Aber zuerst finde ich sie, versprochen«, sagte sie.

Ben lachte humorlos. »Wieso sollte ich deinen Versprechungen trauen? Ich habe keine Ahnung, wer du bist.«

ANDY

Matt kam zu spät. Wie ein Sturm rauschte er zur Tür herein, es schien, als würden auch die Kellnerinnen von seiner Druckwelle erfasst, als er sich den Weg durch Lorenzo's Restaurant bahnte. Eine stieß gegen einen Tisch, als sie ihm aus dem Weg hechtete. Er schob sich neben Engo auf die Bank und angelte sich mit seinem scheinbar ausfahrbaren Arm die Speisekarte aus dem Ständer. Die Szenen im Bauwagen auf der verlassenen Baustelle am Hudson lagen erst zwei Tage zurück. Zwei Tage lang hatte sich niemand von ihnen bei ihr gemeldet, auch Ben nicht mehr. Zwei Tage hatte sie sich in ihrer Wohnung verkrochen und die Kameraaufzeichnungen vom Hotel unter die Lupe genommen, Bankkonten, Anruflisten, Mails. Sie hatte in Matts, Engos und Jakes Privatleben rumgeschnüffelt und einiges ausgegraben: Engo hatte eine Vorliebe für Gewaltpornos, Matt spendete für die Schulausbildung eines Kindes, das in einer Sozialwohnung in Detroit aufwuchs, Jake war Mitglied eines Chors, der einmal im Monat im Keller einer Kirche in Hell's Kitchen probte. Nichts davon hatte ihr allerdings verraten, ob sie hier mit brutalen Mördern zusammensaß oder mit einer geschickten Bande von Dieben, Männern, die sich mit ihren Geheimnissen und Lügen nicht wesentlich von anderen unterschieden.

»So sieht's aus«, sagte Matt zur Begrüßung. Andy umklammerte den Stiel ihres Weinglases und spähte zu Engo und Jake. »Mein Kontakt aus dem Krankenhaus hat mir verraten, dass Freeman jetzt nur noch palliativ versorgt wird, Phase vier.«

»Was bedeutet das?«, unterbrach Engo.

Matt musterte ihn mit Killerblick. »Es gibt vier Phasen, das hier ist die Finalphase. Der Sohn trifft jetzt die Entscheidungen. Weil es sich um eine Privatklinik handelt, geht es vermutlich um die passende Lampe, um ihm heimzuleuchten. Ob er Räucherstäbchen will und Musik. So 'n Scheiß eben.«

»Sinatra«, sagte Engo. »Ich will Sinatra, wenn ich den Abgang mach.«

»Dann leg mal gleich auf«, sagte Matt. »Am besten schlägt

unser Notar jetzt sofort zu. Die Schlüssel umtauschen, damit wir loslegen können.« Matt wandte sich Andy zu. »Wo ist Ben?«

»Ich glaub, er holt gerade den Ersatzschlüssel ab. Aber keine Ahnung.«

»Habt ihr keinen Kontakt?«

Andy machte große Augen. »Es reicht doch wohl, dass ich in derselben Mannschaft bin. Jetzt mach ich auch noch bei diesem Ding mit. Das ist mehr als in einer Ehe.«

Matts Lachen klang wie ein unterschwelliges Rumpeln. Engo beugte sich über den Tisch.

»O Baby, sag an!«, rief er. »Ich will Details hören. Habt ihr euch gestritten? Und hinterher gevögelt, Versöhnungssex? Das hat uns gefehlt in unserer Mannschaft. Ein bisschen Erotik.«

Matt verdrehte die Augen. »Tu doch nicht so, als würdet du und Jake euch nicht seit Jahren regelmäßig einen blasen.« Als er die Kellnerin an den Tisch winkte, rannte sie los, als hätte er einen Startschuss abgegeben. »Wenn ihr aus unserem Lager kommt, seht ihr immer so ausgelaugt aus.«

Jake seufzte.

»Also, das ist die Wand, um die es geht«, sagte Matt, nachdem er einen Burger mit Fritten bestellt hatte. Er streckte den Teleskoparm aus und klopfte an den Putz. »Von hinten Erdgas reingepumpt, eine halbe Stunde sollte reichen, um die zu zertrümmern. Andy, du und Jake, ihr seid vorn der Wassertrupp, zieht fürs Publikum eine feine Lösch-Show ab, während Ben und Engo durch die Mauer gehen, um die Karten zu holen. Ihr beide solltet hinten damit durch sein, bevor es vorn zu hektisch wird.«

Andy sah sich um, versuchte, sich den Plan vorzustellen. Ein Feuerball würde durch den großen Saal schießen, in dem sie jetzt saßen, heiß genug, um jedes Glas zu pulverisieren und alles aus Papier in Asche zu verwandeln – die Servietten, Untersetzer, Speisekarten, Pappschildchen –, Teppiche und Vorhänge und Tischdecken würden sofort in Flammen aufgehen. Sie betrachtete die traurigen, halbtoten Hummer am Boden des Wassertanks mit dem algenbewachsenen Schlauch, aus dem hin und wieder Luftblasen aufstiegen. Wenn das Glas aus unerfindlichen Gründen bei der Explosion nicht sofort platzen würde, wäre die Hitze des darauffolgenden Feuers auf jeden Fall ausreichend, um die Tiere bei lebendigem Leib in ihrem Gefängnis zu kochen. Sie überlegte, sich jetzt Hummer zu bestellen, damit sein Tod nicht so sinnlos wäre. Aber das würde ja nicht passieren. Die Explosion. Der Raub.

Das alles geschah nur in der Fantasie dieser Männer.

»Du hast echt großes Glück, dass du mitmachen darfst«, sagte Engo. »Und so einfach.«

Andy strahlte ihn an, »Ja, klar, das war echt ein Spaziergang da draußen im Wald, ganz einfach. Ich wünschte glatt, ich hätte mehr Fotos gemacht.«

»Hätte ich dich wirklich für einen Cop gehalten, wär dir in der Fahrzeughalle ein Halligan auf den Schädel gefallen«, sagte Matt. »Ich wollte nur ganz sichergehen.«

Engo nickte. »Das ist einem Typen in Harlem passiert, der hatte sich gebückt, um einen Reifen zu kontrollieren, da ist ein Halligan aus dem Wagen gefallen und hat ihm den Schädel zertrümmert.«

»Sauber und schnell«, sagte Matt.

»Du hast aber ziemlich überzeugt gewirkt«, sagte Andy.

»Nee, Cops heulen nicht so rum.«

»Ach, laber doch keinen Scheiß!«

»*Bitte, bitte, bring mich nicht um!*«

Die Männer lachten. Andy seufzte.

»Und glaub ja nicht, dass es nicht noch schlimmer geht. In den Wald verschleppt zu werden und eine Waffe an den

Kopf gehalten zu kriegen? Kleinkram.« Engo grinste verschlagen. »Kannst dich glücklich schätzen. Hättest mal sehen sollen, was wir mit Jake angestellt haben.«

Jake lief puterrot an.

»Was haben sie gemacht, Jake?«

»War nicht so schlimm.« Er schaute weg.

»Ich musste sichergehen, dass ich mich auf ihn verlassen kann. War dringend, wie bei dir. Ging um Bargeld. Ich hatte einen Tipp bekommen, dass ein Hotshot-Pokerspieler aus DC zu Besuch kommt. Wollte kein Aufsehen erregen, ist nicht gleich im Hyatt abgestiegen, aber trotzdem in der Nähe von Resorts World.«

Andy richtete sich auf, spielte mit ihrem BH-Träger, um sicherzugehen, dass die Kamera am zweiten Knopf ihrer Bluse direkt auf Matt zeigte.

»Ich hatte einen Typen drauf angesetzt, den Wagen von dem Pokerspieler so zu manipulieren und zu rammen, dass er zu brennen anfing, aber ich musste dafür sorgen, dass unser Frischling Jake nicht wie ein Ferkelchen rumquiekt, wenn er sieht, wie ich mitten bei den Löscharbeiten den Aktenkoffer mit den Scheinchen einsacke.«

»Du hast behauptet, das Geld wäre verbrannt?«, fragte Andy.

Engo nickte. »Für den Job mussten wir länger recherchieren, als man denken würde.« Draußen war die Hölle los, Büroarbeiter kamen rein, Touristen gingen wieder. Engo verfolgte alles mit seinen trüben, blutunterlaufenen Augen und trank seinen Whiskey. »Klingt nach einem einfachen Raub, aber wir mussten einen identischen Aktenkoffer auftreiben, ohne eine verfolgbare Spur zu hinterlassen. Und der Aufprall musste sitzen, der Kerl oder sein Chauffeur sollten nicht dabei umkommen.«

»Und fünftausend mussten wir im Wagen verbrennen

lassen, damit's echt aussah.« Matt ließ den Tödlichen Finger kreisen. »Die kamen aus *meiner* Geldbörse, weil du ein Geizhals und geistig minderbemittelt bist.«

»Und Jake?«, fragte Andy.

»Ich hab einen befreundeten Detective angestiftet, ihn neunzehn Stunden ins Vernehmungszimmer zu setzen«, sagte Matt.

»Neunzehn Stunden!« Andy sah zu Jake.

»Das war schon okay.« Jake seufzte. »Können wir jetzt davon aufhören?«

»Ich hab gewettet, dass er nach einer Stunde plaudert«, sagte Engo.

»Ich hab ihm noch weniger Zeit gegeben«, sagte Matt.

»Aber er hat dichtgehalten.« Engo nickte beeindruckt. »Der Detective wollte nur, dass Jake ihm bestätigt, mit Matt bei einer bestimmten Schicht zusammengearbeitet zu haben. War keine große Sache. Aber unser Jakey hat schön das Maul gehalten.«

»Ahh, Jake. Für manche Sachen bist du gut, Kumpel. Nicht für vieles, aber manchmal reicht's.« Matt trat ihn unter dem Tisch, sodass Jake zusammenzuckte und sich das Schienbein rieb.

»Klingt richtig hart.« Engo lächelte Jake über den Rand seines Glases zu. »War's aber nicht, oder?«

Jake rieb sich weiter das Schienbein.

»Wie oft hast du gekotzt, Jake? Fünf Mal?«

Jake runzelte die Stirn. »Der Mistkerl hat mich so bearbeitet, dass ich einen Nierenriss bekommen hab. Und beide Trommelfelle sind mir auch geplatzt.«

»Hat seine Schuhe vollgekotzt wie ein Ferkel.«

»Ich hab danach auch gekotzt.« Andy tätschelte ihm den Arm. »Kann passieren.«

Er schüttelte ihre Hand ab.

»Und was habt ihr mit Ben veranstaltet?«, fragte sie.

»Ben hab ich nie was getan«, sagte Matt. »War nicht nötig. Du rettest einen wilden, halb verhungerten Hund von der Straße und fütterst ihn mit Kochschinken, danach musst du dir um seine Treue keine Sorgen mehr machen.«

»Okay. Und Titus?«, fragte Andy. Sofort herrschte Schweigen am Tisch. »Lasst mich raten ... Waterboarding?«

Matts Augen blitzten gefährlich. »Titus hat nicht dazugehört.«

»Wie unpraktisch.« Andy musterte ihre Gesichter. »Das war sicher richtig scheiße, wenn er bei den Dingern Schicht hatte.«

Sie wartete. Engo daddelte am Handy. Jake zerriss eine Serviette. Matt beugte sich vor. Als er den Mund öffnete, spürte Andy seinen Feueratem auf ihrer Wange.

»Du bist seit fünf Minuten dabei, Schätzchen«, sagte er. »Und hast dir einen Scheiß verdient. Wenn du bewiesen hast, wie nützlich du bist, kriegst du Zugang zu allen Bereichen.«

»Red keinen Mist. Du weißt genau, wie nützlich ich bin.« Andy spürte Jakes Anspannung. »Ich hab mich die ganze Zeit schon bewiesen. Vom ersten Tag an wusstest du, dass ich euch was zu bieten hab, nämlich ab dem Moment, als ich dir erzählt hab, wo ich herkomme. Matt, du hast instinktiv Respekt vor Leuten, die was durchgemacht haben, weil du nämlich selbst was durchgemacht hast.«

Jetzt war es an Jake, jemanden zu treten. Andy, unterm Tisch. Sie zuckte nicht mal.

»Und du wusstest, dass ich euch nützlich sein könnte, als diese kleine Bitch dir erzählt hat, wie ich ihm in seinem Wohnwagen einen Einlauf verpasst hab.« Andy nickte Engo zu.

Der lachte.

»Matt, Schätzchen«, auch Andy beugte sich vor, »ich habe keine Angst vor dir. Und das muss in deinem Leben doch so richtig selten vorkommen. Und je seltener, desto mehr ist es wert, stimmt's?«

Matt lehnte sich zurück und warf einen Blick in die Runde. Zum ersten Mal seit ihrer Begegnung schien es Andy, als hätte es ihm die Sprache verschlagen.

»Also.« Andy straffte die Schultern, bestellte mit einer Kopfbewegung Richtung Kellnerin mehr Wein. »Erzähl. Was hast du mit Engo gemacht? Ihn gezwungen, mal zu duschen?«

Jake verschluckte sich an seinem Wasser. Dann brachen alle in grölendes Gelächter aus.

BEN

Auf dem Video saß Gabriel in seinem Kindersitz. Derselbe Sitz, den Ben noch ein paar Tage zuvor saubergewischt hatte, voller Kekskrümel und Eiscremeflecken, Gabes kleiner mobiler Thron. Ben und Luna trugen Sonnenbrillen, Luna saß Kaugummi kauend am Steuer. Die Kamera zeigte auf sie. Sie spähte rüber, verzog die Lippen wie Harrison Ford zu einem schiefen Grinsen, nur eine Sekunde war sie zu sehen, zweimal kauen. Ben war in der Werkstatt, lehnte an der Stoßstange eines alten weißen Chevy und sah sich das Video auf dem Handy an, wieder von vorn, Luna drehte den Kopf zur Kamera, er betrachtete die Sehnen an ihrem Hals. Zusammen genommen war Luna in den letzten zehn Videos vielleicht zwei Minuten zu sehen. Warum hatte er sie nicht länger gefilmt? Die Nachmittagssonne tauchte ihr Haar in feuriges Licht.

»*Sag das noch mal.*« Im Film grinste Ben. Gabe strampelte mit seinen kleinen Beinen, trat mit den Sneakers gegen den Vordersitz.

»*Hä?*«

»*Was du werden willst ... wenn du groß bist.*«

Gabe grinste. »*Ich will Farmer werden.*«

»*Deine Familie hat sich nicht über Generationen hochgearbeitet, damit du Farmer wirst, Baby.*« Wieder war Luna zu sehen, sie nahm die Sonnenbrille ab, um in den Rückspiegel zu schauen. »*Mama hat keinen Farmer großgezogen. Aus dir wird ein Doktor.*«

»*Vielleicht meinte er das, Lu.*« Ben lachte. »*Er wird für einen Pharmariesen arbeiten.*«

»*Ah, okay. Pharma. Damit kann ich leben.*«

»*Dann hab ich lauter Hühner. Tausend und tausend und hundert. Ganz viele ...*«

»*Ferraris?*«, fragte Luna. »*Villen in den Hamptons?*«

»*Jaguars*«, warf Ben ein.

Gabe seufzte erfreut. »*Ja! Jaguars! Ich hab eine Farm und einen Zoo!*«

Paxi kam aus der Metallwerkstatt, klappte die Schutzbrille hoch. Der pummelige Mechaniker mit seinem pockennarbigen Gesicht und dem geölten orangeroten Bart sah aus wie ein mittelalterlicher Ritter, der seinen Helm aufklappte. Ben schaltete das Handy aus und hielt die Hand auf. Der Schlüssel war noch warm, die Kanten noch nicht rundgefeilt und rasiermesserscharf. Ben betrachtete ihn von allen Seiten, aus der Nähe und der Ferne. In Paxis Autowerkstatt herrschte Stille. Außer dem Chevy stand dort noch ein Roadster von 1934, in Einzelteile zerlegt, auf der Rampe. Ben war nie ein Autonarr gewesen, aber sein Pflegevater schon, daher wusste er, wie obsessiv solche Leute sein konnten, da ging es um Originalschrauben und Bolzen, und wenn es die nicht gab, dann mussten eben originalgetreue Imitate angefertigt werden. Von Hand. Und deswegen konnte Paxi sich sein teures Bartöl leisten.

»Ich glaub, der Rand da auf der Reide muss weiter rein«, sagte Ben und zeigte Paxi das Foto vom Original in Engos Hand.

Die beiden verglichen Foto und Kopie. »Maximal einen Viertelmillimeter. Siehst du?«

»Ja.« Paxi nickte. Er klappte die Schutzbrille wieder runter, hinter dem Vergrößerungsstreifen wirkten seine Augen riesig. Während Paxi mit der Kopie nach hinten verschwand, schaute sich Ben ein weiteres Video an. Gabriel im Pool bei Matt. »*Benji, schau!*«, rief der Kleine bestimmt sechsmal hintereinander. Die Kamera filmte ihn die ganze Zeit über. »*Ich schau doch, ich schau!*«, rief Ben. Nach dreiundzwanzig Sekunden zog die Kamera rüber zu Luna, die am Ende des Pools saß, die Füße im Wasser, den Kopf gesenkt, in ein Gespräch mit Jake vertieft. Er war neben ihr im Wasser, Schattenfinger von den rund herum in Töpfen aufgestellten Palmen schraffierten sein kantiges Gesicht.

Paxi kehrte mit der Schlüsselkopie zurück.

»Muss ich natürlich noch feilen«, sagte er.

»Sieht gut aus«, sagte Ben.

Als er die Gasse hinter Paxis Werkstatt entlangging, vorbei an einer Reihe aufgemotzter Karossen, deren Schilder in den Windschutzscheiben sie als Eigentum der Werkstatt auswiesen, entdeckte er einen dunkelgrauen BMW mit einem Typen am Steuer. Ben war gerade an der hinteren Stoßstange vorbeigegangen, ein paar Meter trennten ihn noch von seinem eigenen Wagen, als er abrupt stehen blieb, weil er schlagartig erkannt hatte, dass der Typ im BMW derselbe war, den er auf dem Parkplatz in der Nähe des Guggenheim

Museums hatte rumstehen sehen. Er wollte sich gerade umdrehen, als der Mann ausstieg und sich das dunkelblaue, perfekt gebügelte Hemd glattstrich. Sein bedauernder Blick versetzte Ben in Panikstimmung.

»Haig«, sagte der Typ.

Ben dachte an seine Waffe, die ihm nichts nützte, weil sie unter dem Fahrersitz seines Wagens lag. Er schob den kopierten Schlüssel in die Vordertasche seiner Jeans.

»Newler, richtig?«

Der Mann nickte. Er war bewaffnet. Der Lauf seiner im Hosenbund versteckten Pistole spiegelte sich im hinteren Beifahrerfenster des BMWs.

»Es ist Zeit, sich zu stellen.«

»Sie haben sie gefunden?« Ben trat einen Schritt vor, alle Vorsicht vergessen. »Du lieber Gott, wo sind sie? Geht es ihnen gut?«

»Nein, wir haben weder Luna Denero noch ihren Sohn Gabriel gefunden«, sagte Newler. »Und das werden wir auch nicht. Die Konditionen Ihrer Abmachung mit dem FBI haben sich geändert, okay? Ich bin hier, um Sie abzuholen. Wir setzen uns in mein Büro und besprechen ...«

»Was soll das heißen, das werden Sie auch nicht?« Ben hatte das Gefühl, den Boden unter den Füßen zu verlieren.

»Es hat für mich keine Priorität«, sagte Newler. »Und ich habe jetzt die Leitung über diesen Fall übernommen.«

»Blödsinn! Wo ist Andy?«

»Sie ist zu involviert. Ich ziehe sie ab.«

»Weiß sie das?«

»Noch nicht. Im Moment will ich Sie nur ...«

»Festnehmen.« Ben nickte. Er fragte sich, ob der Wagen, der jetzt in Paxis Werkstatt fuhr, mit Agenten besetzt war, die den Mechaniker verhaften würden. Ob das FBI in diesem Moment bei Donna aufschlug, um Matt hochzunehmen. Oder in Engos Wohnwagen. »Ich will mit ihr sprechen.«

»Natürlich wollen Sie das.« Newler lächelte. »Und wissen Sie was? Sie werden sie vermissen. Sie beide sind sich bei dieser Ermittlung richtig nahegekommen. Aber eines müssen Sie verstehen: Die Person, mit der sie es die letzten Wochen zu tun hatten, ist nicht echt. Sie hat sich in Ihr Hirn geschlichen. In Ihr Leben. Das ist ihre Masche. Es bedeutet rein gar nichts.«

»Mm.«

»Sie fickt mir dir, um dich ans Messer zu liefern, Ben. Und genau das passiert jetzt, nur ein bisschen früher als geplant und ohne sie.«

Ben betrachtete den zugeknöpften Wichser mit der Waffe. Um sie herum nur seelenlose Gebäude mit blinden Fenstern. Irgendwas an der Art, wie er sprach, irritierte ihn. Der Ton war falsch. Zu warmherzig, zu intim.

»Das ist ihre Masche, hm? Sie schleicht sich in dein Leben.«

»Genau.«

»In dein Hirn.«

Newler nickte.

»Fickt mit dir.« Ben beobachtete den Mann ganz genau.

Newler antwortete nicht, aber das war auch nicht nötig. Was Ben wissen musste, erkannte er an der Art, wie Newler sich versteifte und seine Kiefermuskeln arbeiteten. Er las die ganze Geschichte, der Mann war ein offenes Buch. Andy, oder wer auch immer sie war, und dieser Typ, vermutlich ihr Liebhaber, womöglich sogar ihr Mann. Er hatte sie vor zwei Tagen beim Sex beobachtet, in Andys Wohnung, die Vorhänge offen, alles deutlich zu sehen im Licht der Stadt, und ihnen war es scheißegal gewesen. Und da beschlich ihn eine Ahnung: Andy hatte gewusst, dass Newler da draußen alles mitkriegte. Sie wollte den Mann reizen und hatte Ben in diesem üblen Spielchen wie eine Schachfigur benutzt. Jetzt wollte dieser Mistkerl sie bestrafen, indem er sie von ihrer rührigen Suche nach einer vermissten Mutter und ihrem Kind abzog und sie zwang, sich aufs Wesentliche zu konzentrieren: die Überfälle, Petsky, Titus. Die *wahren* Verbrechen. Ben wäre wirklich gern überrascht gewesen, aber hey. Hinterhältige Manipulationsversuche von Psychopathen, die sich Gesetzeshüter nannten, hatte Ben schon im Teenageralter zu parieren gelernt.

»Sie haben uns sicher die ganze Zeit beobachtet«, sagte Ben zuckersüß. »Ja, so hat sie mir das erklärt. Sie haben die ... *Aufsicht*, genau, so nennen Sie das, oder?«

Newler nickte. »Korrekt.« Ben dachte über den Vorfall im Wald nach. Den Bauwagen. Matts Feuerprobe in der leerstehenden Schule. Prüfungen, Spielchen, Experimente. Schachzüge.

»Dann wissen Sie sicher auch alles über das Ding nächsten Monat«, sagte Ben. »Drüben in Queens. Die Bank.«

»Klar.« Newler zeigte auf den Wagen. »Steigen Sie ein. In meinem Büro können Sie mir alles genau erzählen. Wenn Sie kooperieren, können wir vielleicht sogar mildernde Umstände erwirken.«

Ben trat näher. Hob die Arme, wie damals in der Gasse hinter der Bar in East Orange, als Ed Denero und sein Schlägerkumpel ihn angegriffen hatten. Als Newler sich vorbeugte, um ihm die Beifahrertür zu öffnen, drehte er kurz den Kopf zur Seite. Diesen Moment nutzte Ben, um ihm einen mächtigen Schlag gegen die Schläfe zu verpassen. Ein rechter Haken, der Newler sofort niederstreckte, er klatschte auf den Asphalt wie ein nasser Sack. Während Newler stöhnend versuchte, sich wieder zu berappeln und seinen Kopf zu schützen, vergewisserte sich Ben rasch, dass niemand aus den Wohnungen von oben zusah, bevor er ihm die Waffe abnahm und sie unter den Wagen kickte. Dann suchte er in Newlers Hosentasche nach Handfesseln. Er hatte keine dabei. Das fand er fast ein bisschen traurig: Cops, die über ihre Zeit am Schreibtisch vergaßen, dass sie einst geschickte Ermittler gewesen waren, mittendrin im Kampf gegen das Verbrechen, und so einen lausigen Haken von einem miesen Dieb schon von Weitem hätten kommen sehen. Newler hatte Andy vor Urzeiten ausgebildet. Doch während sie immer noch ein Raubtier auf Beutezug war, hatte diese vollgefressene Hauskatze nicht mal mehr scharfe Krallen.

Ben ging auf die Fahrerseite, ließ den Kofferraum aufschnappen, zog die Zündschlüssel und wuchtete Newler hinten rein. Dann ließ er die Klappe zufallen und steckte den Schlüssel ins Schloss und bog ihn so lange, bis er zerbrach.

ANDY

Sie versammelten sich an Matts vor dem Gebäude geparkten Van und warteten, während er auf dem Nikotingummi herumkaute und diverse Gegenstände herumschob, die Donna offenbar gekauft und dann im Wagen vergessen hatte. Körbe, Decken, ein Holzleuchter. Ein Beutel Wäsche lehnte schief an der Rückbank. Der Wein war Andy zu Kopf gestiegen. Immer wieder hatte sie Bilder von Bens nacktem Körper vor Augen, sah ihn unter sich liegen, während sie ihn ritt. Seine Hände an ihrer Hüfte. Am Morgen danach war er verschwunden, während sie ein zweites Mal geduscht hatte, zwischen ihnen hatte Spannung geherrscht, und seine Worte hallten jetzt noch nach.

Wieso sollte ich deinen Versprechungen trauen?
Wenn sie ehrlich wäre, müsste sie zugeben, dass sie auf diese Frage keine Antwort wusste. Sie fürchtete, dass er recht hatte, dass sie nicht mit Hochdruck nach Luna und Gabriel suchte, weil die Komplexitäten des gesamten Falls sie ablenkten. Waren ihr in dem Bestreben, die Mannschaft so tief wie möglich zu infiltrieren, wichtige Aspekte von Lunas Verschwinden entgangen? Während sie sich genauer mit Titus Cliffen und Ivan Petsky beschäftigt hatte, war von ihren Bildern eine seltsame Anziehungskraft ausgegangen. Das Foto von Titus an der Wand in der Wache zeigte ihn als stoischen Helden, der mit aufrechtem Blick in die Kamera sah, sein gestraffter Körper in Uniform war ein Bild von Stärke und Talent. Von Träumen und Ehrgeiz. Titus hatte sein dreißigstes Lebensjahr nicht mehr erlebt. Vermutlich hatte er kurz davor gestanden, seine Wut auf seinen Vater zu überwinden und sich klarzuwerden, wer er war. Petsky wirkte auf seinem Bild freundlicher, warmherziger. Die Karatestunden waren ein Vorschlag eines befreundeten Polizisten gewesen, es hieß, mit seinem mangelnden Gleichgewichtssinn und der fehlenden Eleganz hätte er null Talent für Kampfsport gezeigt.

In den vergangenen zwei Tagen hatte Andy ihr Handy immer wieder hervorgeholt, um Ben eine Nachricht zu schicken, es dann aber doch gelassen.

Das Schweigen zwischen ihnen war extrem aufgeladen.

Sie riss sich aus ihren Gedanken an Bens Körper und konzentrierte sich wieder auf den Job. Die Fenster auf der Vorderseite des Gebäudes, in dem sich Borr Storage befand, waren mit Metallrollläden geschützt, darüber glänzte im Schein der Straßenbeleuchtung das blankpolierte Schild mit dem Firmenlogo. Sie blickte nach oben zu den beiden Wohnungen über dem Restaurant und der Halle mit den Tresorfächern. Da oben hatte jemand sein Fenster mit Grünpflanzen vollgestellt. Riesige Geigenfeigenblätter und Palmwedel wucherten über die Scheibe. Im Nachbarfenster saß eine Katze und schleckte sich die Pfote ab.

»Bis Montag«, sagte Matt.

Jake betrachtete den Verhau im Kofferraum. »Was ist das?«

»Das sind die neuen Wärmebildkameras«, sagte Matt, plötzlich ungewohnt jovial.

»O Scheiße.«

»Ja.«

Die beiden grinsten, beugten sich vor, Schulter an Schulter, während Matt den Karton zu sich zog und aufklappte. Von Weitem hätte Andy fast vergessen können, dass einer den anderen so entsetzlich terrorisierte, dass er vermutlich Magengeschwüre und Herzprobleme davon hatte. Für jemanden wie Matt zu arbeiten war schlecht für die Gesundheit, das wusste Andy aus eigener, schlimmer Erfahrung, oft genug hatte man sie getriezt, bis sie krank wurde.

Matt holte die tragbare Kamera heraus und spielte am Auslöser. Jake fummelte mit den Unterlagen in den Akten herum, offensichtlich konnte er es kaum erwarten, das Gerät auszuprobieren, das wie eine futuristische Waffe aussah. Zu Andys Überraschung schaltete Matt das Ding ein und drückte es Jake tatsächlich in die Hand, der rundherum alles filmte und zusah, wie auf dem Display hochauflösende Wärmebilder und die dazugehörigen Messwerte erschienen.

Dann hielt er sie auf Engo, scannte seinen Körper damit ab.

»Na, was hast du in deinen Taschen versteckt, Engo?«, fragte er. »Ich sehe ein kaltes Loch, wo dein Schwanz sein sollte.«

»Du suchst doch nicht nach seinem Schwanz, sondern nach Geld«, sagte Matt.

»Da ist keins.« Engo legte die Hand schützend über seine Hosentasche. »Also spar dir die Suche.«

Engo wandte sich Andy zu. »Du bist als Nächstes dran. Er scannt deine Taschen ab, um nachzusehen, ob du Kleingeld dabeihast.«

Andy bedeckte ihre Hosentaschen.

»Haha! Das nützt dir wenig.« Engo zog an seiner Kippe. »Wenn du jetzt nicht zahlst, kommt er später abkassieren.«

»Soso«, sagte Andy.

»O ja. Wie lang bist du jetzt schon dabei? Paar Wochen? Demnächst wird er bei dir an der Tür klopfen. Jake, der dich um einen Kredit anpumpt.«

»Gib ihm ja nichts«, sagte Matt. »Nie.«

Andy zuckte die Achseln. »Kann ich sowieso nicht. Ich hab...«

»Du hast gerade mal vierhundert Mäuse auf dem Konto«, sagte Matt. »Wissen wir schon. Nennt sich Vorsicht.«

»Ach, super! Wisst ihr auch, dass ich heut meine Tage gekriegt hab?«

»Wir wissen, dass deine Wohnung immer noch aussieht, als wärst du gerade eingezogen. Pack mal deine verdammten Klamotten aus. Krieg dein Leben auf die Reihe. Du haust ja wie ein verdammter Teenager.«

»Ihr seid in meine Wohnung eingebrochen?«

»Was hast du denn gedacht?« Matt beobachtete Jake, der immer noch mit der Kamera herumfilmte. »Natürlich.«

Andy grinste innerlich. Aber sie schüttelte den Kopf und tat so, als wäre sie stinksauer. Sie wusste, dass es sich gelohnt hatte. Die vielen Stunden, die sie in Secondhandläden rumgesucht hatte, Preisschilder von irgendwelchen Ornamenten geknibbelt, Kontoauszüge gefälscht und offen liegengelassen, damit die Jungs sie finden, falls sie sie kontrollierten. Funktionierte immer.

»Er wird dich trotzdem anpumpen. Macht er bei jedem. Donna. Titus. Sogar bei Luna hat er's versucht.«

Andy erstarrte. Jake senkte die Kamera.

»Hast wahrscheinlich Gabriels Sparschwein geplündert, hm?«

»Halt die Fresse!«, sagte Jake. Seine Worte wirkten hart, ungefiltert. Andy beobachtete ihn, bemerkte seinen undurchdringlichen, abwesenden Blick.

»Wenn du meine Töchter je um Geld anbettelst, steck ich deinen Kopf in einen Kochtopf und koche ihn so lange, bis das Fleisch abfällt. Damit füttere ich meine Familie den ganzen Winter«, sagte Matt.

Jake drückte Matt die Kamera in die Hand, der sie wieder in den Karton legte, bevor er mit dem Tödlichen Finger auf Andy zeigte.

»Schick deinem Stecher eine Nachricht. Er soll dafür sorgen, dass der Schlüssel ausgetauscht wird.« Er knallte die Hintertür zu.

Andy nickte, schnippte die Kippe in den Rinnstein.

Jake starrte in die Pfütze, wo die Glut langsam verlosch. Beide Arme hingen schlaff an seinem Körper. Da war etwas an seiner Haltung, dieses Verharren mit gebeugtem Kopf, das Andy ein flaues Gefühl vermittelte. Jake wandte sich ab und ging davon, vielleicht ein bisschen zu eilig. Verabschiedete sich nicht mal. Matt und Engo benahmen sich allerdings genauso.

Andy stieg ins Auto und legte die Hände aufs Steuer. Sie war sich sicher: Hier stimmte was nicht. Überhaupt nicht.

BEN

Kenny wartete mit gebeugtem Kopf auf der Vortreppe zum Wohnhaus in North Ironbound, die Hände in den Hosentaschen. Egal, wie unterspritzt sein Gesicht auch sein mochte, die unbehagliche Miene war deutlich zu erkennen. Obwohl sein Halbbruder nur bis zu seinem vierten Lebensjahr in diesem Apartment gewohnt und sicher kaum noch Erinnerungen daran hatte, vermutete Ben, dass es sich bei ihm um eine Instinktreaktion handelte, ähnlich wie neugeborene Welpen den Hundehalter hassten, der ihrer trächtigen Mutter in den Bauch getreten hatte, obwohl sie da noch nicht auf der Welt gewesen waren. Kenny spürte wahrscheinlich, dass man ihn hier geschlagen hatte, in Schränke gesperrt. Dass seine cracksüchtige Mutter einmal auf ihm eingeschlafen war, als er noch ein Säugling war, und ihn dabei fast erstickt hatte. Ben wusste diese Dinge aus den Akten, die man ihm mitgegeben hatte, als er das Sorgerecht für Kenny bekam. Dieses Apartment war ein schlimmer Ort für sie beide, aber aus unterschiedlichen Gründen. Zuerst hatte Ben hier gelitten, dann Kenny, nachdem man Ben in Pflege gegeben hatte. Wer auch immer Kennys Vater war, er hatte ihn vermutlich hier gezeugt, genau wie Ben hier gezeugt wurde, und beide Male hatte Melissa Haig den Dingen einfach ihren Lauf gelassen, aus reiner Faulheit. Sie waren wie Karies, wenn man zu lange wartete, war es zu spät, es ließ sich nicht mehr reparieren.

Aber Kennys Elendsmiene hatte auch andere Ursachen, das war Ben schon klar. Sein Ton am Telefon hatte es ihm verraten und allein die Bitte, ihn ausgerechnet hier zu treffen.

»Was zum Teufel ist los?« Kenny trippelte nervös herum. »Warum hier, Mann?«

Ben schloss schweigend die Tür auf und ließ ihn ein. Auf

der gegenüberliegenden Straßenseite hatte ein Streifenwagen angehalten, die beiden Polizisten unterhielten sich mit einem Typen, der an der Ecke rumstand. Der Fahrer ließ den Ellbogen aus dem Wagenfenster baumeln und lachte. Aus der Wohnung über ihnen erscholl lauter Rap, und Ben wusste, dass die Musik einen Streit kaschieren sollte, allerdings war diese Methode so sinnvoll wie das Tragen einer Sonnenbrille, um dahinter zertrümmerte Augenhöhlen zu verstecken.

Er steuerte direkt auf die Ecke des ersten Zimmers zu, zog den Teppich hoch, löste die Dielenbretter und entfernte fünf davon. Dabei bemühte er sich, nicht gehetzt zu wirken, lauschte aber auf Signale seines Handys, die ihm neue Nachrichten ankündigen und ihn warnen würden, falls gegen ihn eine Fahndung eingeleitet wurde. Newler würde sich irgendwann aus seinem Kofferraum befreien, und danach würde er Fahndungsfotos von Ben und seinem Auto auf allen Kanälen veröffentlichen. Zwar hoffte er, den Mann mit seinem Haken für ein paar Stunden außer Gefecht gesetzt und sich so ein bisschen Zeit erkauft zu haben, aber nach der Schlägerei in East Orange war es mit seiner Schlagkraft nicht mehr so weit her. Es gab eine Menge zu tun, und er wollte Kenny mit seiner Hektik nicht noch mehr beunruhigen. Ben kletterte ins Loch und landete auf einer Schicht kompakter Erde. Das Loch war nur hüfttief. Er zog die erste Tasche heran, wuchtete sie über den Rand und kletterte wieder heraus. Kenny stand da, in Hugo Boss und Lederslippern, und sah ihn an, als wäre er ein wandelnder Kadaver.

Vermutlich lag er damit gar nicht so daneben. Wahrscheinlich hatte Ben tatsächlich nicht mehr lange zu leben. Genoss gerade die letzten Atemzüge, neben seinem Bruder, den er zu kennen glaubte. Ben zog den Reißverschluss der Tasche auf und schüttelte die Geldbündel im Inneren einmal durch. Kenny starrte lange auf das Geld, dann hob er langsam die Brauen und musterte Ben wie einen Fremden. Ben wartete geduldig. Er wollte, dass sein Bruder halbwegs bei klarem Verstand war. Im Apartment über ihnen krachte etwas gegen die Wand, eine Frau schrie laut auf.

»Benji«, sagte Kenny. »Was zum Teufel ...«

»Hör jetzt gut zu«, sagte Ben. »Du musst dir nicht alles merken, ich hab's dir aufgeschrieben. Aber ich will es einmal mit dir durchgehen, falls du Fragen hast.«

»Benji, Benji, was ...«

»Du nimmst das Geld«, sagte Ben. »Da unten stehen noch fünf weitere Taschen. Die nimmst du mit nach Hause. Auf dem Weg dahin hältst du an einem Target oder Walmart und kaufst eine komplett neue Garnitur Klamotten. Hemd, Hose, Jacke, Unterhose, Socken, alles. Schuhe, Kenny. Okay? Du kaufst neue Schuhe.«

»*Wieso?*«

»Nimm deine Uhr ab, und deinen Schmuck.« Ben betrachtete das Geld, versuchte, sich zu erinnern. Wenn er nur ein Detail vergaß, wäre alles umsonst. Seine ganzen Mühen. Andy hatte einen verdammten Tracker in seinen Schuh eingenäht. Woher sollte er wissen, welche Tricks sie sonst noch auf Lager hatte? »Du gehst nach Hause, ziehst die neuen Klamotten an, gehst und nimmst das Geld wieder mit, in denselben Taschen. Dein Handy lässt du dort. Du nimmst es nicht mit! Und du fährst auch nicht mit deinem Auto.«

»Wozu erzählst du mir das alles?«

»Weil das hier mein Erspartes ist, Kenny.« Er beobachtete seinen Bruder. »Das ich für dich angehäuft habe.«

Sie blickten gemeinsam auf das Geld. Ben ging davon aus, dass es fast zwei Millionen waren. Kenny hatte Tränen in den Augen.

Ben spürte ein verdächtiges Kribbeln in der Nase, unterdrückte es aber, weil er hier weitermachen musste.

»Du nimmst das Geld und versteckst es, wo es niemand findet«, sagte Ben. »Hast du verstanden, Kenny? Irgendwo, wo du normalerweise nie hingehen würdest.«

Kenny zeigte auf das Geld. »Aber ich brauch das nicht, Benji! Ich hab doch selbst genug. Ich … ich …«

»Aber vielleicht brauchst du es doch irgendwann«, sagte Ben. »Für deine Kinder, wenn du welche willst. Ich hab's für uns beide getan, Kenny. Für die Familie, die wir weiterführen. Wir sind die neue Generation, keine wertlosen Junkies mehr. Ich hab vor langer Zeit damit angefangen, als ich rausgefunden habe, dass es dich gibt, dass sie es nochmal getan hat. Da habe ich mir geschworen, dass es in unserer Familie nie wieder passieren wird.«

»Du liebe Zeit, Benji, was hast du getan?«

Ben schüttelte den Kopf. »Ist jetzt egal. Ich wollte nur, dass du es verstehst. Du musst dieses Geld schützen, Ken. Sonst wäre alles umsonst gewesen.«

»Hat das was mit Luna zu tun?« Kenny zeigte auf die Tasche. »Hat sie … ist das ihr Geld?«

»Nein«, sagte Ben. »Es gehört mir.«

»Aber du bist kein …« Kenny sah ihn mit tränenfeuchtem Blick an. »Verbrecher.«

»Doch, bin ich.«

Kenny schluchzte. Jemand hämmerte an die Tür über ihnen und brüllte die Streithähne an, sie sollten endlich die Fresse halten.

»Die Polizei wird Luna und Gabriel nicht finden«, sagte Ben. »Ich habe alles gegeben, damit sie nach ihnen suchen, aber das werden sie nicht tun. Und jetzt muss ich abhauen, solange es noch geht. Einen Teil von dem Geld nehme ich mit, damit kann ich irgendwo neu anfangen. Und ich muss noch einen Job durchziehen, damit wir alle untertauchen können.«

Kenny stöhnte gequält auf. Zum ersten Mal erkannte Ben unter dem zu perfekt gemeißelten Gesicht seinen kleinen Bruder. Die Hände, die jetzt nach ihm griffen, gehörten Kenny. Ben umarmte ihn, drückte ihn fest an sich und schlug ihm mit der Faust auf den Rücken.

»Ich ruf dich an«, log er. »Mach dir keine Sorgen.«

ANDY

Sie tippte aufs Steuer, atmete, aber die Luft wollte einfach nicht in ihre Lunge. Im Rückspiegel sah sie sich an. Komm schon, los, denk nach!

Das Geld. Jake hatte Luna angepumpt. Vermutlich die dreitausend, die sie zwei Wochen vor ihrem Verschwinden abgehoben hatte. Aber was folgte daraus? Hatte sie sich mit Jake im Best Western getroffen? Andy konnte einfach keine Verbindung herstellen.

Sie grübelte über die neuen Informationen nach, warum bereitete ihr das alles solche Bauchschmerzen? Die Erkenntnis, dass Luna Jake Geld geliehen hatte, damit er seine Schulden begleichen konnte, rechtfertigte nicht ihr Übelkeit erregendes Unbehagen. Oder doch? War es nicht eher so, dass Luna erst mal vor ihm sicher gewesen wäre, wenn sie ihm das Geld geliehen hätte? Dann wäre er doch so schnell nicht wieder auf sie zugekommen, also auf keinen Fall vor ihrem Verschwinden. Und nach zwei Wochen hätte sie die Summe auch nicht gleich zurückgefordert, hätte doch sicher kein Treffen im Hotel anberaumt. Fest stand, dass Ben nichts von dem geliehenen Geld wusste, sonst hätte er es erwähnt, nachdem Andy die hohe Abbuchung von Lunas Konto entdeckt hatte. Also, was ging hier ab? Was hatte den Floh in ihrem Ohr in Aufruhr versetzt, dass er sie jetzt umtrieb?

Sie versuchte, ihre neuen Erkenntnisse außer Acht zu lassen, aber die Unruhe wollte nicht weichen. Mit geschlossenen Augen rief sie sich ins Gedächtnis, wie Jake neben ihr gestanden hatte, mit hängenden Schultern, den Blick gesenkt. Geschockt. Von irgendwas. Aber was? Er hatte auf die Kippe in der Pfütze gestarrt. Die langsam verlöschende Glut.

Hitze, Kälte. Wärmebilder. Die Kamera. *Kameras.*

Andy sprang fast aus dem Sitz. Sie nestelte an ihrer Minikamera herum, zerrte das Ding aus dem Knopfloch. Hielt sie in ihrer Hand. Sie war noch warm. Von ihrer Körperwärme erhitzt. Aber war die Kamera genauso warm wie ihr Körper? Oder war sie heißer? Kühler? Hatte Jake auf der Wärmebildkamera die Kamera als Fleck wahrgenommen, weil sie eine andere Temperatur hatte als ihr Körper? *Hatte Jake die Kamera gesehen?*

Wusste er Bescheid?

Andy warf das Ding auf den Sitz neben sich, zog das Handy aus der Tasche, rief die Tracking-App auf.

Bei Matts Grillfest hatte sie nur kurz Zeit gehabt, um den Tracker im Futter seines Motorradhelms zu verstecken. Für das Zunähen des Risses hatte die Zeit nicht gereicht. Als sie jetzt Jakes Standort abfragte, sah sie, dass sich das Risiko ausgezahlt hatte. Jakes kleiner blauer Punkt entfernte sich rasch von Midtown und bewegte sich über die Sixth Avenue zum Holland Tunnel.

Hatte Jake die anderen angerufen und gewarnt, während sie hier wie betäubt im Auto rumgesessen hatte? Waren sie alle auf dem Weg zu ihren Geheimverstecken? Mit zitternden Fingern rief Andy Matts und Engos Trackerdaten auf. Ihre blauen Punkte bewegten sich in entgegengesetzte Richtungen, Matt steckte offenbar auf der Fifty-Seventh im Stau, Engos Punkt kroch im Schneckentempo die Fifth Avenue entlang.

Nur Jake war Richtung Jersey abgebogen, und zwar mit gefährlich hohem Tempo.

Andy ließ den Motor an, riss das Steuer herum und raste los. Mit einer Hand wählte sie Bens Nummer. Keine Antwort. Sie wartete kurz, schlängelte sich durch den Verkehr, vollführte gefährliche Überholmanöver, nahm Abkürzungen über Fußwege. Wieder wählte sie Bens Nummer, wieder keine Antwort. Im West Village fuhr sie rücksichtslos durch die Menge, Fußgänger hechteten zur Seite, mit der Stoßstange riss sie einem Mann den Rollkoffer aus der Hand, dessen Inhalt sich quer über die Straße verteilte.

»Meine Fresse, Ben, geh ran, verdammt!«

Während sie wählte, piepste ihr Handy und plötzlich erschienen Newler und Ben gleichzeitig auf dem Display, ihre Bilder schienen gegeneinander zu kämpfen, zu viele Knöpfe, zu viel Auswahl. Andy warf das Handy auf den Beifahrersitz und gab Gas. Drängelte, hing dem Vordermann fast im Kofferraum, bis sie endlich freie Bahn hatte und mit Vollgas auf den eisigen, endlosen Tunnel zubretterte.

Mit einer Hand grapschte sie sich das Handy und rief Newler zurück.

»Ich bin aufgeflogen«, sagte sie. »Du und deine Leute müssen Matt Roderick und Engelmann Fiss festsetzen, ich weiß nicht, ob Jake sie warnen wird, bis jetzt hat er's offenbar noch nicht getan, aber das kann noch kommen, und dann hauen sie ab.«

»Dahlia«, sagte Newler.

»*Nenn mich nicht so, verdammte Scheiße!*«

»Wenn du aufgeflogen bist, muss ich zu dir kommen. Wenn Valentine derjenige ist, der dich enttarnt hat, dann ist er momentan am gefährlichsten. Um die anderen kann ich mir gerade keine Sorgen machen. Ich muss zu dir, damit du nicht versuchst, ihn allein unschädlich zu machen.«

»Du hast nicht die Aufsicht über meine Ermittlung, Tony.« Andy umklammerte das Steuer. Sie fuhr so schnell, dass die Raser sie vor lauter Schreck anhupten, wenn sie an ihnen vorbeizischte. »Ich treffe die Entscheidungen. Und ich habe dir und deinem Team gerade befohlen, Matt und Engo festzusetzen.«

»Du hast mir was *befohlen*?«

»Lass sie nicht entkommen. Ich hab zu viel investiert in diese Sache.«

»Wo ist Ben?«, fragte Newler. Sein eiskalter Ton verursachte Schweißausbrüche bei ihr.

»Keine Ahnung. Er geht nicht ran.«

Newler schwieg.

»Warum ist Ben der Einzige, um den sich hier keiner kümmert, Dahlia?«

Sie hörte es an seiner Stimme. Es war dieselbe Dissonanz wie damals in Pierre Part. Die glühende Eifersucht, die Newler damals schon gequält, ihm vorgegaukelt hatte, dass sie sich irgendwo mit Margaret Beauregard amüsierte. Nur dass er diesmal nicht falsch lag. Und da fiel ihr die letzte gemeinsame Nacht mit Ben wieder ein, die Tatsache, dass sie die Vorhänge nicht geschlossen hatten. Ihr wurde schlecht.

»Ich habe keine Ahnung, wo Ben ist«, sagte sie vorsichtig. »Er hat keinen Tracker.«

»Ach, tatsächlich?«

Andy konzentrierte sich auf ihren Atem. Während sie mit Blitzgeschwindigkeit einhändig durch die Stadt raste, überlegte sie fieberhaft, wie sie Ben das Leben retten könnte. Denn das tat sie gerade, dessen war sie sicher. Sie musste Tony davon überzeugen, dass sie Ben Haig, den Mann, mit dem sie noch vor Kurzem leidenschaftlichen Sex gehabt hatte, nicht liebte. Weil sie damals mit ihrer Liebe zu Margaret Beauregard ihr Todesurteil gefällt hatte.

»Tu um Himmels willen, was ich dir sage, Tony«, flehte Andy. »Häng dich an Matt und Engo.«

Sie beendete das Gespräch und wählte Bens Nummer. Keine Antwort. Andy dachte zurück an die traurigen letzten Worte, die sie miteinander gewechselt hatten.

Warum sollte ich deinen Versprechungen trauen?

Sie hatte Ben Hoffnung gemacht. Hoffnung darauf, dass sie seine Freundin und ihr Kind finden würde, lebendig. Während die Zeit lief bis zum Überfall auf Borr Storage, hatte sie ihn hoffen lassen, dass ihre Priorität bei der Mutter und dem Kind lag. Seine Familie, von der er immer geträumt hatte. Aber je mehr sie herausfand, desto unvermeidlicher war die Konsequenz, und Ben verlor langsam jede Hoffnung. Andy wischte sich die Tränen ab, ihre Sicht auf die Autos vor ihr war gefährlich verschwommen. O Gott. Sie hatte das nicht kommen sehen, hatte es nicht bemerkt in seiner Stimme. Er hatte geahnt, dass er am Ende ohne dastehen würde, ohne Antworten, in einer kahlen Gefängniszelle.

So, wie sie instinktiv wusste, dass Jake sie entlarvt hatte, war ihr klar, dass sie Ben verloren hatte. Die vielen unbeantworteten Anrufe fühlten sich so anders an als zuvor, wenn er nicht rangegangen war. Fast, als würde die Nummer niemandem mehr gehören. Als hätte sie nie jemandem gehört.

Jake verlangsamte seine Fahrt. Sie war ihm, ohne nachzudenken, gefolgt, war einfach davon ausgegangen, dass er dasselbe Ziel hatte, das in den vergangenen Tagen auch ihres gewesen war, immer wieder: Bens und Lunas Wohnung in Dayton. Doch er war nach Süden gefahren, hatte den New Jersey Turnpike verlassen und hinter dem grell erleuchteten Büroblock eines Logistikunternehmens geparkt, das mit Containerschiffen im Hafen zu tun hatte. Andy konnte sie sogar sehen, die roten Ozeanriesen, die unter den Verladekränen auf den nächsten Tag warteten und mit ihren diesigen, orangefarbenen Lichtern den Blick auf die Skyline von Manhattan verstellten. Hier gab es Wälder. Sumpfgebiete, von unzähligen Flussarmen durchzogen, die sich von der Bucht landeinwärts schlängelten. Die von den Mangroven abgegebenen Faulgase konkurrierten mit dem Gestank des dort abgeladenen Mülls, Bauschutt, alte Möbel, Kleider, von der Flut gut durchweicht, dann getrocknet und bei der nächsten Flut wieder durchnässt. Dieser moosweiche, schwarzschimmelige und von Seepocken besiedelte Unrat bot Krebsen, Maden und anderen Wasserinsekten ein kuschliges Heim.

Als sie Jakes Motorrad neben der Schotterpiste entdeckte, schaltete sie die Scheinwerfer aus und hielt an. Sie nahm ihre Waffe vom Beifahrersitz, schob das Handy in die Hosentasche und stieg aus. Die nächtliche Geräuschkulisse erschlug sie fast. Das ständige Brummen der Stadt wurde hier vom ohrenbetäubenden Zirpen der Zikaden übertönt. Irgendwo tutete ein Nebelhorn, zweimal kurz. Andy ging die grasbewachsene Böschung entlang, als sie Jake entdeckte, der aus der Dunkelheit des Sumpfs heraufkletterte. Er stieg auf sein Motorrad, setzte den Helm auf und kickstartete den Motor. Andy, hinter einem Busch versteckt, sah noch, wie er losfuhr und, ohne abzubremsen, an ihrem geparkten Auto vorbeisauste.

Sie zückte ihr Handy, aktivierte die Taschenlampenfunktion und leuchtete damit die Böschung hinab. Im Schlamm waren deutlich Jakes Stiefelabdrücke zu erkennen, er war nicht weit gegangen. Dahinter wuchs eine auf den ersten Blick unauffällige Ansammlung von Mangroven. Krebslöcher. Wellenmuster und Schaumrückstände von der letzten

Flut. Andy wollte sich gerade abwenden, als sie etwas erspähte, das ihr eine Gänsehaut über den Körper jagte. Ungefähr drei Meter hinter den Mangroven befand sich ein auffällig kahles Areal, keine Wurzeln oder Pflänzchen, wie sie überall sonst den Boden besiedelten, eine winzige Armee, die lange, zittrige Schatten warf. Die kahle Stelle hatte eine ovale Form, war etwas über einen Meter lang und ungefähr einen Meter breit. Dort wuchs nichts.

Und was dort einst gesprossen sein mochte, war vor kurzem mit einer Schaufel ausgehoben worden.

BEN

In seinem Jogginganzug wirkte der Notar recht befremdlich. Er war nervös, dass man ihn herbeizitiert hatte. Ben hatte als Treffpunkt das Carlyle an der Upper West Side angegeben, unter der Markise. Das Etablissement kannte er nur, weil er dort einmal einen Küchenbrand gelöscht hatte, und er hatte es gewählt, weil der Notar dieses Edelrestaurant sicher gut kannte.

Ben trat in den Schatten vor der Markise, um die Kamera des Türstehers zu meiden. Seit ihrer letzten Begegnung in der Galerie vor nur ein paar Tagen hatte der Notar weiter an Gewicht verloren. Offenbar zehrte der Krebs an ihm.

Als Ben ihm den Schlüssel in die knochige Hand drückte, sah er ihn verdutzt an.

»Ruf ihn an«, sagte Ben.

Ichhs Blick wechselte vom Schlüssel zu Ben und zurück. »Was?« Er sah sich hilfesuchend um. »Jetzt?«

»Nein, wir warten auf den Herbst, dann ist es schöner.«

»Aber ich kann nicht ...«

»Und ob du kannst«, sagte Ben sanfter. Er trat näher an den Mann heran, der entsetzt zurückwich. »Wähl die Nummer von Freemans Sohn. Sag ihm, du musst heute Abend unbedingt an den Tresor.«

Der Notar schaute auf seine Uhr, groß, aus Gold, die ihm mittlerweile ums Handgelenk schlackerte, sodass er sie hochdrehen musste, um das Zifferblatt zu sehen. »Aber es ist schon acht.«

»Du bist nicht dumm, Yale, oder? Dir fällt schon was ein.« Ben ließ es zu, dass der Mann ihm in die Augen sehen konnte, und was er dort entdeckte, war offenbar wirkungsvoller als die Tatsache, dass Ben die Hand in die Tasche seines Kapuzenpullis schob, in der sich offensichtlich etwas Schweres befand.

Während der Notar wählte und mit dem Mann am anderen Ende der Leitung sprach, zündete sich Ben eine Zigarette an.

ANDY

Jake fuhr auf den Parkplatz von Walmart, der offenbar gerade abgespritzt worden war, denn der Beton glänzte silbrig und rosafarben unter der großen roten und weißen Leuchtreklame über den automatischen Schiebetüren. Andy parkte ebenfalls, stieg aus und zog sich eine Jacke über, bevor sie sich geduckt an Jake heranpirschte. Die Waffe an der Seite, beobachtete sie ihn dabei, wie er im Fach unter dem Motorradsitz herumkramte, vermutlich suchte er nach seinem Handy. Als er sich wieder aufrichtete, zielte sie mit der Waffe auf seinen Rücken und näherte sich langsam, brach das Manöver aber abrupt ab und duckte sich hinter einen Pickup, als sie bemerkte, dass Jake das Handy doch nur in die Hosentasche schob. Sie keuchte leise und sah sich rasch um. Hatte sie jemand gesehen? Lauter Autos. Keine Menschen, außer ihnen. Jake ging auf den Supermarkt zu, das Handy immer noch in der Hosentasche. Andy folgte ihm, aber in ihrem Hirn ging etwas um, eine Erkenntnis, die sich nirgendwo verankern wollte. Warum warnte er die anderen nicht? Hatte er sie doch nicht entlarvt? Jake zog sich die Kapuze über den Kopf, bevor er den Supermarkt betrat.

Er nahm sich einen Einkaufskorb und marschierte zielstrebig an Bettwaren, Bürobedarf, Kosmetik vorbei zu den hintersten Gängen. Andy folgte ihm, betrat die Gänge aber nicht, damit sie sich schnell wegducken konnte. Es roch nach Komposterde und Dünger. Jake betrat einen Gang mit Reinigungsprodukten in bunten Flaschen und dekorativen Labeln, dann zog er weiter zu Recyclingsäcken und Mülltüten. Andy blieb auf ihrem Beobachterposten. Jake nahm sich eine Rolle Müllsäcke, überlegte kurz und wählte eine Rolle mit kleineren Tüten. Andy war so darauf fokussiert, welche Größe er wählen würde, dass sie erst bemerkte, wie aufgewühlt er war, als er stumm vor sich hin schluchzte.

Als er Metuchen erreichte, verlangsamte er sein Tempo, ging richtig vom Gas. An roten Ampeln ließ er den Kopf hängen, er schien zu zittern, und wenn es endlich grün wurde, fuhr er nicht gleich los. Jakes Gemütszustand und seine offensichtliche Angst vor dem, was ihn am Zielort erwartete, wirkten sich auch auf Andy aus, sie saß tief erschöpft und niedergeschlagen am Steuer ihres Wagens und folgte ihm.

Das Haus von Jakes Mutter war klein und mit Holzbrettern verschalt. Es stand an einer breiten Straße mit ähnlich bescheidenen Eigenheimen, die im Winter vermutlich eiskalt waren und im Sommer unerträglich heiß. Vor den Stufen zur Veranda wucherte hüfthohes, von Unkraut durchsetztes Gras. Jake ging hinauf, stellte seine Einkäufe vor der Haustür ab und legte den Helm aufs Rattansofa daneben. Dann tat er nichts. Stand einfach da.

Andy stieg leise aus, schlich über die Straße und wartete im Mondschatten am Rand des Grundstücks. Während Jake vor der Haustür vermutlich wieder weinte, beobachtete sie einen fetten Waschbären, der neugierig und mit gereckter Nase zwischen den Mülltonnen herumstreunerte. Als ein paar Straßen weiter ein Hund anschlug, hielt er kurz inne und verzog sich dann rasch.

Irgendwann zog Jake das Handy aus der Tasche. Andys Moment war gekommen. Sie schlich sich ans Haus, bis sie ihn flüstern hörte. »*Es muss sein. Geht nicht anders.*«

Sie stand schon vor den Stufen zur Veranda, als er ihre Schritte wahrnahm und herumfuhr.

Andy hob die Waffe und zielte auf seine Brust.

»Jake?«

Die Tränen auf seinen Wangen glitzerten im Mondlicht wie zwei silbrige Narben. Er trat gegen die Tüte und zwei Rollen Klebeband kullerten an ihr vorbei über die Stufen.

Jake sah himmelwärts, lachte, wischte sich die Tränen ab. »O Scheiße!«

Andy nickte. »Ja.«

Jake sah sich um. Es war still, die Straße leer. »Warum bist du allein?« Er zeigte auf Andys Brust. »Schauen deine Leute nicht mit, wenn du uns filmst?«

»Das können wir doch unter uns regeln, oder? Jake, Schätzchen? Kann ich hochkommen?«

Er rührte sich nicht, also kam sie langsam hoch auf die Veranda, die Waffe immer noch gezogen, beide Hände am Griff.

»Was ist passiert, Jake?«

Er schüttelte den Kopf.

»Au Mann, es ist alles so dämlich.« Er wischte sich die Tränen aus dem Gesicht und fuhr sich unsanft mit dem Ärmel seines Kapuzenpullis über die Nase. »Das glaubst du mir nie, auch wenn ich's dir erkläre …«, er seufzte, »das sieht so kaltblütig aus, als hätte ich's *mit Vorsatz* getan.«

BEN

Sie trafen sich auf der Straße vor einer Zahnarztpraxis, Ben hatte Matt und Engo die Adresse genannt. Beide hatten fast zeitgleich einen Parkplatz direkt vor dem Haus gefunden, als hätte es das Schicksal so vorherbestimmt.

Matt und Engo stiegen aus. Während Ben unter der blauen Leuchtreklame in Form einer Zahnreihe stand und die beiden auf sich zukommen sah, dachte er zurück an die Zeit, als er Luna kennengelernt hatte und für einen kurzen Moment geglaubt hatte, er könnte eine Familie gründen. Jetzt war er wieder auf seine Brüder zurückgeworfen, die Familie, die er sich nicht ausgesucht hatte. Eine andere Familie, genauso toxisch und dysfunktional, versammelte sich sicher vermutlich genau zu diesem Zeitpunkt an einem anderen Ort. Krisengespräche. Beerdigungspläne. Neutraler Boden. Streit übers Testament. Er ging davon aus, dass bei den Freemans schon bald die Fetzen fliegen würden, vermutlich wäre die Leiche des Alten noch nicht mal kalt. Seine Angehörigen würden sich gegenseitig beschuldigen, sich durch jahrelanges Einschleimen bei dem alten Tattergreis die Kartensammlung erschlichen und sie auf dem Schwarzmarkt gewinnträchtig verkauft zu haben.

Engo schien sauer zu sein, aber Matt wirkte abgeklärt, als hätte er so was schon erwartet. So nah am Geburtstermin seines letzten Kindes war er vermutlich auf den kleinsten Haken gefasst, der eine Katastrophe auslösen könnte.

»Wir können nicht länger warten«, sagte Ben. »Es muss heute Nacht passieren.«

»*Was?* Wieso?« Matt betrachtete seinen zweiten Mann, als ließe sich in dessen Miene irgendein verborgenes Wissen erkennen, das diesen Haken erklären würde. »Hat sich der Notar gemeldet? Ist Freeman gestorben?«

»Nein, aber wir müssen das heute Nacht durchziehen, sonst ist die Chance vertan. Die Schlüssel hab ich schon vertauscht.«

»Wann?«

»Vor ungefähr einer halben Stunde«, sagte Ben.

»Das gefällt mir nicht«, sagte Matt. Sein Finger zuckte. »Du hast dich hinter unserem Rücken mit dem Notar getroffen? Wer hat dir das gestattet?«

Ben zuckte die Achseln. »Die Sache ist durch. Ich hab ihm eine Geschichte aufgetischt und ihm gesagt, er soll sich Zugang zum Tresor verschaffen. Das hat er getan, und er hat mir bestätigt, dass alles koscher war, der Sohn hat keinen Verdacht geschöpft. Also haben wir grünes Licht.« Er hielt den Schlüssel hoch, den Ichh ihm ausgehändigt hatte.

»Warum hast du das auf einmal übers Knie gebrochen?«, wollte Matt wissen. Er hatte das alles offenbar immer noch nicht ganz verarbeitet, denn das angestrengte Nachdenken verlangsamte seine Sprache. »So war das nicht geplant. Ichh sollte *mich* kontaktieren, damit *ich* das grüne Licht gebe!«

»Willst du jetzt rausfinden, wer hier das Sagen hat, Matt, oder deinen letzten Coup ausführen?«

»Ich will wissen, wer hier das Sagen hat«, mischte Engo

sich ein. »Bevor ich in ein brennendes Gebäude renne oder riskante Dinger drehe, will ich das offiziell haben.«

»Ich will einfach, dass es endlich vorbei ist. Und dann brauch ich eine Auszeit«, sagte Ben.

Er hoffte, dass die anderen mit dieser Erklärung zufrieden wären. Dass er müde war. Dass die Trauer über Lunas Verlust oder die Demütigung der abrupten Trennung ihn so zerlegt hatten, dass er einfach mal eine Weile aufs Meer starren musste oder seinen Kopf auf ein Hotelkissen legen. Ben hielt sich an dieser Aussicht fest, die tatsächlich seinen Wünschen entsprach, bewahrte sie in seinem Kopf für den Moment, wenn er Matt und Engo die Wahrheit beichten würde. Sobald sie die Kartensammlung aus dem Tresor geholt und verkauft hätten, würde er ihnen alles gestehen. Andy. Newler. Das Spielchen, das er die ganze Zeit über getrieben hatte. Aber jetzt konnte er noch nicht damit rausrücken, denn er wollte ihnen dieses letzte Geschenk machen, ob sie es verdienten oder nicht, denn er würde nie erfahren, ob einer von ihnen seine Familie auf dem Gewissen hatte.

»Wir können das jetzt nicht einfach durchziehen, nur weil du hier Panik machst«, sagte Engo. »Unsere nächste Schicht ist erst in sechs Stunden.«

Ben zuckte die Achseln. »Dann planen wir es einfach so wie immer. Wir hängen auf der Wache rum. Wenn jemand fragt, sagen wir einfach, dass wir eine Übung planen, für Jake. Wenn der richtige Zeitpunkt gekommen ist, melden wir anonym bei der Einsatzzentrale einen Brand. Sobald die Kollegen ausgerückt sind, setzen wir eine weitere fingierte Notfallmeldung wegen starkem Gasgeruch ab und übernehmen den Einsatz.«

»Das stinkt doch zum Himmel.« Matt starrte Ben durchdringend an. »Wozu die Eile? Du kannst noch bis zum Morgen warten.«

»Ich weiß, dass einer von euch es getan hat«, stieß Ben hervor. Scheiß drauf. Scheiß auf Matts Wutausbruch. Scheiß auf Engos Psychopathenblick. So lange schon hatte er das aussprechen wollen. Sein Wissen. Und jetzt war er erleichtert.

Matt und Engo tauschten Blicke.

»Ich weiß, dass einer von euch Luna und Gabe umgebracht hat.« Ben funkelte Engo an. »Wahrscheinlich du. Hab ich recht?«

»Ich brauch das Geld, damit ich verdammt noch mal die Biege machen kann«, sagte Ben. »Weg von euch allen.«

Matt schüttelte den Kopf. Er schloss resigniert die Augen und atmete tief aus.

»Engo hat sie nicht getötet, du verdammter Idiot«, sagte er und legte ihm die Hand auf die Schulter. »Jake war's.«

ANDY

»Ich hab Geld gebraucht.« Jake zitterte am ganzen Leib, er hatte den Kopf gesenkt und betrachtete die Tüte zu seinen Füßen. »Ich bin zu Bens Wohnung. Luna hat aufgemacht.«

Andy trat näher. Sie hatte die Waffe gesenkt, hielt sie aber noch fest in der Hand. »Wann?«

»Keine Ahnung. Im März irgendwann?« Jake hob den Blick und starrte in die Dunkelheit. Er zog die Hände unter den Ärmeln hervor und wirkte auf einmal jünger. »Ich war ... weißt schon, fertig. Richtig fertig. Die Kredithaie haben Jagd auf mich gemacht, sie haben mir gedroht. Diesmal würden sie mir permanenten Schaden zufügen, haben sie gesagt. Ich hatte mir schon zu viel von Ben geliehen. Sie wusste, dass er mir nicht noch mehr geben würde.«

Jake verzog das Gesicht. Er schüttelte den Kopf.

»Mein nächstes Zusammentreffen mit Luna war bei Matt. Gut möglich, dass ich zu viel getrunken hatte. Es war heiß, ich hab geschwitzt wie ein Schwein. War total wirr im Kopf.«

»Was ist passiert?«, fragte Andy.

»Sie und ich haben uns unterhalten, am Pool, und da hab ich gesagt, ich sag so, Ben ist ein echter Geizhals, der soll sich nicht so anstellen und mir was leihen, schließlich schwimmt er in Geld.« Jake bedeckte seine Augen. »Das hätte ich nicht sagen sollen. Weil damit hab ich sie nur neugierig gemacht. Danach hat sie nicht mehr losgelassen. Was ich damit gemeint hätte, er ›schwimmt in Geld‹? Woher sollte das Geld gekommen sein? Er war doch nicht reich, zumindest hatte er nicht viel auf dem Konto. Wenn er so viel Geld hatte, warum war es dann nicht auf der Bank?«

»Sie hat sich alles zusammengereimt«, sagte Andy. »Eure Spielchen. Die krummen Dinger.«

»Es war wieder genau wie bei Titus.« Jakes Blick war abwesend, er schien seinen Erinnerungen nachzuhängen. »Der war wie ein Jagdhund, der Beute gewittert hatte. Aber das ist eine andere Geschichte.«

Jake schwieg eine Weile. Andy beließ es dabei. Nachhaken war nicht nötig, die Geschichte kannte sie bereits. Der Brand im alten Fernsprechamt. Die perfekte Gelegenheit. Flammen von allen Seiten, die Mannschaft allein im Einsatz, die Kollegen erst auf dem Weg, Stau. Das Feuer immer schlimmer. Titus und Engo und Matt und Jake allein im schwarzen Rauch, keine anderen Zeugen, und die größte Gefahr von allen direkt an ihrer Seite, Titus, der ihnen auf die Schliche gekommen war.

Das Risiko, dass er sie verraten könnte.

Ein Mann wie Titus, entschlossen, wissbegierig, geradeheraus, einer, der die Schatten unter den Wellen erkannt und sofort aus dem Wasser gekommen wäre. Titus hätte niemals klein beigegeben.

»Hast du Luna umgebracht, weil sie geahnt hat, was ihr so treibt? Wart ihr alle beteiligt oder nur du?«

»Nein, du verstehst das nicht.« Jake schniefte. »Sie ... sie wollte einsteigen.«

Andy konnte nichts sagen, es hatte ihr tatsächlich die Sprache verschlagen.

»Bei mir. Sie wollte bei meinem Plan mitmachen.« Jake tippte sich auf die Brust.

»Welcher Plan?«

»Ich bin da schon lange an was dran. Herauszufinden, wo Matt und Engo und Ben ihr Geld bunkern«, sagte er. »Ich wusste, wenn ich das finde, hab ich genug. Um auszusteigen. Richtig weg von allem. Raus aus diesem Leben.« Er fuchtelte vage in Richtung Horizont, schnaubte traurig. »Ich wollte alle Brücken hinter mir abbrechen, für immer. Dazu müsste ich nur etwas fingieren, damit sie alle losrennen und mir damit verraten, wo das Geld ist. Ich würde ihnen folgen und mir die Kohle zu einem späteren Zeitpunkt holen. Aber ... ich hab's einfach nicht hingekriegt.«

»Warum nicht?«

»Ich hab versucht, Ben zu folgen, aber ...« Jake ließ die Hände fallen. »Im Jahr drehen wir zwei Dinger, aber danach lässt er das Geld einfach liegen. Oder bringt es erst zehn Tage später ins Versteck. Oder mitten in der Nacht. Man kann die Leute doch nicht ewig beobachten. Engo ist sogar noch schlimmer. Den hast du stundenlang im Visier, und wenn er sich endlich vom Fleck rührt, geht er in einen Strip-Club, wieder stundenlang.«

Andy musste innerlich lächeln. Allerdings empfand sie keine Freude. Denn wären die Dinge anders verlaufen, hätte sie Jake beibringen können, wie man Leute observiert. Nur weil sie dieses Metier so gut beherrschte, stand sie jetzt hier, vor dem Haus seiner Mutter.

»Also musste ich eine Bombe platzen lassen. Ich hab schon überlegt, bei der Polizei einen anonymen Tipp zum Raub von Kips Bay zu hinterlassen oder zu irgendeinem Ding, das wir gedreht haben, die Hausdurchsuchungen würden sie garantiert aufscheuchen. Aber das Risiko für mich war zu hoch, ich stecke ja mit drin. Außerdem war da die Logistik. Wie soll ich alle auf einmal überwachen? Wem folge ich zuerst?«

Widerstreitende Emotionen huschten über Jakes Miene.

»Luna hat gemeint, wir sollten die Sache vereinfachen.« Wieder wischte er sich den Rotz am Ärmel ab. »Wir wussten, dass Ben am meisten angesammelt hatte. Ziemlich sicher. Ich mein, Matt hat hohe Kosten. Und er versteckt sein Geld in Immobilien. Engo hat das Geld in seinem Haus, die meisten seiner Mieter sind Gangmitglieder, an denen kommst du nicht einfach so vorbei. Jedenfalls ist bei Ben richtig was zu holen.«

Andy nickte. »Ben ist einer, der nichts wegwirft. Der hamstert alles.«

Eine Bewegung auf der Straße ließ die beiden herumfahren. Doch es herrschte Stille. Drei Häuser weiter war das Licht angegangen. Die Veranda knackte und knarzte, nach der Hitze des Tages kühlte das Holz nur langsam ab.

»Wir haben uns überlegt, dass Ben Panik kriegt, wenn sie und ihr Sohn verschwinden. Dass er glaubt, sie hätte ihn beklaut, und sofort losrennt, um nach seinem Geld zu sehen. Oder denkt, dass ihm jemand auf den Fersen ist, und zur Sicherheit sein Versteck kontrolliert. Oder die Polizei durchsucht seine Wohnung, wenigstens ein bisschen. Nimmt ihn genauer unter die Lupe, weißt schon, wie sie das eben machen, wenn die Freundin verschwindet. Die Polizei ... die verdächtigen doch immer den Partner, nehmen den so richtig ins Visier. Das hätten sie tun sollen! Aber ...«

»... das haben sie nicht«, sagte Andy.

»Und zu seinem Versteck ist er auch nicht gegangen«, sagte Jake. »Anscheinend hat er ihr vertraut.«

Andy tat es richtig weh, das zu hören. Es war einfach alles falsch daran.

»Also habt ihr euch im Best Western getroffen, an dem Hotel ist sie immer vorbeigekommen, auf dem Weg zur Arbeit. Sie wusste, dass die einen Parkservice haben.«

Jake nickte traurig. »Und ich wusste, dass deren Kameraüberwachung ein Witz ist, nach ihrem Vorschlag hab ich mir das nämlich genauer angesehen.«

Andy hatte das Gefühl, dass die Nacht dunkler geworden war, die Atmosphäre unheilschwanger.

»Luna hat Ben Visine in den Drink gemischt«, fuhr Jake fort. »Das haben wir mal bei einem in der Ausbildung gemacht, davon kriegst du vierundzwanzig Stunden Dünnschiss vom anderen Stern. Dachte ich zumindest, aber Ben ist davon so richtig krank geworden. Wir hatten schon Angst, dass er ins Krankenhaus muss, das wäre blöd gewesen, denn dann hätte er ein bombensicheres Alibi gehabt. Es sollte ja aussehen, als hätte er was damit zu tun gehabt.«

»Was ist schiefgelaufen, Jake? Wann?«

»Zwei Monate danach.«

»*Zwei Monate?*«

»Luna und Gabriel sollten maximal eine Woche in dem Hotel bleiben.« Jakes Unterlippe zitterte. »Ich hatte ein Zimmer für sie gebucht, unter falschem Namen. Da sollten sie warten. Wir dachten, die Cops würden sich Ben so richtig vorknöpfen, und je länger das laufen würde, desto höher die Chance, dass er uns zu seinem Versteck führt. Ich mein', das wäre doch absolut logisch gewesen, dass er da nachsieht! Ich bin ihm Tag und Nacht gefolgt, hab in meinem verdammten Auto geschlafen. An seiner Stelle hätte ich mir das Geld geholt und Leute für Informationen bezahlt. Ich hätte Typen engagiert, die mit Gewalt Infos aus Leuten rausholen, weißt schon. Kopfgeld auf Luna ausgesetzt. Da gibt's Kerle, die würden töten, um zu kassieren, die kennen wir sogar. Matt hat ein kleines schwarzes Adressbuch voll davon.«

Jake verbarg die Hände wieder unter den Ärmeln. Andy dachte an Ben. An die Maßnahmen, die er ergriffen hatte, um seine Freundin und ihr Kind zu finden. Mithilfe der Polizei. Erst Simmley, dann Newler und schließlich sie. Es war alles so spektakulär schiefgelaufen, dass sie fast in Tränen ausgebrochen wäre. Denn wenn Ben einfach auf der schiefen Bahn geblieben wäre und die Hilfe von Kriminellen in Anspruch genommen hätte, wie Jake es von ihm erwartet hatte, ja, dann wäre Luna womöglich noch am Leben.

»Ich wollte an ihm dranbleiben, die ganze Zeit. Aber die Bullen haben zu Anfang mit der linken Arschbacke ermittelt und dann gar nicht mehr.«

»Und in der Zwischenzeit sucht Ben nach seiner Familie, statt uns das Versteck zu verraten.«

Jake nickte. »Wie ein Irrer sucht er nach Luna und Gabriel. Rennt auf der Straße vor dem Hotel rum, Luna sieht ihn vom Fenster aus, er kommt in die Lobby, nervt das Hotelmanagement, will die Kameraaufzeichnungen. Tage vergehen. Wochen. Ich sag Luna, sie soll warten. Bald.«

Andy konnte sich das lebhaft vorstellen: Luna mit dem Jungen in einem kleinen Hotelzimmer, das Kind zu Tode gelangweilt. Fragt dauernd nach Ben. Kriegt Trotzanfälle, jedes Mal, wenn Jake aufkreuzt. Luna ist am Rand eines Nervenzusammenbruchs. Jake muss die Buchung verlängern, die beiden wechseln ständig das Zimmer und können sich nie frei bewegen. Luna, die langsam die Hoffnung auf das große Los verliert. Jake, der sie irgendwann in einem anderen Hotel unterbringt, billig, weil er kein Geld hat und Lunas Konto tabu ist. Dann, endlich, ist ein neuer Überfall in Aussicht, der Juwelierladen. Sicher würde Ben danach endlich sein Versteck aufsuchen, um die Beute zu bunkern. Ganz sicher.

Jake raufte sich die Haare.

»*Das wird der Jackpot deines Lebens*«, knurrte er der Luna seiner Fantasie zu, Luna, die in Schiffsöl und Krabbenscheiße verweste. »*Wart's nur ab!*«

Er ließ die Hände sinken. Sie zitterten. Seine Miene sprach Bände. Andy konnte daran ablesen, was als Nächstes passiert war. Wie Jake eines Abends ins Hotelzimmer gekommen ist, um ihr zu sagen, ja, der Juwelierraub ist gelaufen, aber Ben hat sein Versteck immer noch nicht aufgesucht. Und Luna dann gemeint hat, dass der Plan nicht funktioniert. Dass sie nicht mehr länger warten wollte.

Dass sie aus der Sache raus wäre.

BEN

»Er hat das mit dem Verstecken der Leiche nicht hingekriegt, war ja klar.« Engo steckte sich eine Zigarette an, den Blick aber unverwandt auf Ben gerichtet, damit er ja keine Sekunde der Qual verpasste, die er mit seinen Worten bei ihm auslöste. »Luna. Gut, sie war nicht groß, aber immer noch eine erwachsene Frau. Du musst schon wissen, wie man das macht, da braucht man Erfahrung.«

Ben stieß einen tiefen Atemzug hervor. Konnte sich gerade noch beherrschen, Engo nicht zu verprügeln, weil er wusste, dass es sich nicht lohnen würde, denn Matt würde sofort eingreifen und ihn mit einem Schlag schachmatt setzen.

»Was hat er mit Gabe gemacht?«, fragte er Matt.

»Um den hat er sich selbst gekümmert, meinte er«, sagte Matt. »Aber dafür hat er sämtliche Hirnzellen eingesetzt, also hat er uns bei der anderen Sache um Hilfe gebeten. Wegen der Mutter.«

»Die *Sache*?« Ben kochte vor Wut. »*Die Mutter*? Sie war jemand, den du kanntest.«

»Das waren sie doch alle. Jemand, den ich kannte«, sagte Engo fast zu sich selbst, den starren Blick auf seine Zigarette gerichtet. Ben stellten sich die Nackenhaare auf.

»Ihr habt nichts gemacht. Hinterher. Mit Jake. Er ist ungeschoren davongekommen. Ich hätte gesehen, wenn ihr ihn verprügelt hättet. Kein Härchen habt ihr ihm gekrümmt.«

»Natürlich nicht. Wenn ich einmal angefangen hätte, wär das tödlich ausgegangen für ihn.«

Ben wollte sich abwenden, aber Matt packte ihn am Kragen.

»Damit das klar ist, ich bin kein Kindermörder, das hab ich dir schon mal gesagt.«

»Aber du hast Jake davonkommen lassen.«

»Wer sagt denn, dass er davonkommt? Nur weil ich noch nichts gemacht hab, heißt das noch lange nicht, dass ihm nichts passiert.«

»Du bist ein verdammter Heuchler«, sagte Ben. »Du hast mit ihm gearbeitet, hast mich mit ihm arbeiten lassen – mit einem Kindermörder!«

»Du hast ja keine Ahnung, mit was für Leuten ich schon gearbeitet habe, während ich insgeheim geduldig meinen nächsten Schachzug geplant hab«, sagte Matt. Ben erinnerte sich an die vielen Geschichten, die er in den vergangenen Jahren über Matt gehört hatte. Die Story von dem Typen, der als Helfer bei Ground Zero im Einsatz war und sich gespendete Stiefel unter den Nagel gerissen hatte. Um sie bei Ebay zu verkaufen. Derselbe Feuerwehrmann wurde ungefähr ein Jahr danach bei einem Unfall mit Fahrerflucht in Brooklyn schwer verletzt. Oder die Sache mit dem Chief, der seine Leute in zwei Gruppen aufgeteilt hatte, diejenigen, die in der Wache bleiben durften, um sich um die normalen Brände zu kümmern, und diejenigen, die zu den eingestürzten Zwillingstürmen abkommandiert wurden, um in den Wochen nach dem Anschlag Leichen aus dem Schutt zu bergen. Dieser Mann hatte die Namen aus einem Hut gezogen und sie ans Whiteboard geschrieben, unter der jeweiligen Rubrik »Verlierer« und »Gewinner«. Und wenig später wurde ebenjener Mann bei einem Überfall im Central Park so zusammengeschlagen, dass er sein Hörvermögen verloren hatte.

Und schließlich war da dieser arme Teufel, der es gewagt hatte, Matt zu fragen, warum seine gesamte Mannschaft im einundvierzigsten Stock des North Tower festgesessen habe, während er selbst draußen auf der Straße gewesen sei, um eine bewusstlose Frau in den Krankenwagen zu verfrachten. Dieser Mann wurde von einer Klimaanlage erschlagen, die aus einem Fenster im siebten Stock gefallen war. Damals war er nicht mal im Einsatz gewesen, sondern hatte seine Mutter zum Gottesdienst begleitet.

»Warum hat er es getan?«, fragte Ben. Tränen brannten ihm in den Augen, aber er würde nicht weinen, unter keinen Umständen. Biss sich auf die Zunge, um sie zurückzudrängen. »Hat er euch das erklärt?«

Matt schüttelte den Kopf. »War nicht nötig.« Ben meinte, bei Matt zum ersten Mal so was wie Mitleid zu erkennen.

»Komm schon, Benji. Du bist krank, und Luna hat nichts Besseres zu tun, als sich heimlich mit Jake in einem Hotel zu treffen? Dann, zwei Monate später, nachdem sie komplett aus deinem Leben verschwunden ist, kriegen wir einen Anruf von Jake, dass er Hilfe bei der Beseitigung ihrer Leiche braucht? Ist nicht so kompliziert, oder?«

»Das kaufe ich ihm nicht ab.« Ben schüttelte den Kopf. »Da steckt mehr dahinter.«

Matt zeigte auf sich und Engo. »Na, was auch immer es sein mag, es hatte nichts mit uns zu tun. Okay, wir haben ihm geholfen und den Mund gehalten. Dir eingeredet, dass Luna abgehauen wär. Was hätten wir denn sonst machen sollen, Benji? Ein zweites Mitglied unserer Mannschaft hopsgehen lassen, so bald nach Titus? Und es ist ja nicht so, dass wir nicht auch für dich den Mund gehalten hätten, unter ähnlichen Umständen.«

Ben sah es wieder vor sich. Die Gasse hinter Barnes & Noble. Engo mit der Taschenlampe zwischen den Zähnen, das verwackelte Licht hatte ihn geblendet. Es war dunkel gewesen, da hinter den Mülltonnen, der Transporter wie ein schwarzer Block, offen, an der Mauer geparkt. Und dann auf einmal hatte sich ein Schatten daraus gelöst, Petsky. »Hey«, hatte er gerufen, und Ben hatte den Tresor losgelassen, seine Waffe gezogen und zweimal geschossen, von einem einzigen Gedanken getrieben: seine Familie. Nicht die Männer, die um ihn herum gekeucht hatten, weil sie den gestohlenen Tresor ohne ihn halten mussten, sondern Kenny und Luna und Gabe. Der Mann im Schatten war ihm egal gewesen. Egal, wer da zusammenbrach und reglos liegenblieb. Mann oder Frau, Zivilist oder Cop, es hätte ein Priester sein können mit einem Baby im Arm. Ben wusste nur, dass er sich nicht erwischen lassen konnte. Nicht in diesem Moment, nicht auf diese Weise.

»Du hattest selbst einen kleinen mörderischen Aussetzer. Der hätte für uns alle das Ende bedeuten können«, sagte Matt. »Und wir haben deinen Dreck weggeräumt. Wir haben das getan, was nötig war, um unsere Mannschaft zu retten. Das Ding hier mit Jake? Ist genau dasselbe.«

Matts Drohung war klar zu erkennen, eine unausgesprochene Warnung. Ben überlegte, die Waffe zu ziehen, sich seiner Wut über das hinzugeben, was mit Luna und Gabe passiert war, ähnlich wie er zuvor aus Sorge um sie gehandelt hatte. Er sah es vor sich, wie er Matt und Engo umbrachte, hier und jetzt. Aber dabei empfand er nichts, seine Gefühle waren wie betäubt. Ihm war klar, dass es klüger war, sich Zeit zu lassen. Er vergrub die Hände in den Hosentaschen, schaute zu Boden und lächelte, denn Matt hatte recht. Am Ende kam die Mannschaft vor allem anderen. Diese Männer waren seine echte Familie. Diese Bande Mörder und Diebe.

»Auf geht's. Ziehen wir's durch«, sagte Matt dann.

Ben nickte. »Ich ruf die andern an«, log er.

ANDY

Seine Geschichte war auserzählt. Mit dem darauffolgenden Phänomen war Andy bestens vertraut: die plötzliche, entsetzliche Leere, die in einem Menschen aufklaffte, der sich gerade alles von der Seele geredet und nichts mehr zu gestehen hatte. Jakes Beichte war aus ihm herausgeflossen und hatte Platz geschaffen für das, was als Nächstes kommen würde. Panik. Andy stand auf der obersten Stufe, fast vor ihm.

»Du kannst mir helfen«, sagte Jake. »Ich mein, du ... brauchst meine Unterstützung, wegen der Überfälle. Und allem anderen. Ich kann dir alles erzählen, was wir gemacht haben.«

Andy hob die Hände. »Dafür ist später noch Zeit. Eins nach dem anderen, Jake. Im Moment will ich nur wissen, womit ich es zu tun habe. Wessen Leiche wir da gerade besucht haben, unten am Hafen.«

Jake schlotterte.

»War das Luna oder Gabe?«, bohrte sie. »Ist Gabes Leiche noch hier? Hast du deswegen die Müllsäcke gekauft?«

»Gabe …«, setzte Jake an und bewegte die Hand an seine Hosentasche. Andy sah, wie sein Kopf plötzlich nach hinten gerissen wurde, als ihm eine Kugel durch die Stirn ging und Blut über die Haustür spritzte, bevor sie noch den Schuss hörte. Andy zuckte zusammen, ihr Körper reagierte automatisch, hatte sich in Richtung des Schützen gedreht, bevor Jakes Leiche auf dem Boden aufschlug. Sie zielte auf den Schatten neben dem Haus und schoss drauflos, ohne zu wissen, wen sie da treffen würde. Im Aufblitzen des Mündungsfeuers erkannte sie schließlich Newlers Gesicht, aufgedunsen und geschockt und kreidebleich. Von ihrer erhöhten Position aus hatte sie weit über seinen Kopf hinweggeschossen. Er trat aus dem Schatten in den Lichtkegel auf dem Rasen, als Andy nachlud, immer noch nicht sicher, ob sie als Nächste dran wäre.

»Herrje, Tony, Tony, Tony!«, stammelte sie. Er hatte die Waffe gesenkt. Sie ging auf die Knie und hielt die Reste von Jakes schlaffem Schädel, drehte ihn sanft zu sich und sah in seine toten Augen. Ein Arm war nach hinten verdreht. Als sie ihn schüttelte, fiel seine Hand zu Boden, die zuvor aus der Tasche gezogenen Hausschlüssel noch in den Fingern.

»Dahlia.« Newler packte sie am Oberarm und versuchte, sie hochzuziehen. »Es ist vorbei! Es ist vorbei. Tut mir leid.«

»Er wollte seine Schlüssel rausholen, Tony!«

»Ich musste es beenden. Du warst zu sehr involviert.«

Andy ließ sich von ihm halten. In seinem Haar war Blut, genau wie in seinem Gesicht, und sein Hemd war zerknittert. Er stank nach Schweiß. Sein Griff war zu fest, sie konnte kaum atmen. Als er sie umklammerte und ihr sein Schweißgeruch in die Nase stieg, sie seine Hitze und Härte spürte, wusste sie, dass in diesem Moment die letzten Minuten ihres gemeinsamen Lebens verstrichen. Sie versuchte sich zu lösen, aber er hielt sie nur noch fester, bis sie sich wand und ihn kratzte.

»Lass mich los, du tust mir weh!«

»Das geht nicht so weiter, Dahlia.« Er löste sich, und sie spürte die Freiheit, nur sekundenlang, bis er sie an der Kehle und am Schopf packte. »Du steigst aus, okay? Schau, was du gerade gemacht hast. Um ein Haar hättest du dich von einem verdammten Teenager auf einer beschissenen Veranda in Shitville, New Jersey, umbringen lassen.«

»Er wollte mich nicht umbringen!«

»Du steckst so tief drin, dass du den Wald vor lauter Bäumen nicht siehst. Ich muss dich abziehen.«

»Lass mich los!«

Sie umklammerte seine Finger, obwohl sie es nicht wollte. Nein, sie wollte es klug anstellen. Ihn treten. Ihm das Gesicht zerkratzen. Aber irgendwo war dieses alte Gefühl, die Liebe, die sie einst für ihn empfunden hatte, und sie wollte ihm eine letzte Chance geben. Als sich seine Finger noch fester um ihre Kehle legten, empfand sie den aufsteigenden Schwindel fast als Erleichterung, denn er zwang sie zur Entscheidung. Sie schob ihm den Lauf ihrer Waffe zwischen die Rippen, damit er ihn spürte.

Und dann schoss sie.

Tief zog sie die kalte Luft in ihre Lunge, wie eine Ertrinkende, die wieder an die Oberfläche kommt.

Er fiel schlaff in sie hinein. Der gerade noch so wunderbare Atemzug wurde unter seinem Gewicht zum schmerzenden Ballon, weil er nach vorn taumelte und nicht zurück, wie sie es erwartet hatte. Die Dunkelheit auf der Veranda verwirrte ihr die Sinne, sie wusste nicht mehr, wo oben war und wo unten, seine massigen Arme umschlangen sie erneut, und bevor sie etwas dagegen tun konnte, stürzten sie zu Boden. Ein weißer Blitz, als ihr Kopf aufschlug. Sie hörte ihn stöhnen, oder vielleicht war sie es auch selbst, die Dunkelheit schien sich auszubreiten, sie war nicht nur hier, sondern überall, legte sich über den ganzen Straßenzug, die Sterne, die Stadt. Irgendwo in ihrem Hirn, wo ihr Verstand eiskalt und klar war, erklärte ihr eine ruhige Stimme, dass sie sich den Kopf richtig schlimm aufgeschlagen habe und jetzt an die Oberfläche ihres Bewusstseins schwimmen müsse, sich nicht ergeben durfte. Los, schwimm!

Sie wand sich unter Newlers sterbendem Körper hervor und schleppte sich zu den Stufen, zum Geländer, bis zur Tür, keine Ahnung. Wie eine Schlafwandlerin tastete Andy sich an irgendeiner Wand entlang, richtete sich wackelig auf und hielt sich den blutenden Schädel. Eine Frau stand im Morgenmantel in ihrer Einfahrt und sprach mit ihr, aber Andy hörte nur das schrille Pfeifen in ihren Ohren, als würde ihr jemand mit dem Rasierapparat über den Schädel fahren.

Aus unerfindlichen Gründen zog sie die Schlüssel aus Jakes schlaffen Fingern und wankte über die heftig schwankende Veranda zur Haustür. Kurz kam ihr der Gedanke, sich ein Handtuch für ihren Kopf zu besorgen oder sich kurz irgendwo hinzusetzen, bis der Schwindel nachließe, oder das Licht anzuknipsen, ihren Körper einfach machen zu lassen, bis sich ihr Verstand wieder eingeschaltet hatte.

Im Haus wandte sie sich nach rechts, ging vor der Küche auf die Knie und irgendwo aus den Tiefen ihres Hirns stieg eine Erinnerung auf, ein Kind in einem brennenden Schulgebäude rief durch den dichten Rauch.

»Mommy? Mommy?«

Nein, keine Erinnerung. Die Stimme war echt! Der kleine Junge löste sich aus dem Schatten und trat ins Mondlicht, das durchs Küchenfenster hereinschien. Gabriel. Abgemagert, erschöpft, die Augen aufgerissen. Gabriel Denero rannte auf Andy zu und warf sich ihr in die Arme.

»Mommy?«

Sie hielt ihn fest, die Hände mit ihrem Blut verschmiert, Jakes Blut, Newlers Blut. In der Ferne heulten Polizeisirenen.

BEN

Er hatte keinen von beiden angerufen, weder Andy noch Jake.

Matt und Engo schienen ihm das Märchen einfach zu glauben. Als sie in Matts Büro standen betrachtete Ben die kahlen Wände und dachte sich bei den hereindringenden Geräuschen der Feuerwache, dass er sie vermutlich zum letzten Mal hörte. Männer lachten im Aufenthaltsraum. Frischlinge tratschten auf Besen gestützt in der Fahrzeughalle, irgendwo lief schlechter Hip-Hop. Überall strahlte grelles Neonlicht, das sirrende Weiß, das Wände und Flure in sieches Licht tauchte und Ben zwang, sich seiner prekären Realität zu stellen: Er stand kurz vor dem schlimmsten Überfall seiner kriminellen Karriere, ein Ding, das er mit zwei Männern drehen musste, die seine tote Freundin und ihren Sohn verscharrt hatten, in der Hoffnung, dass die verdeckte Ermittlerin, die er herbeigerufen hatte, um sie alle hochzunehmen, irgendwo da draußen war, damit beschäftigt, die verschwundene Frau und ihr Kind zu suchen, aber eigentlich war es ihm auch egal.

Und dann war da Jake, der jeden Moment auftauchen könnte. Jake, der Bens Familie zerstört hatte, zumindest behaupteten dies Matt und Engo, womöglich lag er dank ihnen bereits in derselben Grube wie Luna und ihr Sohn. Es war alles so verdammt krank, so wirr, dass Ben es nicht verarbeiten konnte und stattdessen fasziniert auf die Körnung der Laminatvertäfelung starrte.

Matt trat hinter den Schreibtisch, zerrte eine Schublade auf und nahm ein Billighandy heraus.

»Scheiß drauf«, sagte er. Ben erkannte die Tastentöne für die dreistellige Notrufnummer, die er schon als kleiner Junge auswendig wusste, weil er sie so oft gewählt hatte.

Matt meldete eine angebliche Explosion in einem Wohnhaus an der Eighty-First Street, in der Nähe des Parks. Ben kannte es sogar. Es stand am Rand ihres Einsatzgebiets, so weit von der Wache entfernt wie möglich. Bei einer Explosion würden sie einen großen Löschzug losschicken, vielleicht sogar eine weitere Mannschaft anfordern. Dort wohnten nämlich viele reiche weiße Mieter. Unter ihnen Jerry Seinfeld, hatte Ben zumindest gehört.

Matt beendete den Anruf, als Engo die Tür zum Gang aufriss, die Arme verschränkte und an den Türrahmen gelehnt auf die nun bald ausbrechende Hektik wartete. Die Sirenen heulten schon. Ein paar Typen joggten vorbei.

Ein Kollege, Whistler, beäugte Engo neugierig und spitzte im Vorbeilaufen ins Büro, während er sich den Schutzmantel überstreifte.

»Was macht ihr Arschlöcher denn hier?«

Matt seufzte theatralisch und legte das Handy zurück in die Schublade. »Eine Übung für Jake vorbereiten«, brummte er. »Der muss sich endlich freischwimmen. Was liegt an?«

»Explosion an der Eighty-First. Flammen schlagen schon aus den Fenstern.«

Matt verzog das Gesicht und machte ein fieses Zischgeräusch, als wollte er sagen: *Scheiß auf euch und eure Großeinsätze.*

»Hüte den heimischen Herd für uns, ja?« Whistler schlug Engo auf den Arm und rannte weiter.

Matt nickte Ben zu. »Versuch's noch mal bei deiner Freundin.«

»Hab ich gerade«, log Ben. »Jake geht auch nicht ran.«

»Vielleicht sind sie zusammen«, sagte Matt humorlos.

»Jetzt erzähl mir ja nicht, dass Jake dir noch eine Braut ausgespannt hat!« Engo kicherte. »Der Pussydieb schlägt wieder zu.«

Matts Kiefermuskeln arbeiteten und sein Ehering klapperte wie ein Türklopfer gegen die Tischplatte. Ben konnte förmlich sehen, wie seine Hirnwindungen heiß liefen, als er sich überlegte, wie es für die Herren da oben aussähe, wenn seine halbe Mannschaft wegen eines Gaslecks ausrückte, obwohl sie keine Schicht hatte. Und ob es nicht eigentlich scheißegal war, weil der Job und sein Ruf ihm ohnehin einen Scheißdreck bedeuteten. Schon seit Jahren war das so. Niemand könnte eine schlimmere Meinung von ihm haben als Matt von sich selbst. Bald müsste er sich mit dem begnügen, was als ruhiges Leben firmierte, mit Donnas Stimmungsschwankungen und einem brüllenden Säugling. Vorher würden er und seine beiden Komplizen sich die Beute aufteilen, der Erlös von den vertickten Karten, dazu kamen Logistikkosten und Schweigegeld für die beiden anderen, Andy und Jake. Matts Blick wanderte von Engo zu Ben.

»Scheiß drauf«, wiederholte er und zuckte die Achseln. Er zog erneut die Schublade auf, nahm das Handy und wählte.

ANDY

Kinder krallten sich an einem fest. Das wusste sie noch von ihrer letzten Ermittlung, als sie die Kindergärtnerin Kate Towning gewesen war. Als sie versuchte, ihren Nacken und ihre Taille von Gabriels warmen Armen und Beinen zu befreien, musste sie an die vielen Eltern denken, die morgens völlig durch den Wind nach dem täglichen Kampf mit ihren Kindern bei ihr aufgeschlagen waren, weil es für die Kleinen einem Todesurteil gleichkam, dass sie nicht im Schlafanzug auf dem Sofa *Paw Patrol* schauen durften. Nur war dieser kleine Junge kein Kindergartenkind und Andy keine Erzieherin. Er war hier wochenlang gefangen gehalten worden, allein in diesem Haus, das einst Jakes Mutter gehört hatte. Und draußen hatten sich die neugierigen Nachbarn versammelt, spähten bereits zum Fenster herein. Andy wollte den schluchzenden Jungen nicht allein lassen, aber wenn sie noch länger wartete, würde man sie festnehmen und stundenlang ausfragen, darüber, wer wen auf der Veranda erschossen und was zum Teufel sie überhaupt mit den beiden Toten zu tun gehabt hatte. Nachdem sie den Kleinen aufs Haar geküsst und ihm liebevolle, sanfte Lügen ins Ohr geflüstert hatte, verzog Andy sich durch die Hintertür in den Garten, wo sie sich unter dem Wasserhahn die Hände abspülte. Der Waschbär, den sie zuvor beobachtet hatte, scharwenzelte jetzt im Nachbargarten herum, die Schüsse und Schreie und Sirenen waren ihm völlig egal, er hatte zu tun.

BEN

Die ersten Schaulustigen standen schon auf der Straße, bevor sie noch das Löschfahrzeug geparkt hatten, die Art Nachtschwärmer, die man in Manhattan so antrifft. Leute, die im 7-Eleven arbeiteten, in der Putzkolonne, als Parkplatzwächter, von der Nachtschicht kamen oder sie antraten. Ein paar junge Frauen mit Zimmermädchen-Uniform unter den Mänteln hatten sich mit Händen in den Taschen gegenüber von Lorenzo's Restaurant aufgestellt, ein bierbäuchiger Lieferant gesellte sich unverhohlen hinzu, nah, aber nicht zu nah dran. Während Matt der Einsatzzentrale ihr Eintreffen vor Ort bestätigte, sagte Engo hörbar, er werde mal hintenrum nachsehen, wo sich die Gas- und Stromanschlüsse fürs Restaurant befanden.

Matt legte Ben die Hand auf die Schulter. »Ben«, sagte er mit seltsam fremder Stimme, extra dick aufgetragen, damit die Schaulustigen und die über ihnen aus dem Fenster spitzenden Bewohner auch ja alles mitbekamen. »Hol das Gasmessgerät und kontrolliere deinen Bereich. Ich mach dasselbe auf meiner Seite.«

Sie trennten sich. Ben atmete bereits zu schnell, unter dem Schutzmantel lief ihm der Schweiß über die Brust. Das rote Blinklicht vom Löschfahrzeug spiegelte sich unheimlich in den umliegenden Fenstern. Die Vorhänge im Schaufenster des Restaurants waren geschlossen. Ben ging daran vorbei und nahm ein paar Messungen vor, während sein Blick ständig zu den umliegenden Fenstern huschte, wo ihn vielleicht Zeugen beobachten könnten. Seine Gedanken wanderten immer wieder zu Jake. Wie er vor dem Haus gewartet hatte, weil Kenny schon oben vor seiner Tür stand. Hatte Kenny ihn fast dabei erwischt, wie er mithilfe von Lunas Schlüssel in die Wohnung eingedrungen war, um ihren

Pass zu holen, damit es aussah, als hätte sie Ben tatsächlich einfach sitzenlassen? Hatte Luna eine Waffe von Edgar gekauft, weil sie den Mann, mit dem sie eine Affäre hatte, zu fürchten begann? Weil sie erkannt hatte, wie unberechenbar, gewalttätig und besitzergreifend er sein konnte? Ben hatte so viele Fragen und war nicht mal sicher, ob er die Antworten wissen wollte. Die Vorstellung, dass dieser Mann ein Kind töten konnte, Gabriel das Leben nehmen ...

Ben blieb stehen, trat an die Mauer, hielt sich dort fest und schloss die Augen. Dass er das Messgerät fallen gelassen hatte, merkte er erst, als Matt es aufhob und ihm wieder in die Hand drückte.

»Reiß dich zusammen, Idiot.«

Bens Knie gaben nach, er klammerte sich an Matt fest. »Warum hat er sie umgebracht? Warum?«

»Reiß dich zusammen, hab ich gesagt.«

»Ich muss ihn anrufen. Ich muss das wissen, jetzt sofort.«

»Jetzt nicht!«

»Stimmt das alles überhaupt?«, fragte Ben, den Blick auf Matt gerichtet, seinen Chef, der ihm mit seinem Helm wie verkleidet vorkam. Als wäre seine rußgeschwärzte Oberfläche nicht echt. Matt war beim Anschlag vom elften September noch kein Chief gewesen. Mit der neuen Position hatte er auch einen neuen Helm bekommen. Aufgesetzt hatte er ihn aber erst, nachdem er ihn mit dem Schmutz und der Asche des alten Helms eingerieben hatte. So wollte es die Tradition. Aberglaube. Reinige nie deinen Helm. Der Mann da vor ihm war eine Illusion, die Welt hielt ihn für einen Helden, doch er selbst stempelte sich als Feigling ab. Wieso sollte Ben ihm die Mär von Jake als Mörder seiner Familie abnehmen? »War Jake tatsächlich der Täter? Oder warst du es?«

Matt packte ihn am Mantelkragen, es sah aus, als würde

er ihm gleich ins Gesicht schlagen, doch das geschah nicht. Sein Blick wanderte zu den versammelten Schaulustigen, die sich sicher schon zu wundern begannen, warum die beiden Männer nichts unternahmen. »*Nicht. Jetzt!*«, zischte er.

Dann ließ er Ben los, trat einen Schritt zurück und streckte die Hand aus. »Her mit dem Schlüssel.«

»Was?«

»Der Schlüssel zum Tresorfach. Her damit. Du bist gerade nicht in der Lage, irgendeine Entscheidung zu treffen. Ich werde ihn Engo geben. Er kann reingehen.«

»Nein«, sagte Ben. »Ich geh rein. So lautet der Plan.«

»Dann ändere ich ihn eben. Her mit dem Schlüssel.«

Ben starrte ihn an. Der Lieferant auf der anderen Straßenseite rief: »*Yo, Dude!* Was geht ab?«

Matt fuhr sich mit der Zunge über die Zähne, ignorierte den Mann, nahm Ben ins Visier.

»Engo, die Werte hier vorn sind niedrig«, sagte er laut und deutlich in sein Funkgerät. »Wie sieht's bei dir aus?«

»*Finde die Anschlüsse nicht. Melde mich*«, kam zurück.

Matt machte eine fast unmerkliche Kopfbewegung zu einer kleinen, diskreten Tür. Hinter ihr lag die Treppe hinauf zu den Wohnungen, die über dem Restaurant und Borr Storage lagen. Ben wankte darauf zu, zog einen Universalschlüssel aus der Tasche und schob ihn in das Schloss in der Tafel neben der Tür. Es brummte und klickte, dann öffnete sie sich. Vor dem Hinaufgehen aktivierte er den Feueralarm, der zunächst leise piepste, aber schon bald laut schrillen würde. Der erste Bewohner, ein Mann in Boxershorts, trat mit einem Fuß aus der Wohnung, den Blick auf Ben gerichtet.

»Was ist los?«

Ben musterte den Mann. Versuchte sich an seinen Spruch zu erinnern. Auf keinen Fall sollte er ihm sagen, dass es gleich zu einer heftigen Explosion kommen würde, ein Stockwerk tiefer, direkt unter ihm. Er sollte ihm was von einem Gasleck erzählen, alles unter Kontrolle, schön ruhig bleiben. Aber Ben kannte die Wahrheit, zumindest glaubte er das, und diese Unsicherheit ließ ihn an allem zweifeln.

»Raus!«, sagte er nur, den Daumen auf den Ausgang einen Stock tiefer gerichtet, durch den er gerade gekommen war. »So schnell Sie können!«

ANDY

Im Holland Tunnel war immer noch einiges los, aber die meisten Fahrzeuge waren in die entgegengesetzte Richtung unterwegs, und es war hell genug, sodass Andy den entgegenkommenden Verkehr sah, wenn sie zum Überholen rüberzog. Trotzdem war sie sich bewusst, dass sie dieser Drahtseilakt das Leben kosten könnte. Nicht nur ihres, sondern auch das der unschuldigen Männer, Frauen und Kinder in den Autos um sie herum, die ihre riskanten Manöver mit Entsetzen verfolgten. Sie raste wie eine Irre, die Lichter waren verschwommen, denn der Schlag auf den Kopf hatte ihre Sehkraft beeinträchtigt, und ihre Gedanken waren wirr, wollten nicht zusammenpassen. Tony Newler war tot. Sie hatte ihn umgebracht, die schwarze Wolke weggeblasen, die seit fünfzehn Jahren am Rand ihres Horizonts gehangen hatte, immer irgendwo in der Ferne, bereit für diesen Moment, um sie endlich zu vernichten. Andy blieb nichts übrig als zu hoffen, dass Newler ihre Ermittlungen tatsächlich so vertraulich behandelt hatte wie behauptet. Dass Ryangs Ärger über ihren »konspirativen Scheiß« damals in Newlers

Haus ihn nicht dazu bewegt hatte, den Leuten, die damals am Fluss fast den Bauwagen gestürmt hatten, ihre wahre Identität zu verraten. Denn das würde Fragen aufwerfen. Die ballistische Untersuchung der Spuren auf der Veranda würde die naheliegende Hypothese widerlegen, dass Jake und Newler bei einem gegenseitigen Schusswechsel gestorben waren. Gabriel und die anderen Zeugen aus der Nachbarschaft würden von einer Frau berichten.

Man würde sie jagen.

Andy wusste, dass sie vor Ende dieser Nacht in einen Flieger steigen musste, irgendwohin. Abhauen, untertauchen. Das hatte sie schon zigmal zuvor getan, ein Riesenchaos hinterlassen und alle Fragen offen. So lief es manchmal, dieses Spielchen.

Aber nur, wenn sie die Nacht überlebte.

Ben hatte nun oberste Priorität. Er durfte jetzt auf keinen Fall Mist bauen, denn sonst konnte sie ihm keine Antwort mehr liefern auf das, was mit seiner Familie passiert war. Und er hätte keine Zukunft. Natürlich müsste er für seine Taten bezahlen. Die Raubüberfälle. Aber Andy glaubte fest an die Möglichkeit, dass der Mann, den sie kannte, nicht der Mörder von Officer Petsky war und nur eine Teilschuld am Tod von Titus Cliffen hatte. Das musste sie einfach glauben, denn wieso sonst hätte sie so empfunden, damals, als er neben ihr geschlafen, mit ihr gelacht, getanzt, sie gehalten, sich in ihr bewegt und ihr ins Ohr gestöhnt hatte.

Sie hatte es gespürt: Im tiefsten Herzen war Ben Haig ein guter Mann.

Und diesen guten Mann wollte sie jetzt retten, um jeden Preis.

Als sie vorhin auf ihrem Handy nachgesehen hatte, waren die kleinen blauen Punkte, die Matts, Engos und Bens

Bewegungen zeigten, auf der Wache versammelt. Doch dann, kurz vorm Tunnel, hatte sie nochmal nachgesehen und festgestellt, dass Engos Wagen Richtung Midtown unterwegs war.

Andy wusste, was das bedeutete.

Sie hatte eine Hand am Steuer und wählte mit der anderen, aber Ben ging nicht ran. Keine Möglichkeit, eine Nachricht zu hinterlassen, nur ein seelenloses Klicken.

»Ich hab Gabe gefunden«, brüllte sie das Handy an. »Bitte, Ben! Wirf jetzt nicht alles weg.«

Sie scherte auf die Gegenfahrbahn aus, um einen Tieflader zu überholen, und scherte scharf vor dem Riesenlaster wieder ein, bevor ihr ein entgegenkommender Transporter das Licht ausblasen konnte. Ein lautstarkes Hupkonzert erscholl. Andy sah die Ausfahrt für Midtown schon von Weitem. Wieder wählte sie. Drei Ziffern. Nach dem zweiten Klingeln ging jemand ran.

»Notrufzentrale. Was ist passiert?«

»Ich nenne Ihnen jetzt eine Adresse«, sagte Andy. »Schicken Sie alles, was geht.«

BEN

Ein kleines Mädchen im rosafarbenen Pyjama mit lila Einhörnern trat auf den erleuchteten Flur. Ben erstarrte bei ihrem Anblick, die Kleine war allein und rieb sich die Augen, ihr strohiges blondes Haar war an einer Seite plattgelegen. Als sie Ben sah, grinste sie breit und zeigte auf Bens Gesicht.

»Daddy! Schau! Schau! Feuerwehrmann!«

Der Vater kam mit einem Buggy aus der Wohnung, darin

saß ein in eine Decke gewickeltes, quietschendes Kleinkind, es war nicht festgeschnallt und strampelte wild mit seinen Beinchen.

»Ich weiß, Schätzchen, ich weiß.« Der Mann musterte Ben von Kopf bis Fuß und zog seinen Bademantel fester um sich. »Wo sollen wir hingehen? Auf die gegenüberliegende Straßenseite?«

»Entfernen Sie sich so weit wie möglich vom Gebäude«, sagte Ben. Ihm war kotzübel. »Am besten eine Straße weiter, und um die Ecke.«

»Aber mein Nachbar meinte, es wär nur ...«

»Folgen Sie meinen Anweisungen, Sir!«

»Wann können wir wieder zurück in unsere Wohnungen? Ich muss morgen früh zur Arb...«

»Räumen Sie das Gebäude!«, herrschte Ben ihn an. »Keine Fragen mehr. Das ist ein Befehl! Raus hier!«

Das kleine Mädchen zuckte zusammen und brach in Tränen aus. Der Mann setzte sie auf seine Hüfte. »Ist schon gut, Süße. Alles gut. Er ist ein nur ein Rüpel. Komm, gehen wir.«

Ben hämmerte an Türen. »Feuerwehr! Feuerwehr! Räumen Sie das Gebäude!«

Er schob sich an der verdutzten älteren Bewohnerin vorbei in ihre Wohnung und trat ans Fenster, riss die Vorhänge auf, um in die darunterliegende Gasse zu schauen. Dort stand Engos Subaru, er hatte dicht an der Mauer geparkt. Irgendwas an diesem Anblick machte Ben so richtig wütend. Die Tatsache, dass Engo seine ach-so-kostbare Scheißkarre möglichst weit entfernt geparkt hatte, damit sie bei der Explosion ja keinen Kratzer abbekam und die Fenster schön heil blieben, während er einen sterbenden Milliardär um acht Millionen Dollar erleichterte, ging ihm massiv gegen den Strich. An der Hintertür zum Restaurant entdeckte er den Zipfel eines Schlauchs.

Er drängte sich an der immer noch verwirrt dreinblickenden Frau vorbei in den Flur, brüllte sie an, sie solle sofort das Gebäude verlassen, und wartete, bis sie in die Wohnung verschwand und kurze Zeit später mit säuerlicher Miene und einer Topfpflanze unter dem Arm wieder rauskam. Der Feueralarm schaltete jetzt einen Gang höher, das unterschwellige Piepsen wurde zu einem alarmierenden Schrillen.

»*Sind alle draußen?*«, fragte Matt über Funk.

»Ja«, sagte Ben, obwohl er nicht sicher sein konnte. Denn woher wollte er wissen, ob sich jemand unter dem Bett versteckt hatte oder beim Schlafen Ohrstöpsel trug oder betrunken im Halbkoma lag oder taub war, wenn Ben und seine Mannschaft das Restaurant in die Luft jagten. Aber Scheiß drauf, er war sowieso ein Mörder.

»*Engo, was ist mit den Anschlüssen?*«

»*Ich brauch Hilfe hier.*«

»*Willst du mich verarschen?*«, zischte Matt. Er war ein richtig guter Schauspieler geworden. »*Engo, Strom und Gas aus, sofort. Ist doch nicht dein erstes Mal!*«

»Bin gleich da, Engo«, sagte Ben.

Als er runterkam in die Eingangshalle, sah er Matt durch die Glastür neben den Briefkästen. Er schimpfte mit dem Typen von vorhin, der sich zwischenzeitlich eine Hose über die Boxershorts gezogen hatte und jetzt mit dem Handy ein Foto vom Löschfahrzeug machen wollte. Ben ging durch den Notausgang am hinteren Ende der Eingangshalle nach draußen.

Der Geruch, der ihm dort in der Gasse entgegenschlug, versetzte ihm einen Schlag in die Magengrube. Es roch nach Knoblauch. Er hatte erwartet, dass ihm das Mercaptanen in die Nase steigen würde, ein Zusatzstoff im Gas, das Engo in den unter der Tür hindurch ins Restaurant führenden Schlauch pumpte. Der Gestank nach faulen Eiern wäre ihm vertraut, er hatte ihn schon zigmal gerochen, aber Knoblauch? Und so intensiv?

Die Erkenntnis verschlug ihm erst mal die Sprache.

»Nein«, stieß er schließlich hervor und packte Engo an der Schulter. Er hatte sich über zwei kastanienbraune Gasflaschen gebeugt. Nein, dachte Ben, du liebe Güte! Das ist die falsche Farbe, sie müssen gelb sein!

»Engo! Nein, nein, nein! Du ... das ist doch nicht ...«

Engo sah nicht mal auf. »Doch, das ist Acetylen. Ihr Wichser wolltet ja nicht auf mich hören, aber ich weiß, was ich tue. Wir brauchen mehr Wumms, um die Mauer zu sprengen. Warte nur, gleich ...«

Ein Geräusch, wie ein Zug, der mit voller Geschwindigkeit durch einen Bahnhof rauscht. Ben wurde förmlich der Atem aus der Lunge gesaugt, bevor er auf dem Subaru aufschlug. Er knallte aufs Pflaster. Während ihm die Ohren schrillten, regnete es Scherben und Holz, Glut und Asche. Sein Helm war weg, ein Handschuh fehlte und der Boden neben seiner Wange war so heiß, dass ihm der Gestank seiner versengten Bartstoppeln in die Nase stieg, als er versuchte, wieder auf die Beine zu kommen. Hustend, keuchend rappelte er sich auf, Rauch quoll ihm aus dem Mund, er schmeckte Ruß. Ben war sicher, dass Matt über Funk Kontakt suchte, aber er konnte nichts tun, als den Flammen zuzusehen, die aus dem riesigen schwarzen Loch auflodern, das hinten klaffte, wo einst die Tür und das Mauerwerk gewesen waren, hinter denen sich das Restaurant befunden hatte.

Engo hatte ihn am Arm gepackt. Sein Gesicht war tiefrot verbrannt, wundglänzend.

»Wir müssen weg! Los!«

Irgendwie fand Ben seinen Helm und seinen Handschuh, zog beides über und rannte hinter Engo her durch den offenen Notausgang auf der Rückseite des Wohnhauses. Als er über den dort ausgelegten Teppich stolperte, verlor er um ein Haar die Fassung. Engo sprintete durch die zertrümmerte Glastür auf das Löschfahrzeug zu. Matt hatte bereits das Standrohr gesetzt und den Schlauch angeschlossen, etwas, das er nie tat, denn solche niederen Tätigkeiten waren schließlich »Aufgabe seiner Untergebenen«.

»Was ist da verdammt noch mal passiert?«

»Rate mal«, brüllte Ben, bevor Engo antworten konnte. Er wandte sich um und stierte fassungslos auf den von der Explosion angerichteten Schaden an der Restaurantfassade. Brennende Holz- und Metalltrümmer waren meterweit über die Straße geschleudert worden. Im zersprungenen Beifahrerfenster des Löschfahrzeugs steckte das Bein eines brennenden Sessels. Sämtliche Schaulustigen waren zurückgewichen, einige rannten noch, andere waren hinter Autos in Deckung gegangen oder drängten sich in den Aufgängen der anderen Wohnhäuser. Unter ihren Stiefeln knirschten die Splitter der zentimeterdicken Scherbenschicht – zerborstenes Glas von Wohnungsfenstern und Schaufenstern – wie geharschter Schnee.

Engo ergriff den Schlauch, und Ben spürte, dass Matt hinter ihm anpackte. Kurz darauf sah er Andy. Auch sie hatte eine Hand am Schlauch, während sie mit der anderen ihren Helm zurechtrückte. Ihre Schutzkleidung stammte von der Notfallausrüstung, die sie im Löschfahrzeug parat hielten.

Kurz darauf trafen die ersten Streifenwagen ein, sie kamen mit quietschenden Reifen in V-Formation an der Eight Avenue zum Stehen, gefolgt von einem ihm unbekannten Löschfahrzeug aus Uptown, das sich einen Weg durch die Menge bahnte. Es dauerte nicht lang, bis er verstanden hatte, was hier los war. Er kapierte alles. Wo auch immer Andy gewesen sein mochte, ein Blick auf ihre magischen kleinen

Tracker hatte ihr gezeigt, dass Matts und Engos Autos an der Wache gestanden hatten, obwohl sie außer Dienst waren. Bens Auto hatte sie vielleicht auch gesehen. Daraus hatte sie geschlossen, dass der Überfall stattfinden würde, und damit war der Zeitpunkt für sie gekommen, die Reißleine zu ziehen. Er, Engo, Matt, Jake. Sie hatte die Kavallerie alarmiert. Und damit war sie aufgeflogen. Jetzt wussten Matt und Engo, wer sie war, denn obwohl Matt gleich nach der Explosion bei der Leitstelle um Unterstützung gebeten hatte, waren die Cops und die anderen Löschfahrzeuge viel zu schnell am Einsatzort gewesen. Was nur bedeuten konnte, dass ein anderer sie alarmiert hatte, bevor er überhaupt die Gelegenheit dazu hatte.

Engo verpasste dem Schlauch einen wütenden Tritt, hielt ihn aber fest, als Matt damit aufs brennende Gebäude zuging, der Schlauch – steinhart und schwer wie eine Leiche – schwang unter seinem Griff hin und her. Sie bekämpften die Flammen. Ben sah sich um, die anderen Staffeln und Trupps rollten ihre Schläuche aus und setzten ihre Pressluftatmer auf. Oben, hinter dem schmutzig braunen Rauch, der jetzt rasch an den Mauern der umstehenden Gebäude emporstieg, bot sich Ben ein alptraumhaftes Bild, etwas, das er gefürchtet hatte: An einem der Fenster im sechsten Stock war ein blasses Handtuch zu erkennen, mit dem jemand zu winken schien.

»Es sind noch Menschen im Gebäude!«, brüllte Ben, um den Lärm des Feuers, des Wassers und der Sirenen zu übertönen. Matt schaute nicht mal hin, er übergab den Schlauch einem Mann von der anderen Staffel, marschierte zum Einheitsführer aus Uptown, der noch dabei war, die Lage einzuschätzen.

»Menschen in den oberen Etagen. Ich schick einen Angriffstrupp, zwei meiner Leute.«

»Meine haben schon die Atemschutzgeräte angeschnallt, deine bleiben beim Schlauchtr...«

»Auf keinen Fall!« Matts Miene war eiskalt und passte nicht zu seinen aufgeladenen Worten. »Wir waren zuerst vor Ort. Stell zwei deiner Leute zum Schlauchtrupp ab.«

Matt war schon wieder bei Ben, bevor der andere Mann ihm antworten konnte. Ben hielt den Schlauch fest, den Blick fest aufs Feuer gerichtet, bis Matt ihm auf die Schulter tippte und ein anderer seine Aufgabe übernahm. Blitzschnell setzte er das Atemschutzgerät auf und sprintete durch die zerborstene Glastür ins Foyer. Bevor er in Rauch und Hitze abtauchte, tauschte er einen raschen Blick mit Andy, dann rannte er weiter.

ANDY

Sie sah Engo und Ben in dem mit Rauch gefüllten Eingang verschwinden, bevor sie nach oben blickte, zum sechsten Stock, wo jemand mit einem Handtuch aus einem zerbrochenen Fenster wedelte, langsame, verzweifelte Bewegungen in der Nacht. Sie schaute sich nach Matt um, doch der war verschwunden. Als Andy den Schlauch losließ, wandte sich der Mann vor ihr um und bedachte sie mit einem wütenden Blick, weil sie ihre Kollegen mit dem Gewicht alleinließ.

»Hey! *Hey!*«

Andy ignorierte die Rufe, eilte zu ihrem Löschfahrzeug und schnappte sich auf dem Weg dahin einen Feuerwehrmann, der an ihr vorbeiwollte. Auf seinem Schutzmantel stand, dass er zu den 92ern gehörte.

»Die kümmern sich nicht um den, der da oben noch im brennenden Haus ist«, sagte sie.

Der Mann beugte sich zu ihr vor. »Hä?«

»Sie gehen nicht hoch, um den Mann zu retten!«, brüllte sie. »Sag deinem Chief Bescheid! Hör nicht auf Matt! Wir brauchen mehr Leute, um die Wohnungen zu kontrollieren.«

Irgendwas an ihrem Blick hatte ihn überzeugt. Nachdem er losgesprintet war, zückte sie ihre Waffe. In dem Moment trat Matt hinter dem Löschfahrzeug hervor, packte sie am Ellbogen und hielt sie fest. Dann hob er den Arm und schlug ihr den Helm vom Kopf.

»Schicht im Schacht, Nancy Drew«, sagte er, umfasste ihren Schädel und schlug ihn mit voller Wucht gegen die Leiter auf der Rückseite des Fahrzeugs. Andys Beine gaben nach. Das Letzte, was sie spürte, waren Matts Hände an ihrem Körper, als er sie wie einen Sack Kleider in den dunklen, nassen Schacht unter dem Fahrzeug lud.

BEN

Sie rannten durchs Foyer zum Notausgang. Der Rauch war so dicht, dass Ben meinte, durch Schlamm zu schwimmen. In der Gasse hinter dem Gebäude war es etwas besser, der Rauch quoll aus den zerborstenen Fenstern der Wohnungen im zweiten Stock, wo der Typ mit der Boxershorts gestanden hatte. Dort war das Feuer am intensivsten, fraß sich durch Teppiche und Möbel, glitt durch Wände und brach sich Bahn zum dritten Stock. Ben sah zu, wie sich der Boden der Wohnung auftat und ins Restaurant hinabkrachte, wie sich das Hab und Gut des Mannes dort verteilte und den

Glutherden frische Nahrung bot. Unfassbar, aber die Wand zwischen dem Restaurant und Borr Storage war noch intakt, zumindest soweit Ben es erkennen konnte.

»Verdammte *Kackscheiße*!«, brüllte Engo.

Ben stieß ihn weiter. »Komm schon, vorwärts!« Sie tasteten sich durch die Hitze und Dunkelheit vor, rutschten dann auf Knien weiter, krochen zwischen eingestürzten Trennwänden hindurch, schoben formlose rauchende Haufen beiseite, die einst Tische und Stühle gewesen sein mochten. Der Boden unter Bens Händen und Knien war so heiß, dass seine Haut ohne Schutzkleidung schon bis auf die Knochen durchgebrannt wäre. Ben wartete, während Engo etwas beiseitewuchtete, vermutlich eine verbeulte, halb geschmolzene Industrie-Fritteuse, ein Kraftakt, der vollen Körpereinsatz erforderte. Und siehe da: Zwischen Restaurant und Borr Storage klaffte genau an der erhofften Stelle ein Loch, hinter der Bar, wo Rohrleitungen das Mauerwerk brüchiger gemacht hatten. Engo winkte, Ben trat neben ihn, und die beiden arbeiteten Seite an Seite, zogen Steine aus der Mauer und warfen sie achtlos ins rauchende Chaos hinter ihnen. Ein Blick zurück zeigte Ben durch eine Lücke im Trümmerhaufen, dass der Wasserstrahl von draußen direkt auf die Unterseite des halb weggesackten Dachs traf, offenbar um der Flammen Herr zu werden, die aus der darunterliegenden Wohnung schlugen. Eine feine Welle blau-gelblicher Flammen wanderte übers Dach, auf der Jagd nach dem Sauerstoff, der sich im Hohlraum gesammelt hatte, wo das Restaurant weggebrochen war.

Als das Loch groß genug war, rollte sich Engo auf die Seite und lavierte sich mithilfe der noch intakten Mauer- und Betonstahlfragmente durch die seltsam geformte Lücke, ohne mit der Atemschutzflasche oder den Haltegurten hängenzubleiben. Aber die Wucht der Explosion hatte die Tresorfächer an der Wand zum Restaurant komplett verzogen, einige der glänzenden Metallschubfächer waren aufgesprungen und deren Inhalt hatte sich quer über den Boden verteilt. Durch den Rauch, der jetzt durch das aufgerissene Loch quoll, erkannte Ben Geldbündel, Werturkunden, Dokumente und Samtschatullen voller Schmuck. Der vordere Bereich der Halle war schon vom Rauch verdunkelt, er kroch unter den zerborstenen Glas-Sicherheitstüren und Metallrollläden hindurch ins Foyer und von dort weiter in die Büros.

»Hier lang!«, rief Engo. Ben drängte sich an ihm vorbei, folgte dem dunklen Rauch zum Büro. An der Tür sah er, dass das Sofa und die Vorhänge des Wartebereichs mittlerweile Feuer gefangen hatten, offenbar waren Glutfragmente in den Raum eingedrungen, vielleicht durch die kleinen Schlitze in den Metall-Rollläden. Der Raum pulsierte rot von den blinkenden Lichtern der Löschfahrzeuge. Ben hastete zum riesigen Schreibtisch, der mitten im Zimmer thronte, und riss die Schublade auf, wo in samtenen, gepolsterten Fächern unzählige Schlüssel wie ein kostbares Hochzeitsbesteck aufbewahrt wurden. So hektisch zerrte er daran, dass ihm das ganze Ding entgegenkam und die Schlüssel quer durchs Zimmer flogen.

»Scheiße!«, brüllte Engo.

»Alles gut, kein Problem!« Ben zog den wild auf dem Boden herumtastenden Engo wieder auf die Beine und zeigte auf das Schildchen an der zweiten Schublade. »Da steht ›1-100‹.«

Diesmal vorsichtiger, zog er die Lade mit der Aufschrift »400-499« auf und fischte den Schlüssel mit der Nummer 408 heraus, der da in seinem Fach über dem entsprechenden Metallschildchen lag. In der kurzen Zeit, die er dafür gebraucht hatte, war die Palme im Wartebereich zu Asche verbrannt und die Flammen krochen über den Teppich auf den Empfangstresen zu. Ben wusste, dass es nur eine Frage der Zeit war, bis der unter den Metallrollläden quellende Rauch seinen Kollegen verriet, dass das Feuer auf Borr Storage übergegriffen hatte. Er und Engo mussten hier raus, bevor jemand in den Wartebereich eindrang, um den Brand zu löschen.

»*Ben und Engo, Statusbericht?*«

»Wir sind vor Ort, sechster Stock, suchen nach dem Mann«, log Ben.

»*Trupp 97 hat zwei Leute von hinten reingeschickt, der Mann ist bereits in ihrer Obhut, sie sind auf dem Weg nach unten*«, sagte Matt, deutlich angespannt. »*Also Statusbericht?*«

Ben hatte sich schon in der Dunkelheit vorgetastet, er wusste, das Fach mit der Nummer 408 befand sich an der rechten Wand, in der Ecke, aber er zählte trotzdem in Gedanken mit, von Tausend zu Achthundert zu Sechshundert. Engo wartete schon in der Ecke auf ihn, einen behandschuhten Finger am Fach, die Augen hinter der Maske aufgerissen.

»Sieht aus, als wären wir aus Versehen im fünften Stock gelandet«, sagte Ben ins Funkgerät. »Hier ist noch einer. Ich halte dich auf dem Laufenden.«

»*Zunehmende Einsturzgefahr im ersten Stock*«, sagte Matt. »*Kein Abstieg möglich. Wartet auf die Leiter.*«

»Verstanden.« Ben kramte den Schlüssel vom Notar hervor und schob ihn ins rechte Schloss von Fach 408.

Wenn Engo sich nicht hinter Ben bewegt hätte, wäre ihm gar nichts aufgefallen. Aber durch die kleine Veränderung in seiner Haltung hatte Engo sich direkt in Bens Sichtfeld gestellt, als Reflektion in der polierten Metallfront des Tresorfachs. Nicht besonders deutlich war er in Rauch und Dunkelheit auszumachen, die Waffe in seiner Hand auch nicht. Aber die Haltung. Die hüftbreite, stabile Beinstellung, die erhobenen, vor der Brust zusammengeschlossenen Hände, die ein schwarzes Objekt umfassten, ein Objekt, das direkt auf Bens Hinterkopf gerichtet war.

Eine eiskalte Erkenntnis durchzuckte ihn.

Er tat, als würde er beide Schlüssel drehen.

»Verdammter Mist! Scheiße!«, brüllte er. »Es geht nicht auf!«

Als Ben sah, dass Engo im Hintergrund seine Position veränderte, trat er einen Schritt zurück, fummelte mit beiden Händen an den Schlüsseln herum, ohne sie tatsächlich zu bewegen.

»Es geht nicht! Die klemmen!«

Engo senkte die Arme und trat neben ihn, genau wie Ben es gehofft hatte, die Waffe noch in der einen Hand, die andere jetzt zum Schlüssel ausgestreckt.

Ben rammte ihm den Ellbogen in die Maske. Den Überraschungsmoment nutzte er, um Engo die Waffe zu entreißen.

Er trat einen Schritt zurück und schoss seinem Kollegen dreimal in die Brust. Der ging zu Boden und landete mit der Stirn auf einem Stapel Metallboxen, die offenbar bei der Explosion vom gegenüberliegenden Regal gefallen waren. Jetzt öffnete Ben das Fach mit beiden Schlüsseln, zog die Schublade heraus und klappte den Deckel auf. Kurzerhand kippte er alles auf den Boden, durchwühlte einen Haufen Dokumente und stieß schließlich auf sechs Baseballkarten, jeweils von massiven Fiberglas-Kapseln geschützt. Die schob er sich in die Innentasche seines Schutzmantels und wandte sich zur Bürotür. Wohlvertraute Geräusche verrieten ihm, dass seine Kollegen bereits den Spreizer angesetzt hatten, um die Metallrollläden hochzuschieben. Er war bereits auf die Knie gegangen, kurz davor, durch das Loch in der Wand zu verschwinden, als er einen heftigen Schlag im Rücken spürte.

Auf einmal war er wieder in der Wohnung, damals, als er im dichten Rauch nach dem Teenager suchte, der gar nicht dort war, und ein herabstürzender Dachbalken ihn direkt zwischen den Schulterblättern erwischte. Derselbe Schmerz, dieselbe Wucht, als hätte ihn eine Riesenpranke in den Boden gerammt. Hinter seiner Maske schnappte er wie ein Karpfen nach Luft, da war keine Stimme mehr, und kurz nach dem Einschlag kam der Schmerz, glühend heiß flirrte er von seinem Herzen bis in die Fingerspitzen.

Als er sich endlich wieder rühren konnte, rollte er sich auf die Seite und warf einen Blick zurück zu Engo und der verfickten Waffe in seiner Hand, die Ben am offenen Tresorfach vor lauter Eifer und Hektik hatte fallenlassen. Diesen Schuss auf ihn abzufeuern war Engos letzte Handlung gewesen, bevor er die Reise ins Jenseits angetreten hatte. Die Augen hinter seiner Maske sahen nichts mehr. Ben wandte sich ab und kroch los, wimmernd, stöhnend zwängte er sich durch das Loch in der Mauer zurück ins Restaurant.

Ascheregen fiel in großen, schwarzen Fetzen, als er so schnell er konnte über den nassen Restaurantboden kroch, vom Gedanken erfüllt, dass er es vielleicht bis zu Engos Subaru schaffen könnte, wenn er nur die Energie, die ihn nach dem Nachlassen des ersten lähmenden Schmerzes erfasst hatte, noch ein zweites Mal mobilisieren könnte.

Bis zur Straße schaffte er es noch, er krauchte übers Pflaster, seine Atemflasche klirrte laut auf dem harten Asphalt, die Maske hatte sich wie ein Oktopus der Hölle so an seinem Gesicht festgesaugt, dass er sie nur mit Mühe von den Wangen reißen konnte. Er nahm einen tiefen Atemzug, schmeckte die frische Luft, während ihm schwarze Schmetterlinge auf Handschuhe und Gesicht flatterten. Aus unerfindlichen Gründen saß er aufrecht, richtig, jemand hatte ihn umgedreht und gegen das Hinterrad von Engos Wagen gelehnt. Andy war da, riss den Kragen seines Schutzmantels auf, sodass sich die Spezialkapseln mit den Baseballkarten über seinen blutgetränkten Bauch und Schoß verteilten. Sie warf nur einen flüchtigen Blick darauf, acht Millionen Dollar wert, aber nicht in ihrer Welt, und wischte sie zur Seite, um Bens Unterhemd aufzureißen und die Schusswunde zu begutachten. Während dies geschah, versickerte sein Leben im Rinnstein, und er fragte sich müde, ob die Gegenstände, die er gestohlen und für die er gemordet hatte, auf denen sie jetzt achtlos kniete, das Wertvollste war, mit dem sie es je zu tun gehabt hatte, oder ob sie die letzten Jahre damit verbracht hatte, Diamanten und Juwelen und Geldbündel zur Seite zu wischen, um sich die Hände am Blut von Verbrechern schmutzig zu machen.

Als sie erkannte, was er bereits wusste, setzte sie sich neben ihn und wischte sich die Tränen aus dem Gesicht. Er erinnerte sich daran, wie er ihre Hand ergriffen hatte, während sie schlief, und dieser Gedanke half ihm, sich gegen die befremdliche Kälte zu stemmen, die von seinen Gliedmaßen Besitz ergreifen wollte. Er wollte ihr auch jetzt die Finger drücken, doch dazu fehlte ihm die Kraft. Seine Hand war bleischwer. Seine Mundwinkel hatten offenbar gezuckt, denn sie lächelte zurück.

»Es geht ihm gut.«

»Was? Wem?«

»Es geht ihm gut. Er lebt«, sagte Andy.

Ben rang sich ein schwaches Lächeln ab. Auch Andy grinste unter Tränen.

»Jake«, stieß er hervor. »Hat er …«

Andy nickte. »Ja. Luna ist tot. Tut mir leid, Ben. Wirklich. Aber sie ist tot.«

Ben wollte ihr danken, wollte lachen, als Gegengift zu all dem Schrecken und der Sinnlosigkeit, aber er war so müde, und ergab sich dem angenehmen Gefühl ihrer Hände, die ihm jetzt übers Haar strichen, wer auch immer sie war, egal, sie hielt ihn fest und alles war gut.

Sie konnte anscheinend Gedanken lesen, denn sie sagte: »Ich bin Dahlia.«

Ben ließ sich den Namen auf der Zunge zergehen, ihn auf sich wirken, nahm ihn auf in sein Bewusstsein, wo er alles bedeutete und nichts und wieder alles, ein flackerndes Licht kurz vor dem Verlöschen. Er sah, wie der Rauch in den nächtlichen Himmel stieg, hörte die Sirenen und dachte, dass ihr Name gar nicht schlecht klang, wenn man bedachte, dass es vermutlich das Letzte war, was ihm durch den Kopf gehen würde, bevor für immer Stille herrschen würde.

ANDY

Die Sache endete in einem Riesenchaos. Das brachte ihre Arbeit oft so mit sich, Andy war es gewohnt, hinterher aufräumen, vertuschen, verhandeln und drohen zu müssen. Jetzt stand sie am Fenster eines Krankenhauses in Santa Barbara und schaute auf den fernen Highway, rote und gelbe Lichter auf dem 101, und sie war müde, bereit fürs Finale, den Abschluss. Vom Ozean her wehte eine frische Brise, und weil das Cottage Hospital nur drei Stockwerke hoch war, konnte man die Fenster der Wöchnerinnenstation tatsächlich öffnen, vielleicht hatte der Architekt beschlossen, dass die generelle Regel bezüglich postnataler Depression und offenen Fenstern hier nicht galt. Eine elegante Bougainvillea wuchs an der Hausmauer empor, und durch die dunklen Blätter hindurch spähte Andy ins Fenster von Zimmer 302.

In den Wochen nach dem Brand bei Borr Storage hatte sie in einem Hotel in Hoboken, in dem sie unter falschem Namen abgestiegen war, die letzten Wirrungen und Verschlingungen des Benjamin-Haig-Falls gelöst. Die Nachrichten hatten nonstop von dem vereitelten Überfall auf Borr Storage berichtet, dem absichtlich gelegten Feuer, in dem wie durch ein Wunder niemand umgekommen war, über die mysteriösen Umstände des Todes von Tony Newler und Jake Valentine in Metuchen und die Verbindung zu den Geschehnissen in Midtown. Nervös wartete Andy die ganze Zeit darauf, dass irgendwo ihr Alias genannt, ihr Gesicht gezeigt wurde oder die Polizei durchblicken ließe, dass sie von ihr weitere Unterstützung brauchte, um lückenlos darlegen zu können, dass Jake Luna umgebracht und Gabriel entführt hatte, dass Bens Mannschaft für den Mord an Ivan Petsky verantwortlich war und wahrscheinlich auch für den Tod von Titus Cliffen. Wenn es nach ihr ging, würde Andy sich gern so weit wie möglich von den Aufräumarbeiten fernhalten, damit man sie nicht fragen konnte, was denn nun genau mit Newler passiert sei, wer sie eigentlich sei, woher sie komme und welche dunklen Flecken es in ihrer Vergangenheit gebe.

Während sich die Geschichte nach und nach entfaltete, legte sich Andys Nervosität. Nur ein Sender berichtete, dass die Polizei die Hilfe der Unbekannten erbitte, die Zeugen am Tatort in Metuchen gesehen haben wollten. Die Polizei arbeitete sich rückwärts durch Jakes Handydaten, die sie schließlich zu Lunas Leiche im Mangrovensumpf am Hafen führten. Ein Brandermittler der Feuerwehr von New York gab nach einer Woche intensivster Vernehmungen zu, den Bericht über den Brand, bei dem Titus Cliffen umgekommen war, »leicht manipuliert« zu haben, genauso wie die Berichte zu drei weiteren Bränden, und zwar auf Druck von

Matt Roderick. Die Tage vergingen, Andy klebte am Fernseher und am Handy, sah und hörte aber nichts über eine Andrea Nearland und deren Anstellung bei der Mannschaft von Engine 99. Die einzige Erklärung dafür war, dass irgendein Kollege in Newlers Büro Hinweise auf dessen Zusammenarbeit mit einer verdeckten Privatermittlerin gefunden und alles vertuscht hatte, um Newlers Ruf zu retten und die Ermittlungsergebnisse im Fall der kriminellen Feuerwehrmänner nicht zu gefährden.

Für die Pressefotografen, die für diesen Fall abgestellt waren, war das alles ein gefundenes Fressen, schließlich gab es unzählige Fotos von Ben und seiner Mannschaft in voller Feuerwehrmontur, von Titus auf dem Porträt in der Galerie zum Gedenken der im Einsatz getöteten Helden, von Petsky in seiner Polizistenuniform, von Newler in seinem grauen Anzug. Dann war da noch Luna, Arm in Arm mit Ben bei einem Strandspaziergang, der kleine Gabriel im Sand daneben. Such- und Bergungskräfte bei ihrem Einsatz an der Küste von Jersey. Leichenspürhunde. Ein Leichensack. Der Notar Ichh, wie er in Handschellen von der Polizei aus seiner Kanzlei geführt wurde. Andy sah ihre Gesichter über den Bildschirm flimmern, alle wurden gezeigt, während die Öffentlichkeit und die Polizei versuchten, die einzelnen Puzzleteile zusammenzufügen. Es schmerzte sie, Bens Foto zu sehen, denn auf den Bildern trug er immer ein Lächeln, und das war ein harter Kontrast zu der Miene, die er getragen hatte, als er in ihren Armen gestorben war. In jenen letzten Sekunden, als Benjamin Haig sein Leben aushauchte, hatte sie sich gefragt, ob sie ihm nicht einfach alles erzählen sollte. Aber sie hatte sich dagegen entschieden. Wollte ihm Details über Lunas bitterböse Intrige ersparen. Jetzt überlegte sie, ob sie sich selbst genauso schützen sollte, vor der Antwort auf die Frage, ob der Ben, den sie gekannt, gehalten und mit dem sie gelacht hatte, der Mann, der so verzweifelt nach seiner Familie gesucht hatte, ob dieser Ben Haig ein kaltblütiger Killer war.

Es gab einen Menschen, der die Antwort kannte.

Gelegentlich hatte Andy in den Nachrichten auch das Foto von Matt Roderick gesehen, der bei strahlend blauem Himmel vor den rauchenden Zwillingstürmen stand. Es schien, als würde die Presse regelrecht davor zurückscheuen, seine Rolle als Anführer einer kriminellen Bande genauer zu beleuchten.

Andy wusste, dass die offizielle Suche nach Matt und Donna zum Scheitern verurteilt war. Während das NYPD, FBI und diverse andere Behörden alle Hebel in Bewegung gesetzt hatten und Matts Konterfei auf jeder Gesuchtenliste prangte, war Andy zu dem Schluss gelangt, dass sie sich das auch hätten sparen können. Denn niemand wusste, wohin er nach dem Brand verschwunden war. Dabei war es so offensichtlich, weil es mit Ben Haigs Beuteversteck zu tun hatte. Als ihr klar wurde, dass Matts Männer ihm ständig an den Lippen hingen und er ihnen praktisch sagen konnte, was sie zu tun und zu lassen hatten, hatte sie auch verstanden, dass Ben sich ein Versteck aussuchen würde, das bei ihm schmerzliche Erinnerungen auslöste. Denn das hatte Matt ihm geraten. Es war ein guter Rat gewesen. Weil – so lautete die Hypothese – die Wohnung, in der Ben geboren wurde, wäre der letzte Ort, an dem er sich freiwillig aufhalten würde.

Andy brauchte diesen Rat nur auf Matt anwenden, um zu erraten, wohin es ihn nach dem Brand getrieben hatte.

Mit viel Fingerspitzengefühl und Überzeugungskraft hatte Andy die Sicherheitsleute am One World Trade Center schließlich überredet, ihr Zugang zu den Aufzeichnungen ihrer Überwachungskameras zu gewähren, am Ende hatte man ihr sogar ein modernes Büro mit den wandhohen Fenstern direkt neben dem Ticketschalter für das 9/11 Memorial Museum zur Verfügung gestellt – und Kaffee gebracht. Sie saß stundenlang da und sah sich die Aufzeichnungen an, bis sie schließlich einen großen, kräftigen Mann mit schwarzer Basecap entdeckte, der zielstrebig die windige Allee zwischen den Wasserbassins entlanglief. Der Zeitstempel der Aufzeichnungen bewies, dass sie vierzig Minuten nach Matts Verschwinden vom Ort der Explosion in Lorenzo's Restaurant entstanden waren. Andy sah, wie der Mann sich mittels einer Karte Zugang zum Foyer des One World Trade Centers verschaffte und über den Gang in ein leeres Büro ging. Aus diesem Büro kam er vier Minuten später wieder heraus, mit zwei prall gefüllten Reisetaschen in den Händen.

Danach war Andy einfach der Spur gefolgt. Sie deckte Matts finanzielle Identität und das damit verbundene Konto auf, die er für die Miete des Büros verwendet hatte, und überprüfte, ob unter dieser Identität auch andere Mietwohnungen bezahlt oder Hauskäufe getätigt wurden. Es gab geschlossene und leergeräumte Konten, weitergeleitete Einzahlungen, Gläubiger und Schuldner, deren Spur zu erfundenen Personen führte. Ihre Recherche führte sie schließlich an einen unerwarteten Ort. Nicht an einen Palmenstrand in Barbados oder in die Wildnis Alaskas, wo vielleicht der Rest der Welt ohne allzu großem Eifer nach Matt suchte. Als sie ihn schließlich aufgestöbert hatte, befand sich Matt gerade im sonnigen Santa Barbara.

Andy schob die Hände in die Hosentaschen, spähte weiter ins Patientenzimmer von Matt und Donna, im Privatflügel, der im rechten Winkel an ihr Gebäude angrenzte, und wartete, bis sie wieder in ihr Blickfeld treten würden.

Seit einer Woche observierte sie Matt und Donna – oder Rick und Sally, wie sie sich nannten – nun schon. In dieser Zeit hatte sie Matt an vielen Fenstern gesehen: in ihrem kleinen Mietshaus in San Roque, am Fahrerfenster seines Trucks, in dem er in seiner neuen Rolle als Betonierungsarbeiter von Vorort zu Vorort tuckerte, der Blick misstrauisch, nervös, immer auf der Hut vor Leuten wie Andy. Vergangene Nacht hatte Donna nun ihr Kind auf die Welt gebracht, ein perfekter Wonneproppen, gesund und munter, doch auch dieses freudige Ereignis hatte Matts Gesichtszüge nicht entspannt, wie Andy jetzt im Fenster sah. Matt stützte sich mit den Fäusten auf dem Fensterbrett ab und starrte auf den fernen Highway, wie sie es nur Minuten zuvor getan hatte, tausende Menschen, die ihr Leben lebten, sich dort einfädelten, unterwegs ins Strandparadies oder wohin auch immer. Die Farben des Himmels bekamen einen dunkelblauen Einschlag, die roten und gelben Lichter verwischten zusehends, als hätte jemand einen romantischen Weichzeichner drübergelegt. Dann wanderte Matts Blick über den Klinikparkplatz und blieb an ihrem Wagen hängen. Wie geplant hatte der Aufkleber der Autovermietung seine Aufmerksamkeit erregt. Matts Körperhaltung wurde starr, rasch wandte er sich ab und verschwand wieder aus ihrem Blickfeld.

Nachdem er an ihrer Tür vorbeigehastet und seine schweren Schritte auf dem Flur der ansonsten mucksmäuschenstillen Privatklinik verhallt waren, schlich Andy aus ihrem Zimmer, nahm die Verfolgung auf und war überrascht, als sie ihn vor dem Notausgang antraf. Seine Schritte hatten so bestimmt gewirkt, seine Hast, so weit wie möglich von Donna und dem Baby wegzukommen, um jegliche Gefahr von ihnen fernzuhalten – aggressive Polizisten, die garantiert mit Waffen und Gewalt gegen einen gefährlichen Kriminellen wie ihn vorgehen würden. Doch jetzt stand er einfach da, die Hand erhoben, den Türgriff im Visier. Dort, vor dem Notausgang, erhaschte sie einen Blick auf Matt, wie er einst gewesen sein mochte: jünger, in Schutzkleidung, eine bewusstlose Frau über der Schulter, dieselbe Hand am Griff eines anderen Notausgangs, der zum Treppenhaus im einundvierzigsten Stock des Nordturms führte. Auch damals war er in Eile gewesen.

Andy hatte eine Waffe im Hüftgurt, aber sie zog sie nicht, gab keine Warnung ab, wartete einfach, bis Matt langsam die Hand senkte.

Er wandte sich um, und Andy sah, wie sich auf Matts Gesicht langsam unendliche Erleichterung breitmachte. Eine Entspannung, die tief aus seinem Innersten zu kommen schien und nicht nur der Erkenntnis geschuldet war, dass er nun nicht mehr fliehen musste. Andy wusste, dass er erleichtert war, endlich eine Schuld begleichen zu können, die er seit dreiundzwanzig Jahren mit sich herumgeschleppt hatte. Er ging auf Andy zu und ließ sich neben dem Snackautomaten auf einen Stuhl fallen.

Andy setzte sich neben ihn. Sie schwiegen, er hing seinen Gedanken nach, während sie registrierte, dass die unheimliche Bedrohung, die sie sonst immer in seiner Nähe gespürt hatte, verschwunden war. Eine Weile lang geschah nichts. Es bestand auch keine Eile. Andy wusste eigentlich schon, was als Nächstes passieren würde: Matt würde ihr und den Ermittlern, deren Obhut Andy ihn schließlich übergeben würde, genau schildern, was sie über Titus, Petsky und die Überfälle wissen wollten. Er würde sich alles von der Seele reden. Alles an ihm verströmte dieses Beichtbedürfnis. Schon jetzt war Andy schwer ums Herz bei dem Gedanken daran, dass sie in den nächsten Stunden die Wahrheit über Ben erfahren würde, bevor sie Matt zur nächsten Polizeistation begleiten und dafür sorgen würde, dass er sich stellte. Sie schwankte zwischen dem Bedürfnis, die Wahrheit zu erfahren, und dem Wunsch, sich davor zu schützen.

Doch sie wusste auch, dass der Schmerz nicht lange anhalten würde. Spätestens wenn sie in ihre neue Rolle schlüpfte, wären Ben und seine Geschichte vergessen.

»Junge oder Mädchen?«, fragte sie Matt irgendwann.

Das entlockte Matt ein Lächeln. »Junge.«

Bis auf das Brummen des Automaten und gelegentliches Flüstern des Pflegepersonals herrschte Stille, die Kranken schliefen. Andy hatte sich ihre Worte schon lange vorher überlegt. Sie sah ihn nicht an. Was sie zu sagen hatte, brach einfach aus ihr hervor, während sie auf den Linoleumboden starrte.

»Ich weiß, dass du das Memorial Museum noch nie betreten hast, zumindest kann ich es mir nicht vorstellen. Aber ich möchte dir erzählen, was am Eingang zur Hauptausstellung geschrieben steht. Ein Satz, in großen Lettern. *No day shall erase you from the memory of time.*«

Sie wartete auf eine Reaktion, aber Matt schwieg.

»Ich weiß auch, dass du nicht daran glaubst. Im Gegenteil. Du bist überzeugt, dass dich dieser Tag ausgelöscht hat. Wer auch immer du gewesen sein mochtest, als du an jenem Tag durch die Tür gegangen bist und deine Mannschaft im Stich gelassen hast, wurde dieser Mensch, der *gute* Mensch, für immer ausgelöscht.«

Immer noch schwieg er.

»Was ich sagen will …«, nun sah Andy ihn an, »… wenn du das tatsächlich glaubst, dann musst du auch glauben, dass es wieder geschehen könnte. Dass dich dieser Tag oder jeder andere Tag auslöschen kann. Ein einziger Tag kann das Schlechte in dir tilgen.«

Matt lächelte sie an, die massigen Arme verschränkt, noch immer stand ihm die Erleichterung in den Augen. »Andy«, sagte er.

»Ja.«

»Halt die Fresse und bring mich ins Gefängnis, okay?«

DAHLIA

In Morgan City, vor einem Schuppen namens The Blowout Lounge, stieg sie aus dem Bus. Es war drei Uhr nachmittags, und dank der Schiffscontainer, die wie eine Mauer auf der gegenüberliegenden Straßenseite standen, und der vom nahen Deich herüberwehenden Brise war es angenehm kühl. Dahlia betrat die Kaschemme, setzte sich an die Bar. Nachdem die Tür mit einem Knarzen ins Schloss gefallen war, dachte sie so bei sich, dass es hier drin auch locker Mitternacht sein könnte, so düster, wie es war. New York lag schon drei Monate zurück, aber als sie sich eine Handvoll Erdnüsse aus dem hingeschobenen Schälchen klaubte und den Mund öffnete, nahm sie beim Öffnen ihres Kiefers ein seltsames Klickgeräusch wahr. Jeder Job hatte sie gezeichnet, und mit jeder Narbe oder Veränderung wurde es schwieriger, sie plausibel zu erklären. Irgendwann würde sie nur noch als Kriegsveteranin oder Bärendompteurin auftreten können.

Die Neonbeleuchtung ließ das ergraute Haar der Frau hinter der Theke besonders struppig wirken, und als sie dahinten rumwischte und alles wieder an seinen Platz stellte, bemerkte Dahlia einen Schweißfilm auf ihrem erschlafften Bizeps. Penelope Brown schien Dahlias Gedanken zu erraten, denn sie schnappte sich die Fernbedienung, um die Klimaanlage höherzustellen, und fluchte, weil die verschmierten kleinen Knöpfe hinter dem dicken Schutzfilm trotz ihrer wütenden Drückbewegungen nicht reagieren wollten. Irgendwann drehte der Kasten an der Wand dann aber doch auf, und der ewige Kampf gegen die Sommerhitze Louisianas ging in die nächste Runde. Weil Dahlia der einzige Gast war in diesem kleinen Etablissement, wenn man es denn so nennen wollte, stand zu erwarten, dass die beiden Frauen irgendwann ins Gespräch kommen würden. Dass es dann doch eine Weile dauerte, störte Dahlia nicht weiter.

»Woher kommen Sie?«, fragte Penelope irgendwann.

Dahlia akzeptierte das frisch gezapfte Bier mit einem dankbaren Nicken.

»Santa Barbara.«

»Was bringt Sie her? Arbeit?«

»So ist es. Ja.«

»Klar. Warum sonst würde man hier freiwillig aufschlagen?« Penelope zog die Nase hoch und wischte sie mit dem Handrücken ab. »Wie lang bleiben Sie?«

»Kommt drauf an.« Dahlia trank einen Schluck. »Wie lang geben Sie mir, um Ihre verschwundene Tochter zu finden?«

Penelope verharrte in der Bewegung und spähte hinter den verschmierten Gläsern ihrer Halbbrille hervor.

»Sie sind das«, sagte sie, als sie sich wieder eingekriegt hatte. »Die, die mir der Detective empfohlen hat.«

Dahlia lächelte und massierte sich die klickende Stelle. Die Narbe, die Matt ihr verpasst hatte.

»Himmelarsch und Zwirn, ich freu mich, Sie zu sehen!«, rief Penelope und beugte sich über die Theke. »War nicht sicher, ob Sie kommen würden.«

Dahlia gab der Frau die Hand. Sie umklammerte sie fest. Verzweiflung und Hoffnung.

»Ich werde tun, was ich kann, Penelope«, sagte Dahlia. »Aber zuerst muss ich ein paar Dinge wissen.«

»Zuerst hab ich eine Frage«, ging Penelope dazwischen. »Wie soll ich Sie nennen?«

Dahlia lehnte sich zurück und dachte nach. Allerdings nur ein paar Sekunden.

Nie länger.

DANKSAGUNG

Ich habe mich im Rahmen der Vorbereitung zu diesem Buch mit vielen Feuerwehrleuten unterhalten, in Sydney und auch in New York. Ich werde ihre Identität nicht verraten, darum hat man mich gebeten, denn die Befragten haben mir offen und ehrlich geantwortet. Sie haben Gutes und Schlechtes berichtet. Dass die Männer mit so viel Aufrichtigkeit auf meine Fragen reagierten, hat mich sehr beeindruckt (es waren allesamt Männer, zufällig, ich habe das nicht so ausgesucht). Manche waren nach den Terroranschlägen vom 11. September 2001 an der Rettung oder Bergung der Opfer beteiligt, andere haben mir von ihrer Trauer um Kollegen berichtet, die bei der Arbeit ihr Leben verloren, von schlechten Bedingungen und Mobbing am Arbeitsplatz, aber auch vom Glück und der großen Freude, bei der Feuerwehr zu arbeiten. Aus reiner Gutmütigkeit haben sie mich in ihren Feuerwachen herumgeführt, mir ihre Geschichten erzählt und meine nicht immer leichten Fragen beantwortet. Sämtliche Fehler, Übertreibungen und Momente völlig respektloser Missachtung der Realitäten in diesem Roman gehen allein auf mein Konto. Und damit das ein für alle Mal klar ist: Ich habe keinen einzigen Feuerwehrmann getroffen und auch nie von einem solchen gehört, der irgendeine auch nur entfernte Ähnlichkeit mit den zwielichtigen Figuren aus diesem Buch hatte. Matt, Engo, Jake und Ben sind frei erfunden.

Also geht mein Dank an J., R., N., Chief D. und seine Mannschaft, The Black Prince und seine Mannschaft und an viele andere. So viel Kuchen, wie ich euch schulde, könnte ich niemals transportieren. Bleibt sicher!

Das, was ich tue, ist mir nur möglich dank der Lehrenden an der University of Notre Dame und an der University of the Sunshine Coast und an der University of Queensland, die mir das Handwerk des Schreibens vermittelt haben. Besonders erwähnen möchte ich an dieser Stelle Associate Professor Venero Armanno, der mehrere Fassungen dieses Romans betreute.

Team Fox besteht aus meinen leidgeprüften Agentinnen und Agenten Gaby Naher, Lisa Gallagher und Steve Fisher und meinen treuen Verleger*innen, Lektor*innen, Übersetzer*innen und anderen lieben Mitarbeiter*innen aus aller Welt bei Penguin Random House, Tor/Forge Macmillan, Suhrkamp Verlag und viele mehr. Danke für eure Unterstützung!

Schließlich, Tim: Danke, dass du stets die Stellung hältst, nie auch nur die Miene verziehst, mein Fels bist in der Brandung, voller Geduld und Toleranz. Noggy: Danke, dass du mein Teddy bist. Violet: Du bist das beste Kind der Welt. Es ist nicht leicht, aber dir gelingt es tatsächlich jeden Tag. Danke dafür!